读客®

全球顶级畅销小说文库

全球文化，尽收眼底；

顶级经典，尽入囊中！

JODI PICOULT

生命将尽

LONE WOLF

[美] 朱迪·皮考特 著

苏莹文 译

北京联合出版公司
Beijing United Publishing Co.,Ltd.

第一卷

路克

事后回想，也许我当时不该放掉那只老虎。

其他动物就简单多了，那对大象虽笨重但懂得感恩，愤怒的僧帽猴在撬开锁头时朝我脚边啐了一口，几匹雪白的阿拉伯骏马呼出了热气，仿佛一个得不到答案的疑问，悬在我们双方之间。对于动物，从来没有人给予它们应得的评价，马戏团的驯兽师更是如此。但是我知道，它们一看到我站在兽笼外的阴影下，当下便明白了我的意图，连一向最吵闹的那群家伙——被迫骑在贵宾狗蓬松头顶上的鹦鹉——也在逃脱时整齐划一地挥动翅膀。

那年我九岁，“佛拉迪斯塔夫的奇异帐篷”巡回到了新罕布什尔州的贝瑞斯佛。这件事本身就够令人吃惊，因为除了滑雪迷路的人，以及在总统初选时走进哈姆杂货店喝杯咖啡或到加油站方便的记者之外，没有人会到这个地方来。马戏团的工作人员架起了临时围篱，几乎每个我认识的孩子都想钻过围篱的小洞，好欣赏一场免费的演出。事实上，我也是用这种方式才初次看到马戏团演出。我和我最好的朋友路易躲在看台下方，从付费观众的脚踝之间欣赏表演。

帐篷的内侧印着星星图案，一看就知道是都市人会做的事，因为他们没意识到，只要拆下帐篷，大家就能看到如假包换的星星。我呢，自小在户外长大。在我住的地方——白山国家森林公园的边界——你不可能不去露营，仰躺在星空之下。在双眼逐渐适应之后，你会发现天幕宛如一只倒扣的碗，碗底闪闪发亮，让你以为自己置身在水晶雪花球里。我真替那些马戏团的工作人员难过，他们只能用印刷图案拼拼凑凑。

我承认，我一开始时只能痴痴地盯着马戏团团长那身贴着红色亮片的外套看，目光也离不开女孩踩着绳索移动的双腿。当她在空中劈腿，双腿沿着绳索往两侧滑开时，路易忍不住吐了一大口气，说：那条绳子真幸福。

接着，动物上场。最先出场的是马，我看得出它们眼中的愤怒。紧跟在后的猴子穿着愚蠢的行李员制服，爬上领头马的鞍上，一边绕场，一边对观众咧开嘴。小狗表演跳圈圈，大象舞动脚步，宛如置身于另一个时空，五颜六色的鸟儿凌乱纷飞。

随后才是老虎。

当然，主持人开始天花乱坠地形容老虎多么凶猛，任何人在家里都不该轻易尝试这些动作。驯兽师迟钝的脸上长了好些雀斑，看来像个肉桂卷面包。他站在场子中央，猛虎栅栏的门逐渐往上拉。老虎吼了一声，尽管我离得很远，仍然嗅得到它滚烫的气息。

老虎一跃，跳到了金属台座上，空气随之颤振。它听从驯兽师的指示，用后脚站立，转起圈子。

我对老虎略知一二。比方说，如果你把虎毛剃光，它们的皮肤上仍然看得到条纹；而且每只老虎的耳后都有一块白色的斑点，因为这样，就算它们转身离开，你仍然会觉得它们在看你。

另外就是：老虎属于大自然，不该出现在这座人声鼎沸、拼命拍手叫好的贝瑞斯佛帐篷里。

就在那一刻，有两件事同时发生：首先，我知道自己再也不可能喜欢马戏团了；第二件事，是老虎直直地盯着我看，好像它事先知道我的座位号码。

我完全了解到它希望我怎么做。

晚场的演出结束之后，团员全聚到小学后面的湖畔喝酒、打牌或游泳，停在马戏团大帐篷后面的多数拖车里似乎都没人。他们有个警卫，这个剃了光头、穿着鼻环的男人简直像珠穆朗玛峰一样高，但是他大声打呼，身边还有个伏特加空瓶。我蹑手蹑脚溜进围篱里。

现在回想起来，我还是说不出自己为何会那么做。那纯粹是老虎和我之间的灵犀，我们都知道我是自由之身，而它不是。知道它本应有个无常、不羁的生命，而如今却屈身于下午三点和晚上七点各演一场的余兴节目当中。

除了最难打开的猴子笼锁之外，我用一把从外公酒柜里偷来的冰钻，轻轻松松地打开大部分兽笼的锁头。我迅速释放动物，静静地看着它们溜进夜色当中。它们似乎都明白低调逃亡的必要，连鹦鹉消失时都没发出声音。

我最后才放掉老虎。我估计，在我释放这头掠食者之前，其他动物至少得有十五分钟的预备时间。于是我蹲在虎笼前面，拿着小石头在松软的地面画图，并没忘记要注意腕表上的时间。我坐在笼子前面等待时，马戏团的“胡子夫人”刚好经过。

她立刻发现了我。我虽然看不到她满脸胡子下面的嘴形，但仍然听到她说：“哇，怎么回事？”但是她没问我打算做什么事，也没赶我离开。“小心点，”她说，“它会吐口水。”她一定注意到其他的动物都不见了，因为我没费心去掩饰打开的空荡荡的兽笼。然而她只是久久地凝视着我，然后踏着阶梯走进她的拖车。我屏住气，以为她会打电话报警，没想到我竟然听到电台播放的乐声。她伴着小提琴的乐音，用低沉如男中音的嗓门唱歌。

我可以告诉你，即使过了这么久，我依然记得自己打开老虎的牢笼时金属互相摩擦的声音。我记得它先像只家猫般在我身上揉蹭，接着才一跃而出。我知道自己一定会被逮住，也忘不了那种恐惧的滋味——有点像杏仁海绵蛋糕。

只不过……没人发现是我。“胡子夫人”一直没把看见我的事说出去，负责清理大象粪便的管理员反而成了罪魁祸首。再说，到了第二天早上，小镇居民忙着重整秩序和搜捕逃走的动物。两头大象在撞倒富兰克林·皮尔斯的大理石雕像之后，在小镇的喷水池里冲凉。猴子一路逃到了本地餐馆里大吃派饼盒里的巧克力果仁蛋糕，当场被捕。几只狗跳进了电影院后面的大型垃圾桶，马儿则分散开来，四处奔驰。其中一匹在中心街上狂奔，一匹跑到本地农家的牧场上和牲口一起吃草，另一匹跑到十英里之外的滑雪坡地上，被救难直升机发现。三只鹦鹉中有两只从此失踪，第三只飞进了桑塔克公理会的钟楼上筑巢。

可想而知，老虎早就不见踪影。这当然会引来困扰，因为鹦鹉叛逃是一回事，但是肉食性的掠食者逃脱则又不同了。国民警卫队深入白山国家森林公园里找了三天，新罕布什尔州的学校全部暂时停课。路易骑着脚踏车来到我家，将他听到的流言告诉我：据说老虎猎杀了沃兹曼先生的宝贝小母牛，一个学步的幼童，还有我们的校长。

我完全不愿去想象老虎猎食任何东西。我想的是它在白天爬到树上睡觉，到了夜里，再循着星斗找路。

在我释放马戏团动物的六天之后，刚在一个星期前加入国民警卫队的胡波·麦克菲找到了那头老虎。这只大型猫科动物在阿孟努苏河里游泳，脸上和四只脚爪上仍然有血迹，它才刚猎杀一头鹿。根据胡波·麦克菲的说法，老虎带着杀意朝他飞扑过来，逼得他不得不开枪。

对此，我深感怀疑。老虎在饱食之后可能还昏昏欲睡，更不可能还有食欲。然而我的确相信老虎会朝着麦克菲飞扑而去。因为，就像我说的，没有人给动物应有的评价，当老虎看到枪口对准自己，一定立刻了解状况。

它明白自己又得放弃夜空。

知道它会再次遭到拘禁。

所以呢，那只老虎做出了选择。

卡拉

在卡车迎头撞树的几秒钟之前，我想起自己第一次试图拯救生命的经验。

我十三岁时搬回爸爸家住。精确来讲，应该说我的衣服又挂回我从前的衣柜里，而我则是带着背包，住进停在“瑞德蒙交易站游乐园”和“恐龙世界”北端的拖车里。我爸爸的狼都圈养在这里，再加上其他几只长臂猿、猎鹰，一只过重的狮子和一只以怒吼报时的机械暴龙。既然爸爸有百分之九十九的时间都待在这地方，我理当同行。

我以为这个选择远远胜过和裘伊、妈妈与她高龄生下的惊奇双胞胎一起生活，但是这个转变的过程却没有我想象中来得顺利。我大概想得太美好，以为老爸和我会一起在星期日早晨做松饼吃、玩纸牌游戏，或是在树林里散步。该怎么说呢？爸爸的确是在树林里散步，但地点都是在他为自己那群伙伴围起来的围场里，而且他太忙，忙着当狼。他会和位阶较低的西宝和索巴在泥巴里打滚，远远避开副手皮克达，也会夹杂在狼群当中一起生吃小牛的尸骨，弄得双手和满口是血。我爸爸相信，与其用生物学家的方法从旁观察，不如混入狼群更来得有教育意义。当我搬去与他同住的时候，他已经成功地得到五头狼的认可，把他当成可以共同生活、进食、狩猎的诚恳伙伴——尽管他仍然是个人类。有些人为此认定他是天才，其他人则拿他当疯子看待。

我离开了妈妈和她那刚刚开花结果的新家庭，其实当时爸爸还没有完全准备好，以迎接我的到来。他和第一次怀孕的梅斯塔在围场里，想加速和它建立关系，好让它选他担任幼狼未来的保姆。他甚至和他的“狼家人”睡在围场里，留我独自在深夜里拿着遥控器转台看电视。在拖车里固然孤单，但是被关在空无一人的房子里更寂寞。

在夏天，一群群的观光客会涌入白山国家森林公园，一路玩遍“圣诞老公公的村庄”“童话天地”和“瑞德蒙交易站”游乐场。然而一月到三月，那头让人乏味的暴龙只能对着空荡荡的园区嘶吼。淡季只有我爸爸会留下来照顾他的狼群，此外，就是我爸爸外出时负责代理他的管理员华特。这种时候，这地方会变得像是荒城，我放学后会到围场附近闲逛，距离近到让负责刺探的贝佳琪在围篱的另一侧踱步，想熟悉我的气味。我会一边看着爸爸为梅斯塔在狼穴里挖掘分娩的浅坑，一边告诉他足球队长被人发现作弊，或是学校乐团里的双簧管乐手穿起了宽袍，谣传是因为她怀了身孕。

相对地，老爸会告诉我为何他会担心梅斯塔，到目前为止，这头年轻的母狼一直顺着本能发展，这是它第一次生产，而且身边没有足以让它模仿的对象，让它学习如何当幼狼的母亲。有时母狼会因为不懂得如何照顾幼狼，而遗弃自己的孩子。

梅斯塔生产当晚的表现，宛如看着教科书行事。爸爸开了一瓶香槟庆祝，还让我也喝了一杯。我想去看幼狼，但他说，小狼要过好几个星期才会走出洞穴，连梅斯塔都会在洞穴里待一整个星期，每两个小时哺乳一次。

只不过，才过了两晚，爸爸便在夜里将我摇醒。“卡拉，”他说，“我需要你来帮忙。”

我套上冬季的厚外套和靴子，跟着他走进梅斯塔洞穴所在的围场里，看到它没待在窝里。它四处跑，和幼狼离得远远的。“我任何方法都试过了，想诱它回到窝里，但它就是不愿意。”爸爸就事论事，“如果我们现在不去救那几头幼狼，以后不可能有机会了。”

他钻进狼穴，抱着两只皱巴巴的老鼠爬出来。至少这两只小东西看起来很像老鼠，它们双眼半开，在他的手上扭来扭去。爸爸将这两只小东西递给我，在我把它们放进外套里时，他又拉出另外两只幼狼。其中一只的状况看起来远不如其他三只兄弟，它不但没扭动，还不断哀鸣，不时伸出小小的爪子。

我跟着爸爸走进拖车后面的工具室。稍早我还没醒来时，他已经将所有的工具丢到了雪地上，在里面的地上铺了干草。我认出里面有条本来放在拖车上的毯子，他把这条蓬松红格毯子放在一只小纸箱里。爸爸吩咐我：“把它们放在里面。”我照着做。他事先已经在毯子下放了一个热水瓶，让毛毯像母狼的肚子一样暖和，三只健康的幼狼随即钻进毯子的褶缝里，第四只摸起来却有些冰凉。我没把这只幼小的母狼放在它的兄弟身边，而是把它放回大衣下，贴在我的胸口。

爸爸拿着几个婴儿奶瓶，里面装的是冲泡好的动物用奶粉。他伸手想接去我怀里的小母狼，但是我就是没办法放手。他说：“那么，我负责喂其他几只。”我耐心地逗小母狼一次喝下一滴奶，他手边的三只幼狼则是一口气将奶水喝个精光。

那天晚上，我们每两小时喂一次奶。第二天早晨，我没穿上上学的服装，而看爸爸的样子，仿佛也没打算要我去学校。这道理不言而喻，我们手边的任务比我在学校教室里能学到的任何知识都更重要。

第三天，我们为幼狼取了名字。爸爸一向认为应该用当地的语言为原生动物取名，因此他所有的狼都用阿贝纳奇族的语言命名。“诺达”意思是“看这里”——最爱惹麻烦，不是缠住鞋带，就是卡在纸箱缝里。“奇纳”是“听我说话”，这只精力充沛，成天吵吵闹闹的黑色小家伙是这窝幼狼里最壮的一只。“奇塔”代表“聆听”，它缩在后头看着我们，任何动静都逃不过它的目光。

我将最小的妹妹取名为“蜜甘儿”，意思是“羽毛”。有几次，它和几个兄弟喝下一样多的奶水，让我以为它脱离了险境，但接着却又瘫在我的手中，让我赶紧抚摸它，再次把它放进衬衫里为它取暖。

熬夜让我累得头昏眼花，有时候我甚至会站着睡着，打了几分钟瞌睡之后才突然惊醒。在这期间，我一直把蜜甘儿带在身边，如果没抱着它，还会觉得若有所失。到了第四天夜里，我在小盹后张开眼睛，看到爸爸带着我从来没见过的神情凝视我。“你刚出生的时候，”他说，“我同样也舍不得放开你。”

两个小时后，蜜甘儿开始打战，而且一发不可收拾。我恳求爸爸开车带它去找兽医，到医院去找人协助。看我哭得太伤心，他只好将其他三只幼狼放进箱子里，把它们放到破旧的卡车上一起带走。他把箱子放在前座，搁在我们父女中间，我可以感觉到蜜甘儿在我外套下发抖。我同样也在发抖，但我不知道这是因为冷，还是我担心即将面对的状况。

卡车还没停进兽医院的停车场，蜜甘儿就死了。它一断气，我立刻发现，怀里的幼狼似乎更轻了，宛如一层壳。

我忍不住出声尖叫。我没办法忍受这种事，蜜甘儿死了，而且就贴在我身边。

爸爸接下蜜甘儿，用自己的法兰绒衬衫包起它，将死去的幼狼放在后座，这么一来，我便看不到它。“如果让它留在荒野中，”他说，“它连一天都撑不下去。有了你，它才能活这么久。”

如果他讲这番话是为了让我心里好过些，那么我只能说他完全没有成功。我开始大声啜泣。

突然间，原来在纸箱里的幼狼都爬到了仪表板上，而我则是靠在爸爸的怀抱里。他身上有一股绿薄荷和雪的味道。那是我这辈子首次了解他之所以没办法和狼群分离的理由。和这样攸关生死的大事相比，他有没有去洗衣店领干洗的衣服，或是不记得学校在哪天夜间开放，实在都算不上一回事。

爸爸曾经告诉过我，在荒野中，母狼必须通过最严苛的方法学习。但在遭到捕捉之后，因为生存法则不同，母狼每隔三或四年才会生产一次。你不可能坐视幼狼死去。“大自然知道自己要什么，”爸爸说，“但是对我们其他人来说，情况并没有因此变得简单一些，对吧？”

爸爸停放在“瑞德蒙交易站游乐园”的拖车外有棵树，那是棵红枫。我们在蜜甘儿死后的夏天种下这棵树，纪念埋葬它的地点。四年之后，出现在卡车挡风玻璃前方的也是红枫，只不过这次，枫树朝我们直逼而来。

有个女人在我身边跪下来，她说：“她醒着。”雨水滴进我的眼睛，我闻到烧焦的烟味，但是我看不到爸爸。

爸爸？我说，但这个声音只出现在我的脑子里。

我的心脏跳动的位置似乎不太对。我低头看肩膀，我的心跳仿佛来自这个地方。

“看来是肩胛骨断裂，另外肋骨也断了几根。卡拉？你是不是叫作卡拉？”

她怎么知道我的名字？

“你出了车祸，”这个女人说，“我们要送你去医院。”

“我……爸爸……”我勉强发出声音，每个音节都像刀刃般刺向我的手臂。

我转头想找他，看到的却是消防队员拿着水带朝一团火球喷水，那原来应该是爸爸的卡车。落在我脸上的不是雨水，而是水柱带来的水雾。

我突然全想起来了：挡风玻璃的网状裂痕、卡车尾部打滑、汽油味，还有，我大声喊爸爸，但是他没有回应。我不由得浑身打战。

“你真是太勇敢了，”女人对我说，“自己受了伤，还能把你爸爸拖到车外……”

我曾经看过一段访谈，有个少女在冰箱意外倒向小表弟的时候，竟然有办法一股脑儿地把冰箱抬了起来。这和肾上腺素有关。

那名一直挡住我视线的消防队员走开了，我看到另外一小群紧急医护人员围住僵直地躺在地上的爸爸。

“幸亏有你，”女人补上一句，“否则你爸爸可能会送命。”

事后我常在想，是否就为了这句话，我日后才会做出种种决定。但我在当下却哭了出来，因为我知道她的话太贴近事实。

路克

老是有人问我：你是怎么办到的？你怎么可能抛开文明和家庭，跑到加拿大的森林里和一群野狼住在一起？你怎么有办法放弃热水澡、咖啡、人际接触、交谈，甚至离开孩子足足两年之久？

呃，如果所有的香皂都会让你的狼群难以辨认你的气味，那么你不可能怀念热水澡。

若你不需要咖啡，也能让所有感官发挥最高的警觉性，那么你不会想喝咖啡。

当你身边蜷着两只带给你温暖的动物兄弟，你不会怀念人类的接触。一旦学会它们的语言之后，你更不会思念和人类的交谈。

你没有抛开家庭，而是融入了另一个新家庭，深植在其中。

所以，你瞧，真正的问题并不在于我怎么离开这个世界，走入深山林中。

而是我怎么让自己走回来。

乔琪

我早有心理准备，自己总有一天会接到医院打来的电话。而且一如我的想象，这通电话果然在半夜响起。“你好。”我坐起来接电话，刹那间忘了自己现在已经有了崭新的生活，有个新任丈夫。

裘伊翻个身，问道：“谁打来的？”

但医院拨这通电话不是因为路克。“我是卡拉的母亲，”我向对方确认，“她出事了吗？”

“她出了车祸，”护士说，“肩胛骨断裂，伤势不轻，目前状况很稳定，但必须动手术——”

这时候我已经下了床，在黑暗中摸索我的牛仔裤。“我马上到。”我说。

裘伊开了灯，跟着坐了起来。“是卡拉，”我说，“她出了车祸。”

他没问我为什么医院没打电话给路克——他是目前监护卡拉的家长。说不定院方已经通知过他。但是话说回来，他们很可能找不到路克。我套上毛衣和便鞋，试着把心思放在琐碎的实务上，以免沉溺在激动的情绪当中。“伊丽莎白早餐不爱吃松饼，记得让杰克森把远足同意书带去……”

我突然抬起头，说：“你明天一大早是不是要出庭？”

“别担心我，”裘伊温和地说，“我会照顾双胞胎，也会处理好法官和其他的事。你尽管去陪卡拉。”

我不知自己究竟交了什么好运，才能和这个男人结婚。有时我会想，在我和路克共同生活了这么多年之后，这本来就是我应得的。但有时候呢——比方现在——我则深信自己将来一定得付出代价。

我冲向接待柜台的时候，急诊室里并没有太多人。“卡拉·华伦？”我上气不接下气地说，“救护车载过来的……她是我的女儿？”

我每个句尾的音调都往上扬，仿佛灌了氦气的气球。

一名护士带着我走进了一扇门里，两旁的病房以拉上窗帘的玻璃与走道相隔，其中几间病房的门没关，我看到一名老妇人穿着病人的睡衣坐在轮床上；有个男人的牛仔裤裤管从裤脚往上剪开，露出膝盖，将肿胀的脚踝往上抬。我们靠向一侧，让路给坐轮椅的怀孕女人通过，她专注地用拉梅兹法调整自己的呼吸。

教卡拉开车的人是路克。尽管他自己经常鲁莽行事，但只要与女儿的安全攸关，他立刻变得十分顽固。他坚持要她先接受五十小时的训练，才让她去考驾照，而不是一般的四十小时训练。她是个安全、谨慎的驾驶人。但这天不是周末，她怎么会这么晚还出门？是她的过失吗？有没有别人受伤？

护士终于带我走进一间病房。卡拉躺在床上，显得好小，好害怕。她深色的头发、脸庞和毛衣都沾了血，他们用绷带将她的双臂紧紧固定在身子两侧。

“妈咪。”她呜咽地喊我。我不记得她上次这么喊我是什么时候的事了。

当我伸出双手抱住她的时候，她大声哭了出来。“没事了。”

我说。

卡拉抬起红肿的双眼看着我，涕泪纵横地问："爸爸在哪里？"

这句话不该伤到我的，但听了却让我难过。"我相信院方会有人通知他——"

这时突然有个住院医生走进病房。"你是卡拉的母亲吗？我们需要你的同意才能带她进开刀房。"她还说了些话，我依稀听见"肩胛骨"和"肩部旋转肌"几个字，接着她递来夹在纸夹板上的文件要我签名。

"爸爸在哪里？"这次，卡拉大声地喊出来。

医生看着她，说："我们正在尽全力给他最好的治疗。"这时我才明白车里不止卡拉一个人。

"路克也在车里，是吗？他还好吗？"

"你是他的妻子吗？"

"前妻。"我澄清我们的关系。

"那么，我没办法告诉你他的情况，这有关医疗隐私条例。但是，是的，"她说，"他也在这所医院里。"她面对着我，压低声音，不想让卡拉听到她的话。"我们必须通知他的家属。我们有没有办法联络到他的妻子或父母？还是说，你能不能通知什么人？"

路克没有再婚。他由外公外婆带大，而他们在几年前都已经过世了。如果他自己能说话，他一定会要我打电话到交易站，确认华特在游乐园里，会去喂他的狼群。

然而，他可能没办法为自己发言。说不定这就是医生不能——或不愿意——告诉我的事。

我还来不及回答，两名护理员已经走了进来。他们将卡拉的病床推到墙边。我感觉虚脱，在他们把我女儿带进手术房之前，我有太多问题该问，有太多事想确认，但是我一向不善于面对压力。我努力挤出一丝微笑，捏捏卡拉的手。“我会在这里等你出来！”我说话的语气太轻快。没多久，冰冷、安静的病房里只剩下我孤单一人。

我拿起皮包找手机，纳闷地想，不知道曼谷时间现在几点。

路克

狼群就像黑帮。团体的每一分子都有自己的角色，都想做好分内的工作。

大家都听说过阿尔发狼，也就是狼群的领袖，它好比黑帮老大、团体的首脑，它是守护者，指挥其他的狼该往哪里去，什么时候该去狩猎，该挑哪些猎物。阿尔发狼是决策者，是教父，在十英尺之外就能听出猎物心跳的变化，但是和电影中塑造的形象不同，它并不严守纪律。这个决策者太重要，不能让自己置身险境。

正因为如此，每头阿尔发狼的前方一定有头贝塔狼担任执行者的副手角色。位居副手的野狼通常大胆又勇猛，侵略性十足，在你太过接近首领之前，便先将你撂倒。副手不足惜，可以牺牲，一旦丧命，没有任何一头狼会真的在乎，因为终究会有另一只蛮狼取而代之。

接着是负责刺探的狼，它的个性谨慎又多疑，对谁都不信任，能侦测到一切变化，还会躲藏在角落里确认变化发生的时间，一有疑虑，得立即通报阿尔发狼。它易受惊吓的特质成了狼群安危的关键，况且，它善于管控，一旦怀疑狼群中有任何一分子没尽到自己的职责，便会制造机会让对方证明自己的价值——比方说，刻意去挑衅副手。若副手不能压制它，那么该副手便不足以担负大任。

接着是扮演“缓冲”角色的狼。多年来，它的名称从灰姑娘演变到奥米加狼。尽管最早大家都以为它是代罪羔羊，是狼群中地位最低的一分子，但如今我们知道缓冲者在狼群中扮演关键性的角色。它好比提供笑料又懂得如何让其他强势分子保持冷静的黑帮怪胎律师，会不顾一切地投入狼群的纠纷当中。如果有两头狼开始打斗，它会一头撞进去，以诙谐的方式打断这场搏斗，一直到两头愤怒野狼的情绪稍微缓和为止。大家各司其职，全都不会受到伤害。它们和老是处于劣势的灰姑娘大大不同，这些缓冲者扮演的是和平使者的角色。没有它们，狼群的社会不可能运转，而会处于永久的战争当中。

不管你对黑帮有什么看法，但帮派机制之所以能运作，就在于每个人都有特定的角色，而且愿意为了组织更美好的未来而做该做的事。他们愿意为彼此奉献生命。

还有什么原因让狼群像黑帮呢?

那就是，对这两者而言，家庭和家人永远是第一优先。

爱德华

若是我说，置身于一个人口多达九百万人的城市里还能引人注目并不难，你一定会感到惊讶。但是话说回来，我是泰国人口中的“老外”。从我的外表就能看得出来：我穿的是轻便的教师制服——衬衫加领带，况且我的一头金发在黑色的大海当中像烽火般闪闪发亮。

今天，我要我的一小群学生练习英语会话。他们已经分成了几个两人小组，要练习店员和顾客之间的对话。“有没有人自愿上台？”我问。

鸦雀无声。

泰国人出奇地害羞，再加上大家担心答错话会丢脸，因此更是迟疑，这让上课的时间长到让人痛苦。通常我会让学生分组讨论，然后到每个小组去观察他们的进度。但遇到像今天这种要依表现来打分数的日子，公开发言成了必要之恶。“小卓，”我对班上一名男学生说，“你开了一家宠物店，你想说服杰帝买只宠物。让我们听听你们的对话。”

这两名学生拿着草稿站起来。“我建议你买这只狗。”小卓先开始。

“我已经有一只狗了。”杰帝回答。

“好极了！”我鼓励他们，“小卓，找个理由，告诉他为什么要买你的狗。”

“这只狗活蹦乱跳。”小卓补充原因。

杰帝耸耸肩。“不见得每个人都希望自己的宠物活蹦乱跳。”

嗯，不见得每个日子都会带来成就感。

我收完作业后才让学生鱼贯走出教室，听他们用一种我学了六年之后还在摸索的语言叽叽喳喳聊天。已经有四个孙子的雅帕莎把她的作业递给我，这是一篇很有说服力的短文。我低头看着标题《吃掉素食者是健康的饮食方式》。

“好好研究哦，爱德华老师。”雅帕莎愉快地告诉我。在来到这所语言中心之前，她靠着看影集《欢乐时光》学英文。我不忍心告诉她，但是她的措辞对素食者实在有欠尊重。

我在这所语言中心教了六年英文，学校离曼谷市区大约半小时出租车程，位于我这辈子见过的最大的购物中心里。我之所以会在这里工作，纯粹是巧合。我带着背包游遍泰国，兼过不少奇特的差事来赚钱养活自己，十八岁那年，我已经在帕蓬区的酒吧里当酒保。这地方有全泰国最知名的人妖演出，连我都分辨不出来的变性人。当年我努力赚钱想离开这个城市。酒吧里的另外一名酒保是爱尔兰人，在美语中心教英文赚取额外收入。他告诉我，美语中心一直在找合格的教师。当我表示自己算不上什么合格的教师时，他笑了。他说：“你会说英文吧？”

我现在教英文的月收入有四万五泰铢，自己住在一户公寓里。我曾经有几段放纵的本地恋情，也会和其他住在曼谷的外国人到红灯区去喝酒。这期间，我学到了不少东西。你不能随便摸人头顶，因为那是一个人身体——的确也是如此——和精神上最高的位置。你搭公交时不能翘起二郎腿，因为这个姿势会让你的鞋底正对坐在你面前的人，要知道足底不但是你身体最低下的位置，也是精神上最不净的一点。这和朝对方竖起中指的意思差不了多少。在这里你不握手，而是将双手在面前合掌，做出祈祷般的姿势，食指尖轻触自己的鼻头。手举得越高，腰弯得越低，就表示你的敬意越崇高。合掌礼可以用来打招呼、道歉，或是表达感激。

你不得不佩服这样的文化，光一个手势，就能表达出谢谢或抱歉。

每当我对这里的生活开始厌烦，或觉得万事一成不变的时候，我会冷静下来提醒自己：我只是个过客。泰国的文化和信仰在这里存在已久，而我不过初来乍到。在某人眼中的看法差异，对另一个人可能是极大的不敬。

我希望当年我就已经明白这些事。

要到象岛实在没什么好方法。搭巴士从曼谷出发，车程有三百一十五英里，就算到了东边的德乐府，你还是得搭当地的双排小巴士到三个码头的其中一处。码头自然是最理想的地点，从这里搭渡轮到象岛只要二十分钟。蓝角码头最糟，渔船改装的渡船跑这一段行程多半会超过一个小时。

我只向语言中心请了短短两天假，大老远跑这么一趟似乎有点荒唐，但却绝对值得。有时候，待在曼谷会让人窒息，让我不得不到一个看不到人山人海的地方停留一阵子。我认为这和我在新英格兰的成长环境有关，从我家到最近的商场要花两小时。昨晚我在一家平价旅社过夜，今天，我打算找路爬到岛上最高的瀑布。而现在呢，就在我满身大汗又累又渴，正打算放弃时，眼前又出现了前所未见的大岩石。我咬着牙，踩稳脚步准备爬过去。我的靴子在岩石上滑了一下，结果磨伤了膝盖，我已经开始担心了，不知稍晚自己要怎么回头，但是我不许自己放弃。

我低声咒骂，先爬到岩石顶上，接着往下滑到岩石的另一侧。我噗的一声踩到柔软的地面，一抬头便看到了惊人的美景，澎湃的水势倾泻而下，喷溅的泡沫随着灌入深谷当中。我脱下衣服，穿着四角短裤涉入水池里，清凉的池水荡漾，轻触在我胸前。我潜入瀑布下，再翻身仰泳着出来，让阳光晒干我的皮肤。

来到泰国之后，我享受过上百次这样的美好时光，每当看到如此不可思议的景物时，我真希望自己能找个人分享。问题是，如果你决定当个独行侠，你同时也失去了这个权益。于是我只能和这六年来一样，拿起手机拍下瀑布的照片。不必说，我自己永远不会出现在照片当中。而且我也不知道要把这些照片给谁看。我家里牛奶的保存期限，可能比我多数的交往关系都来得久。然而我还是保留下这些数码相片，包括我在泰国第一次看到摆满祭品的精致庙宇、堆着大小木刻男性生殖器的灵根庙，以及郑王庙附近的鉴识科学博物馆里，泡在甲醛瓶中的连体婴。

我拿着手机浏览这些照片，这时，手机开始震动。我查看来电显示，心想应该是朋友相邀喝啤酒、语言中心老板想要我代课，或是上周末我在蓝冰酒吧遇见的某个空姐想约我见面。在泰国，手机通信网络无所不至，甚至比新罕布什尔州的白山地区还普及。

国际长途来电。

“哪一位？”我把电话拿到耳边。

“爱德华，”我母亲说，“你得回家一趟。”

我花了整整二十四小时才回到美国，租好车——我离开时还不足租车的年龄，一路开回新罕布什尔州的贝瑞斯佛。首先，我有六年没开车了，得全神贯注才能做好这件事。接着是我的脑海里不断回放母亲告诉我的话，以及为我父亲动紧急手术的神经外科医生的说明。

他的卡车撞到了树。

消防队和紧急医护人员在车外找到他和卡拉。

卡拉的肩胛骨断裂。

我的父亲没有任何反应，右眼瞳孔放大，没办法顺利地自行呼吸。据紧急医护人员的说法，这是弥漫性的创伤脑损。

飞机一降落，我便接到母亲打来的电话。卡拉出了手术室，服用止痛药后已经入睡。警方来过，想找卡拉谈话，但是母亲请他们先离开，她自己昨晚则是留在医院陪卡拉。她的声音虚弱，细如游丝。

我不打算说谎，我不是没想过自己哪天回到美国的光景。在我的幻想中，我们会在家里开派对，妈妈会为我准备我最喜欢的红萝卜姜汁蛋糕，卡拉用写着“最佳老哥”的棒冰棍子为我做一个雕塑。但当然了，我母亲已经不住在家里，而卡拉也过了拿棒冰棍来做手工艺的年龄。

也许你已经注意到了，在我“凯旋”归国的幻想当中，我的父亲并未出现在画面当中。

我在大城市住了太久，相较之下，贝瑞斯佛像个荒城。这地方当然有人，但是无人居住的空间太多，这反而让我头晕。这地方最高的建筑物通常只有三层楼，无论站在哪个角落都看得到群山。

我把车停在医院外的空地上，小跑步进到里面。我身上穿的是牛仔裤和厚T恤衫，不足以抵御新英格兰的寒冬，但是我没有其他适合这种气候的衣物。站在询问台后面的义工看起来活像个棉花糖，蓬软又粉嫩。我问出卡拉·华伦的病房号码。这有两个原因：首先是我母亲会在那里；第二个理由则是，在我再次面对父亲之前，我需要一点时间。

卡拉住在四楼，430号病房。我一边深呼吸，一边等待电梯门关上。我又纳闷起来，上次我独自一个人搭电梯是什么时候的事？我低着头走进走廊，和护士擦身而过，然后推开卡拉的房门——门外的表格上写了卡拉的名字。

病床上的女人正在睡觉。

她留着一头深色长发，太阳穴有明显的瘀伤，身上交缠着绷带，双臂同样用绷带固定在身体的两侧。她的一只脚露在毯子外面，脚趾涂着紫色的指甲油。

她不再是我的小妹妹了。重点是，她一点也不小。

我太过专注地盯着她看，没注意到坐在病房角落里的母亲。她站了起来，举起手捂住嘴巴。"爱德华？"她轻声地喊。

当年我离开的时候已经比母亲高，但如今我的体格更壮硕了。像他一样。

她的拥抱让我不得不屈起身子。"包住的心。"我们小时候，她总是这么说，然后张开手臂，等着我们奔向她的怀抱。这几个字仿佛我意念中的尖刺，在我顺着她的期待还以热情的时候，我仍然可以感觉到自己的愤怒。真好笑，不管我比母亲高大多少，她仍然是那个伸手拥抱我的人，而不是反过来，由我拥住她。

我觉得自己犹如踏进小人国的格列佛，体形远远超过我自己的回忆。母亲擦了擦眼睛，说："我简直不敢相信你真的在这里。"

在这个节骨眼上，我似乎不该提醒她，说我大老远飞回来是因为我妹妹和父亲住院。"她的情况怎么样？"我朝卡拉点了点头。

"吃了止痛药，正在昏睡，"母亲说，"手术刚过，还很痛。"

"她看起来……不一样了。"

"你也是。"

我们大概都不一样了吧。母亲脸上出现了我过去没注意到的皱纹，不过，或许她从前没这些皱纹。至于我的父亲，呃，我实在很难想象他有可能改变。

“我想，我大概得去看看爸爸了。”我说。

母亲拿起她的皮包——袋面印的是两个亚洲混血宝宝的照片。这应该就是那对双胞胎了。这种感觉很奇怪，我竟然有一对从未谋面的手足。“好。”她说。

此刻我最不希望的就是孤单一人。我不想当家，但是不知怎么着，我把手搭在她的肩膀上阻止她。“你不必和我一起去，”我说，“我已经不是小孩子了。”

“我看得出来。”她凝视着我。她这句话太轻柔，仿佛裹着一层棉绒。

我知道她在想什么。她觉得自己错失太多，没能送我进大学、参加我的毕业典礼、听我诉说我的第一份工作和初恋，或是帮忙装潢我入住的第一间公寓。

“卡拉可能会醒，她需要你。”我这么说，想缓和这个打击。

我母亲短暂犹豫了一下。“你会再回来吗？”她问道。

我点点头。尽管我说过相反的誓言，以为我绝对不会回来。

在我人生的某个阶段，我曾经想过要当个医生。我喜欢这种无菌、有秩序的感觉，以及凭线索就能找出问题并且加以解决的世界。

可惜，想当医生得先修生物学，我第一次拿起手术刀解剖猪胚胎的时候，便昏了过去。

其实，我不适合走科学这条路。高中时，我沉迷于书本当中，没想到这成了件好事，因为阅读成了我离家之后继续求学的帮助。我敢说，我比我认识的研究生读了更多古典名著。然而，我也懂得许多课堂上不会教的事，比方说，不要进到帕蓬区开在楼上的酒吧里，因为这些场所的老板都是恶棍；一定要挑玻璃门面的按摩店，这样你才可以清楚看到店内，以免最后得到意料之外的“美好结局”。我可能没拿到学位，但是我确实学得了知识。

然而，和桑卡尔医生一起待在家属接待室里却让我觉得自己愚笨无知，什么都不懂。因为我似乎没有能力将他告诉我的信息串联起来。

“你父亲的状况是弥漫性创伤脑损，”他告诉我，“医护人员送他进医院的时候，他的右眼瞳孔已经放大，而且没有反应。他的前额有撕裂伤，身体左侧瘫痪，呼吸困难。紧急医护人员先帮他插管急救。当我接到通知进医院时，看到他双眼眶水肿——”

“双眼——什么？”

“双眼的眼眶四周都已经出现水肿现象，”这位外科医生为我说明，“他在车祸现场检测出的昏迷指数只有五分。我们为他做了计算机断层扫描，发现颞叶血肿、蛛网膜下腔出血和脑室出血的现象。”他抬起双眼看着我的脸。“基本上来说，就是出血。我们在他的脑内和脑室都发现出血，这表示他受到了严重的创伤。我们先帮他注射了‘美立妥’稍微减低脑压，接着立刻送他进开刀房取出颞叶的血块和脑内一部分的颞叶内侧。”

我难以置信地张大了嘴：“你们切除掉他脑部的部分组织？”

“我们释放了脑压，否则他可能因此丧命。”医生纠正我的说法，“颞叶切除术会影响到他的部分记忆，但不是全面性的。对于语言、运动和人格没有影响。”

他们夺走了我父亲的某些记忆。是有关于他深爱的狼，还是有关于我们的部分呢？哪些才是他会惦挂的记忆？

“手术成功了吗？”

“你父亲的瞳孔恢复反应，血块也取了出来。但是水肿和出血引发了初期脑疝——也就是脑组织的移位，这会压迫到脑干，造成脑干小出血。”

“我不懂——”

“他的脑压已经下降，”医生说，“但是他还没清醒，对刺激没有反应，而且没办法自行呼吸。我们又做了一次计算机断层扫描，发现延脑和脑桥比第一次扫描时略微肿大，这是他还没有恢复意识，必须仰赖呼吸器的原因。”

我觉得自己好像在糖浆里游泳，我开口说话，但是句子却像自己听不懂的语言。“但是他会没事的，对吧？”我问道，仿佛这是我唯一需要知道答案的问题。

医生两手一拍：“我们目前还在观察……”

但是。我听得出他还有个“但是”。

“他脑干损伤的部位负责控制呼吸和意识。他可能一辈子都要靠呼吸器才能活下去。”桑卡尔的语气中不带任何感情，“他可能永远不会醒。”

在我十六岁刚考到驾照时，我去参加派对，过了我的宵禁时间才回家。我把车子停在路口，蹑手蹑脚地穿过草坪推开大门，希望自己能规避惩罚。但在我的眼睛适应了阴暗的光线之后，我看到父亲睡在客厅的躺椅上，我立刻知道自己躲不掉。父亲经常说，当他和狼群一起待在荒野中时，他从来不会真正入睡。那种时候，他只能半睡半醒，睁着一只眼睛保持警觉。

果不其然，我一跨进大门，他立刻从椅子上站起来，走到我面前。他什么话也没说，等着我开口。

我说：我知道，我被禁足了。

父亲环抱起双臂。他说：几百年前的家长绝对不会让孩子离开视线范围。如果有哪只小狼在凌晨两点钟吵到狼爸爸，它不会嗥叫咆哮，它会让小狼离开它，自己才能好好睡个觉。但是它会提高警觉，仿佛在问：你想知道什么？想去哪里？

我当时还有点醉，以为他这是在教训我，是用他自己的方式来表达怒意。现在呢，我怀疑他是否只是在生自己的气，气他对自己人性的一面让步，忘记睁开一只眼睛保持警戒。

“我可以去看他吗？”我问桑卡尔医生。

他带我穿过走廊，走进加护病房。一名护士站在床边，弯腰抽引某个东西。“你一定是华伦先生的儿子，”她说，“简直是一个模子打出来的。”

我几乎没听到她说了些什么。我只顾瞪着病床上的男人看。

我的第一个念头是：一定是搞错了，这不是我父亲。

因为，这个男人太憔悴，他部分脑勺被剃个精光，缠上白色的绷带，喉咙上插了根管子，手上还吊着点滴……

这个男人的太阳穴上有科学怪人般的针线缝痕，眼睛四周可见深蓝色的瘀伤……

这个男人一点也不像毁了我一生的人。

路克

小红帽真该打。

这个小女孩和她的祖母不费吹灰之力，散布许多关于野狼的谎言，使得野狼因此被毒害、猎捕，杀到几乎绝种。关于野狼的神话中，有不少出自于中世纪的巴黎，当时有孩童被野狼拖走。如今，大家认为这些动物应该是野狼和狗交配出来的混种狼狗。反过来说，纯种野狼惧怕你的程度，恐怕远远高过你对它的恐惧。除非它觉得安全受到威胁，否则不会主动攻击。

有些人以为野狼会杀害任何接近它的生物。

其实，它们只为进食而猎杀，就算在攻击一群动物的时候，它们也不会杀死群体当中的每一只个体。领头的阿尔发狼会命令狼群，让它们清楚地知道该攻击哪个特定对象。

有人认为狼群会使得鹿的数量大量减少。

事实上，它们每出猎十次，大概只有一次猎杀成功。

还有些人相信它们会侵入农场杀害家禽。

真相是，这种情况太罕见，生物学家甚至没有把这种行为列入掠食风险。

有的人则认定狼群对人有恶意。

老实说，在约莫二十个案例当中，狼与人的遭遇多半是人类主动，此外，没有任何文献记载健康的野狼会杀人。

还有，你可以想见的是：我同样不喜欢那三只小猪。

卡拉

我穿了羽绒衣裹着毛毯，坐在游乐园的户外桌边。园里没别人，因为这时候是二月，是游乐园的封园时间，然而园区的招牌设施——一走进园区大门立刻映入眼帘的机械暴龙——仍然全年无休。暴龙的电流板由计算机操控，除非切断所有设备的电源，否则关不掉，但这么一来，在淡季负责管理动物的基本员工也会受到影响。每当我想要逃避的时候，我就会来空无一人的游乐园，看着三角龙每小时准时摇晃它的塑料脑袋，甩掉前一天晚上的积雪。我凝视三角龙模拟挑衅暴龙的场面，两头猛兽的脚边都有深深的积雪。这真诡异，我觉得自己仿佛在观赏世界末日的景象。有时候，因为园区里太过于安静，恐龙的录音怒吼甚至会激怒长臂猿，惹得它们也跟着啼叫。

就是因为这些长臂猿的叫声，所以一直到爸爸几乎来到我面前时，我才发现他在喊我。“卡拉？卡拉！”他穿的是冬季工作服，这套衣服通常挂在拖车外的树干上，而且从来不清洗，这样才能让狼群认出他的味道。我看得出他刚才在围场里和狼群一起进食，因为他脸庞边的长发末端沾到了一点血。他通常会扮演缓冲者的角色，也就是说，他会在领袖和副手之间就着动物尸体进食。老实说，亲眼目睹进食的画面的确很惊人。狼群进食就像一场古罗马格斗士的争斗。狼群围着食物各自就位，在特定的时间内取用动物尸体的特定部位。每匹狼——包括我爸爸——都会发出低嗥，还一边磨牙，这是为了捍卫自己在猎物身上应该吃到的部位。爸爸本来也和狼一样吃生肉，后来因为消化系统无法负荷，于是他会先煮好肝肾之类的内脏，装进塑料袋里藏在工作服下，然后想个方法把东西放进小牛切开的肚子里，在狼群没发现异状的状况下，和它们一起进食。

爸爸松了一口气，脸色跟着缓和下来。“卡拉，”他又喊了一次，“我以为你不见了。”

我想站起来，告诉他我一直在这里，但是我动不了。我身上的毯子被缠住了，双臂抽不出来。接着我发现身上裹的不是毯子而是绷带，喊我的不是爸爸，而是妈妈。“你醒了。”她说。她低头看着我，试图挤出微笑。

我觉得肩膀好像被大象压住。我想开口问话，但是发出来的声音仿佛坠入了云层里。突然间，我看到另一张脸，这张女性的脸孔像面团般柔软。“如果会痛，”她说，“按下这个按钮。”她握着我的手去碰一个小按钮。我用拇指往下压。

我想知道我爸爸在哪里，但还来不及开口问，便先睡着了。

我又开始做梦。我之所以知道自己在做梦是有原因的。

爸爸在我的房间里，但他不是我爸爸，而是某个我只曾在照片里——正确地说，在三张照片里——看过的人。妈妈把这些照片放在摆内衣的抽屉里，用珠宝盒压住。这盒里有绒布衬垫，装的是我外婆的珍珠。在这三张照片上，他都用手环着我妈妈。他看起来年轻些、瘦些，头发也剪得短短的。

这个爸爸看着我，诧异的表情和我看到他的惊讶不相上下。我说：“别走。”我差点发不出声音。

听到我的话，他露出了微笑。

还有第二个原因让我知道这是一场梦。在这几张旧照片当中，爸爸看起来好快乐。事实上，他和我妈妈两个人看起来一直都很快乐。同样，我也只曾在照片里看过他们这样的表情。

我醒了，但是我假装自己还在昏睡。有两名警察站在床尾和我妈妈交谈。“我们必须和你女儿说话，”高个子警察说，“才能拼凑出意外的经过。”

我不知道爸爸是怎么向他们解释的。我突然觉得口干舌燥。

“很明显，卡拉目前还不能接受侦讯。”妈妈的声音很拘谨。我可以感觉到三个人的眼光同时朝我射过来，宛如火焰，吞噬着纸张。

“女士，我们了解，也知道首要得考虑她的身体状况。”

“如果你们真的了解，现在也不会站在这里了。”妈妈说。

我看过犯罪影集《法网游龙》。我知道，无论多小的一片油漆碎屑也能让犯人定罪，终身监禁。他们来这里是每起车祸的例行程序，还是他们发现了什么事?

我开始出汗，心跳也越跳越急促。我知道这是藏不住的事实。床头显示器上有我的脉搏，大家都看得见。这么想并不能让情况改观。我开始想象房里的每个人都盯着往上攀升的数字看。

“你们真的认为她爸爸会故意开车撞树？”妈妈问道。

迟疑之后，其中一名警察说：“不会的。”

这会儿，我的心跳更加猛烈了，护士可能随时冲进来施行急救。

“那你们为什么还要过来？”妈妈问。

我听到其中一名警察的衣服发出窸窸窣窣的声音，我眯着眼睛，看到他掏出一张名片给我妈妈：“可以麻烦你在她醒来之后打个电话通知我们吗？”

接下来，我只听到他们踩在走廊的脚步声和回音。

我慢慢数到五十，每个数字之间没忘记停留足够的时间。接着，我张开眼睛。“妈？”我说。我的声音好粗嘎。

她立刻在我的床边坐下：“你觉得怎么样？”

我的肩膀仍然会痛，但是已经没有之前难过。我用没受伤的手摸了摸前额，碰到肿胀伤口上的缝线。“又酸又痛。”我说。

妈妈伸手握住我这只手。我的指头上套了一个小夹子，上面有个小灯，红光仿佛穿透了我的皮肉，好像外星人。“你的肩胛骨在车祸时断裂，”她告诉我，“星期四晚上动过了手术。”

“今天星期几？”

“星期六。”她告诉我。

我对星期五完全没有印象。

我挣扎着想坐起来，却发现当我一只手臂像木乃伊似的捆在身上时，这个动作根本是件不可能完成的任务。“爸爸在哪里？”

她的脸上闪过一丝难解的神色。“我应该要告诉护士，让他们知道你醒了……”

“他还好吗？”泪水涌上我的眼眶，“看到医护人员围着他，然后他们……他们……”我连句子都说不完整，因为我开始将妈妈脸上遮遮掩掩的表情和稍早的妄想——梦中年轻的爸爸——拼凑在一起。“他死了，”我低声说，“你只是不想让我知道。”

她握住我的劲道更强了些：“你爸爸没死。”

“那么，我要去看他。”我要求妈妈。

“卡拉，你的情况还不——”

“我不管，我要去看他！”我喊了出来。

这么一来，我终于引起了注意。一个佩戴医院识别证的女人急急忙忙地走进病房，但是她没穿着护士的白色制服。“卡拉，你得放轻松——”

她个子娇小，骨架很细致，每说一个字，黑色的鬈发便跟着摆动。“你是谁？”

“我叫作翠娜，是负责照顾你的社工人员。我知道你有很多问题——”

“没错，比方说：我被你们像木乃伊一样捆起来，头上有和科学怪人一样的缝线，而我爸爸很可能躺在停尸间里，这样叫我怎么放轻松？”

妈妈和翠娜对望了一眼，我立刻从她们密码似的眼神里看出来，在我因为药物而陷入昏睡期间，她们已经讨论过我的状况。我只知道，若是她们不愿意扶我下床，不管爸爸在哪里，我都会去看他。就算用爬的也行。

“你爸爸的脑部受到了严重的创伤，”翠娜说。这话好比某个人说：我听说冬天很冷，或是，我得把车开进去里面换轮胎。在她口中，脑部受到严重的创伤似乎和肉刺没什么不同。

“我不懂这是什么意思。”

“他动了手术，取出脑部的肿块，目前没办法自行呼吸，而且意识不清。”

“五分钟之前我也一样意识不清。”我说。其实我说的是：这全是我的错。

“我会带你去看你爸爸，卡拉，”翠娜说，“但是你要明白，你看到他的时候会受到惊吓。”

为什么？因为他躺在医院病床上？因为他和我一样头部有缝线，喉咙上还插了管子？爸爸是那种静不下来的人，很少待在室内。看到他躺在椅子上睡觉就已经够让人惊吓了。

她请护士和护理员进来，扶起我坐到轮椅上，他们同时必须移动我的点滴架，而这个动作也让我咬着牙，忍住疼痛。走廊上有一股清洁剂的味道，医院老是有种让人讨厌的塑料味。

上次我进医院是去年的事了。当时爸爸和我带萨奇出门，我们经常带这只狼到小学校园，倡导野狼保育的知识。通常，我们会来场迷你训练课程揭开倡导的序幕，让孩子们知道如何与野生动物相处，例如，不要伸出指头，不要迅速接近，让动物熟悉我们身上的气味等等。那天孩子们的表现很好，萨奇也一样。但某个愚蠢又鲁莽的家伙在学校建筑的另一侧恶作剧，他按下了火灾的警铃，震耳的响声吓到了狼。它第一个反应就是逃跑，但最近的出口是一扇玻璃窗。爸爸抱住萨奇想保护它，所以，最后受伤的人成了我的老爸，而不是狼。当然了，毫发无伤的萨奇被我们带进旅行用的兽笼里，可是爸爸的手臂却割出了深可见骨的伤口。

爸爸在确认萨奇安全返回围场之前当然不肯就医。等到他到了家，用来充当绷带的擦盘布早就被血浸湿，而陪我们回游乐园的小学校长惊慌失措，坚持要我爸爸立刻到急诊室。他进医院——也就是我目前所在的地方——缝了十五针。但是我们一回到家，他立刻到圈养诺达、奇纳和奇塔——这三只是他一手带大的小狼——的围场里。在这个围场里，他扮演的角色是缓冲者。

我站在围篱外面，看着诺达跳向我的爸爸，直接用牙齿扯掉爸爸手上的绷带，接着奇纳开始舔伤口。我敢说，它一定也舔掉了缝线。我相信爸爸正希望它这么做。他曾经告诉过我，从前在荒野的时候，他的皮肤因为不像他的野狼手足一样有浓密的皮毛保护，所以难免会受伤。他一受伤，狼群会为他舔开逐渐愈合的伤口。几次之后，爸爸渐渐相信它们的唾液中含有某种具有医疗效果的成分。尽管他睡在地上，没使用任何抗生素，但是他在森林里生活了两年，从来没发生任何感染，伤口愈合的速度也比平常快两倍。奇纳越舔越深，爸爸痛得缩了几次，但仍然撑到了伤口停止流血之后才离开围场。我们爬上小坡地，走向拖车。他说：我恨死医院了。这是他的解释。

翠娜推着我沿着走廊前进，妈妈跟在后头，我们经过一些打着石膏、撑着助行器或拐杖的病人。我的病房在骨科，但是爸爸在医院的另一个部门。我们得搭电梯到三楼。

我们进入标示着“加护病房”的门。

门里的走廊上只有医生在走动。

翠娜停下我的轮椅，蹲在我的面前说：“你觉得自己能应付吗？”

我点点头。

翠娜倒退着拉着我的轮椅进到我爸爸的病房，然后将我转过来，面对病床。

爸爸好像一座雕像。像是你在博物馆陈列古希腊雕像的大理石战士，强壮、浑身肌肉紧绷，而且面无表情。我伸出一只指头去碰他的手。他没有反应。唯一证实他还活着的，是连接在他身上的机器发出的轻微声响。

是我害了他。

我咬住嘴唇，因为我知道自己马上要哭出来，但我不想让翠娜或妈妈看到。

“他会好的，是吗？”我低声问道。

妈妈伸出一只手，搭在我的肩膀上。“医生不能确定。”她的声音沙哑。

这时候，泪水顺着我的脸颊往下淌了。“爸？是我，卡拉。醒醒，你一定要醒过来。”

我想起新闻经常播报的故事和奇迹，某些被断定永远无法下床的人突然间活蹦乱跳了起来，某个盲人突然重见光明。

有些大脑受损的爸爸突然张开眼睛，带着微笑原谅你。

我听到水声，通往洗手间的门跟着打开。昨天在我妄想中的年轻爸爸走了出来，在运动裤上擦拭双手。他看看妈妈，然后凝视着我。“卡拉，”他说，“哇，你醒了？”

这时我才顿悟，他不是我幻想出来的影像。我认得这个声音，只不过这声音如今发自另一个成熟的躯体。

“他来这里做什么？”我低声问。

“我打了电话给他，”妈妈说，“卡拉，别——”

我摇摇头，“我错了。我应付不来。”

翠娜立刻转动我的轮椅，让我面对病房门口。“没关系，”她的语气完全没有评断的意味，“看到你爱的人处于这种状况，的确很难承受。等你觉得自己好一点的时候再过来。”

我假装同意她的说法。但问题不在于我躺在病床上昏迷不醒的爸爸，虽然这已经足以让我的世界破裂。

而是面对我的哥哥。对我来说，他已经死了好几年。

我和爱德华并非从来不亲近。但如果你还年轻，七年不算短，更何况一个高中生和他还在玩家家酒的小妹妹不可能有太多共同点。然而，我把大哥当偶像一样崇拜。他偶尔会把书留在厨房桌上，我甚至会拿起书来，假装自己看得懂里面的每一个字。我还会趁他外出时溜进他房里，躺在他床上听他的iPod，这种事如果被他知道，他一定会杀了我。

我就读的小学和高中校园有段距离，所以爱德华在早上必须先送我上学。当初他在车行看上一辆八百美元的旧车想买来代步，我父母支付了一半费用，其中一项条件便是他必须送我上学。同时，我妈妈还坚持要爱德华先亲自送我走到学校入口，才能去上学。

爱德华确实执行了妈妈的指示。

那时候我十一岁，已经大到懂得看交通号志过马路。但是哥哥从来没让我自己走，日复一日，他先停好车子再和我一起等红绿灯，等到绿灯亮起，我们一起过了马路之后，他才会放开牵着我，或拉着我胳膊的手。我相信连他都没发现自己有这样的习惯。

我大可挣脱手臂，或是要他放手，但我从来没那么做。

他离开我们的第一天，我首次自己过马路。我真的觉得马路是从前的两倍宽。

理智上，我知道我的家庭在爱德华离家后破裂并不是他的错。但是如果你十一岁大，你才不管什么叫理智。你只会思念和大哥手牵手的感觉。

“我不能不打电话给他，”妈妈说，“他仍然是你爸爸的儿子。而且院方需要有人为路克的医疗做决定。”

难道陷入某种程度的昏迷对爸爸还不够糟吗？掌握他目前状况的人偏偏还是我失联已久的哥哥。一想到坐在我爸爸床边，等他张开眼睛的人是爱德华，我就怒火中烧。

“你为什么不能做决定？”

“因为我和他已经没有婚姻关系。”

“那为什么没有人问我的意见？”

妈妈在我的病床边上坐了下来。“当你被送进医院来的时候，你的状况不可能做什么决定。就算你可以，你也还没有成年。医院需要的是一个满十八岁的成人。”

“他早就离开了，”我陈述浅而易见的事实，“没资格在这里出现。”

“卡拉，”妈妈举起手揉着脸庞，说，“你不能把一切都怪在爱德华头上。”

她小心翼翼，没有说出这其实是我爸爸的错，是他让婚姻碎裂，逼爱德华离开。她清楚得很，最好不要在我面前讲爸爸的不是，因为这也是我四年前搬离她家的部分原因。

我搬离妈妈家，因为我和她的新家庭格格不入，而我最后留在爸爸身边，因为他用妈妈绝对办不到的方式教育我。其实这很难解释。我不在乎我的床单是否每个星期换洗，如果有人想起来，几个月才洗一次都无所谓。爸爸教给我的是森林里每一棵树木的名称，以及我在不知不觉中与日俱增的知识。他让我了解到夏季暴风雨并不会造成不便，反而是工作的好时机，因为我们可以避开蚊虫叮咬，也免得热得发昏。

我们曾经在围场里看到一只倒霉的獾闯进里面。我们通常让狼群猎杀不小心闯进围场的猎物，但这次有只成年的狼追了过去，它没咬死这只獾，而是一口咬在猎物的脊椎骨上，让獾只能拖着后脚前进。接着，这只狼退开，让狼群里的两只小狼负责杀死这只獾。基本上，这是一堂训练课程。和爸爸一起生活就像这样。当我在爸爸身边时，爱德华是否离家不重要，能够成为他领导下的唯一成员，能学到他的一切所知，得以让他依赖——一如我对他的依赖——就足以证明我的价值。

我到此刻才明白，如果爸爸不醒过来，我得回去和妈妈一起生活。

这时病房的门突然打了开来，两名警察走进来。“卡拉，”高个子警察说，“真高兴看到你醒过来。我是杜蒙警员，这位是魏格比警员。我们要耽搁你几分钟的时间——”

妈妈站到他们和病床之间。“卡拉才刚动过手术，她需要休息。”

“我无意冒犯，女士，但这次没和你女儿说到话，我们不会离开。”杜蒙警员在床边的椅子上坐下来，“卡拉，你愿意回答几个有关车祸的问题吗？”

我看看妈妈，又看向警察：“大概可以吧。”

“你记不记得车祸的经过？”

每分每秒都记得一清二楚。“不太记得了。”我喃喃地说。

“当时是谁开车？”

“我爸爸。”我说。

“你的爸爸。”

“没错。”

“你们要去什么地方？”

“回家。他到朋友家去接我。”

妈妈交抱双臂：“抱歉……但我想请问一下，车祸什么时候成了刑事案件？”

警员将视线从笔记本上移开，转过头去看着她。“女士，我们只是想拼凑出事情的经过。”他转头回来看着我，“卡车怎么会滑出路面的？”

“路上有只鹿，”我说，“它冲到我们车子的前面。”

其实，这是真的。我只是略过之前的细节没提。

“你爸爸有没有喝酒？”

“爸爸从来不喝酒，”我说，“狼群会闻到人体内酒精的味道。”

“你呢？你是不是喝了酒？”

我的脸红了起来：“没有。”

一直保持静默的魏格比警员往前走了一步。“知道吗，卡拉，老实说出真相对大家都好。”

“我女儿没喝酒，”妈妈愤怒地说，“她才十七岁。”

“遗憾的是，女士，这两者并不互相排斥。”魏格比拿出一张纸递给她。那是一份检验报告。

“你女儿入院时，血液中的酒精含量有零点二，”魏格比警员说，“和你女儿不同，报告不会说谎。”他转头对我说，“说吧，卡拉，你还隐瞒了什么事？”

路克

我那些阿贝纳奇族兄弟相信他们的生命和狼群联结在一起，而且，这是无可避免的宿命。几年前，当我第一次到加拿大研究美洲原住民自然学家如何沿着圣劳伦斯河追踪野狼时，我发现他们以野狼为师，学习它们猎食、养育幼狼和保护家族的方式。阿贝纳奇巫医将灵魂附在野狼身上的故事时有听闻，大家也听过巫医被狼附身的说法。法国人称缅因州和新罕布什尔州的东阿贝纳奇族人为“狼族”。

阿贝纳奇人同时还相信有些人生存在动物和人类的世界之间，从来不属于任何一方。

当时和我同住的阿贝纳奇长者乔瑟夫·欧宝萨文说，这些人会转身投向动物世界，是因为人类让他们失望。

这个解释应该很符合我的状况。我父母比我朋友家长的年纪大很多，所以我从来没邀请过同学回家，而且还会故意忘记把校园开放日或篮球赛的日期告诉他们，因为，每次有小朋友毫不掩饰地瞪着我父亲的白发或母亲的皱纹看时，我都觉得很尴尬。

我的童年因此欠缺热络的社交生活，所以，我有相当多的时间独自待在森林里。我的父亲教会我当地所有树木的名称，还告诉我哪些有毒，哪些可食。他会在明月高挂的时候带着我去猎鸭，等待猎物时，我们呼出的气息在面前凝成银色的雾气。我就是在那时候学会安静等待，即便我坐在空地边缘，林里的鹿还是会出来吃草。我在那段时间同样也学会如何辨认这些动物，我能够区分出哪几只是同行的鹿，来年有哪些带着小鹿回到本地。

我记忆中的每一段时刻都与动物有所联结，我看过狐狸母亲带着宝宝追踪过豪猪，也偷偷放走马戏团笼里的动物。但一直到我十二岁，正要展开与人类互动最低潮的同一年，我才见到此生最令我惊艳的动物。我在我家后面的林子里看到一头北美麋鹿，它和刚出生的小麋鹿躺在蕨丛当中。我认得这只母麋鹿，见过它一两次。我想起父亲说过的话，他要我千万不要接近刚生产的动物和它的宝宝，于是我往后退。然而让我惊讶的是，这只麋鹿站了起来，它将宝宝往前推，一路把它推进我的怀里之后才停下来。

我抱着小麋鹿在空地上坐了一个小时之后，一只我所见过最雄壮的雄麋鹿也走进了林里的空地。它骨架大得惊人，像座雕像般地站着等母鹿和幼鹿站起来。随后，这一家三口静静地消失在我身后的树林里。

在诧异之下，我跑回家想把这段经历告诉我的父母，也知道他们一定会相信我，不料到家之后，我发现他们和一个陌生女人坐在厨房的餐桌边。然而，在她转头面对我的那一刻，我仿佛在她的五官中看到了自己。

“路克，”我父亲说，“这是凯丽，是你真正的母亲。”

他不是我的父亲，是我的外公。我一直称为母亲的女人其实是我的外婆。我的生母是他们的女儿，她在十七岁时和当时的男友一同贩卖海洛因，被捕入监服刑。入狱的两个月之后，她才发现自己怀了身孕。

她躺在医院里，双手铐在病床上生下我。

当下，我的外公外婆决定抚养我。为了不让我背负污名，让别人知道我有个坐牢的母亲，他们从明尼苏达州搬到了没有熟人的新罕布什尔州。他们展开新生活，对外表示我是老天爷恩赐的老来子。

凯丽在刑期结束后并没有立刻重回家庭，她决定找个工作安定下来。四年后的这天，她已经是克里夫兰一处大饭店的柜台经理。她打算修补自己一度抛下的岁月。这其中也包括了我。

我对那天没有太深刻的印象，只记得我不想拥抱她，当她提起克里夫兰的时候，我起身冲出厨房，再次跑进后面的林子里。麋鹿已经不在原地了，但是我从动物身上学得如何在必要时隐藏自己，如何融入环境。于是，当我外公出来找我喊我的时候，他从我躲藏的树丛面前经过，却没有发现我。躲着躲着，我最后终于睡着了。

我一直到第二天早上才回家，全身僵硬，又湿又冷，而且骗子凯丽早已离开。我的父母，其实是外公外婆——坐在桌边吃煎蛋。外婆为我准备的是两枚煎蛋和一片吐司。我们没再说起我母亲的到访，或是她已经离开的事实。外婆表示，目前我依然维持原来的生活方式，这就是他们的决定。

后来我开始怀疑，这件事，或是和麋鹿的相逢是否都是梦。

事过境迁之后，我偶尔会和我的母亲联络。她每年圣诞节都会寄拖鞋给我，但尺寸永远太小。她也出席了外公的葬礼和我的大学毕业典礼。两年后，她因为卵巢癌过世。

又过了几年，在我与狼群同住时，我对母亲有了不同的感觉。我发现她的决定和所有母狼没有两样：把孩子交由长者保护，通过长者丰富的知识，让下一代学得应懂的每一件事。但坐在餐桌边安静又尴尬地吃早餐的那一刻，我只知道我一辈子没见过欺骗我的动物，至于人类呢，我再也没办法安心信任。

爱德华

“惊吓”分成好几个阶段。

第一阶段是当你走进医院病房的那一刻，你看到你父亲像具尸体般僵直地躺在病床上，身上插了一堆导管，还接着显示器。你试图把眼前的画面和记忆中那个与狼为伴、向你挑战的人联系在一起，却发现其中有严重的落差。

接下来，你会进入“希望”的阶段。落在床单上的每一道光束、呼吸器的每一个起伏，你疲倦的双眼看到的任何假象都会让你从椅子上跳起来，以为自己看到了抽动、颤抖，或是恢复意识的征兆。

只不过，你什么也没真的看到。

下一个阶段是“否认”。你随时可能在自己的床上醒过来，诅咒喝多龙舌兰之后的疯狂梦魇。这真的很可笑，像一出荒谬剧：你多年前便已经将这个父亲从生命中切割开来，而如今，你竟然坐在他面前扮演保姆的角色。但再仔细想想，你会知道自己前一天晚上没喝龙舌兰。你不是躺在自己的床上，你在医院里。

接着，当你发现自己和病患一样也没有反应时，你会开始紧张。护士、医生、技术人员和社工来来去去，但你已经记不清他们来过几趟。这些医护人员和社工都知道你的名字，正因为如此，你才发现一切已经成了日常例行公事。你不再压低声音说话——当初你会低语是出自本能，觉得病人需要休息——因为你发现自己的父亲根本听不到你的声音，而且原因并不只是注入他左耳的冰水。

注入冰水是一系列无尽测试中的其中一项，这是为了观察眼球的移动。据医疗人员的解释，如果病患内耳的温度改变，眼球应该会有反射性的移动。把这项测试应用在清醒的病患身上，可以检查控管平衡的耳神经损伤程度。至于无意识的病患呢，则可以检查脑干功能。

“怎么样？”我问执行测试的脑神经住院医生，“好消息还是坏消息？”

她没有直视我，说：“桑卡尔医生会告诉你更多信息。”接着记录下我父亲的数据。

她让护士留下来擦干我父亲的脸颊和脖子。她是我来到医院之后看到的第十五名护士了。这位护士将发辫在头顶上盘起复杂的发髻，我纳闷地想，不知道她晚上要怎么睡觉。她叫作哈蒂，在照顾我父亲时，有时会一边哼唱黑人灵歌，像是“轻轻摇，舒适的马车”，或是“我会引领你”。“你知道吗，”她说，“至少和他说说话。”

“他听得见吗？”

哈蒂耸耸肩。“不同的医生有不同的见解。我觉得，反正对你无所谓。”

她这么说，是因为她不认识我父亲。我们父子上一次的谈话一点也不顺利，说不定我的声音会引发他某种愤怒的反应。

但是话说回来，在这个节骨眼上，任何反应都是好事。

我在病房里住了二十四小时，坐在椅子上睡觉好保持警戒。我现在脖子酸痛，四肢僵硬到难以支配，脸上的皮肤仿佛橡胶般松弛。疲惫的筋骨、回到家乡、看着父亲陷入昏迷躺在我四英尺之外，这些感觉都太不真实了。我应该随时会醒过来。

或是我父亲随时可能清醒。

我借咖啡和希望来维持精力，我也和自己打赌：如果我还在这里，就表示他还有机会复原。如果医生能找到新的测试方式，一定是相信他会好转。如果我能继续清醒五分钟来看着他，他一定会张开眼睛。

我小时候很害怕住在我衣橱里的怪物，有时候会吓到上气不接下气，甚至还会起疹子。父亲要我下床去，打开该死的衣柜看看。他说：不明就里比面对自己的恐惧可怕上千倍。

当然了，当年那个小男孩勇敢地拉开衣柜，看到里头没躲藏任何鬼怪。

哈蒂离开之后，我说："呃，爸，是我。爱德华。"

父亲动也没动一下。

"卡拉来看过你，"我告诉他，"车祸时，她也受了点伤，但是她会好起来的。"我没说她哭着离开，也没提起自己没敢到她的病房去找她详谈。她是那种全村唯一会指出国王没穿衣服的人，以我的状况来说，她仿佛是个错置的角色，她该是那个孝顺的儿子才对。

我试着说笑。"知道吗？就算你真的想念我，也不必用这么极端的方式。你大可直接邀我回家过感恩节。"

我们都不觉得这个笑话有趣。

门又开了，这次进来的是桑卡尔医生："他怎么样？"

"不是应该由你来告诉我吗？"我问道。

"嗯，我们还在监看他的状况，但看起来似乎没什么变化。"

我提醒自己：没有变化就是好消息。"耳朵灌水的测试有没有什么结果？"

"其实是有的，"医生说，"我们在他耳孔注入冰水是为了观察前庭眼球的反射反应。如果冰水注入时眼球偏离灌水侧，就表示他的脑干反应正常，意识受损的状况还算轻微。同样，如果眼球震颤也表示他的知觉正常。但是你父亲的眼球完全没有偏向，也就是说，他的脑桥和中脑的功能严重受损。”

我受够了这些医学名词，受够了这些来来去去、为我父亲做些无谓测试的专家。下床去，拉开该死的衣柜。“你就直说吧。”我喃喃地说。

“什么？”

我强迫自己直视桑卡尔医生的双眼。“他不可能醒过来，对吧？”

“这个嘛。”这位神经科专家在我面前的椅子上坐下来。”意识包括两个部分。”他解释，“一个是‘清醒’；另一部分是‘知觉’。你和我一样，清醒而且有知觉，昏迷的病患则是两者皆无。昏迷了几天之后，病患可能有几种不同的发展。他的脑功能可能全数丧失，也就是我们所谓的脑死。他也可能出现闭锁症候群，这种状况相当罕见，他清醒而且有知觉，但是没办法行动或说话。或者，他也可能进入植物人的状态，也就是说，他是清醒的，但是没有知觉，或不知道自己身在何处。换句话说，他的眼睛会张开，会睡也会醒，但是对刺激没有反应。如果进入植物人状态，病患可能会逐步恢复最低程度的意识，他会清醒，会有间歇性的短暂知觉，最后或许会完全恢复意识。然而他也可能永远停留在植物人状态，再也没办法恢复。”

“所以，你的意思是我父亲可能会清醒过来……”

“……但他恢复知觉的机会微乎其微。”

植物人状态。“你怎么知道？”

“情况对他并不利。创伤性脑干受损的病患——你父亲就是如此——通常不会有太好的结果。”

我等待这番话即将带给我的冲击，毕竟，他讲的是我父亲。然而长久以来，我一直压抑自己对父亲的任何感觉，到现在，我其实已经麻木了。我耳朵听着桑卡尔医生的解释，心里知道自己本来就等着他说出这个信息，我坦然接受事实。我发现，讽刺的是，这使我成为照护他的最佳人选。“那么接下来该怎么办？”我问，“就看着办？”

“等一小段时间看看。我们继续测试，观察他是否有任何改变。”

“如果他的状况完全没有进步，他是不是要永远留在这里？”

“不是的，有些复健中心和护理之家专门照顾植物人。至于那些在发生状况之前已经表明不愿依赖维生系统存活的病患，则移送到安宁疗护单位拔管。如果是器官捐赠者，则必须符合捐赠规定，在心脏停止跳动之后才能捐赠。”

我们好像在谈论一个陌生人。然而事实似乎也是如此。我没比桑卡尔医生更了解我的父亲。

桑卡尔医生站了起来。“我们会持续监看的。”

“我在这段期间该怎么做？”

他把双手插进白袍的口袋里。“去睡个觉，”他说：“你看起来糟透了。”

他离开病房之后，我拉着我的椅子，朝父亲的病床靠近了些。如果你在我十八岁的时候告诉我，说我会回到贝瑞斯佛，我一定会当着你的面大声笑出来。当年，我只晓得自己无论如何得离开这个地方，而且越快越好。少年时期的我还不明白，不管我跑得多远，我想摆脱的一切仍然会在原地等着我。

错误和你藏在阁楼里的纪念品一样：旧时的情书，过世亲戚的照片，令人怀念的玩具。虽说眼不见为净，但是在你的心底深处，你知道这些东西依然存在。你也知道自己想躲避这些记忆。

如果我是那个叫哈蒂的护士，我会为我父亲祈祷。然而我一向不是笃信宗教的人。我父亲敬仰的是大自然的殿堂，母亲则把宗教像一桶油漆般地向我泼洒过来，但我什么也没留住。

我想起自己到达泰国之后的第一个星期。当时，我在旅馆前面的人行道上、餐厅的转角、当地酒吧门口、树林里，甚至在每幢房子的院子里，都看见一座座摆满装饰的小屋宇，这当中有些是用砖头和木材搭盖的永久小屋，有些则是可拆迁的临时屋。每幢小屋子都摆了雕像、家具、人偶或动物玩偶，阳台上则有香台、蜡烛和花瓶。

泰国人大多是佛教徒，但某些古老信仰的痕迹仍然会不时出现，比方这些小灵屋就是。即使到了现在，泰国人依然认为，当神灵不在天国、洞穴、树上或瀑布的时候，他们仍然需要一个庇荫之处。守护土地的神灵提供人们各种不同的保护，从生意是否兴隆到居家安全，从守护动物、森林、水源、谷仓，到看管神庙和要寨。在我住在泰国的六年间，我看过当地人用各式各样的贡品献祭，有花朵、香蕉、米，甚至有香烟和活鸡。

灵屋最有趣的地方是，当某户人家要搬家时，他们会举行特殊的仪式，将神灵从原来的地方搬迁到新址。只有在仪式举行过后，你才能拆掉神灵原来的住处。

我凝视父亲躺在病床上的躯壳，纳闷地想：不知他是否早已继续前进。

路克

我讨厌大学。校园里有太多建筑物，太多混凝土。不在树林里静静地坐几个小时直接与动物接触，而是从教科书上学习动物学，这似乎有违直觉。我经历过好几段感情，参加过的派对也不在少数，但是你同样会在壮丽的山区看到我，或发现我在白山国家公园露营。我已经达到可以区分大灰鸮和黄连雀，或松雀和黑喉蓝林鹰啼叫声的境界，也追踪过黑熊、白尾鹿和北美麋鹿的踪迹。

我取得动物学的学位之后，受雇在新罕布什尔州唯一的动物园里工作，这地方在州境南边，离曼彻斯特不远。威格渥斯是个私人动物园，主要是给孩子们游乐的可爱动物区，再加上少数野生动物。我从羊驼开始，一路照顾到鱼貂、红狐，最后才是野狼。这群狼一共是五只，围篱有两道门，里面有片浓密的小树林和一处供狼群在白天休息的小丘。每隔三天，管理员就得送食物进围场里，通常送的是从屠宰场买来的小牛尸体。不管是哪个轮值的管理员要进围场，都会带着滑雪杖防身，不只是狼围场管理员这样做，管理美洲狮、黑熊或其他大型动物的人员都会这么做。我实在不懂，就算带着滑雪杖，也不见得能发挥多大的效用。带这东西其实没什么必要。狼群害怕我们的程度远超过我们对它们的畏惧。它们一听到围篱两道门锁打开的声音，便会立刻冲进小树林最浓密的地方，躲进围场东北侧的窝里。我们留下牛尸离开围场，许久之后，它们才敢冒险出来进食。

有次我进围场检视围篱，首度没把滑雪杖带在身边。检视围篱是管理员的例行工作，但这天我没有赶着完成进度好逃离围场，而是决定留下来。我没带防身武器，忐忑不安，肾上腺素冲进了血液当中。我坐在平日狼群停留的位置等待。

我当时想的是，就像我孩提时代遇见的鹿和北美麋鹿一样，狼群迟早会适应我的存在，然后和平常一样活动。

我的想法并不正确。

我在狼围场里坐了五天，其他几名管理员都认为我精神有问题，但是没有任何一只野狼试图接近我。

好多人问过为什么我会为自己的人生选择这样一条道路。我想：部分原因是动物一向与我坦诚相对，但人类则不然。但另外还有一个理由：我不愿轻易服输。于是，我非但没有放弃，然后手持滑雪杖进围场照料这些动物，反而认为自己的做法可能有误。

后来我发现自己虽然没带滑雪杖，但仍然有优势。我小时候曾经在黎明或黄昏时溜出门看动物，在白天，它们通常会隐匿行踪。如果我想让狼群安心，我应该在狼群居上风的时候去接近它们。于是我去征询老板的同意，让我在围场里面过夜。

我必须先解释一下，动物园的关园时间是傍晚六点钟，时间一到，所有的管理员会各自回家去。留守的只有负责处理紧急事件的基本员工。老板表示，随我高兴怎么做都行。但是我从他脸上的表情看得出来，他一定认为在这个管理员因伤致死之后，他又得雇用个新员工了。

我很难形容初次把自己关在围场里的心情。一开始，我觉得惊慌恐惧。黑夜仿佛也有心跳，我的视力没那么好，看不到纠结突出的树根。我听得到狼群移动的声音，但是我也知道，若它们真想要无声地跟踪我，它们同样办得到。我跌跌撞撞地来到我平常的位置——小丘上——坐下。动物园的四面八方传来陌生的声音，将我钉在原地。我对自己说：这就是你想要的。

我试着闭起眼睛睡觉，但却没办法放松，反而数起了星星。在我还来不及反应之前，蛋黄般的太阳便浮出了地平线。

在白天照顾狼群是个有趣的工作，但管理员的任务其实是阻止入园的访客做出愚蠢的举动，比方说丢东西喂食，或是太接近围篱。到了晚上，我独自和这些美丽的动物相处，它们在昏暗的光线中足以称王。一天即将结束之际，它们不必挂心账单，不必为明天的早餐伤脑筋，更不必理会人工水池混凝土壁面的裂痕。重要的是，它们守在一起，没有安全的顾虑。

接下来的四个晚上，我在最后一名管理员离开之后把自己锁在围场里。在这几个夜里，同样，狼群尽可能远远避开我。到了第五晚，午夜刚过，我起身离开小丘，走到靠近围篱后方的区域。两头野狼敏捷地跳到我稍早静坐的位置上，嗅了嗅土地，然后在上面撒尿。接着，它们也离开小丘，用黄色的眼睛瞪着我看了一整个晚上。

第六夜，一只名叫亚尔洛的狼朝我靠过来。它缓缓地绕圈子，闻闻味道便转头离开。

它在第七天和第八天夜里都重复了相同的举动。

到了第九夜，它闻过我的味道，转身似乎要离开，但接着却绕回来咬了我的膝盖一口。

这口咬得不重，它如果有心，大可直接攻击我的喉咙。然而它只轻咬了一下，但这带给我的惊吓却远超过疼痛。

野狼最有力的不是它骇人的下颚，它的咬合力每平方英寸可高达一千五百磅。野狼真正的力量在于它有这个能力，而且懂得时机，知道什么时候不该使用。

我一动也没动。我猜，如果我试着站起来离开围场，亚尔洛可能会将我扑倒，赏我几口比轻咬更进一步的攻击。我吓得没敢移动，等着亚尔洛离开。我一直坐到日出才有勇气移动。

很久之后我才学到，或许是因为恐惧，那天晚上我才得以存活下来。当新成员——比方说想填补空缺的孤狼——想加入狼群时，它必须先通过考验，证明自己有能力坚守岗位，不受家族其他成员的威胁。轻咬便是测试的方式。如果新成员不愿暴露喉咙来表现自己的脆弱，寻求信任，那么狼群的原有成员会尽一己之力来教训它。如果我在亚尔洛轻咬我的时候表现出畏缩的态度，或是想跳起来逃离围场，那么我很有可能遭到狼群猎杀。

下一个晚上，亚尔洛又咬了我一口。过了两个星期，我的膝盖、小腿和脚踝上全布满了瘀伤和咬伤。接着，在某天夜里，它靠在我身上磨蹭。小雨中，它的毛皮有些潮湿，我一开始以为它想擦干身子，没想到它把脸、额头和尾巴都凑了上来。当它以重达一百二十磅的身子靠过来的时候，我整个人往后倒，他接着再度轻咬我——这是警告我，要我待在原地不许动，然后继续磨蹭，一直到我全身也散发出湿答答的动物气味，才终于停下来。

这正是它磨蹭我的原因。几个星期之后，它开始带狼群的其他成员到我在小丘上的位置。当亚尔洛咬我膝盖和小腿的时候，其他几只狼会保持一段距离，态度警戒。我发现，亚尔洛通过这个方式来让它们知道我可以接受指挥调度。

我值得它们信赖。

乔琪

“喝酒？”我震惊地问，“你喝了酒？”

这时两名警察已经离开。在卡拉哭了出来，扯动肩膀伤势而引发疼痛之后，他们被护士赶了出去。我不知道自己比较气谁，是企图指控卡拉酒驾的警察，还是一开始就对我说谎的卡拉。

“我只喝了一杯——”

“哪种杯子？还是桶子？”我说，“血液酒精测试准得很，卡拉。”

“我和玛丽亚去参加派对，”她说，“我本来不想去，但她要和在田径赛时认识的伯利恒高中学生碰面。我一发现大家疯过了头，便打电话要爸爸来接我。我说的是实话，我发誓。”

“当初急诊室医生问你有没有用药或喝酒时，你为什么不老实说？”

“因为，”卡拉说，“我早料到事情会演变成这样。我错了，可以吗？你难道从来不犯错？”

天哪，当然会。

“如果你不愿意告诉医生，”我说，“你至少应该告诉我。你让我在那两个警察面前觉得自己像个傻瓜。”

卡拉的嘴角抽动了一下。“那你觉得我有什么感觉？如果不是因为我，如果我没喝酒，爸爸也不会受伤。他根本不必开车出门。”

我听到我未成年的女儿在路克的监护之下喝酒便已经怒火中烧，这番话让我更无法忍耐。如果我能，我一定会找他理论，训斥他是个不负责任的家长，要求更改监护条件。

但是我现在没办法这么做。

“卡拉，”我坐在床边说，“那是车祸，是一场意外。你不该自责。”

她偏过头去，不愿意看着我。“你又不在场！”她愤愤地说。

她这是在指责我。我不知道她是不高兴听我提起车祸，或是气我在事发当时没陪伴在她身边，而是在我的另一个家里。

我很想说，倘若卡拉还和我住在同一个屋檐下，她绝对不会喝酒。如果她当初留在我身边，我们今天也不会在医院里。路克的心思全放在他的狼群上，我和他不同，我会知道自己的女儿想做什么事，也不可能让她在非周末的夜晚出门。然而，事后这样说未免太简单。

事实是，就算卡拉当初没有决定离开我去和父亲同住，在上个星期四晚上接到电话找人去接她的人，很可能是我。

我这辈子有几次这样的经验，我似乎突然抽离了现实，从远处审视自己，追溯一路走到这个阶段的历程。第一次是当我看到爱德华留下的纸条，他表示自己要离开这个家。第二次是在我和裘伊的婚礼上，当时，也许是我这辈子第一次感到纯粹的快乐。第三次是双胞胎出生当天。而第四次就是此刻这场噩梦当下，我的第一个家庭再次全员会合，而且不可避免地，与路克独特的个性息息相关。不要随便许愿。

卡拉说：“爸爸醒来之后，你可以叫他罚我禁足。”

我不忍心告诉她，那是个假设，而不是时间问题。

也就是说，在这个病房里，她不是唯一一个说谎的人。

我会认识路克，是因为本地新闻节目指派我去采访他。我信心满满地以凯蒂·库瑞克为目标，打算成为知名的女主播，尽管当时我还在努力，想在新罕布什尔州的本地电视台闯出一片天地。我甚至会录下新闻节目来当喝酒的赌注，每次听到错误的发音我便喝一口酒，一般来说，看完三十分钟的节目之后，我便喝光了一整瓶酒。我的工作，是利用晚间新闻时段的最后三分钟时间，来报道州境内一些怪异或独特的人士。

我看过不少诡异的例子，有个女人帮她谷仓里的猫咪全穿上手缝的衣服，然后让它们摆出名画里的姿势拍照；一名贝果烘焙师傅偶然把奶酪和莳萝调配在一起，竟然烤出一个和州长神似到令人难以置信的成品；州境北部有个娇小的金发小学老师赢得伐木比赛。某天，我的工作小组（指的是我和扛着摄影机的另一个家伙）被派到新罕布什尔州唯一的动物园。这个死气沉沉的园区在曼彻斯特附近，园里有个骑马场，有个体验挤奶的牛栏，和为数不多的野生动物。

提供这则新闻的人是一名游园的家长，他带家中学步的幼儿到动物园去，惊讶地看到一群人围在面积不算大的狼围场外。原来，一名动物园的管理人员——路克·华伦——不久前开始和这些动物一起过夜，白天也会在里面逗留。他的上司起初把这当成自杀行动，现在却发现狼群接受了他，把他当作群体的一分子看待，于是鼓励路克在动物园开放时间和狼群互动。光靠路克这个特殊的举动，动物园的业绩便翻了四倍。

我和摄影师搭档艾尔佛到达狼围场时，他得先推开群众，我们才能走到围篱旁边。围场里有五头狼和一个人。路克·华伦坐在两头少说也有一百磅的动物之间。他一看到我们，立刻起身，在群众指指点点之下走向通往围场外面的两道门。他先答复几名游客有关野狼的问题之后，才向摄影记者走过来。“你一定是乔治。”他说。

我往前踏出一步：“不对。是我，我是乔琪。”

路克笑着说：“你和想象得完全不一样。”

我也想对他说同样的话。我本来以为这家伙和我采访过的其他对象一样，疯疯癫癫，乖僻到近乎不正常。然而路克·华伦高大健壮，金发及肩，一双眼眸湛蓝到让我几乎忘却此行的目的。他穿着一件破烂的连身工作服。“先让我把这身衣服脱下来。”他拉开拉链，露出动物园管理员的卡其色制服。“那几只狼习惯了这个味道，但这身衣服穿到现在，可能硬到可以自己走路了。”

他走进管理员休息室，一会儿之后才走出来。他把金发整齐地束在脑后，也洗过了脸和双手。“好，”我说，“你不介意让我们一边拍摄……”

“请便。”路克回答。他带我们走到一张长凳旁边，这是拍摄他背后狼群的最佳位置，就像他说的，它们才是真正的明星。

“我开始拍了。”艾尔佛说。

我把双手放在膝上：“你在狼围场里过夜已经有一段时间了……”

路克点点头：“四个月了。”

“连续四个月吗？”我问道。

“是的。到现在，我觉得待在里面比睡在床上更舒服。”

我开始思索这个男人的立场何在。除非你想引人注目或是精神有异，否则任谁都不会和野生动物一起睡四个月。我当时想，也许他想开个自己的谈话节目。当年每个人都想要一个自己的节目。“你不怕狼群在你睡着时攻击你吗？”

他带着微笑说：“我不打算骗你，我进围场的第一天晚上根本不敢睡觉。但是整体来说，人虽然怕狼，但它们更怕人。就现阶段而言，我还让它们来教我，而不是由我主动，所以它们当我是狼群里地位较低的成员。”

我想：他绝对是精神异常。“嗯，路克，我们最想问的当然是：为什么？”

他耸耸肩。“我觉得，想真正去了解狼，我们不能单靠观察。大部分动物学家会反对我的看法，他们会说，你可以通过摄影镜头去观察狼群成员的互动，然后依照你对人类行为模式的认知去导出结论，但是，你不觉得那是在走回头路吗？如果你真想了解狼的世界，你要有在那个世界里生活的意愿，得会说它们的语言。”

“你的意思是，你会说狼话？”

路克咧嘴笑了：“说得还不赖呢。我甚至可以教你几句。”他站起来，一脚踏在长凳上，人往前倾。“野狼的嗥声分成三种，”他解释，“第一种是为了标示狼群所在位置，不只是标示自己，也可以标示其他家族的位置。接着是防卫性的狼嗥，这种呼声比较低沉，意思是：保持距离，是保护疆界和成员的方法。第三种是召集性的嗥声。好莱坞的电影里经常使用这种凄凉、哀怨的狼嗥。野狼会用这种方式寻找迷途的成员，是一种以声音发出来的信号，让走失的成员找路回家。”

“可以请你为我们示范一下吗？”

“这得要你帮忙。”路克说。他拉着我站起来。“深呼吸，让肺部灌满空气，然后尽可能先憋气再吐出来。重复三次之后，再开始呼嗥。”他重复三次吸气，双手圈在嘴巴前面，接着朝围场吐出长长的双音节呼声，让声音穿过树梢。狼群好奇地抬起头。“你试试看。”他说。

“我不会——”

“你当然会。”他站到我背后，双手放在我的肩膀上。“吸气，”他开始指导，“吐气。吸……吐。吸……准备好了吗？”他往前靠，在我耳边说：“开始嗥。”

我闭上眼睛，一股脑儿地，颤抖地吐出囤积在肺里的空气。接着，我又试了一次。我的呼声原始，出自喉咙。我听到站在我身后的路克吐出另一种呼声，他的呼嗥长些、低沉些，更为紧绷。我们的呼声交叠在一起，谱成了曲调。这次，围场里的狼群歪着头，开始回应。

“了不起！”我大声嚷嚷，停下来聆听如波涛般涌过来的狼嗥。“它们知道我们是人类吗？”

“这有关系吗？”路克问，“这是标示位置的狼嗥，相当基本。”

“你可以再示范另一种呼声吗？”

他吸了一口气，嘴巴张成一个圈。他这次发出了完全不同的声音，像是升华过后的哀痛。在这个单音节的呼嗥声中，我听到了萨克斯吹出的灵魂，犹如一颗破碎的心。

“这是什么意思？”

他凝视着我，热切的眼神让我无法挪开自己的视线。“是你吗？”路克低声说，“你是我要寻找的人吗？”

卡拉试着吃晚餐托盘里的果冻，却徒劳无功。她的左手够到了小碗，但是每次想拿汤匙挖，不是果冻掉下来，就是小碗被往前推。“我来。”我说。我坐在病床边喂她。

她像雏鸟般张开嘴巴，吞下果冻。“你还生我的气吗？”

“是还在生气。”我叹了一口气，“但这不表示我不爱你。”我看着她吃下另一口果冻，想起从前要喂她吃固体食物有多么困难。她只想把食物抹到头发上，或用手指将食物抹在儿童椅的小桌板上，要不然，就是把东西吐到我脸上。她的体重在儿童健康指标上总是接近营养不良的程度，而我得努力向护士解释我并没有让她挨饿，是她自己不肯吃。

卡拉一岁时，我们看完爱德华的少棒赛，在回家前先进麦当劳吃东西。我忙着打开婴儿食品罐头，就在我翻找放在皮包里的围兜时，坐在儿童椅上的卡拉伸手拿起爱德华儿童餐盘上的薯条吃。“她的婴儿食品呢？”爱德华问道。

“呃，”我回答，“我想，她已经不是婴儿了。”

他想了想：“那她还是卡拉吗？”

不过是转个身罢了，原来熟识的人却可能有了改变。你的小儿子可能住在地球的另一边，你漂亮的女儿可能会在夜里溜出去，你的前夫可能正一步步地死去。正因为如此，芭蕾舞者在学会用脚尖旋转之前，得先学会定位。我们全都想要具备回到起点的能力。

卡拉用没受伤的手推开餐盘，拿起电视遥控器转台。“什么节目都没有。”

这时是五点钟，所有的电视台都在播本地的晚间新闻。“新闻也是节目。”我告诉她。我抬头看着屏幕，选定我从前工作的电视台。主播是个二十来岁的女孩，眼妆上得太浓。如果我当初留在新闻界，现在应该已经是制作人了，我会隐身在幕后，不必担心青春痘、新冒出来的白发发根，或是多出来的五磅体重。

“这是场漂亮的胜战，”主播说，“格拉夫顿郡地区检察官丹尼尔·鲍伊赢得了一场充满争议性的审判，有些人认为这代表州内保守势力的胜利。马丁·克伦岱堡法官今天宣判，在梅莉·斯威佛特足月生产之前，必须继续倚赖维生系统，为期六个月。这名怀孕女子于十二月因动脉瘤破裂而陷入昏迷。当梅莉·斯威佛特的丈夫和双亲要求院方拔除她的呼吸器时，鲍伊决定亲自处理这起案件。”

“蠢蛋，”我压低声音说，“如果不是为了竞选，他才不在乎这女人双亲的要求。”

屏幕上的画面切换到法院外，丹尼·鲍伊站在台阶上接受访谈。他喜欢大家叫他“丹尼”。“能够保卫弱小又无法为自己发声的受害者，我感到十分骄傲，”他说，“生命就是生命。我知道，如果斯威佛特女士能说话，她会乐于知道有人照料她的孩子。”

“拜托！”我喃喃地说，抢下卡拉手上的遥控器。我切换到下一个频道，却惊讶地张大了嘴巴。

主播身后是路克的大幅照片，几乎占满整个屏幕。一头狼正在舔他的脸，他龇牙咧嘴地笑。“WMUR电视台刚得知路克·华伦因车祸而重伤，这位自然保育学家以与狼群共同生活而广为人知。华伦最为人乐道的，是他主持的电视节目。节目中翔实记录下他在新罕布什尔州瑞德蒙交易站游乐园与狼群生活的细节——”

我按下遥控器的开关，屏幕瞬间变黑。“这些人说的话全是为了吸引观众，”我告诉她，“我们不必理会。”

卡拉把头埋向枕头。“他们播报的方式，好像他已经死了似的。”她说。

这实在很难想象，我和爱德华分别住在两个大陆的六年之后，如今，他距离我坐的位置只差一个楼层，但我们仍然分处两地。

我不必说，每个母亲都能了解儿子离开身边的感觉。这种情况会自然发生，方式也不少，比方说参加夏令营、出外读大学、结婚，或是就业。这就像你亲手织的布上突然在中间出现一个洞，但不管你怎么修补，看起来都像粗制滥造的成果。我不相信有哪个做父母的有办法优雅接受孩子不再需要自己的事实，但对我而言，这件事却命中了我的要害。爱德华离家时才十八岁，还在申请来年要就读的大学。我以为我还有六个月的时间，来思索如何像动手术般地，将他从我的生命中切割而开，这期间我仍然面带微笑，好让他以为我为他的好运气感到兴奋。然而，爱德华没进大学。相反，在一个糟糕透顶的早晨，他留下一张纸条，然后消失无踪。也许就是这样，我才会觉得自己宛如遭到雷击。

我不想丢下卡拉，于是我等到她又睡着之后，才到加护病房去。爱德华坐在椅子上，低着头埋在双掌之中，仿佛在祈祷。我等了一下，不想打扰他，但接着发现他只是睡着了。

这让我有机会仔细观察路克。上次我和社工人员陪着卡拉来到加护病房时，我几乎全心放在女儿的反应上，来不及有自己的情绪。

我一直觉得路克是动态的，他活动的时间远多于休息。看到他这样静静躺着不动，会让我想起从前。以前我会刻意比他早起，如此一来，我才能研究这个人，观察他耳朵的弧度、下巴上金黄色的线条，以及他手上、脖子上日积月累的各色伤痕。

我的喉咙一定是发出了某种声音，因为爱德华醒了，而且盯着我看。“对不起。”我说。但我不太确定自己是在向谁道歉。

“很奇怪，对吧？”爱德华起身站在我旁边。我发现他身上散发出男人的气味，就像男用止汗剂和刮胡膏的味道。“我一直在想，他只是睡着了。”

我伸手环着儿子的腰，将他揽近了些。“我本来想早点下来，可是……”

“卡拉。”他说。

我面对爱德华：“她不知道你在这里。”

他扬起一边嘴角微笑：“所以才会那么热情欢迎。”

“她现在还没办法清楚思考。”

爱德华笑得不太自然。“哦，她显然认为我是个浑蛋。”他摇摇头。“我在想，她可能是正确的。”

我看着路克。他昏迷不醒，但是在他面前和他儿子这样说话，却让我觉得别扭。“我得喝杯咖啡。”我说。爱德华跟着我走出病房，来到家属休息室。这个老旧黯淡的休息室墙壁是灰色的，里头没有窗户。角落上有台咖啡机和一个纸箱，让人自动自发地为每杯咖啡投进一块钱。休息室里还摆了两张沙发、几张椅子、一叠过期杂志和一箱旧玩具。

爱德华瘫坐在沙发上，我用胶囊咖啡机帮他煮了杯咖啡。“你妹妹也许还不明白，但是她需要你。”

“我不会留下来，”爱德华立刻说，“事情过后，我会马上离开……”

他没把话说完。我也没帮他接下去。

“我觉得自己像个骗子。没错，我多少知道我得留在加护病房里和他的医生讨论，因为我是他的儿子。但是我也知道，我已经太久没当他的儿子，而且，他如果睁开眼睛，最不想看到的人也会是我。”

咖啡机发出嘘声，喷出最后一滴咖啡。我突然发现自己不晓得爱德华喜欢怎么喝咖啡，是否要加糖或牛奶。从前，我可以如数家珍地把我儿子的生活细节告诉你：他后颈的伤痕是怎么来的，他的胎记长在什么地方，身上哪些地方怕痒，喜欢躺着睡还是趴着睡。我对我儿子还有什么不了解的地方？

“我一开口你就回家来了。”我简短地说。把手上的黑咖啡递给他，“那就是正确的决定。”

爱德华的指头抚过纸杯的杯缘。“妈，”他说，“假如——”

我在他身边坐下：“假如什么？”

“你知道的。”

在医院里，希望和事实往往背道而驰。爱德华不必明白说出他的想法，而我呢，我尽了全力，就是不允许自己这么想。疑虑和染料一样，只要沾到你编织出来的借口，这块布料上的污渍就永远洗不掉。

我有很多话想对爱德华说。我想说：这不公平，这不对。路克做了这么多事，在这么长的时间当中，他可能因为失温、遭到动物攻击，或是碰到其他各种可怕的天灾而丧命。没想到他竟然因为车祸这么稀松平常的原因而倒下，这对他似乎是一种羞辱。

但是我只说：“我们先不要谈这些事。”

“这件事超过我的能力范围，妈。”

“对任何人来说都一样。”我揉揉太阳穴，“你只管仔细听医生怎么说，在卡拉做好准备之后，你们才能讨论。”

“我可以问你一件事吗？”爱德华说，“她为什么那么恨我？”

我想要隐瞒，但这让我想起卡拉，想到她在车祸当晚喝了酒。我也想到自己的虚伪，不顾路克的状况有多么不乐观，还在她面前加以美化。“她把事情都怪在你头上。”

“我？”爱德华瞪大了眼睛，“哪件事？”

“我和你爸爸离婚。”

爱德华想笑却笑不出来。“她把这件事怪在我头上？我当时甚至没在这里。”

“她当年才十一岁。你连再见都没说就离开了。路克和我当然会争吵，因为当年的那件事——”

“当年的那件事。”爱德华轻声重复这几个字。

“总之，对卡拉而言，一连串的事件导致她的家庭破裂，而你是头一桩。”

从我接到医院的电话，得知卡拉出车祸到现在已经四十八小时了，这期间，我一直努力维持镇定。我必须坚强，因为我女儿需要坚强的母亲。当你不想听到的消息像圣母峰一样耸立在你面前时，只会有两种情形发生。悲剧若不是像把剑般直接穿透你的身躯，就是成为你的支柱；而你不是崩溃落泪，就是对自己说：好，接下来还要面对什么事？

所以，也许是我累了吧，但我终于让自己哭出来。“我知道，在你和你爸爸之间发生了那么多事情之后，你会觉得自己不该出现在这里，这让你觉得愧疚。但是你不是唯一有这种感觉的人，”我说，“因为，不管这件事有多可怕，我一直觉得这是把这个家庭再次聚合在一起的开端。”

爱德华不知道该怎么安抚哭泣的母亲。他站起来，拿起咖啡桌上的整叠纸巾递过来，笨拙地拥着我说：“不要放弃希望。”我们仿佛有了没说出口的协议，肩并肩地离开家属休息室。

不管是爱德华还是我，对于那杯我稍早想喝的咖啡，我们都没再多说。

路克

在狼的世界里，每个成员都想替补群体中的空缺。对一个家族来说，失去成员——不管是被杀或是走失——阶级组织会立刻失衡。想要来攻占领地的敌对狼群会更具威胁性，狼群防御性的呼声会转变成探求，嗥声代表询问，频率高一点，邀请附近区域的孤狼来加入，一同打击敌方。

那么孤狼为什么要回应？

试想只身在野外的情景。你可能是另一头动物的猎物，是敌对狼群的敌人。你知道多数的狼群会在清早或夜里猎食，所以你改为在白天行动，但是这会让你更容易受到攻击，更容易被发现。你战战兢兢地走在险恶的处境当中，为了隐匿行踪，你必须在溪里撒尿，如此一来，才不会被追踪或挑战。你每转个弯，每看到一只动物，都代表着危机。想要生存，加入团体是最好的办法。

团体带来安全，代表保障。你把自己的安危交给家族的成员。你说：如果你尽全力保住我的命，我也会为你做同样的事。

爱德华

我妹妹恨我，因为我毁了她的童年。如果她能了解这句话有多讽刺，天哪，我们一定会好好大笑一番。也许到我们都上了年纪、满头华发的那一天，还真能拿这个话题当作笑话看待。

仿佛这天还真会降临似的。

我老是讶异地发现，如果你没有清楚解释某件事，旁人总能想办法读出其中的奥妙之处。我把留给母亲的纸条钉在枕头上，免得她在我半夜溜出家门之前先看到。纸条上写的是：我爱她，一切不是她的错。我表示自己没办法继续面对父亲。

这都是实话。

“口渴了吗？”有个女人说了。我往后弹了一步，发现自己站在医院的自助餐厅里，面前汽水机器喷出来的可乐泼湿了我的球鞋。

“天哪。”我喃喃地说，赶紧松开控制杆。我环顾四周，想找东西擦拭地上的汽水。但是处于环保考虑，纸巾控制在收银员手上。我看着收银员，她眯起眼睛，摇摇头。“卢伦，”她回头喊，“请管理员过来。”

“来。”我身边的女人从皮包里掏出一包卫生纸，轻轻擦干我的湿衬衫和裤子。我想接下她手上的湿纸团，结果两人的脑袋撞个正着。

“哦！”

“对不起，”我说，“我有点失神。”

“看得出来。”她带着微笑，露出脸颊上的酒窝。她大概与我同年，佩戴医院识别证但没穿医护人员的罩袍。“这样好了，这杯可乐我请客。”她另外装了杯可乐，把我托盘上的香蕉和优格放到她的盘子上。她刷了识别证付账之后，我跟着她走向座位。

“谢了。”我摸摸额头，“我这阵子睡眠不足。你真好。”

“你好，我是苏姗。”她说。

“我叫爱德华——”

“很高兴能认识你，爱德华。我刚刚只是在纠正你，好让你下次能记住我的名字。”

“下次？”

“当你要喊我的时候……”

这段对话进行得太快，像是我完全跟不上地快速旋转。

苏姗立即退缩了。“该死，我早该知道的。我敢说，我的直觉一定是彻底废了。我竟然想在医院的自助餐厅里找人搭讪？我只知道你可能是病患，说不定你太太正在楼上生产，但是你看起来好无助，而且，我父母是在一场丧礼上相遇的，所以我一直觉得如果你碰到某个想进一步认识的人，为什么不试一试——”

“等等，你想搭讪？”

“答对了！”

我露出这场对话中的第一个笑容。“其实，我不是你搭讪的对象。”现在轮到她露出困惑的表情了，“我是说，我的‘性趣不同’，是另一个阵营的人。”

苏姗大声笑了出来。“我得更正一下，我的直觉反应不只是彻底废了，而且还无可挽救。这一刻可能是我单身女郎生涯的新低点。”

“我还是觉得很荣幸。”我说。

“而且你还免费吃了一顿。干脆坐下来好好享受吧。”她指着她面前的座位，“你在贝瑞斯佛纪念医院干什么？”

我犹豫了一下，想到病房里无声的父亲；想到那个恨透我的小妹；想到从她肩膀缠到腰际、让她看起来像个伤兵的绷带。

“放轻松，我不会违反医疗隐私条例。我只是想，应该要有人陪你聊个几分钟的。除非你急着到哪里去？”

我应该守在我父亲的床边。这是我十二个小时以来首次离开病房，来自助餐厅找点东西吃，好让自己继续下一个十二小时。但我还是在苏姗对面的位置坐了下来。我答应自己：五分钟就好。“没有。”我告诉她，这是一连串谎言的开端，“我没事。”

我走回父亲病房时，看到两名警察在里头等着我。我一点也不惊讶。这只是长长清单中另一桩我没预料到的事。“华伦先生吗？”一名警察先开了口。

这个称呼让我觉得很陌生。在泰国，大家会喊我华伦老师——但这头衔也让我不太自在，像件过大的衬衫。我从来不知道人过了哪个阶段才算“成人”，可以开始适合“先生”这个称谓，但是我很确定，我还没走到那一步。

“我是魏格比警员，这位是杜蒙警员。”这名警察说，“我们很遗憾，你——”在大声说出“失去亲人”这几个字之前，他及时打住：“这场车祸让我们觉得很遗憾。”

杜蒙警员向前走了一步，他手上有一个纸袋。“我们在车祸现场找到你父亲的物品，你应该想要领走。”他说。

我伸手拿纸袋，这东西比我想象中来得轻。

他们说了再会之后，便转身离开病房。魏格比走到门口，又转过头来对我说："他《动物星球》的每一集节目我都看过。"他说："你记得那集讲到一只狼中毒后差点送命的故事吗？我哭得太厉害了，真的，我发誓。"

他讲的是娃索丽，这只年轻的母狼在某个动物园遭到虐待，后来被送进瑞德蒙交易站，交到我父亲手上。他为娃索丽搭起新的围场，放进两只公狼，组成另一个狼家族。有一天，某个主张动物权益的激进分子在游乐园关园后闯进去，将围场里的肉与一块在屠宰场里事先加了番木鳖碱的肉调了包。娃索丽是狼群的首领，所以第一个进食，结果它倒在水池里昏迷不醒。我父亲将它从水池中拉出来，放到推车上，拿自己的毛毯擦干它的皮毛，为它暖身，最后它终于醒了过来，影集的摄影团队记录下这段经过。

这位警察要表达的不单是他喜欢野狼。他说的是，我记得你爸爸当年的样子，不是现在躺在床上的那个人，他不是真正的路克·华伦。

他们离开之后，我在病床旁边坐了下来，检视纸袋里的东西。里面有飞行员眼镜、车厂收据、一些零钱、帽缘被咬烂的棒球帽、手机和一个皮夹。

我放下纸袋，拿出皮夹翻开来看。这个皮夹看起来不太常用，因为我父亲经常忘记带皮夹。他会把皮夹留在卡车座椅边的置物箱里，原因是如果他要去的地方是狼围场，野狼可能会好奇地将皮夹从他裤子的后口袋里掏出来。我十二岁时便懂得和父亲出门时要带现金，免得在杂货店的队伍里没钱付账尴尬。

我淡然地打开皮夹，里面有四十三美元、一张信用卡、一张林肯郡大型兽医院的名片、一张动物饲料卖场的客户回馈卡，我父亲在卡片背面写了"干草"，下面潦草地写了一个电话号码。他还放了张卡拉的照片，这张照片与皮夹一样大，背景是学校照片常用的蓝色背景。这里头没任何东西显示他认得我，一点也没有。

我应该会将这些东西全交给卡拉。

他把驾驶执照放在塑料套里，上面的照片和我父亲一点也不像。照片上的男人把长发束在脑后，瞪着相机看，仿佛刚遭人侮辱。

驾照的右下角有颗小小的红心。

我记得自己在十六岁的时候为自己填写考驾照的表格。“我想要捐赠器官吗？”我对着厨房里的母亲嚷嚷。

“我不知道，”她说，“你想吗？”

“我现在怎么可能做这种决定？”

她耸耸肩。“如果你现在没办法决定，那就不要圈选。”

就在那个时候，我父亲走进厨房，想在进游乐园之前找点东西吃。我记得自己当时想：我甚至不晓得他那天早上在家，他在家里来来去去的，我们不是他的“家”，而是一个供他洗澡、换衣服和偶尔吃顿饭的地方。“你是器官捐赠者吗？”我问他。

“什么？”

“你知道吗，标注在驾照上的。我觉得这很恐怖。”我扮了个鬼脸，“想到我的眼角膜可能在某人的眼睛里，肝脏移植到别人的身体里面。”

他在我对面的桌边坐了下来，动手剥香蕉皮。“嗯，如果真到了那个阶段，”他耸耸肩，说，“我觉得你不可能还有任何感觉，足以让你觉得这种事很可怕。”

我后来仍然没有圈选捐赠器官的选项，主要的原因是只要父亲赞成，我便会刻意选择相反的意见。

但我父亲显然一直没有改变他的想法。

有人轻敲病房门，叫翠娜的社工——走了进来。稍早她已经做过自我介绍，她和桑卡尔医生搭档合作。当初推着卡拉坐轮椅进病房来看我父亲的也是她。“嗨，爱德华，”她说，“我可以进来吗？”

我没反对，她拉了张椅子，坐在我身边。“你还好吗？”翠娜问道。

一个社工问这个问题似乎有点奇怪。难道她见过任何可能回答“好极了”的人吗？如果她认为我应付得来，又怎么会轻手轻脚地走到我身边？

一开始，我不懂为什么社工人员要来照料我昏迷不醒的父亲。后来我才意识到翠娜负责的是卡拉和我。我对社工的印象仅限于领养制度，所以我并不太清楚她能提供给我哪些协助，但是她是个好帮手。如果我想找桑卡尔医生，她会帮我去找他。如果我忘了住院医生的名字，她也会告诉我。

“听说你今天和桑卡尔医生谈过话。”翠娜说。

我看着父亲的轮廓：“我可以问你一件事吗？”

“当然可以。”

“你有没有看过任何人情况好转？任何……和他状况一样糟的人？”

我没办法面对病床说这番话，只好低头盯着地板看。“脑损病患恢复的程度各有不同，”翠娜说，“但是，根据桑卡尔医生的说法，你父亲的状况很严重，恢复的机会极小。”

我的双颊涨得通红。我举起双手捧着脸。“那么，该由谁来决定？”

她知道我在问什么。

“如果你父亲入院的时候还清醒，”翠娜柔声说，“我们会问他是否愿意填写声明，指定代理人，为他做所有的医疗决定。”

“我知道他想捐赠器官。”

翠娜点点头。“根据解剖捐赠法，我们必须通过一定的步骤与病患家属接洽，对于因医疗状况而无法为自己表达的病患是否捐赠器官，也有一定的程序。”

“但是他的驾照上有器官捐赠者的标志。”

“嗯，这么一来，情况便单纯一点。有这个标志代表他已经登记过，合法同意捐赠器官。”她犹豫了一下，才说，“但是，爱德华，在考虑是否要捐赠器官之前，你还必须做另一个决定。就现阶段来说，拔除病患维生系统的时间并没有任何法定制度可循。在提到器官捐赠之前，像你父亲这样的脑损病患，必须由最亲近的家属来决定何时终止医疗。”

“我有六年没和我父亲说话，”我承认，“我不知道他早餐吃什么，更别提在这种情况下，我是否知道他想要我怎么做。”

“那么，”翠娜说，“我认为你应该和你妹妹讨论。”

“她不想和我说话。”

“你确定吗？”翠娜说，“也许是你不想和她说话？”

几分钟过后，她离开了病房，我仰头叹了一口气。翠娜说得一点也没错，我之所以躲在父亲的病房里，是因为他昏迷不醒，不可能为了我在六年前离家出走而指责我。反过来说，我妹妹不但可以，而且一定会那么做。首先，她会怪我一声不响地离家。接着她还会责怪我回到这里，硬是把她从应该属于她的位置挤开，她才是那个最了解父亲的人。如果我父亲能选择，他可能希望由她坐在病床边。

我发现自己还握着父亲的皮夹。我掏出他的驾照，轻抚上面的器官捐赠红心标志。当我把驾照塞回塑料套的时候，我看到套子里还有另一个东西。

那是张照片。这张照片剪裁过，刚好可以放进皮夹的内袋里。这张照片是在一九九二年的万圣节拍的，我头戴棒球帽，帽顶披着皮毛，竖起两只尖尖的耳朵，脸上还画了一个兽鼻。我那年四岁，想要扮成大野狼。

我怀疑自己当时是否就知道他爱狼胜过爱我。

我不懂，发生了那件事之后，他为什么还会留下这张照片。

我比卡拉大七岁，但我仍然会嫉妒。

她有一头红褐色的鬈发，圆嘟嘟的脸颊，每当我母亲推着她的婴儿车走在路上，总是会有人拦下母亲，称赞她是漂亮的婴儿。接着，他们才会注意到绷着脸跟在后头那个又瘦又害羞的二年级小学生。

然而，让我嫉妒的并非卡拉的外貌，而是她的想法。她一向不是那种只会玩娃娃的孩子。相反，她会把娃娃分散布置在家中，自己编起孤儿冒险记，讲述孤儿如何在出生时便被生母卖到海盗船上去，因为可怜的女人必须筹钱拯救遭判终生监禁的丈夫。小学老师在她的成绩单上留下评语，认为她有天马行空的想象力。母亲曾经去学校见过校长一次，因为卡拉成功说服班上的同学，她告诉大家，她的祖父是天文学家，表示太阳在当晚六点整会撞到地球，所有人都会死于这场灾难。

尽管我们两人的年龄差距不小，她偶尔还是会找我一起玩，我也不会拒绝。她很喜欢躲进她卧室的衣柜里，然后突然冲出来。她会在黑暗中叽叽喳喳地叙述我们游经了哪些行星，当她拉开门之后，她会因为看到了想象中长了六只眼睛的外星人和像绿色果冻般闪亮抖动的山头，而惊讶地喘不过气来。

相信我，虽然我当时已经知道幻想与事实的差别，但我仍然会想要看那些外星人和果冻山。我小时候就发现自己和别人不同，那时候，我最大的愿望是一切能改变，让我可以和别人相同。和卡拉相反，当我拉开衣柜往外看时，我只看到周遭相同的旧橱柜和书桌，看到我母亲正在收拾为卡拉洗好的衣服。

在我父亲到荒野生活的那段时间，只要有人问起，卡拉当然也有各种不同的说法：他和一群埃及古物学家到开罗去考古。他正在受训，马上要搭乘航天飞机出任务。或是：他正和布拉德·彼特一起拍电影。

我完全不知道她是否相信自己的故事，但是我可以告诉你，我真希望自己在我父亲面前，能像她这样轻而易举地找到借口。

卡拉住的骨科病房和加护病房在不同的楼层。骨科病房的活动比较多，我父亲住的楼层则是一片死寂，每个人都会压低声音说话。在骨科病房，我听得到护士和病人之间的互动、年轻义工们推着活动书柜来回走动的声音，或是从病房门缝传出来的电视声响。

我走进卡拉的病房，她正在看《幸运之轮》。“好人不长命。”她说出了谜底。

母亲先看到了我。“爱德华？”她说，“一切都还好吧？”

她指的是我父亲，她当然会这么想。看到卡拉脸上的表情，我的胃也跟着痛了起来。

“他很好，我是说，他不好，但是情况没有变化。”我三两下就把场面搞砸了。

我母亲看看卡拉，但随后点点头：“我去打个电话给双胞胎。”

我坐在母亲刚空下来的位子上，拉着椅子往病床边挪。“怎么样，”我指指卡拉缠着绷带的肩膀，问，“你还很痛吗？”

我的妹妹瞪着我看。“这算不了什么，我有更惨痛的经历。”她冷冷地说。

“我，嗯，我觉得很遗憾，我们竟然得在这种状况下见面。”

她耸耸肩，紧紧抿着嘴唇。过了一分钟，她才说：“是啊，所以你为什么来？你管好自己，别来烦我们。”

“如果你希望我走，我会走，”我说，“但是我真的很想让你知道我这几年做了什么事。另外，我也想知道你的近况。”

“我和爸爸住在一起。就是躺在楼下的那个人，你觉得你比我更了解他吗？”

我伸手揉了揉脸颊。“你一定要这样恨我吗，难道这件事还不够痛苦？”

“天哪，你说得对。我究竟在想什么啊？我应该要敞开双臂欢迎你回家才对。我应该要忘了你出于自私而拆散了我的家庭，连商量的余地都没有就离开家。现在呢，你像个白马骑士现身，假装关心爸爸。”

我不可能说服她，让她明白就算你刻意和某个人之间隔了大半个地球，你也不可能完全忘了这个人。相信我，我试过了。

“我知道你为什么离开，”卡拉扬起下巴说，“你坦白自己同性恋，结果爸爸气到失去理智。妈妈都告诉我了。”

卡拉当年还太小，不能了解，但她现在已经不是个孩子，当然能问，而妈妈也一定会把心里的答案告诉她。

“知道吗？我根本不在乎你为什么要离开，”卡拉说：“我只想知道，你为什么要在没人想看到你的时候出现。”

“妈妈要我回来。”我深吸了一口气，“而且，我自己也想回来。”

“你在泰国找到了耶稣基督、释迦牟尼，还是其他的神佛？你打算弥补过去的罪孽，为下辈子转世做准备吗？你猜怎么样，爱德华，我不会原谅你。就这么简单。”

我差点就以为她接下来要对我吐舌头。我告诉自己：她受到了伤害，她很愤怒。“听着，如果你想恨我，那么随便你。如果你想要我花接下来的六年时间向你道歉，我也会照着做。但现在，事情与你我无关。我们还有大半辈子的时间来思考我们之间的关系，但是爸爸没那么多时间。我们必须把焦点放在他身上。”

她低下头，我把这个动作当作默许。

“医生说……他受到无法医治的伤害——”

“他们不了解他。”卡拉说。

“他们是医生，卡拉。”

“你一样，也不认识他——”

“如果他醒不过来呢？”我打断她的话，“那怎么办？”

我从她倏然苍白的脸色上看得出来，她没有让自己想到这个阶段。她甚至不愿意让怀疑的触角伸进她的脑子里，因会她害怕这个怀疑会像夏日的路边野草般生根，会像癌症一样扩散。“你在胡说些什么？”她喃喃地说。

“卡拉，他不可能一辈子依赖维生系统。”

她张大了嘴：“天哪。你有那么恨他吗，恨到想让他死？”

“我不恨他。我知道你不会相信，但是我爱他的程度足以让我知道他不会愿意这样活下去，和我们的想法不同。”

“那么我只能说，你对爱的表达真是他妈的烂透了。”

听到我妹妹亲口咒骂，我仿佛听到了指甲刮在黑板上的声音。“你觉得爸爸希望靠机器呼吸、让别人帮他洗澡换尿布、不去怀念和狼群生活的日子吗？”

“他是个战士，绝对不会放弃。”她摇摇头，“我实在不敢相信我们竟然会讨论这种事，你有什么权利告诉我爸爸不想做什么事。”

“我只是考虑到实际状况，”我回答，“你必须做好准备，这些决定不可能容易。”

“决定？”她说，几乎被这两个字呛住，“我知道什么叫困难的决定。我父母离婚时，虽然唯一有可能了解我心情的人弃我于不顾，但是我该崩溃还是该挺住？我该和母亲还是父亲住？不管我做出什么选择，我知道答案都会伤害到其中一个人。我做出难以取舍的决定，我选了爸爸。所以你现在怎么敢开口，说我应该要放弃他？”

“我知道你爱他。我知道你不想失去他——”

“你离家前曾经告诉过妈妈，说你想杀了他，”卡拉不留情面地说，“这下子你的机会来了。”

我不能责怪母亲把这句话告诉卡拉，这是真的。

“那是很久以前的事了，情况是会改变的。”

“的确没错。也许再过两个星期、两个月或更久时间，爸爸可能也可以出院。”

神经科医生告诉我的信息没让我朝这个方向期待，而我亲眼目睹的状况也没让我这么想。但是我能明白，她可能是对的。当我不是这个家庭的一分子时，我要如何和我的妹妹一起做决定？

“不管说了有没有帮助，”我说，“我还是要为当年离家道歉。但是，我现在回来了。我知道你受到伤害，但是这次你不必单独面对。”

“如果你想补偿我，”卡拉说，“那么由我来为爸爸做决定。”

“你还不到法定年龄，他们不会听你的话。”

她瞪着我，说：“但是你会。”

事实上，我希望父亲醒来、好起来，但原因不在于他理当要恢复健康。

而是因为我想离开，而且越快越好。

就这点而言，卡拉没说错。这六年以来，我不能算是家中的成员。我不能就这么走进来，假装融入其中。我离开卡拉的病房，在走廊上就是这么告诉我母亲的。我说："我要回家去了。"

"这是你的家。"

"妈，"我说，"我们别骗自己了。卡拉不想看我在这里出现，至于爸爸对自己现在状况会有什么意愿我也没办法提供意见。我在这里没帮上忙，反而碍事。"

"你累了，累过头了。"我母亲说，"你在医院整整待了二十四小时。去真正的床上好好睡个觉吧。"她从皮包里掏出一串钥匙。

"我不知道你现在的家在哪里。"我指明事实，仿佛这还不足以证明我的缺乏归属感。

"你知道你从前住在哪里，"她说，"这是备用钥匙，我留着是怕卡拉弄丢她自己的钥匙。很明显，现在那房子里没别人在。而且，你不妨去看看家里的情况。"

听她的话，好像新罕布什尔州的贝瑞斯佛发生过窃案似的。

我母亲把钥匙塞到我掌心上。"睡一觉，好好想想。"她说道。

我知道我该拒绝，该断然切割，开车直奔机场，搭上第一班前往曼谷的飞机。但是我的脑袋里好像有苍蝇在嗡嗡作响，我的上牙龈有种杏仁的味道，像是懊悔的滋味。我说："就一晚。"

"爱德华，"我正要走开，母亲说，"你离开六年。在那之前，你和他共同生活了十八年。你能提出的意见，比你自己想象得要多。"

"我怕的就是这个。"我回答。

"怕你没办法做出正确的决定吗？"

我摇摇头。“那倒是可以，”我告诉她：“只是理由全部不对。”

我像是在仙境中梦游的爱丽丝。

我走进这幢熟悉，但又截然不同的房子里。从前下课之后，我会躺在沙发上看电视，但这不是同一张沙发，这张用的是条纹布，不是从前的深红色布料。墙上挂着父亲和狼的合照，其中也夹杂挂了几张卡拉在学校的照片。我沿着墙慢慢走，看着她渐渐长大。

我踢到一双鞋，绊了一下，但这已经不是我小妹妹穿的那种会发亮的儿童鞋了。餐厅的桌子上摆满了教科书，有微积分、世界史和伏尔泰的文学名著。厨房桌台上有柳橙汁空盒、三个没洗的盘子和一卷纸巾。留下这堆杂物的人显然以为自己能马上回来清理。

桌台上还有盒早餐谷片，这个品名叫“生命”的盒子几乎快空了，这比凌乱的家务更像个隐喻。

同时，屋子里也有股味道，但并非臭味，而是一种户外的气味，有点像松树和烟。你知道那种感觉吧？当你走进某人家中，一定会闻到某种味道，但是你回自己的家时却什么感觉也没有。如果我需要其他细节来确认自己是个陌生人，那么，这就是了。

我按下录音机上亮起的红灯，听到两通留言，第一通来自一个叫作玛丽亚的女孩，是留给卡拉的。

嘿，我真的得找你说话，你手机的留言已经被灌爆了。打个电话给我！

第二通是华特的留言，他住在瑞德蒙交易站游乐园。六年前，如果我父亲不在狼围场，负责照顾园区几匹狼的人就是华特，他负责切割屠宰场买来的小牛。如果他在半夜碰到医疗上的问题，而父亲又没待在园区的拖车里，他会打电话到家里来。我猜，他还在园区里担任管理员，因为他在留言中提起某只狼的用药问题。

父亲已经两天没到瑞德蒙游乐园了，会不会华特根本不知道我父亲发生了什么事?

我按着电话机的按键，但就是搞不懂如何回拨最近一通来电。我想，这附近一定有电话簿，说不定他会把亲友的联络方式存在计算机里。

我想到了父亲的书房。

我当初是这么称呼那个空间的，虽然据我所知，他本人从来不曾踏入那个房间。基本上，那是家里的客房，叫作书房是因为里面有座档案柜，有张放了家人共享计算机的书桌，再加上我家从来没客人出现。我每星期有两天会在书房里结算账单，这是我的例行杂务，就和卡拉一样，她得负责收拾洗碗机里的碗盘。当我父亲到加拿大与狼群同住的时候，我们都得补位。我相信他会希望我母亲来负责财务，但是她对缴费期限这回事没太多概念，而且，自从家中暖气因为账单逾期未缴而停用两次之后，我们决定由我来担当这个重责大任。所以，我从十五岁开始就知道一个家庭的支出大约要多少钱。通过信用卡的债务，我也晓得利率如何计算。我尽了力，家里的收支维持平衡。然而在我父亲回家之后，大家还是理所当然地认为应该由我继续管账。他的思绪成天飘在其他上百万个地方，但没一个是跟付账有关的。

你可能会觉得奇怪，一个未成年的孩子怎么会担起计算家庭支出的责任，你也可能会觉得这家人的教养方式有问题。同样，我也主张任谁都不该把孩子带进狼围场里。但是，当十二岁的卡拉在我父亲《动物星球》节目里客串演出的时候，没有任何人表示反对。我父亲是个高手，他就是有办法让任何想唱反调的人相信他有能力掌控全局。

书房的椅子还是同一张人体工学滑椅，椅背可以随角度调整，避免腰酸背痛。这是当年我母亲花了十美元在车库拍卖中买来的二手品。但计算机就不同了，一台轻薄的笔记本电脑取代了台式电脑，屏幕保护程序是一头狼的影像，它充满智能的黄色双眼凝视着我，让我挪不开视线。我拉开档案柜，看到里面塞满了信封，有的上面还写着“逾期”。我仿佛受了磁力的吸引，开始翻阅这些文件，还从右边的抽屉里拿出支票本、一支笔和印章。从这叠信封的厚度来看，你会以为从我离开之后，就没人处理过账单。

就算真的如此，老实说，我也不觉得惊讶。

这时，我已经忘了自己走进书房的目的，相反，我下意识地开始将信件分类，填写支票，仿造父亲的签名。每当我打开一个信封，我的心跳仿佛就漏了一拍，我怕自己会看到六年前的那封信，那封让我无言、让我想拿起来在他面前挥动、刺激他再次向我说谎的收据。

但是，这张收据没有出现。我看到的只有水电杂费、信用卡账单，和几张催款公司的警告信。处理过电话费、电费和油料账款之后，我不得不停下来，因为账面已经呈现负数。

钱都到哪里去了？

我猜应该是进了游乐园。我父亲有五个狼围场，他必须负担五组狼群。还有一个女儿。我摇摇头，打开最上面的柜子，把清不掉的账单塞回去。这不是我的问题，我不是他的会计。对他而言，我现在什么也不是。

当我试着把信封塞进相对而言过小的抽屉时，我发现了一张揉皱的泛黄字条，这张纸卡在档案柜的金属滑轨上。我伸手到柜子深处，想把字条拉出来，虽然撕破了一角，但仍然成功地掏出整张纸。我摊平纸张，放在手提电脑旁边。

就在这一瞬间，我回到了十五岁。

那是在父亲离开的前一晚，卡拉和我躲了起来。

一整天，我只听到叫嚷的声音。母亲扯着嗓门大声说话，父亲跟着吼回去，接下来，母亲便会开始哭。她说：如果你真这么做，就不必回来。

你不是真心的，他说。

卡拉抬头看我。她嘴里咬着自己的发辫，这时，发辫掉了下来，像是沾水的刷子。她是认真的吗？卡拉问我。

我耸耸肩。对于爱，我只知道这是种一面倒的感情。代数课坐在我前面的勒凡·贾可布有巧克力般的肤色，认得波士顿棕熊队的每个曲棍球员，但他只为了向我借笔才和我说过一次话。重点是，他和我班上其他男孩一样，都喜欢女生。我母亲爱我父亲，但他满脑子里都是愚蠢的野狼。他爱狼，但即使是他，也会告诉你狼不会回过头来爱他，若有人这么想，无非是把人类的情绪投射到野生动物身上。

你疯了，母亲喊道：你现在有了家庭，不能做这种事，路克。你是个成人，不能这样做。

你这样说，好像我这么做是为了伤害你，父亲回答，这是科学，乔琪，这是我的生命。

没错，母亲说，你的生命。

卡拉把后背紧紧贴向我来。她很瘦，我能感觉到她的脊椎。我不想他死。

父亲要去住在一个没有遮蔽物或食物的森林里，除了一件厚重的帆布连身工作裤之外，没有别的保护。他打算到加拿大一处狼群迁徙的路径上混入狼群，和他从前与捕获的野狼一样相处。如果他真能成功，那么他会是真正了解野生狼群生活形态的第一个人。

条件是在他成功之后，还得活着回来讲故事。

父亲放轻了声音，像绒毛般柔顺。乔琪，他说，别这样，这是我在家的最后一晚了，别闹脾气。

接着，他们安静了下来。

爹地答应过我，说他会回家来，卡拉低声说，他说，等我长大之后也可以和他去。

无论如何，我说，千万别把这些话告诉妈妈。

我没再听到爸妈的声音，说不定他们又和好了。自从我父亲在六个月之前宣布他要到魁北克之后，他们便争执不断。我真希望他赶快走，甚或已经离开，如此一来，家里才不会有人吵架。

我们听到摔门的声音，几秒钟之后，有人来敲我卧室的门。我打个手势要卡拉别动，接着才开门。我父亲站在门外，他说：爱德华，我们得谈一谈。

我虽然拉开门，但是他摇摇头，要我跟他到书房去。我飞快地回头向卡拉使了个眼色，要她别动，然后跟着父亲走进我们称之为书房的房间，其实那里头也只有些纸箱、一张书桌，和几叠没人想整理的账单。父亲推开折椅上的书，挪出空位让我坐，接着在书桌抽屉里摸出两个小酒杯和一瓶威士忌。

说句良心话，我早就知道那里头有瓶酒了。我甚至还喝过几次。爸爸自己很少喝，因为狼闻得出体内散发出来的酒气，所以，他不太可能注意到瓶子里的酒越来越少。毕竟我十五岁了，而且我还可以告诉你，家里阁楼上那堆过期的《生活》杂志中还夹藏了两本《花花公子》——分别是1983年的12月号和1987年的3月号，我翻了不少次，希望裸女的照片能让我勃起。但是看着自己父亲递酒给我，这倒是出乎我的意料之外，至少，在我满二十一岁之前应该是这样。

父亲和我差异甚巨，仿佛我们刻意如此表现。原因并不在于我是同性恋，我从来没看过或听过他恐惧同性恋，而是因为他像个现代版的野人：肌肉发达，凭直觉做出反应，而我比较爱阅读梅尔维或霍桑的作品。我迷上弥尔顿的那年，在圣诞节写了一首叙事诗送给他当作圣诞礼物。他支支吾吾，草草念了一下，之后，我不巧听到他问母亲那首诗究竟在写什么。我知道他尊重我对于求知的渴望，说不定他能够了解，这和他想走出去，去聆听双脚踩着干枯枝叶的感觉相同。我借由书本逃避，而父亲也用同样方式逃离工作。他面对《尤里西斯》的困惑，和我在荒郊野外度过黑夜的挫折感一样深。

这个家，要靠你当家做主了。从他说话的方式，我不难听出他怀疑我是否能担当起这个重责大任。他在两个杯底各倒了一公分高的酒，递了一个杯子给我。他就着杯口喝了一口，我呢，我啜了两小口，感觉到内脏仿佛着了火。我放下杯子。

我不在家的时候，你可能要做一些困难的决定，父亲这么告诉我。

我不知道该怎么响应，我连该说什么都没有概念。就因为他要去和野狼住在一起，不代表妈妈会允许我不必打扫房间或写作业。

我不觉得事情会发展到这个地步，但还是要以防万一。他拿起书桌垫子上的一张纸，向我推了过来。

上面手写的字迹写得很简单。

在本人无法为自己的健康医疗行使任何决定权的状况下，我在此授权我的儿子爱德华为我做出必要的决定。

紧接着是一道让他签名的横线，以及等我签下名字的字段。

我的心脏狂乱地拍打起来，宛如隆隆的炮火。我不懂。

我先问过你妈妈，他说，但她拒绝，因为她不想做任何看起来像是支持我这趟旅行的事。但如果不考虑到……可能会发生的事，未免太不负责。

我看着他。会发生什么事?

我当然知道答案。我只是想听他自己大声说出来:他甘愿为一群动物冒任何危险。他选择了它们,不是我们。

父亲没有直接回答。听着,他说,我得请你在这里签名。

我拿起那张纸。我摸得出纸上有几处落笔较重的凹凸痕迹,这让我觉得反胃,因为我想到父亲在两分钟之前曾经思考过自己的生死问题。

父亲递了支笔给我,我不小心把笔掉在地上。我们不约而同地弯腰去捡,他的指尖碰到我的手。这瞬间,仿佛有一道电流通过我的身体。就在那一刻,我明白就算我不想,也会在字条上签名。因为我和母亲不同,我不够坚强,没办法明知自己不情愿,还让他离开——而且可能是永远离开。他提供一个我从来未曾拥有的机会,让我当他一直想要的儿子,当个可以让他依靠的男孩。我必须当个让他想回家拥抱的人,否则,他怎么可能回来?

他在纸张下方签了名,接着再次将笔递过来。这次,我没松手。我仔细地写下自己名字的第一个字。

接着,我停下笔来。

如果我不知道该怎么做呢?我问,如果我做出错误的决定怎么办?

父亲的反应让我发现他把我当作成人看待,而不是个孩子。他放弃所有的托词和借口。他没说事情不可能出错,没有骗我。很简单,如果我不能为自己回答,而他们问你的意见,你就告诉他们让我死。

有人说,过一夜,孩子便会长大成人,他们错了。这个过程更快,只有一瞬间。我拿起笔,签完自己的名字,然后拿起小酒杯,一口喝下威士忌。

第二天早上当我醒来时,父亲已经离开了。

我凝视自己十五岁时的歪扭字迹看了好一会儿,仿佛这是面镜子，让我看到自己的心境。我到这时候才想起这张字条，我父亲也是。当年，在一年又三百四十七天之后，他披着及腰长发走出加拿大的荒野，脸上的胡子沾满了泥巴块，吓坏了一群在高速公路休息站的小学生。回到家，他发现家务在他缺席的时候运转无虑，而他也慢慢地重拾洗澡、食用熟食、用人类语言沟通的习惯。他一直没再提起那张纸，我也一样。

在那段时间，我不止一次在半夜听到脚步声，而我溜下楼察看时，也总会看到父亲走到后院，躺在星斗下的草坪上睡觉。早在当年我就该了解，任何以户外为家的人，都会觉得房子像是监狱。

我拿着泛黄的纸，走出书房。我爬到楼上，上面没开灯，我从卡拉昏暗的粉红色房门口经过，来到我从前的卧室，犹豫了一下。我打开灯，发现房间完全没变。我的双人床上仍然铺着蓝色的毯子，“年轻岁月”和“U2”乐队的海报仍然贴在墙上。

我沿着走廊继续走，走进我父母的卧室。现在应该说是“我父亲”的卧室了。我记忆中那条当作结婚礼物的手工拼布被不见了，取而代之的是一条深绿色的毛毯，不但拉得像军中一样平整，外掀的床单也折得又直又挺。床头桌上有一杯水、一个闹钟，和一台电话。

这不是我记忆中的房子，不是我的家。其实，泰国也一样。

这两天我一直在想，不知道接下来会怎么发展。我考虑的不只是爸爸，也想到了自己。我在国外有自己的生活，但说不上多美好。我的工作没有前途，几个朋友都和我一样，不是在逃避什么事，就是躲着某些人。我虽然心不甘情不愿地回家来，打算在修复不管是破碎的人或事物之后，躲回半个地球之外的藏身处，但如今事情有了转变。我什么也没办法修复，不管是我父亲、我自己，或是我的家庭都一样。我不能试图匆匆修补，然后期望一切撑得住。

最简单的当然是告诉自己：泰国才是我的归属，在那里，我可以纵情沉溺在多年的伤痛当中，重拾老调，在曼谷的每一处酒吧流连。但那是在我看见妹妹眼中的怀疑，在我发现这屋子的墙上没我的照片之前。现在呢，我已经没那么自以为是，也没那么想远走高飞了。我只觉得愧疚。

我曾经断然决定彻底离开原有的生活，这时，我又面对同样的抉择。

我拿起电话，打给清迈的房东，这位恬静的寡妇每个星期至少会邀我到她家共进一次晚餐，反复告诉我她丈夫的生平，以及他们认识的经过。我用结巴的泰文把我父亲的状况告诉她，请她帮我把我的东西装箱打包寄过来。接着，我再打电话给语言中心的老板，留了个语音信息为自己在学期中离开致歉，但同时也向他解释这是个紧急的家庭状况。

我脱掉鞋子躺下来。我对折起手上的纸，再对折一次之后才塞进衬衫口袋里。

虽然那已经是许久之前的事了，但是父亲曾经如此信任我，把他的意愿告诉我：如果他困在和现在一样的情况当中，我该怎么做。同样，在许久之前，我也答应过他的要求。

我可能再也没机会把我离家之后发生的事情告诉他，或是让他理解我。我也许再也没机会向他道歉，或是听到他向我道歉。他也许永远也不会知道我回到家，坐在他的病房里陪伴他。

但是，我会的。

我在泰国一直有失眠的问题。我总觉得问题来自噪音、高温，种种出自城市的脉动。但今晚，不到几分钟之后，我便沉沉入睡。在梦境里，我赤脚踩过满地松针奔跑，冬季渗进我的皮肤底下。

路克

当我踏进圣劳伦斯河北侧树林的那天，我穿着保温防水的连身工作服和雨鞋，里面穿了长内衣。此外，我还在口袋里塞了两双袜子，加上帽子手套、一捆铁丝、几截绳子，以及燕麦棒和肉干。我把身上最后的十八美元留给让我搭便车穿过国境的卡车司机，把驾驶执照放在工作服的拉链口袋里。万一我出了什么事，旁人只能靠这张驾照来辨识出我仅存的遗骸。

我没带背包、睡袋、露营用的火炉或火柴。我不想带任何身外之物，我想要尽可能像只孤狼般生活。毕竟，此行的出发点是找到一群组织当中有空缺，而且愿意接纳我的狼群。和卡车司机说了最后一句人类语言之后，我大约有两年的时间没再说话。让我下车时，他用带着魁北克腔的法文说：祝你顺利，我向他道谢，踏入了高速公路旁的松木林间。如果是现在，我身上的工作服上可能会贴满赞助厂商的标志，整个过程当中得不停地喝各种运动饮料，进度会实时传送上网，还会在实境节目上播出。但是在当时，森林里只有狼群和我。

我大可告诉你我背负使命，信心满满，坚毅又勇敢。真相是，每天的前十二个小时我的确如此。我沿着从前运送原木的小径往前走，有时一天可以徒步涵盖十二英里的范围，利用带在身上的铁丝、绳索和树枝捕捉松鼠，剥了皮直接生吃。我对着溪水小便，以免掠食性动物嗅出我的踪迹。但是我体内“野人”的成分，会在晚上七点左右，随着为松林盖上红顶的太阳一起缓缓消失。

之后，我害怕极了。

试想看看，当你置身在最恐怖的梦魇中会有什么感觉。接着，再想象噩梦成真。如果夜幕像只愤怒的手掌般握住你，就会带来这种感觉，任何风吹草动、鸟鸣虫叫都像潜在的威胁。当大自然关掉天光，你再怎么样也没办法点亮。进荒野的前四夜，我因为不想成为熊或山狮的猎物，于是爬到树上睡觉。到了第五夜，在我从树上跌下来之后，我才发现跌断脖子的可能性同样不可忽视。所以，我决定睡在地上，但仅允许自己浅眠，一听到声音，不管再怎么细微，都会立刻跳起来。

我的学习过程充满了起伏与挫折。不到一个星期，我便发现荒野中的时间过得特别慢；一阵风不只是一阵风，还可能是自然世界当中的电子邮件系统：捎来有关气候变化的信息，或通报本地动物或掠食性动物来来去去的行踪。同样，下雨并不惹人厌，反而可以让你暂时摆脱蚊虫叮咬的烦恼，并且供给你饮用水。同样，下雪并非不便，而是让你多了一种新的追踪方式，借此找出有可能充饥的动物。无论树木枝叶的颤抖或是鸟虫的叫声都是你求生的关键，你必须具备在浓密的枝叶间看出闪现身影的能力。只要与生死有关，大自然会把自己的音量调到最响亮的程度。

每个人都问我，我只身一人度过如此漫长的时光，究竟有什么感触。其实，我什么也没想。我忙着保命，忙着判别眼前的迹象，这些迹象简直是毫无线索可循的象形文字。如果我去想卡拉、爱德华和乔琪，我知道自己会分心，这很可能让我忽略掉机会或是威胁，我不能冒这种险。于是我完全不想，而我因此活了下来。我把白天的时间拿来欣赏树叶枝干间的蛛网之美，欣赏远处山丘起伏的棱线，以及紫毯般覆盖住森林的夜幕。我追踪过群鹿，也见识了河狸如何筑起惊人的堤坝。我还会打盹，因为在大白天里睡觉比夜里安全。

我有整整一个月没看到或听到狼群的动静，我不禁开始怀疑自己是否做了错误的决定。

东北风在我进入荒林的第四个星期来袭。我不再停留在河边，往常绿林间靠，因为常绿树木的根会吸收水汽，树下的地面比较干燥。在无猎物可打而且又冷又饿的状况下，我开始生病。雨水打在我身上，我断断续续发着烧，不懂自己着了什么魔，竟然来到这里。我开始产生幻觉，看到森林长了脚，树根踢到我的腰肚。我不但咳个不停，连胆汁都差点要吐出来。我甚至希望虎豹野熊能够现身，一口结束我悲惨的状况。

其实我现在回想，当初的我不得不大病一场，如此一来，我才能彻底抹净身上最后一丝人性，让自己开始像野狼一样行动，不再是个人。在最险峻的时刻，狼不会自悲自怜，不会放弃。野狼会评估情势，然后问：我能吃什么？我要如何保护自己？即使受了伤，它们也会奔跑到四腿无法支持的最后一刻。

当时虽然才十月，但我身处高海拔位置，仍然可能下雪。在我高烧退了之后，我发现自己身上盖了一层白雪，我抖掉雪坐了起来，环顾四周确定自己安全无虑，就在这时候，我看见了。野狼的足迹逼近到我三英尺之外，这是只成年雄狼留下的脚印。

我跌跌撞撞地站了起来，四处寻找其他的脚印，想证实狼群的确来到我的身边，但是我什么也没看到。这头狼若不是身负狼群侦察的责任，就是只孤狼。

它知道我在哪里。它可以轻轻松松地再次找到我，而且，既然我现在既没发烧又没昏迷，它可能会视我为威胁，想扑杀我。最合情合理的应对方式是离开这个地方，避开危险。但我没这么做，我反而做出最有可能置自己于险境，并且明白透露出位置的举措，仿佛发射出一枚信号弹。

我头一仰，开始呼出狼嗥。

卡拉

我的好朋友玛丽亚一看到我躺在医院的病床上，立刻哭了出来。这一幕未免可笑，因为我这个病人不得不递卫生纸给她，向她保证一切都过去了。她塞了只紫色的玩具熊给我。玩具熊抱着一个气球，上面写的是“祝贺”。“店里祝‘早日康复’的熊卖光了，”她抽抽搭搭地说，“天哪，卡拉，我简直不相信会发生这种事。我好难过。”

我耸耸肩，不，如果不是我的肩膀不能动，我一定会耸耸肩。我发现她对于要我陪她去参加派对的罪恶感，不亚于我要爸爸去接我的感受。如果不是因为玛丽亚，我们不会到伯利恒去；如果不是为了我，我爸爸也不必在那天晚上开车上路。我甚至连大门都不想出，因为我们原本只打算叫个比萨，在玛丽亚家里过夜，看部女孩子喜欢的浪漫电影而已。但是玛丽亚使出绝招，说“换成我，我一定会为了你这么做”。光听这句话，我就像个傻子似的出门去了。

“不是你的错。”我告诉她。尽管我这么对自己说，但连我自己都没办法真的相信。

我妈妈一直和我住在医院里，这时她到会客室去陪裘伊和双胞胎。她没带他们过来看我，因为她担心我身上的绷带和瘀伤会让小孩子吓到做噩梦，更不想让裘伊在她不在家时一个人面对做噩梦的双胞胎。但这却让我觉得自己像科学怪人，像是某个该躲起来的怪物。

玛丽亚低头看着自己的腿："你爸……他会不会——"

"泰勒呢？"我打断她的话。

她抬起眼睛看着我，脸颊通红。"什么？"

"把经过告诉我。"我们为了泰勒才去参加派对，是他邀请玛丽亚。"是他开车送你回家的吗？你们两个有没有什么进展？他有没有传简讯给你？"

即使听在我自己的耳朵里，我也觉得自己的声音像是过度紧绷的弦。玛丽亚脸色变了，又开始哭："你躺在医院里刚动完大手术，然后你爸……我该怎么说，陷入了昏迷，现在你还想聊男孩子的事？那不重要。他不重要。"

"他是不重要，"我静静地说，"但是，如果我没住院，如果意外没发生，我们现在的话题会是泰勒。如果我们聊聊他，就算五秒钟也好，我至少可以像个正常人。"

玛丽亚用袖子擦擦鼻子，点了点头。"他是个浑蛋，"她说，"他喝醉了，然后说他前任女友夏天时去隆胸，说他好想去弹弹看。"

"弹弹看，"我重复她说的话，"他真的这样说？"

"恶心？"她摇摇头，"我也不知道在想什么。"

"你该想：他看起来很像杰克·葛伦霍尔，"我提醒她，"至少你是这么告诉我的。"

玛丽亚往后靠向椅背。"下次，如果我再为这种不存在的爱情拉你陪我去什么地方，请你直接拿棍子敲我的头好吗？"

我笑了。但我太久没笑，脸颊跟着痛了起来。"下次我一定会。"我向她保证。

我听她信誓旦旦地保证我们的法文老师长了脑瘤，因为他要她在一个星期之内背下五首诗。听她说最新的八卦，露西·德玛斯和代课老师在音乐练习室里亲热，结果被逮个正着。这个诡异的女孩只和戴在右手的手套说话，而且说这叫表演艺术。

我没告诉玛丽亚，当我初次看到爸爸的时候，四周的空气似乎顿时凝结，无论我如何努力，都没办法将空气吸进肺里。

我没说我无时不想哭。

我没说今天下午我到病患休息室上网搜寻“脑损”，结果发现无法复原的病患比例远高于复原的患者。

我没告诉她，尽管这些年来我一直希望哥哥能回家，但如今他回来了，我反而希望他不在。因为如果他没回来，照顾我爸爸的医疗人员会来找我，而不是找他。

我没说我很难入睡，能打个瞌睡就已经很幸运。我会在自己的尖叫声中醒来，因为我会想起车祸的经过。

我尤其不想让她知道车祸发生之前或之后的瞬间。

所以，玛丽亚在病房里待了整整四十分钟，在这期间，我假装自己还是原来那个女孩。

我曾经以为自己可以和哥哥共享许多珍贵的时刻，比方说，让他在我第一次约会时盘问我的男朋友；或是带我到无人的停车场上学开车；在毕业舞会结束之后，买来六罐装的啤酒躲在看台底下一起喝。然而这些时刻从未出现，因为他离开了家。在他刚离家，而我父母也刚分居的那段时间，我每天晚上都会写信给他。我衣橱最深处有些我舍不得丢掉的绒毛玩具和穿不下的衣服，我把写给他的信放在鞋盒里，塞在这些东西后面。这些信一直没寄出去，因为我没有他的地址。

我承认，我曾经想象过兄妹和好的场面。我幻想那会是在我结婚的前一刻，爱德华在我踏上红毯的前一刻现身，说他不可能错过自己小妹的婚礼。我想象中的影像背景一片模糊，犹如一部纪录片，他说我长大了，比他想象得还要成熟。结果真实的场景是他在我爸爸的呼吸器旁边高兴地和我打招呼。妈妈说，在我开刀之后，他到我病房来探望过几次，只不过我还没清醒。然而我只知道她说谎是为了让我心情舒坦一点。

就因为这样，看着他站在我的床尾和我讲话，我觉得不真实。他背后的电视屏幕上，参赛者无声地转动命运之轮。

“你还很痛吗？”

不，我来这里是要享受美食的，我无声地回答。电视节目上有人选了一个元音。谜底总共有两个A。

“这算不了什么，我有更惨痛的经历。”我告诉他。

爸爸曾经说过，一匹狼的个性会随受伤而改变。它可能知道你是它的手足，但仍然会一口撕裂你的喉咙。若是再加上疼痛，结果更不可预测。我告诉爱德华我不痛，那其实是个谎言。我的肩膀可能不痛——这要感谢止痛药，但是吗啡对我的情感不会发生作用。

这是我唯一能解释为什么自己一字一句都像利刃对准他的原因，其实我真正想要的，是他在此刻紧紧抱住我。

“我知道你为什么离开，”我说，“妈都告诉我了。”

对于同性恋这件事，我并不觉得烦恼。我总认为除非必要，否则我不需要了解环绕着我哥哥的那一团迷雾。一开始，妈妈只说爱德华和爸爸起了争执。后来我才发现那是因为爱德华对我爸爸坦白承认自己是同性恋，而爸爸显然说了什么难听的话，让他不得不离开。我的看法是这样的，许多同性恋在青少年时代出柜，而有些父母会有愚蠢的反应。因为我爸爸的反应不够完美，所以爱德华负气离家，导致我妈妈怪罪我的爸爸，最后才造成婚姻破裂。我哥哥一时冲动离家出走，就此架构出我的人生。

“知道吗？我根本不在乎你为什么要离开。”我说。

这其实不是谎言。我不在乎爱德华为什么离开，我真正想知道的，是他为什么不能为我留下来。

差那么一点，我的眼泪就要流出来了。我把原因归咎于人在医院无法睡好觉，随时都会有人进病房来为你量血压或体温。我拒绝相信这是因为我太在意爱德华。我辛辛苦苦筑起一道墙来保护自己的感情，他不可能这么快就钻进来。“你在泰国找到了耶稣基督、释迦牟尼，还是其他的神佛？”我说，“你猜怎么样，爱德华，我不会原谅你。就这么简单。”

我像个被人宠坏的孩子般讲出这些话。他让我回到那个阶段。比起他在楼上坐在我爸爸身边，把自己假装成另一个人而言，我更恨他让我变得不像我，而是个孩子。

但是爱德华完全没有被吓着，仿佛他通过某种内在的导引读出了象形文字的意义，听懂我真正想说的话。“但现在，事情与你我无关。”他耐心地、静静地说，“我们还有大半辈子的时间来思考我们之间的关系，但是爸爸没那么多时间。我们必须把焦点放在他身上。”听到他终于邀我对爸爸的状况提出意见，我顿时头晕目眩。有那么一下子，我感觉到近乎荒唐的快乐——像是回到了小时候，爱德华开着旧车接我下课，其他小朋友只能搭爸妈明显逊色许多的车子。他甚至让我为车子命名。他建议了追风、毒蛇、魔王，尽是些恶名昭彰的名字，但是我偏偏选了亨丽塔。

“卡拉，他不可能一辈子依赖维生系统。”

说不定是止痛药发挥了作用，也说不定我纯粹是惊讶。但是我花了好几秒钟才听懂他想说什么，才明白我哥哥和爸爸大吵一架离家之后，心中的恨意竟像草根般蔓延，一直到几年之后的今天，突然全爆发了出来。“你那么恨他吗，恨到想让他死？”

爱德华的眼眸更阴暗了些。我的眼睛也是这样，生气时颜色会显得更深。看到另一张脸孔上有相同的变化，实在让人惊讶。“你必须做好准备，做这些决定很困难。”

听了这句话，我失去了自制。我这个哥哥在六年前放弃自己的家人，他现在凭什么来和我谈怎么做决定？他不懂半夜隔着墙听到自己妈妈在哭泣，或是当他爸爸出现在游乐园的狼围场里时，某个陌生女人塞张写了电话号码的纸条要他转交的心情。他不能体会参加妈妈第二次婚礼回到家后，醉倒在地的爸爸问起典礼经过时的感受。他也不明白负责采购家用杂货免得挨饿、在成绩单上仿冒家长签名、当爸爸忘了出席家长会时拼命找借口的感觉。他不曾在探望妈妈时看到她抱着双胞胎，然后觉得自己像个被淘汰的废弃品。他完全不了解。

我做的决定是为了想挽救我的家庭，正如爱德华一心想毁灭这个家一样。当你认真执行自己的选择时，你唯一能信任的人，即是让你可以托付性命的人。我愿意为爸爸付出生命，不管爱德华怎么想都不会改变。

我没办法直视他，只能看着他的后方。《幸运之轮》的参赛者输了这场比赛。

“我知道你受到伤害，但是这次你不必单独面对。”

“面对什么？”

他避开视线：“失去你所关心的人。”

他还是错了。虽然他站在我面前三英尺之外，但是我从来没这么孤单过。于是，我做出和野狼被困一样的反应。“你说对了。因为我会尽一切可能让爸爸恢复健康。”

爱德华抿起了嘴。“如果你想让人认真看待你，那就得表现得像个成人，”他回答，“你听到医生怎么说了。他不可能回来的，卡拉。”

我瞪着他：“你不就回来了。”

他还想争辩，但我拿起遥控器，调整电视的声音。有位参赛者选了子音W，铃声响起，他赢得一千两百美元。我按下按键，掌声淹没了爱德华的声音。

我的反应像个两岁大的孩子。但也许这是好事，因为，依照定义，幼童需要双亲。

我盯着《幸运之轮》看，爱德华不得不放弃，离开我的病房。我低声说出答案：血浓于水。

下一名参赛者挑了P，选错的“哔”声响起。

有时候，人还真笨。

十一岁时，我首次面对一头狼，当年我爸爸在瑞德蒙交易站游乐园架设了他的第一座狼围场。他一直等到游乐场关园之后，才带我穿过第一道安全铁丝围篱，来到第二道铁丝网前面。围场里住着娃索丽、西克瓦拉和克拉登这三只他带进游乐园的第一批狼。他先要我蹲下来，和狼群隔着一层铁丝网，然后握紧拳头将手穿过铁丝网，让狼群熟悉我的味道。

围场里，领头的母狼娃索丽立即跳到离我最远的一端。“你怕它，但其实它更怕你。”爸爸轻声告诉我。

西克瓦拉负责刺探，副手克拉登担任执行者的角色，这头大狼背上有道浓密的黑毛一路延伸到尾端，仿佛有人拿着马克笔画出来的。它走到围篱旁边，用相隔很远的两只眼睛瞪着我看。我本能地往后退，靠向站在我身后的爸爸。“它们嗅得出恐惧，”他说，“所以，一步都别退让。”

他低沉镇定地，把接下来的步骤告诉我。他要打开围场外侧的门，走到第二道安全门之前先锁上第一道门，接着才会打开第二道门，让我们走进去。我得保持蹲姿，不要移动。狼群可能不会理我，或干脆跑开，但如果我静静等候，它们也可能会靠过来。

“它们可以分辨出你的心跳是否加速，”爸爸低声说，“所以，别让它们发现你害怕。”

我妈妈不想让我走进围场，而且理由充分，会有谁想把一个孩子丢入险境？但是几个月来，我亲眼看着爸爸巧妙地融入狼群。我可能永远不会和他一样，身边各站着一匹狼，蹲在动物尸体旁边用牙齿扯肉来吃，但他想让娃索丽生小狼，而我想帮忙养。

我不怕娃索丽。它是阿尔发狼，绝对不会靠近我身边，它是狼群的智慧领袖，会尽可能避开陌生的个体。大块头克拉登大约有一百三十磅重，但我反而比较担心西克瓦拉。西克瓦拉上个月才狠狠咬了某个游乐园的员工一口，指头上的伤口深可见骨。这名员工是场地管理员，他伸手穿越铁丝网想轻拍西克瓦拉，一心以为它会靠着围篱躺下来让他搔痒，没想到这头狼转头就赏了他一口。这名员工惨叫着想抽手，结果西克瓦拉越咬越深。如果他当时站着不动，西克瓦拉说不定会松口。

我每次看到这名手上缠着绷带的管理员在游乐场里走动，就跟着浑身打战。

爸爸说，如果他也进到围场，西克瓦拉很可能放过我。

“你准备好了吗？”爸爸问道。我点点头。

他拉开第二道门，我们都走了进去。我在爸爸稍早指定的位置上蹲了下来，等着克拉登从我身边走过。我屏住呼吸，克拉登自顾自地大步冲向围场深处的树林，而西克瓦拉果真靠了上来。“稳住，别慌。”爸爸低声告诉我。这时克拉登突然对他吼叫，将他扑倒在地表示欢迎。

就在我注意力稍有分散的这一刻，西克瓦拉掌握了时机，直接攻击我的喉咙。我清楚感受到它的门牙和湿暖的呼吸。它的毛皮宛如金属般粗硬，而且潮湿。“千万别动。”我爸爸咕哝出声，但是没办法立刻脱身拯救我。

西克瓦拉负责的是刺探，这是它在这个狼群家族中的任务，在证实我不构成威胁之前，它不能松口。我和它们信任的人——也就是我爸爸——一起走进围场，并不代表它们欢迎我留下来。西克瓦拉为它的狼家族设下了标准，这是它观察我是否合格的方式。

但是在那一刻，我没想到这些，我想的是：我死定了。

我没有呼吸，不敢吞咽，甚至想压抑脉搏，不要表现出自己的感受。西克瓦拉的牙齿埋进我脖子上的血肉里。我想用尽全力推开它，然而，我只是闭上眼睛。

西克瓦拉松口了。

这时我爸爸终于甩开克拉登，过来抱住我。一直到我看到他眼眶含泪之前，我忍着不敢哭。

凌晨三点刚过，我现在心里想的就是这些事。我爬下床，这不容易，因为我只有一条胳膊使得上力。我以为会吵醒睡在旁边行军床上的妈妈，但她不过翻个身，便又开始轻声打鼾，于是我溜到了走廊上。

护理站在右边，但是电梯在病房的左侧，也就是说，我不必从护士面前经过，听他们质问我为什么要在半夜下床。我沿着走廊的暗处走，小心地将缠着绷带的手靠在身前，避免碰撞到肩膀。

我知道哥哥不会在爸爸病房里，妈妈说过了，她把我家里的钥匙给他，这让我不怎么舒服。爱德华应该不会去看我的房间——虽说我没什么需要隐藏的秘密，但我还是不自在。我不喜欢这种感觉：我人在医院里，他却在我家。

加护病房那名骨瘦如柴的员工没注意到我这个身穿医院睡袍，肩膀、手臂上缠着绷带的女孩走出电梯。这真值得庆幸，因为我完全不知道该如何解释自己怎么会从骨科病房转到这里来。

我爸爸躺在一片蓝色的光晕之下，光线来自他身边的监看屏幕。对我来说，他看起来和昨天没什么不同，这应该是好现象吧？如果他像爱德华说的不可能醒来，那么，他看起来不是应该更糟糕吗？

床边有个刚好能容我坐着，用没受伤的半边身侧躺下的空间。这个动作扯得我肩膀一阵剧痛。我发现自己身上缠着绷带，没办法拥抱他，而他同样也不能拥抱我。于是我决定躺在他身边，把脸贴在他一身又硬又刺的医院棉袍上。我凝视屏幕上他平稳的心跳。

在我首度进到围场的那天，晚上我醒过来，看到爸爸坐在我的床边看着我。月光照出了他的五官。“我在荒野曾经被熊追过，当时我以为自己死定了。我以为再也没有比那次经历更可怕的事，”他说，“我错了。”他伸手将我的头发拢到耳后。“世上最可怕的事，是想到你心爱的人面临死亡。”

这会儿，我觉得眼泪马上要流出来，我的喉咙深处仿佛卡了根羽毛。我稳住呼吸，眨掉泪水。

它们嗅得出恐惧，他教过我，所以一英寸都别退让。

路克

两星期的时间转瞬即逝，我非但没看到在我病中接近我的那匹狼，也没听到它发出声响。接着，某天早上我到溪边喝水时，突然看到自己的倒影旁浮现另一个身影。这头灰狼体形很大，头顶和耳后有明显的黑色线条。我的心跳怦怦作响，但是我没有回头，而是在水面倒影和它的一双黄眼睛四目交会，等待它下一步行动。

它转身离开。

这一刻让我对自己的所有质疑完全消失。这就是我的期待，如果这匹在溪边接近我的狼是真的未经驯养的野生动物，那么它对我的好奇绝对不亚于我对它的感觉。如果真是如此，我可能可以置身于狼群组织中观察它们，而不只是旁观。

我渴望能够再见到它，但是我不确定该如何实现这个愿望。如果在附近留下食物，我引来的不只有狼，还会有熊。如果我学狼呼嗥，它有可能响应，就算它是头孤狼，有个伙伴总比独行安全。但是，狼嗥同时也会将我的藏身处暴露给其他掠食性动物。而且老实说，虽然从我走进荒林后没见过其他野狼，但这不表示它是这一带唯一的一头狼。

我逐渐明白，若是我打算进一步行动，我不得不跳脱安全范围。该死，这表示我得像蒙着眼睛跳下悬崖般地突破自我。

我调整作息，让自己白天睡，晚上醒。尽管我的身体和眼睛都不是为黑夜打造，但我仍然在夜里行动。这比从前我在狼围场里过夜更有挑战性：首先，我得在一个漆黑的夜里前进将近十英里的路程，此外，在动物园的狼围场里，我不必担心自己会遭遇其他动物。在荒林里，我会被树根绊倒，会踏进水塘，甚至踩断树枝发出劈啪声响，这无异于是对野生世界里的所有动物发送信号，透露自己的位置。就算我想保持安静，但我仍然屈居劣势，其他动物在黑暗中有更精准的视觉和听力，可以看到我的一举一动。对我而言，跌倒和死亡没有两样。

我对于自己第一次在黑夜里行动的记忆是：虽然天寒地冻，但我仍然满身大汗。我会往前试探地走一步，再犹豫地确认周遭是否有任何动物接近的声音。那天晚上星斗稀疏，月亮仿佛蒙着一层纱，但我逐渐适应的视线已经可以让我看到黑影。我不必看得太清楚，只需要发现动作，或一双闪亮的眼睛。

既然我近乎全盲，于是我其他的感官发挥到极致。我深深地吸气，利用风向来判别有哪些动物看着我行动。聆听草木窸窣间是否有脚步声，而且尽量处在上风处。当凌晨的光线像指头般探出地平线时，我觉得自己好像结束了一场马拉松长跑，似乎战胜了一整支军队。在众多掠食性动物中间，我在加拿大的森林里存活了一个夜晚。我还活着。真的，这才是最重要的事。

乔琪

到了意外发生之后的第五天，我已经可以告诉你院内自助餐厅的每日例汤是什么口味、护士几点交班、骨科病房咖啡区的糖包放在哪个角落。我背下膳食部的分机号码，好帮卡拉多要几份布丁，知道物理治疗师的孩子叫什么名字，皮包里随时放着牙刷。

昨晚，我第一次回家过夜，但卡拉伤口感染，突然发起高烧。虽然护士说这很常见，尽管我在不在场与她是否会发烧毫无关联，但我还是觉得自己该负责。我告诉裘伊，我要在医院里陪卡拉，一直到她出院为止。高剂量的抗生素稍微压下了她的高热，但她仍然不太舒服。如果她的康复过程中没出现这个状况，说不定今天就可以坐着轮椅准备出院。我当然知道人不可能凭意志让自己感染，但是我总觉得卡拉的身体是刻意发烧，好让她能留在路克身边。

我到休息室里，从咖啡机倒出自己今天的第五杯咖啡，这台机器是某个好心护士的恩赐。再怎么离奇的遭遇，都可以在短时间内变成司空见惯的寻常事，这才是最让人惊讶的事。一星期之前，我起床会先冲澡洗头，为双胞胎准备午餐，再带他们走到巴士站等车。而现在呢，连续几天穿同一件衣服，等医生巡房，似乎成了我的正常生活。

几天前，一想到路克的脑伤，便仿佛有人朝我的肚子挥来一拳，如今我已经麻木。几天前，我可能会想尽办法阻止卡拉下床去探望她父亲，但现在，就算社工问她是否想过去探视时，她也会摇头。

我觉得卡拉应该是害怕。她担心的不是看到她爸爸，而是怕看不到他。

我拿出迷你冰箱里的牛奶，不小心手一滑，瓶子掉到了地上。白色的液体从我脚边流到冰箱下方。“该死！”我喃喃地说。

“来。”

有个男人递了一小叠棕色的纸巾给我。我试着收拾善后，但差点忍不住泪。就这么一次，一次就好，我希望能有件事顺利进行。

“你听过那句话吧。”这个男人在我身边蹲下，伸手帮忙，“这种事不值得掉眼泪。”

我先看到他的黑鞋，然后是蓝色的制服长裤。魏格比警员接下我手上湿透的纸巾，丢进垃圾桶里。“你应该有别的事可做，”我冷冷地说，“比方说，一定有某人在某处超速行驶，或是哪个老太太需要人搀扶过马路吧？”

他露出微笑。“说来你可能不会相信，但现在的老太太们都很自立自强。吴太太，老实说，我知道你现在的压力很大，我也不想来打扰你，但是——”

“那就别来打扰，”我恳求他，“让我们先度过这一关。让我先帮着女儿出院，帮我前夫……”我发现自己没办法把话说完。“请你留点空间给我们。”

“我恐怕做不到，女士。如果你女儿酒驾，她可能得面对过失杀人的指控。”

如果裘伊在这里，他会知道该怎么回答。但是裘伊停留在我过去的生活当中，帮双胞胎准备午餐，带他们去等公交车。我挺直脊背，凭着仅存的信心——我一直不知道自己还有这种自信——直视这名警察。“首先，路克没死，所以你的指控与事实不符。其次，我的前夫可能有许多缺失，魏格比警员，但是他不笨，如果卡拉真的喝了酒，他不可能让她开车。所以，除非你掌握了确切的事实和证据，足以向我证明我女儿得为这次车祸负责，否则她只是个做错事的未成年少女，由她爸爸开车载她回家。如果你打算以未成年饮酒的罪名逮捕她，我会假设你已经逮捕了当晚参加派对的所有未成年青少年。如果你还没那么做，那就证明我刚才讲得没错：你还有别的事可做。”

我从他身边离开，抬着下巴回到卡拉的病房。裘伊一定会为我觉得骄傲，但是话说回来，他是个辩护律师，奉行任何“忠于当事人”的言行。我发现自己想的是路克。他曾经告诉我：你心里有把火。这是他想和我结婚的原因。他说，在一身记者丝衬衫和新闻学位之下，我有个活跃的灵魂。我想，他应该是认为心中有火花的人才有能力了解一个生活在死亡边缘的男人。当他发现我真心想要的是有花园的房子、孩子，而且还要养狗的时候，的确是吃了一惊。我的内心可能有火花，但是我需要四面坚固的墙壁来保护，免得火花熄灭。

回到卡拉的病房之后，我才想到自己把咖啡和魏格比警员一起留在休息室里了。而我女儿已经醒来，还坐起了身子。她的脸颊泛红，发际线潮湿，这表示她高烧退了。“妈，”她口齿不清地说，“我知道怎么救爸爸了。”

路克

三个星期前，我朝东北方前进，一匹狼突然从树后走到我面前。老实说，我分不清这只狼是不是我在溪边看到过的灰狼，或者是另一头狼。它用金黄色的眼睛盯着我看了将近半分钟，当你面对一头野狼，这一瞬间宛如永恒。它没有龇牙咧嘴，没有低嗥，也没有露出恐惧的神色。这让我相信虽然我现在才看到它，但它老早就知道我的行踪。

接着它转身，走回树林里。

之后，我每隔几天便会看到它，而且都是在最意想不到的时刻。比方说，在我从陷阱里取出新鲜猎物时会觉得有东西看着我，结果一转头便看到它。有时我从假寐中张开眼睛，也会发现它在几英尺之外凝视我。我不想让这只狼把我当成“人类”。于是，每当它出现，我便躺到地上，对着它暴露我的喉咙和肚子，这是个宇宙通用的姿势，代表信任。暴露出最脆弱的部位，表示我理解它能够杀我，而且快慢由它决定。我同时也是在询问：你的性格有多稳定？而接下来呢，照理应当是占了优势的狼会改变自己的心理状况，先一口咬住我的喉咙再放开，仿佛在说：我有能力伤害你，但是我决定不这么做。建立我们的从属角色就是这么简单。

某天晚上，我坐在树下纳闷地猜想，不晓得自己闻到的是不是雪花的味道，这时，那头狼走到我面前的空地上。随后第二匹、第三匹狼走了出来，后面还跟着另外三只狼。接着，它们开始在林间穿梭，封住我的所有退路。这群狼总共有四头公狼和两头母狼，从外表来判断，在我面前出现过几次的那头狼显然是较年轻的成员，有可能是带头的阿尔发母狼派它来观察我。

第二天，我试着寻找这群狼。我虽然找了好几个星期，但是它们将自己的行踪隐藏得很好，让我完全找不到。我心灰意冷地想，难道我和狼群在野地的接触仅止于此？我辛苦了这么久，这么接近狼群，结果只能失望而返？于是我重拾原来的方式，又开始在夜里行动，在白天回到第一次遇到狼群的地点等候。

过了几个星期之后，它们才又出现。这次，狼群成员降到五只——少了匹公狼，而且整体上看起来比上次来得怯懦。它们在距离我大约四十码的地方停下脚步，我最早看到的那匹年轻公狼和它的姊妹玩了起来，像小狗般在雪地上打滚追逐。有只年长些的狼不时低吼制止，但这两头年轻的野狼最后还是玩到累瘫在雪地上。

我真希望自己能够表达出如此接近狼群的感受，让你了解，在偌大的森林里，这群狼有那么宽广的空间可以放松休息，但它们偏偏选择来到我身边。我不得不相信这是刻意的举动，因为它们有太多别的选择，不必这么紧张地监视不远之外的陌生人。我觉得自己是个被挑中的对象，这种兴奋与希望交错的情感，支持我度过了接下来的几个星期。这几个星期冰雪风暴笼罩，狼群躲得不见踪影，这段时间，我觉得自己仿佛是宇宙间唯一的生物。

天气稍暖之后，我在白天睡觉，天气尽管稍有回温，但仍然酷寒。我在严寒中寻找躲避的场所，例如岩穴、空心的断落树干，或者在雪堆里挖个刚能容身冰屋，我在这些洞穴的壁边铺上粗松枝取暖，堆起细枝遮蔽落雪和大风，徒手扯开腐烂的原木，将蚂蚁挑出来。

一天夜里，狼群开始呼嗥。嗥声低沉、痛苦，显然是哀悼。这种嗥声代表它们正在寻找迷途的成员。我猜，这次应该是那头体形最大的灰色公狼没回到成员身边。那个星期，狼群天天呼嗥，到了第四夜，我以呼声回应。我学孤狼的方式呼嗥，想在狼群中讨个位置。

起初，四周一片宁静。

接着，宛如奇迹发生，狼群也响应了我的呼唤。

爱德华

那头狼咬破了我租来车子的安全带。

“真该死！”我把安全带从兽笼的网栏边拉开，“他没教你要有礼貌吗？”

我猜想我买的租车险有没有将野生动物造成的伤害纳入承保范围当中。

我不知道自己会惹上多大的麻烦。

其是我最想弄清楚的，是我为什么会任卡拉说服我做这件事。

今天早上，我带着最大的诚意到医院去，手上拿着那张我签了名的字条。之前我早就想拿给卡拉看，但都错过了时机，当时住院外科医生正在检查她的缝线，护士拿着海绵为她擦澡，接着，我父亲又被送去做另一次计算机断层扫描，然后她开始发高烧。今天我下定决心，一定要让她看这张纸。卡拉可能不觉得我有权替父亲发言，但是我有证据，证明我确实可以。

在父亲的扫描检查过后（他的状况没有变化，难道我还需要更多理由来说服我妹妹吗），我上楼到骨科病房。卡拉坐在床上，头发凌乱，还流了满身大汗。母亲站在她身边。我走进病房时，她们一起转头过来看着我。“我有东西要给你们看。”我说。但我还来不及拿出来，卡拉便打断了我的话。

“狼，”她说，“他需要的是狼。”

“什么？”

“爸爸经常说狼的沟通方式和人类不同。他听不到我们叫他醒来的声音，所以，我们得带他到瑞德蒙游乐园。”

我看着她，不可思议地眨了眨眼。“你疯了吗？你不可能运一个靠呼吸器维生的病患到某个烂游乐场里去——”

“哦，对了，我忘了我是在和你说话，”她不屑地说，“我们应该杀了他就好。”

我觉得胸前口袋里的纸张似乎就地烧了起来。“卡拉，”我平和地说，“没有任何医生会签字让爸爸外出的。”

“那你就把狼带过来。”

“对，有什么比狼更符合‘无菌环境’的要求。”我转头问妈妈，“你该不会同意她的话吧。”

她还没回答，卡拉先说了：“你知道爸爸会尽最大努力去拯救他狼群里的任何一名成员。你不觉得它们也会为了他这么做吗？”她把双腿挪到床边。

“你要去哪里？”母亲问道。

“去打电话给华特，”卡拉说，“如果你们两个不愿意帮我忙，我相信他会愿意。”

我看着母亲：“你能告诉她这是不可能的事吗？”

母亲拍拍卡拉没受伤的手臂。“宝贝，”她说，“爱德华是对的。”

从她口中——嗯，或任何人口中——听到这句话，我实在无法形容自己的感觉。若你也是家中失败的一员，听到正面的赞许，你绝对也会情绪澎湃。

这是我唯一能找到的借口，否则我真不知该怎么解释自己现在的作为。“如果我听你的话，”稍早我告诉卡拉，“如果我为你做这件事，但仍然没有结果……那么你愿意听听我要说些什么吗？”

她直视我的双眼，点了点头，无声地同意。“叫华特把萨奇交给你，”她说，“我们去学校都带它。有次它被吓到，还好爸爸护着它，才没让它从窗户跳出去。”

母亲摇摇头：“爱德华。你要怎么——”

“还有，它得坐前座，”卡拉插嘴，“它会晕车。”

我拉上外套的拉链。“如果你还想知道的话，”我告诉她，“爸爸的状况和昨天晚上一样。”

这时，卡拉对我露出微笑。我回家以来，这是她第一次对我笑。她说：“马上就要有变化了。”

瑞德蒙交易站是个可悲又落伍的游乐园，这地方出现在立体电影和索尼游戏机上市之前，勉强算得上穷人的迪士尼乐园。到了冬天，这地方甚至比旺季时更令人沮丧，关闭的园区里只留下少数几名动物管理员，仿佛一个被时光遗忘的世界。我推动旋转门走进园区，眼前的景象只让我的沮丧有增无减。一座褪色的机械恐龙下巴垂挂着几根冰柱，一边对我嘶吼，一边试图摆动陷在雪堆里的巨大尾巴。

我沿着小丘往上走向狼围场，这个感觉好奇怪，我每踏出一步，仿佛就减去了一年的岁月，让我又回到童年。我经过一个围场，一对北美大公狼隔着围篱，跟着我一起往前走，观察我是否会抛只兔子到围篱里给它们当零嘴。我父亲的旧拖车停在小丘顶上，可以俯视几个狼围场。我看到拖车的通风口冒出一缕烟雾，但敲门却无人回应。

“华特？”我大声喊，“我是爱德华，路克的儿子。”我一敲，门跟着打开，回忆震得我往后直退。拖车完全没变，里面摆的依然是被无数幼狼扯破的海绵垫沙发，从前，当我父亲在游园群众面前展示狼的时候，我在这张沙发上看了不少书。拖车里有间浴室，有个脚踏式抽水马桶。

里头还有张小床，床上什么也没有。

这个主意糟糕透顶，我不该听卡拉的话，我该直接回医院去。我冲出拖车之后，听到后面的木屋传来口哨声，木屋里有个冰箱，用来存放喂狼吃的生肉。我探头进去，看到华特穿着屠夫的围裙，拿把大刀，正在将一头鹿卸成四大块。华特有一半的阿贝纳奇血统，身高足足有六英尺四，头顶无毛，双臂都有螺旋状的刺青。我小时候觉得他很恐怖，却又让人着迷。

华特抬头看到我，好像见到了鬼。

“是我，”我说，“爱德华。”

听到这句话，他扔下刀，给我个熊抱。“爱德华，”他说，“你们简直一模一样……”他皱起眉头往后退，问：“他——”

“他没事，”我赶忙说，“没有变化。”

我知道三头狼在这个屠宰间后面隔着围篱看着我。我父亲经常说起狼眼中的智慧。就算你是个对狼一无所知的门外汉，在第一次和这种动物面对面接触时，你一定也会丧失勇气。它们不只是凝视你而已，它们能看透你。我想，说不定卡拉说得有理。

我昨晚从父亲的家中打过电话给华特，向他解释我父亲目前的状况，而现在呢，我到这地方来告诉华特，卡拉认为让我父亲和狼接触可能会有帮助。他静静聆听，嘴角扭曲，仿佛正在咀嚼某种他不甚欣赏的计划，然后随时吐出来。我说完之后，他交抱起双臂，“所以，你打算带头狼进医院。”

“没错，”我点头说，“我知道这听起来很荒唐。”

“问题在于你不懂怎么带狼。不能因为狼长得像狗，你就拿狼当狗看。你要我陪你去吗？”

有那么一下子，我还真的认真思考起他的提议。最后我终于说：“我最好自己去。”这么一来，惹祸的人只会有一个。

我跟着华特走出小木屋，下坡走向围场，在我们接近围篱时，两头灰狼朝他跳过来。体形较小的那头狼只有三条腿。“早安，你们两个小家伙。”他指着一头完全无顾于自己少了条腿，径自在围场里前后奔跑的狼。它锐利的眼神好像刺进了我的皮肤。“那就是萨奇，”华特告诉我，“名字的意思是‘懒虫’。你老爸真是幽默。”

华特从夹克里拿出一个小袋子，掏出一只冷冻松鼠，抛进围场深处的树林里。另一只狼跑了过去，萨奇等着想领自己的奖品。但是华特拿出来的不是另一只松鼠，而是一盒费城牌起司抹酱。他撕开包装膜，萨奇舔了起来。“奶制品可以安抚它们的情绪。”他向我解释。

我依稀记得父亲告诉过我，当阿尔发母狼知道自己即将生产时，它会指示狼群去猎杀鹿群中仍在哺乳的母鹿，因为它知道猎物体内的荷尔蒙可以舒缓食用者的情绪。那么在幼狼出生之后，狼群的态度会比较温和，较容易接受幼小的新成员。

“萨奇这条命是我们救的。”华特说。他毫不犹豫地走进围场。“有个猎人在萨奇大约一岁的时候发现它，当时它的一条腿卡在捕熊的陷阱中，被它自己咬断。你爸爸成了它的保姆。兽医认为我们不可能救回萨奇，因为它太虚弱，伤口又受到感染，应该撑不过一个星期。但是萨奇熬了过来。你知道的，世上有一般人，有强者，狼的世界也一样。萨奇是后者。你要说它死定了，它会证明你是错的。”

我不知道卡拉是否就是为了这个原因，才特别指定我带萨奇到医院。因为这正是她期望能发生在父亲身上的故事。

华特看着我。“因为当时照顾它的是你爸爸，所以，和人类相处时，它比其他几只狼自在，对孩子和剧组人员也都很友善。我们常带它进小区。”他拖着一只容得下一只狼的大笼子走进围场。“有一天，我们带萨奇到学校去。你爸爸喜欢从班上挑几个孩子亲手去触摸狼，你懂吧，这可以让孩子们对狼感到好奇，又不至于害怕。他会先观察，免得选到班上的小捣蛋。他在活动之前会先定下规则，主要是为了不让孩子们吓到狼。如果孩子突然有大动作，或是太快走上来，甚至稍有个不注意，情况都有可能失控。”

华特靠向笼子正面的铁丝网边，让萨奇舔他的指关节。“一次，有个看护人员带一名须要特殊照护的孩子从教室门口经过。那孩子大概十岁，从来没开口说过话，他肢体残障，必须以轮椅代步。看护问你爸爸可不可以让男孩摸狼。这下你爸爸不知道该怎么回答了。他一方面不想让男孩失望，一方面又知道萨奇有能力轻松辨识出紧张和焦躁的情绪，很可能误判情势，以为它需要自卫，反而去刺激到男孩。萨奇不是狼和家犬的混血品种，它是头野狼。所以，你爸爸问看护，想知道男孩是否有办法表达恐惧或忧虑，看护表示孩子没这个能力，他根本无法与外界沟通。你爸爸明知道行不通，但他仍然把萨奇抱到桌子上，让它的视线与轮椅上的男孩齐高。萨奇盯着那孩子看，往前靠，然后开始舔男孩的嘴唇。你爸爸想上前阻止，以为萨奇把男孩当成食物，而男孩会害怕，会推开萨奇。他还来不及将萨奇往后拉，男孩竟然蠕动嘴角发出声音。这声音不清楚，很难分辨，但这是那孩子在我们面前说出他这辈子的第一个字：狼。”

我弯腰帮华特一起提着笼子爬上小丘。“如果你说这些话是为了让我在带动物进医院时心里好过一些，那我只能说，你没帮上忙。”

华特看着我。“我说这些话，”他说，“是因为萨奇并非第一次目睹奇迹。”

华特的一句话让我想好了计划：不能因为狼长得像狗，你就拿狼当狗看。既然没有人会蠢到把野生动物带进医院，那么大家自然会以为萨奇是家里饲养的宠物。也就是说，我只要先找个能令人信服的理由，就可以把狗带进医院。

依我看，我有两个选择：首先，我可以说萨奇是治疗犬。我完全不知道治疗犬是否只能在某些医院进出，但是我知道某些受过训练的志工人员会带拉不拉多犬、小猎犬或贵宾狗到小儿科病房鼓励病童。据我所知，这些狗的年纪通常比较大，个性镇定、平静。严格来说，萨奇不符合上述任何条件。

除了治疗犬之外，我只看过另外一种狗在医院里出入，那就是导盲犬。

我到加油站花了两块九九买下一副丑陋又过大的黑色太阳眼镜。我拨打母亲的手机，让她知道我已经上路，要她带卡拉到爸爸的病房里和我会合。接着，我把车停在医院的停车场，尽可能远离其他车辆。

我事先已经将前座往后推，以便放进萨奇的笼子，这笼子占满了所有的可用空间。我从驾驶座下车，打开副驾驶座的车门，眼睛盯着笼子铁网门里的萨奇。“听好了，”我大声说，“我和你一样不喜欢这个差事。”

萨奇瞪着我看。

我试着说服自己，我拉开笼门时，这头狼绝对不会一口咬住我的手。华特已经帮它套上了胸背带，我只须要帮它系上拉绳就好。我拉起绳索要它出来，结果它转头对着我龇牙咧嘴。

就算医院柜台的志工觉得奇怪，为什么是盲人拉狗而非狗带人，他们也没多说。我满心感激，因为到加护病房的电梯里只有我们这一人一狼。看到萨奇趴下来，交叠起前掌时，我对它说："好孩子。"

但它一听到电梯门打开前的铃声，却跳起来转头轻咬我的膝盖。

"该死！"我痛得喊了一声，"你在干什么？"

我弯腰检查膝盖有没有受伤流血，这时电梯门开了，我看到一个小志工拿着一叠病例，站在我面前等电梯。"嗨。"我向她打招呼，试图转移她的注意力，希望她不会发现我牵着一匹狼。

"哦！"她惊讶地说，"嗨。"

这时我才注意到，如果我是个盲人，我根本不可能看到她是否站在我面前。

突然间，萨奇跳向走廊，我踉跄地跟上去，把小志工抛在脑后。一名体格犹如亚马孙女战士的护士跟了上来。她比我高，二头肌发达，若比起腕力，我绝对会是她的手下败将。我来医院的第一天就见过她，但她一直到今天才第二次出现，所以她不认得我，也没有问我为什么突然失明。"请问一下，先生，先生？"

这次我记住了，在她喊我之前，我没有转头。

"你在喊我吗？"

"是的。请问你来探视哪一位病人？"

"华伦。路克·华伦。我是他儿子，这是我的导盲犬。"

她交抱起双臂："三条腿的导盲犬。"

"你这是开玩笑吗？"我刻意露出酒窝，笑着说，"我付钱买的是四条腿的狗。"

护士一点笑意也没有。"我们得先让华伦先生的医生同意，才能让狗进去——"

"只要导盲犬不造成威胁，便可以进入所有人类进出的场所。"我背出这句条文。我在加油站买下太阳眼镜之后，曾经上网搜寻相关信息。“我无法相信会有任何医院违背美国残障法案。”

“服务犬是否能进入加护病房，必须视个案来处理。如果你在这里等一下，我可以——”

我说：“你可以到司法部去问个明白。”萨奇开始拉着我往前走。

我猜，在警卫上来带我离开之前，我应该还有五分钟的时间。当萨奇扯着我的时候，护士依然在我身后的走廊上吼叫。我没下任何指示，萨奇直接带着我走进我父亲的病房。

卡拉紧紧靠着轮椅的帆布椅背，我母亲站在她后面。我的父亲依然躺在床上一动也没动，插在喉咙上的管子从毯子下延伸出来。“萨奇！”卡拉喊了出来，这头狼朝她跳了过去，把前脚搭在她腿上，开始舔她的脸。

“它咬我。”我说。

我母亲退到病房的角落，显然不太乐意和一头狼待在同一个房间里。“它不危险吧？”她问道。

我看着她：“你现在才问不嫌太晚吗？”

这时萨奇已经离开卡拉身边，在我父亲的床边低声悲嗥。它利落地往上一跳，跳到窄窄的床上，三条腿环住我父亲的身体。它小心翼翼地避开他的管子，嗅着他盖着毯子的身子。

“它不可能待太久。”我说。

“你看着好了。”卡拉回答。

萨奇闻我父亲的头发、脖子，伸出舌头舔我父亲的脸颊。

我父亲还是没动。

这头狼哀鸣着，又开始舔他的脸，用牙齿拉毯子，用爪子扒了起来。

突然听到“哔”的一声，我们全转头看向病床后面的机器。点滴该换了。

“你现在相信我了吗？”我问卡拉。

她咬紧牙关，脸色坚定。“要再等一分钟就好，”她请求，“萨奇知道他在。”

我摘下太阳眼镜，走到她面前，逼她直视我的双眼。“但爸爸不知道萨奇在这里。”

她没来得及回答，病房门突然打开，护理站的那名护士带着警卫走了进来。我再次将太阳眼镜戴好。“是我妹妹的主意。”我立刻说了。

“总是出卖我。”卡拉低声嘀咕。

护士气得几乎痉挛。“病——床——上——有——只——狗，”她倒抽了一口气，“把——狗——带——下——来！”

警卫抓住我的手臂。“先生，请立刻把狗带下来。”

“我没看到狗。”我说。

护士眯起了眼睛：“你不必假装看不见，老兄。”

我摘下太阳眼镜。“哦，你是说这只啊？”我指着萨奇，它已经跳了下来，紧紧靠在我的脚边，“这不是狗。它是一头狼。”

接着，我拉起绳子，拔腿就跑。

医院本来想提诉，但是我们的社工翠娜出面斡旋。在所有的医护人员中，她是唯一了解我为何不得不把狼带进来的人。如果我不这么做，卡拉不会愿意和我讨论父亲毫无起色的状况。如今我妹妹亲眼看到，即使他最心爱的狼，也没办法唤起他任何反应。卡拉不得不明白我们已经没太多选择，已经没有希望。

我觉得萨奇也清楚整个状况。它毫不挣扎地走进笼子，在我开车回瑞德蒙游乐园时，蜷起身子一路睡到家。这次，我开着车来到拖车边，华特走出来迎接我。他的脸色很好懂：他在等我把好消息告诉他，他想听的是我父亲如何转瞬回到人世的故事。但事实像个木塞般卡在我的喉头，我就是说不出口，于是我动手帮他把我车上的笼子抬下来，带进狼围场。萨奇的伙伴一直在围篱边凝视我们。华特放出萨奇之后，两只狼走进围场深处的树丛中。我看着华特锁上第一道栅门，接着才走向第二道门。他拿着拉绳和胸背带，急切地问我："怎么样？"

"华特，"我先想好该怎么表达，才开口说，"不管情况如何演变，你还是可以留住工作，我会负责处理。我爸爸会希望有个他信得过的人，来照顾这些动物。"

"他随时可能回来，说我哪里又做错了。"华特说。

"是啊，"我说，"没错。"

我告诉他我得回医院去，但是我没有立刻离开游乐场，反而站着凝视那座机械恐龙。我拨开铸铁长椅上的积雪，坐下来等了十二分钟，打算听暴龙复活的吼声。机械龙和早上一样，甩不动卡在雪堆中的活动长尾巴。

我穿着球鞋和牛仔裤跳进篱笆里及膝的积雪当中，徒手挖起雪来。不到几秒钟，我的指头便又红又麻，袜口的雪也开始融化。我敲打暴龙绿色的尾巴，想敲下结在上头的冰，但是一块也没敲下来。"拜托，"我又敲了一次，大声喊，"动一动！"

回音在空荡荡的建筑物之间回荡。我一定是触动了某个机关，因为暴龙的假尾巴随着这头猛兽前后地动了起来。我站着看了几秒钟，把双手插在胳膊下取暖。我让自己幻想，这头暴龙说不定真能动，抓住它的猎物。说不定它会有动作，而不光是摆尾。我放任自己假装我成功地让时间回到过去。

六天的时间可以发生许多事。以色列人会说你可以发起一场六日战争，你也可以花六天开车横越美国，另外，有些人相信上帝在六天之内创造了宇宙万物。

我要告诉你，六天的时间，也有可能什么状况都没有。

比方说，某个脑部受到严重创伤的人，他的状况可能不会恶化，也没有好转。

我离开医院，在我父亲家住了四个晚上。每晚都倒一碗过期的玉米片，看有线电视的晚间节目。我没睡在他的床上，其实，我根本没有真正睡着。我坐在沙发上，听着电视一集一集播送《七十年代秀》。

在看护父亲期间的夜里离开医院有种奇特的感觉。我错失了整个白天，星光映射在不知何时落下的白雪上。我生命前进的方式犹如一个诡异又空泛的故事，这当中少了最关键的主角，而他目前的生命却像个永续的循环。我带了一些父亲醒来会用得着的物品进医院，像梳子、书，或邮件，但是这只让我回家时觉得这个家更空洞，仿佛我正在清空这个家。

昨天，在我带萨奇到医院引起一团混乱之后，我再次到卡拉的病房里去。我想把我在父亲档案柜里找的字条给她看。但这次，一组复健人员在她的病房里讨论肩膀的复健问题，测试她活动能力的范围——她痛得掉了眼泪。我决定，无论我得告诉她什么事，都可以等。

过了一夜，我今早又朝她的病房走过去，但被社工翠娜正好逮到。“你来得正好，”她说，“你听说了吗？”

“听说什么？”我的脑海中有上百面红旗在挥舞。

“我正要去楼下找你。我们要在你妹妹的病房里开个家庭会议。”

“家庭会议？”我说，“是她主动要你召开的吗？”

“她没要求我做什么事，爱德华。”翠娜说，“我们开会是为了讨论你父亲的病情，而且要你们两个人同时在场。我提议在卡拉的病房里见面，这样一来，她就不必到会议室去，在病房里比较舒服。”

我跟着翠娜走进卡拉的病房，看到里面有四五个护士，有几个是我在父亲病房里见过的护士，有的我不认识。桑卡尔医生、一名神经科住院医生，加护病房的赵医生也在场。另外一个人应该是医院的神父——因为他戴着神职人员制服的白领。有那么一会儿，我觉得这是个圈套，我父亲可能已经过世了，医院觉得这是告知家属最理想的方式。

“吴太太，”翠娜说，“我恐怕得请你暂时离开病房。”

母亲讶异地眨眨眼：“那卡拉怎么办？”

“真抱歉，但是这个会议只能让华伦先生最亲近的家属参与。”翠娜解释道。

母亲还没离开，卡拉先拉住她的袖子。“别走。”她低声说，“我不想自己一个人面对。”

我母亲说：“哦，宝贝。”她为卡拉将头发拨到脑后。

我走进病房，绕过里头的人，走到我母亲身边。“你不是一个人。”我告诉卡拉，握起她的手。

我突然回想起一个画面：我正在过马路，因为我要送妹妹走进校门，一直到我确定她安稳地踩在对面的人行道上之后，我才愿意放手。我问：你午餐带了吗？她点点头。我看得出她想要我多留一会儿，因为她是在场唯一一个和成年人讲话的五年级学生，这够酷。但是，我还是急忙走回自己的车边。我一直没让她知道，但是我一定会等她平安走进校门之后，才会开车离开。

“嗯，”桑卡尔医生开口了，“我们开始吧。我们今天要把你们父亲的最新状况告诉你们。”他对住院医生点个头，后者把一台手提电脑放在卡拉的病床上，好让大家一起看扫描的影像。“你们都知道，当他六天前被送进医院时，他有弥漫性创伤脑损的现象。这些是他刚被送进加护病房时的影像。”他指着屏幕一侧浑浊混乱、有点像抽象画的影像。“你们先假想他的鼻子在这个位置，耳朵在这里。我们从下往上看。这片白色的区块，看到了吗？那是血，脑和脑室都出血。这一整片是颞叶血肿的状况。”

他按下鼠标，第二张图片跳了出来，与前一张并列。他说：“这是正常的脑部影像。”其实他什么都不必说。很清楚，脑部呈现出一整片黑色的影像，线条和边缘都很明显，看起来很整齐，而且清晰可辨。

看起来和我父亲的脑部扫描截然不同。

我很难想象这片模糊的片子代表掌控我父亲人格、思考和行动能力的区块。我眯着眼睛仔细看，想找出他那种在野外发展出来的动物本能贮存在哪里，我还想知道哪个部位代表语言能力，他和狼群不需要语言就能沟通，以及在我们小时候那些他忘了说的话，比方说：他爱我们，他想念我们。

桑卡尔医生又点下鼠标，出现了第三张扫描片。在这张影像上，脑部边缘的白色浑浊缩小了，但是我们看到新出现的灰色阴影。我们的外科医生指着片子说：“这是前颞叶原来的样子，取出血肿的部分之后，我们成功地缓和脑水肿的现象。”

桑卡尔医生表示，从我父亲脑部取出这个部分，并不会影响他的人格，但他有可能会丧失部分记忆。

哪些记忆？

他和狼群在野地生活的片段？

他与母亲初次见面的那一幕？

他发现我恨他的那一刻？

这位脑神经外科医生错了。因为无论失去任何一段记忆，都会改变我父亲的过去，以及他之所以成为今天这个人的关键。

卡拉用力拉拉我的手臂。“这是好消息，对吧？”她低声地说。

桑卡尔医生按下另一个按钮，屏幕出现新的影像。这张片子的角度不同，我歪着头，想要看明白。“这是脑干，”他解释说，“延脑出血，而且蔓延到脑桥。”他指着片子上的某个点。“这是脑部掌控呼吸的部位，影响意识清醒与否。”他转过头来面对着我们。“自从他入院以来，这部分一直没有明显的变化。”

“你们能不能再为他开一次刀？”卡拉问道。

“我们第一次开刀是为了减低脑压，但现在的问题不在脑压。开颅减压或施以巴比妥酸盐治疗并没有帮助。恐怕你们父亲的脑伤……没办法恢复。”

“没办法恢复？”卡拉重复医生的话，“这是什么意思？”

“我很难过。”桑卡尔医生清了清喉咙，“恢复的机会极小，我们必须决定是否要让他继续仰赖维生系统活下去。”

“极小不代表不可能，”卡拉固执地说，“他还活着。”

“严格来说，是的。”赵医生回答，“但是你们必须自问，一个有意义生命必须包含哪些要素。就算他能够恢复——虽然我从来没看过脑损严重到这种程度的病患恢复过来，他的生活质量也不可能和过去一样。”

“你们不知道在接下来的一个月，或是一年当中会发生什么变化。说不定在这期间会出现突破性的治疗方式，可以治好他。”卡拉争辩。

我恨透自己即将说出口的问题，但是我想让她亲耳听见答案：“你们所谓的生活质量不同究竟是什么意思？”

桑卡尔医生看着我。“他没办法自行呼吸、自行进食，或是自己上厕所。最好的状况，也是疗养机构的病患。”

翠娜靠了上来。“卡拉，我知道你很难接受。但是如果他本人在场听到桑卡尔医生刚刚说的话，你觉得他会希望怎么做？”

“他会希望自己能好起来！”这时候，卡拉已经哭了出来，她试着缓和自己的呼吸，“车祸发生到现在还不满一个星期！”

“没错，”桑卡尔医生说，“但是你父亲的状况并不会随着时间的推移而改善。他能够恢复的概率只有百分之一。”

“这不就对了吗？”她指控地说，“你也说他有恢复的机会。”

“机会并不代表可能性。你觉得爸爸会愿意为了醒来时可能四肢瘫痪的那百分之一或然率，而靠维生系统继续存活一年、两年或是十年吗？”我问道。

她带着绝望的表情看着我。“医生不见得永远正确。记得你昨天带到医院来的那只萨奇吗？它在踩进陷阱时啃断了自己的脚，每一个兽医都说它不可能活下来。”

“差别在于爸爸受的是无法抵消或弥补的伤害，和萨奇不一样。”我指出重点。

翠娜伸手搭在卡拉没受伤的肩膀上，但是卡拉扭身甩掉她的手，痛得喊出来。“走开！”卡拉哭喊，“你们全都出去！”

她身后的几台机器开始哔哔作响，在场的护士皱着眉头看上面显示的数字。“好，够了。”她宣布，“出去吧。”

几名医生走出病房，彼此低声交谈。另一名护士拿着卡拉的吗啡止痛剂走进这场局面当中，由第一名护士压住卡拉。

妈妈也冲了进来，问：“到底发生了什么事？”她先看着我和护士，接着看向卡拉。她直接走向病床，抱住卡拉，让她靠在怀里哭泣。卡拉越过母亲的肩膀看着我。“我说过，出去。”她喃喃地说话，这时我才发现当她赶医生出门的时候，也包括了我。

吗啡在几秒钟之内发挥了作用，卡拉整个人瘫软了下来。我母亲让她靠在枕头上，低声询问值班护士卡拉为什么会这么激动。我妹妹眼神涣散，下巴放松，几乎快睡着。但是她直视着我的双眼，低声说：“我没办法，我只想要这件事赶快结束。”

这话听来像个恳求。仿佛是六年来我第一次可能有能力帮助她。我低头看着妹妹说：“我来处理。”我向她承诺，知道这句话会为她带来多么大的影响。“一切交给我。”

我走出卡拉的病房，在护理站的电话旁边找到桑卡尔医生。他看我站到他的面前，便放下手上的话筒。

“我可以请教你一件事吗？”我说，“就是……事情要怎么进行？”

“进行？”

“我是说，如果我们决定……”我说不下去，只能耸耸肩，球鞋踢着塑料地板。

他当然知道我在问什么。“嗯，”他说，“他不会感到痛苦。关机时，家属可以在场。你父亲可能会自行呼吸几次，但是不规律，也不会持续。最后，他的心脏会停止。我们在关机之后通常会请家属离场，等一切结束之后，再进病房做最后的道别。”他犹豫了一下，“但这个过程的时间长短不一定，每个人的状况都不同。”

“怎么说呢？”

“你父亲是否曾经表达捐献器官的意愿。”

我想到四天之前我才翻过父亲的皮夹，真的有那么久吗？他的驾照上有个红心符号。“如果他愿意呢？”我问。

“新英格兰器官银行的人员会联络每个脑部严重受创的案例，确认病患是否曾经表达过捐赠器官的意愿。他们会过来和你讨论，回答你的问题。若你父亲是已经登录的器官捐赠人，而且家属选择结束治疗，那么院方会遵照你父亲的意愿，和器官银行协调好时间。”桑卡尔医生看着我。“如果情况这样下去，”他说，“你和你妹妹必须达成协议，才能移除你父亲的维生系统。”

我看着他踏向走廊的背影，接着我又回到卡拉病房外。我没上前，免得被看到，但是我看得见里面的状况。卡拉睡着了。我母亲坐在床边，低头抵着合十的双手，仿佛在祈祷。

说不定她真的在祈祷。

从前，我送卡拉到校门口再回到车上目送她走进校门，原因并不只是为了确认她没被哪个变态家伙掳走而已，同时也因为我不能当她，不能化身为一个甩动着马尾辫、背着粉红色龟壳图样背包、满脑子只有“如果”和“说不定”的小女孩。她能让自己相信一切：蘑菇伞下住的是仙子，妈妈在夜里哭泣是因为她正在读哀伤的小说，或是爸爸因为忙着教波兰农夫如何播放狼嚎的录音驱离野狼，忘了我的生日或她在周末音乐会的演出根本不算一回事。而我呢，对于幻想世界能否抵挡得住现实，我已经感到太疲惫，而且完全无法信服。我每天早上都会看着她，在那段宛如《麦田捕手》主角经历的时期当中，我想要的，是确认有人能守护她的童年，别让那段时光和我的童年一样悲惨。

我知道她觉得我抛弃了她，但也许，我回来得正是时候。只有我，才能让她继续当孩子，就算只有短短一阵子也好。我可以确保她在往后的日子里不必怀疑或责怪自己的决定。

我妹妹说：我没办法。

我只想要这件事赶快结束。

卡拉需要我。她不必和医生、护士或社工人员继续讨论。她不想被迫做决定。

所以，我会做这件事。

我和父亲相处最美好的一天，几乎演变成惨剧。

那是在卡拉刚出生之后。我母亲一直在读亲子教养的书，试图不要让七年来一直是家中焦点的儿子在看到新生儿回家时惊吓过度。（我的确试过，想喂卡拉吃铜板，把她当成商场里的弹珠台，但是这与嫉妒无关。）书上写：让新生儿带个礼物送给哥哥姐姐！所以，当我走进医院探望当时还是一团粉红色小球的妹妹时，我母亲拍了拍她身边的床缘，对我说："看看卡拉带什么给你。"她递了一个细长包装的东西给我。我瞪着母亲的肚子看，想不通怎么能装个小孩，更别提还要带个这么大的礼物。接着我想到这礼物是给我的，立刻分心。我拆开包装，看到一支属于我的钓竿。

七岁的我和其他男孩不同，他们会跪在地上，就算磨破牛仔裤，也要抓鼻涕虫，好在太阳底下施以酷刑，把这些小东西晒成干。我常待在房间里看书或画图。对我父亲这种几乎不懂如何融入传统家庭结构的人来说，一个非传统的儿子更是难解的谜。他真的不知道该如何和我相处。他试过几次，想让我了解他的最爱，结果却惨败收场。我不但跌进一丛有毒的野葛中，而且还被太阳晒伤，程度严重到双眼肿到几乎张不开。到最后，我只能留在他的拖车里看书，等他去完成他该做的工作。

其实，我想要的是一套绘画工具，包括各种颜色的水彩和像彩虹般排列的马克笔。"我不会钓鱼。"我老实地说。

"这样的话，"我母亲说，"那么，爸爸得教教你了。"

我不是第一次听到这种话。爸爸会教你怎么骑脚踏车。今天下午，爸爸会带你去游泳。但计划永远赶不上变化，而这个“变化”永远不是我。

“路克，你何不现在就带爱德华去试试这支钓竿？好让卡拉和我休息一下。”

我父亲看着我母亲。“现在吗？”但他不想在母亲刚生产过后就和她争辩，于是他看着我，点了点头。“今天是钓鱼的好天气。”他说。就这么一句话，我便以为我们之间的关系立刻要转变——美好的转变。我常在电视上看到父亲带儿子去钓鱼，还会聊些深刻的话题。钓鱼可能会是我和父亲唯一能分享的乐趣，我只是还不知道怎么钓。

我们开车到瑞德蒙游乐园。“我们先说好，”他说，“我去喂狼的时候，你要负责挖小虫。”

我点点头。如果有必要，我会一路挖到中国去。我单独一个人和父亲在一起，就算钓鱼会害我送命，我也会爱上这回事。我开始想象一连串未来父子相处，以鲈鱼联结在一起的日子。

父亲带我到位于长臂猿笼子后面的工具间，找出了一把生锈的铁铲。接着我们一起走到鸟舍后面的堆肥旁边，管理员每天清理鸟舍之后，都会把推车放到这个地方。他铲开一小片犹如黑咖啡一般肥沃的土，双手插在腰间。“十条虫子就好，”他说，“你会把手弄脏。”

“我不在乎。”我说。

他去照料狼群的时候，我小心翼翼地从土堆里挑出十多条虫子，用爸爸给我的夹链袋装起来。他回来找我的时候，手上拿着他自己的钓竿。我们经过狮笼，从游乐园的后门走出去，我跟着父亲走进树林里，拨开蕨叶，穿过泥巴路。在路上，蚊子开始叮我，我真想知道还要走多久才能到目的地（不管那目的地究竟是什么地方），但是我没有抱怨。相反，我一边听着父亲的口哨声，一边想象自己把钓竿拿给罗根看的时候会有多么得意。罗根是我最要好的朋友，就住我家隔壁，他老是拿他的生日礼物——音速小子第三代游戏——到处卖弄。

大约十分钟之后，我们来到树林尽头的高速公路边。父亲紧紧牵着我的手，左看右看之后，才带着我慢跑穿过马路。前方的水面闪烁，让我联想到母亲戒指映在天花板上的光点。我们面前有一道篱笆，上面的白色告示上有几个黑字。

“什么是‘请勿擅入’？”我念出这几个字。

“没什么特别的意思，”我父亲说，“这块地没有主人。而且，我们只是借用。”

他先举起我，让我翻过篱笆，自己接着跳进来。我们一起站在贮水池前方。父亲的老钓竿生锈，我的新钓竿闪闪发光。我的红钓竿系着白色浮标，像极了迷你救生圈。我跪坐了下来，接着又跪直身子。

“钓鱼的第一条守则，”他告诉我，“是要保持安静不动。”

他教我如何解下固定在安全孔上的钓钩，接着伸手到夹链袋里掏出一条虫。“谢谢。”他压低声音说。

“谢什么？”

他看着我。“我的原住民朋友说，我们要拿一条生命去喂另一条生命的时候，必须对前者的牺牲表达谢意。”我父亲说。接着用钓钩串起小虫。

小虫扭个不停，看得我真想吐。

父亲跪在我后面，用他的双手环住我。“你按下这个按钮，”他拉着我的大拇指按住卷线器，“然后拉住，从右往左甩。”他带着我，让我的身体和他一起摆动，然后在最后一刻松开手刹按钮，让钓鱼线画出一条抛物线，再落到水面上。“要自己试试看吗？”

我自己办得到，但是我还想再次感觉父亲落在我肩胛骨之间的心跳。“你能再教我一次吗？”我问道。

他答应了，而且连教两次之后，才拿起自己的钓竿。“现在呢，看到浮标跳动时你先别拉。鱼的试探，和真的把饵吞下去不一样。如果浮标往下沉，而且没有再浮出来，那么你才能开始拉竿卷线。”

我看着他向另一条小虫道谢，然后上饵。我紧紧握住我的钓竿，用力到指节泛白。这天吹的是东风，浮标随着风轻轻跳动。我担心自己会因为微风而错判鱼儿是否上了钩。但是我也担心自己太早收线，害钩上的小虫白白送命。

“要这样等多久？”我问道。

“钓鱼的第二条守则是，”我父亲说，“要有耐心。”

突然间，我觉得有东西扯动了钓线，我仿佛从梦中醒来，立刻进入了拔河赛。我差点松手。“有鱼！”我边喊边站起来，我父亲笑了。

“那你最好把它拉上来，小兄弟，”他说，“小心，慢点拉……”

他本来想帮忙我，但这时他手上的钓竿也有鱼上钩。当鱼朝贮水池中央左右拉扯而去的时候，他站了起来，他钓竿的顶端像魔杖般往下弯。就在同一个时间，我的鱼啪拉拉地破水而出。我使力卷线，这条鱼在我胸前猛力拍打，距离我只有几英寸之遥。

“我现在该怎么办？”我放声大喊。

“稳住，”父亲指示我，“我先把这条鱼拉上来，马上来帮你。”

我钓到了一条河鲈，身上有虎斑条纹，鱼鳍有参差的缺口，透明的鱼眼看起来很古怪，很像我外曾祖母从前收藏的瓷娃娃，她说过，这些古老的娃娃很稀有，只能放在架子上。我试了两次，想抓住鱼，但都被弹了开来。

但是我父亲要我稳住，于是我虽然怕被鱼鳍戳到，虽然鱼腥味像极了橡胶雨鞋里的脚臭，而且鱼尾不停地拍打着我，我还是撑了下来。

我设法用手掌握住鱼，这条鱼虽然长不及六英寸，但我仍然觉得它很巨大，我一只手握不住鱼肚，而且它拼命挣扎，想吐出嘴里的鱼钩，鱼钩穿透了银亮的鱼皮，我觉得胃里一阵抽搐。我握得更紧了些，确认它无法挣脱。

但是我大概是握得太紧了。

这尾河鲈的眼珠突了出来，内脏从尾部滑出来。我吓得丢下钓竿，瞪着自己的手看。我手上沾到了鱼的内脏，而死鱼还钩在钓钩上。

我再也忍不住，终于哭了出来。

我为河鲈哭，为小虫哭，这两条命死得不明不白。我放声大哭，是因为自己搞砸了，因为我以为父亲会因此再也不想和我一起钓鱼。

我父亲看着我和残缺的鱼尸。“你做了什么事？”他说，在他分心的这一刻，他钓竿的鱼线突然被扯断，那尾他正在拉的不知什么大鱼跟着消失无踪。

“我杀了它。”我边啜泣边说话。

“嗯，”他说，“不管怎么样，你终究会杀了它。”

这句话并没有让我好过些。我哭得更厉害了，父亲左顾右盼，显得很不自在。

他不是那种会在我生病时拥抱我，或是在我噩梦醒来后安慰我的人，那是我母亲会做的事。他不知道该拿一个手拿钓竿、惊慌失措的孩子怎么办。

“别哭了。”他说。孩子就是这样，我已经惊吓过度，皮肤发烫，呼吸急促，开始歇斯底里。我的眼泪鼻涕流个不停，结果这又让我联想到软瘫在我手上的死鱼，让我哭得更惨。

其实，他应该拥抱我，应该安慰我，说这没关系，我们可以再试一次。

但是他却脱口说："你有没有听过那个屋顶的笑话？没有吗？我说，屋顶可能要掉到你头上了。"

我不晓得他怎么会想到要说笑话，而且是个烂笑话。但他的反应太笨拙，和我当时的需要截然不同，惊讶之下，我竟然静了下来。我打着嗝，抬头通过眼睫毛看他。

"医生为什么要用红笔？"他说，语气又快又急，"是为了不时之需，他们可能临时需要血。"

我用袖口擦擦鼻子，他脱下衬衫，温和地擦拭我的脸，然后抱起我，让我坐在他的腿上。"有个家伙走进酒吧，他肩膀上爬着一只蜥蜴，"父亲说，"酒保问：'它叫什么名字？'这家伙说：'叫作小东西，因为它是我养的蝶螈。'"

这些笑话我一个都没听懂，我还太小。而且我从来不知道爸爸会是个喜剧演员。但是他的双臂环着我，而且，这次与钓鱼教学无关。

"那是意外。"我告诉他，泪水又冲上眼眶。

父亲抽出放在口袋里的小刀，割断鱼线，把鱼尸踢进水里，免得我再看到那东西。"你知道水牛爸爸早上上班前会对它的孩子说什么吗？它会说：'再会了，儿子。'水边发生的事，就该留在水里。"

"我一个笑话都不懂。"我说。

"我每次吓到，我外公都会讲这些笑话给我听。"

和野狼角力是我父亲的家常便饭，我没办法想象他竟然也会害怕。

他拉着我站起来，捡起我和他的钓竿。断开的钓线像蜘蛛丝般地漂了起来。

“你爸爸有没有讲过笑话给你听？”我问道。

当时我父亲从我身边退开，这一步的距离却犹如一英里。“我不认识他。”说完话，他转身背对着我。

我发现，这是我和他的共通点。

我坐在父亲阴暗的病房里，他身后的监测器闪着绿色的光线，照在他的床上。我手肘抵着膝盖，手掌撑住下巴。“你怎么知道耶稣喜欢吃日本料理？”我低声说。

没有人回答。

“因为耶稣爱味噌。”

我揉揉发烫的双眼。我的眼睛很干，没有任何泪水。

“你听过偏执阅读障碍者的故事吗？”我说，“他老是担心自己会追随哪位名师。”

过去，这种冷笑话曾经成功地让我父亲分心，不再害怕——虽然这招对我不管用。

有人轻轻地敲门，一个女人走进来。“爱德华吗？”她说，“我是新英格兰器官银行的协调员，叫可琳·达葛斯汀诺。”

她身上的绿色毛衣上绣着叶子，棕发剪得又薄又短。她让我联想到小飞侠，这实在讽刺。这里没有梦幻岛，没有永恒的青春。

“我对你父亲的情况感到很遗憾。”

我点点头。我知道她期待的是什么。

“说点他的事给我听好吗，他喜欢做哪些事？”

这个问题完全出乎我的意料之外。“他大部分时间都在户外。”我终于说，“他和狼群一起生活，研究野狼的行为。”

“了不起，”可琳说，“他是怎么开始的？”

我问过他这个问题吗？应该没有。“他觉得狼被丑化了。”我回答。我回想起父亲怎么向夏日涌进瑞德蒙游乐园的观光客解说。“他想让人类了解真相。”

可琳拉了张椅子靠过来。“听起来他应该很关心动物。通常这样的人也很愿意帮助别人。”

我用双手搓着脸，突然觉得好疲倦。我不想继续绕着弯讲话，我只想让事情赶快结束。“听着，他的驾照上有标志，他愿意捐赠器官。就是这样，我才会约你过来。”

她点点头，顺着我的话开始聊了开来。“我和桑卡尔医生谈过，也和他一起看过你父亲的状况。我知道他的脑部严重受创，不可能回到从前的生活方式。但是他的内脏完全没受到损害。在心脏停止跳动之后捐赠器官，对活着受苦的人来说，是最好的礼物。”

“他会不会感觉到痛？”

“不会。”可琳继续说，“他仍然是院里的病患，我们最关心的是他是否舒服。当我们切断维生系统时候，你可以陪在他身边。”

“程序怎么进行？”

“嗯，心跳停止病患的器官捐赠程序和脑死病患不同。我们会检视你和医护团队终止医疗的共同决定，以及你父亲对于器官捐赠的意愿。接着，我们再和移植外科团队安排终止维生系统和摘除器官的时间。”她往前靠，双手合掌夹在两腿之间，视线一直没有离开我。“家属可以在场。你会和你父亲的神经外科医生、加护病房的医生和护士在一起。医疗人员会在他的点滴里加入吗啡，通过动脉导管监测他的动脉压，再由现场的医生或护士关掉帮助他呼吸的维生系统。没有氧气之后，他的心脏会停止跳动。在他收缩心律停止——也就是心跳停止之后，你可以向他道别，接着我们才会将他送进手术室。院方在他心跳停止的五分钟之后宣布他死亡，另一组负责器官移植的医生团队会接手摘除他的器官。一般来说，移植团队会取下心跳停止病患的肾脏和肝脏，但偶尔也会移植心脏或是肺脏。”

在我陷入昏迷的父亲面前来讨论这件事似乎很残忍。我看着他的脸，凝视他太阳穴上仍未恢复的缝痕。“接下来呢？”

“器官摘除之后，我们会将他送进准备室，让准备室的人员和家属选定的葬仪社联络，”可琳解释，“同时，我们会寄出总结信，让家属知道有哪些人接受了你父亲捐赠的器官。我们不会告知受赠者的名字，但通常家属在知道有某些人的性命因为捐赠者而有了改变之后，会觉得比较安慰。”

如果我看着那个接受我父亲眼角膜男人的双眼，我会不会仍然觉得自己没能达到他的期待？

“爱德华，有件事我得先告诉你，”她补充，“心死遗体的器官捐赠和脑死病患的捐赠不同，没办法百分之百确定。有百分之二十五的病患不能完成捐赠的遗愿。”

“为什么？”

“因为你父亲在心跳停止之前，有可能错过器官摘除的黄金时间。有时候在维生系统关掉之后，病患有可能继续不稳定呼吸，这是所谓的濒死呼吸，而在这段时间，他的心脏仍然会继续跳动。如果这样的状况持续超过一个小时，那么我们必须取消心死器官捐赠，因为他的器官可能无法存活。”

“那么我父亲会怎么样？”

“他会死亡。”她老实、简洁地说，“时间可能会延续两或三个小时。在这段时间，我们会让他躺在原来的病床上，尽量让他舒服。”可琳犹豫了一下，才说：“就算心死器官移植无法进行，这仍然是个善举。你会以你父亲的愿望为荣，这是怎么样都夺不走的。”

我碰触父亲摆在床单外面的手。这只手像是人体模特儿的手，又冷又苍白。

如果我达成父亲最后的愿望，我的业障是不是可以清除殆尽？我对他每次错过一起用餐、破坏了他和我母亲的婚姻、毁了卡拉生活，以及抛下家人离开的恨意是否可以因此获得原谅？

可琳站了起来。“我想，你需要一点时间来思考。”她说，“还要和你妹妹讨论。”

我妹妹把决定权交给了我，因为她和父亲太亲近，没办法做决定。

“我妹妹和我讨论过了，”我说，“她还没有成年，所以，做决定的人终究还是我。”

她点点头。“如果你没别的问题，那么——”

“有，”我说，“我还有一个问题。”我抬起头看着她在黑暗中的身影。“你们需要多久时间来安排？”

那天晚上我告诉母亲：卡拉和我讨论过，她不想再面对这场噩梦，而我也不想逼她面对。我说，我已经做了决定，要放手让父亲走。

我只是没有把时间告诉她。我相信她以为我们还要等几天才会切断维生系统，她还可以帮助卡拉处理情绪上的问题。但事实上，这一点意义也没有。如果我做这件事是为了保护卡拉，那么理当在造成更大的伤害之前速战速决。我光做决定没有用，还得确实执行，这样才不会造成事后的后悔，让她痛苦。

我趴在母亲肩头上哭了出来，她抱着我低声啜泣。她是和父亲分手了没错，但这不表示她从前没爱过他。我知道她对自己和我父亲共度的时光有自己的看法，这可能是她没提出太多问题，让我无法据实回答的原因。等她想到要问的时候，一切都已经成了定局。

在她回卡拉病房陪卡拉之后，我签下文件。稍早可琳给了我一张列表，我先打电话给列表上的一家葬仪社，才离开医院。我没到父亲家，而是开车上高速公路，经过瑞德蒙游乐场之后，把车子停在路肩，就在我们曾经去钓鱼的贮水池旁边。

我拨开蔓生的杂草和树枝，找到几年前父亲带我走过的路，隔着高速公路，这条小径正对着乐园后门的狼围场。我在黑暗中摸索，咒骂自己为什么没带手电筒，只能靠月光前进。这片树林的积雪深达我的膝盖，没多久，我便觉得又湿又冷。

站在小丘顶端，我看到父亲的拖车里有灯光。华特还没睡。我可以去敲门，把我帮父亲做的决定告诉他。说不定他会拿出一瓶酒，和我一起举杯，向联结我们两人的男人致意。

但是话说回来，拖车里可能不会放酒。我父亲经常说，狼的嗅觉敏锐，不只闻得出洗发精和香皂，甚至在几天之后，还嗅得到你什么时候用什么方式吃了哪些东西。此外，它们还闻得出恐惧、兴奋和满足。幼狼出生时既聋又盲，只能凭嗅觉分辨母狼和狼群里的其他成员。

我纳闷地想，不知他的那几只狼会不会因为我是他的儿子，就晓得我在这里。

这时，我突然听到一声哀悼的呼嗥，停顿之后，又出现另外一声。在一片沉寂之后，另一声同样的呼嗥又响了起来，声音和拿着弓在小提琴上运弦一样清晰。这声音触动了我体内的某种共鸣。

一开始，我以为狼群正在警戒，因为即使距离很远，但是它们闻得到有外人出现。

后来，我才发现这是首悲歌。

一首安魂曲。

献给不会再回到狼群的成员。

自从我在泰国接到电话到现在，自从我回到家园到这一刻，过了这么漫长的时间之后，我第一次真正地哭了出来。

这是一场葬礼，我们只是还没看到尸体。

我笨拙地站在父亲的病床边。时间是早上九点整。器官移植团队已经进入了手术室。可琳、两名加护病房的护士和翠娜都在场。另外有个穿套装的女人，其他人告诉我，她是法务部门的人员。我想，医院应该希望在关掉维生系统时完全按部就班地行事。

翠娜来到我身边。“你还好吗？”她的声音好温柔，“我帮你拉张椅子好吗？”

“我宁愿站着。”

再过五分钟，他们会宣布我父亲过世。之后，有人的生命会有新的契机。

桑卡尔医生走进病房，加护病房的赵医生跟在他身后。“华伦先生的女儿呢？”赵医生问道。

所有的人都看着我。“卡拉要我处理所有的事。”我回答。

赵医生皱起眉头。“昨天她似乎不太愿意切断她父亲的维生系统。”

“爱德华向我确认过，他是经过她的同意，才签下文件。”桑卡尔医生回答。

他们难道不明白这是我父亲的愿望？这不但能让他解脱植物人的状况，还能让我保护卡拉。我这么做，是为了让她不必做出心碎的决定，不必浪费自己的生命来照顾失能的病患。

“看来是一切就绪，”律师往前走了一步，“但是我必须听卡拉亲口说出来。”

路克

在狼群响应我的两天之后，我坐在树下解陷阱，一只大型公狼不知从哪里出现，全速朝我冲过来，另外四头野狼则是如幽灵般地出现在树林间，排成一列。我毫无防备，就这么坐着没动。当时，我以为自己会在那一刹那告别人世。我可以滚躺着肚皮朝天，暴露自己的喉咙，但是我不知道在这头野狼一口咬入我的血肉之前，我有多少时间来赢得它的信任。

它在最后一刻停下脚步，歪着脖子似乎想闻我的味道却又不想太靠近。它冷不防地轻咬了我的膝盖一口，正好咬在亚尔洛几年前在动物园里咬我的位置，它随即又转身走回同伴的旁边，几头狼狂热地舔它的嘴。

这头大公狼在第二天又回来了，这次，它带着一公一母两只小狼。它们跟在大公狼身边，小心谨慎地观察。大公狼闻了闻我的靴子，绕着我打起圈圈，似乎想厘清我有没有什么足以对它们造成威胁的新转变。小狼也想靠上前来研究，但大公狼猛推它们的口鼻。大公狼咬了我三次，咬破我的膝盖，靠向我的肩膀。它每咬一口，便莫测高深地看着我。它将整个身子靠在我身上磨蹭，像极了猫摩擦电线杆的姿势。

最后，它走到我背后，让小狼留在前面。我忍不住冒汗，有头野兽站在你看不见的地方实在让人不舒服，就在我这么想的时候，大公狼的口鼻从后方靠近我的后颈，我感觉得到它的牙齿就贴在我颈动脉旁边。

就在大公狼松开我后颈的同时，小母狼往前跳了一步，一大口咬住我的膝盖。大公狼缓缓地走向等在空地边的另外两头狼，小狼也跟着它往前走。接着，我做了一件连自己也不敢相信的举动。

我跟了上去。

我手脚并用，蹒跚又笨拙地往前爬。大公狼两次回头看，它知道我跟在后面。我猜，如果它觉得我这么做不妥，一定可以轻松教训我一顿，但是它只是继续往前走。我从来没这么近距离接触过野生狼群，我闻得到它们爪间的泥块，和皮毛特殊的味道。

在另外两头离我较远的成狼当中，有一头是阿尔发母狼。它的体形较小，背上黑色的线条一路由头顶延伸到尾端，粗黑的线条仿佛是拿黑漆画出来的。它凝视着我，露出牙齿和卷起的舌头。

当它开始呼嗥的时候，我们之间的距离大概是二十五码。

听到呼声，两只小狼立刻跑到它身边，瞪着我看。大公狼走到我们之间，但是阿尔发母狼制止它之后，也加入了行列当中。阿尔发母狼的耳朵贴着头，发出威胁性的低吼。接着，它转过身，领着其他几只狼走进森林。

大公狼犹豫了一下，和我四目相望。

公狼的目光可以诉说太多事。它们的目光平稳、审慎，而且令人讶异地充满了人性。狼出生时眼睛是蓝色的，过了六到八个星期才会转成金黄色。如果你有幸曾经和一头狼对望，你会知道它们的视线可以识破表象。当它们看着你时，你会发现它们像是用快照拍摄下你整个人的每一丝细节。你会发现它们甚至比你还要了解你自己。

大公狼和我互相打量了一会儿，接着才低下头，迈开大步走进树林。

又过了六个星期，我才再次见到这群狼。我偶尔会听到它们的呼声，但那并非呼叫失联成员的呼嗥，它们只是在标示自己的位置，警告其他狼群不要侵入领地。它们撤回了给我的邀请。我仔细回想之前狼群和我的遭遇，不知大公狼最后的眼神是否在告诉我：它们给了我机会，但我显然没达到标准。但它终究没撕裂我的喉咙，这让我相信它们并没有撤回邀请。就算阿尔发母狼对我没有好感，它们有半数成员仍然喜欢我。

它们在春意初生的那天出现。这天暖和了许多，我徒手就可以敲破小溪的冰层掬水喝，不必再拿石头或树枝当工具。我拉开连身工作服的拉链吹着凉风。这群狼和之前一样，像一堵灰墙般闷声不响地出现。我立刻蹲下来，让自己和它们处在相同的高度。这次，连那头阿尔发母狼也靠了过来。

它们精力充沛，吵吵闹闹，比上次出现时活泼许多。看到狼群回来，我终于放下心中的大石头，我毕竟不是孤身待在荒野当中。大公狼和几个星期之前一样，又朝我跑了过来，这次，它用全身的力量将我扑倒在地。我这个毫无防御能力的姿势无异于向它奉上自己的生命，而老实说，再度看到它让我欣喜若狂，我丝毫没感觉到应有的恐惧。

也许是我终于放下戒心，也可能是大地回春，而我正为自己熬过寒冬而觉得骄傲——我完全没预料到接下来的发展。大公狼突然抽身离开，阿尔发母狼取代了它的位置，用前掌将我的肩膀压制在地上，身体的重心落在我的下半身。它离我的脸只有一英寸远，对着我龇牙咧嘴地嘶吼，当大公狼靠过来时，它又吼又咬，逼得大公狼落荒而逃。

它热乎乎地吐气，唾液滴在我的额头上，每当我以为它要一口咬住我时，它却又停止动作。我静静地躺着，一动也不敢动，五分钟之后，它才放开我。它跳开之后没有跑进树林，而是躺在岩石上晒太阳。大公狼跟过去趴在它身边。

我讶异地发现它们竟然愿意和我留在一起，而不是像过去一样跑回树林。接着，让我更惊讶的是留守在树林边的另外三只狼也来到这片空地上，在我的左右两侧伸懒腰趴下来，年轻的母狼打了个哈欠，还交叠起前爪。

我们没有肢体上的接触，但是我感受得到它们的体温，这让我比前几个月觉得更暖和。我躺在几只野狼之间的阳光下，维持了约莫一个小时没有移动，聆听它们呼吸的节奏。

我和这几只狼的差别在于：我睡不着。我虽然兴奋，但不忘偷瞄领头的阿尔发母狼。

我发现它完全不打算取我的性命。

它只是在教训我。

我很可能在那五分钟之间丧命，但相反，我却得到新生命的保障。

卡拉

我准备要出院。我的烧退了，看来肩膀手术成功了，院方希望我空出床位给更有需要的病患使用。坏消息是，我还不能上学，因为我没办法拿刀叉或笔，甚至没办法拉下牛仔裤拉链去上厕所。好的一面，是我要住到妈妈家，可以有许多时间搜寻创伤性脑损，以及像我爸爸这种病患的数据。找出在大家都不看好的情况下，病患仍然成功康复的案例。

妈妈答应过我，只要她一从护士手上拿到最后一些文件，我们便可以在我离开医院之前，下楼探视我爸爸。

一小时之前，我就已经准备妥当。我冲了澡换过衣服，坐在床上蓄势待发。护理人员稍早已经拔掉了我的点滴，护理站告诉过我妈妈，文件也都准备好了，现在只等我的骨科医生下达出院的指示，让我正式出院。

我妈妈打电话告诉裘伊，通知他我们马上到家。她目光跳动，出现在这段拘禁时光中不曾出现的光彩。她也想回到原来的生活当中。只不过，这对她比对我容易。

有人拉房门，她站了起来。“先不说了，亲爱的。”说完话，她挂掉电话。我们同时转头，以为来的是医生，没想到我们的社工翠娜带着一名我从来没见过的女人走了进来。她穿着窄裙，搭配鲜绿色的丝衬衫。

“卡拉，”翠娜说，“这位是艾比·罗伦佐，是医院的律师。”我立刻慌了起来，我想到那两个警察，想到我被送进医院当天的血液酒精浓度。我突然口干舌燥，几乎没办法讲话。

难道他们发现了真相？

“我想问问你爸爸的事。”律师说道。刹那，我仿佛变成了石雕，没有躲避的能力。

“你看起来很沮丧，”翠娜皱着眉头，说，“爱德华说你们讨论过了。”

“昨天之后，我没再和他说过话。”我回答。

我妈妈紧紧握住我的手。“我儿子说，他和卡拉共同决定，从现在起，由爱德华为他们的爸爸做所有的医疗决定。”

“什么？”我不可置信地看着她，眨了眨眼睛，“你这是在开玩笑吗？”

律师看着翠娜：“这么说，你不同意关掉你父亲的维生系统？”

我想都没想过。我摇摇晃晃地下床，光着脚，用没受伤的肩膀顶开这两个女人。我开始跑。沿着楼梯往下跑到加护病房的楼层，我抱着受伤的手臂，忍住冲撞和转弯带来的痛楚。

因为这次我不会搞砸，我要救我的爸爸。

路克

我的美洲原住民朋友称掠食者互相打量的动作为“死亡之舞”。对一头活在大自然当中的野狼来说，它的理智思考没有选择。它的大脑不可能说：嘿，有只熊朝这里过来了，我死定了。相反，它应该要想的是：我对这只熊有什么了解？我对周遭环境有什么认识？我应该保护家族的哪些成员？突然间，在它眼里，这只熊不再是威胁。它知道你是个掠食者，你知道它也是。你们互相尊重，缓缓地绕圈，用眼神锁住对方。你们之间的空间代表的是生与死。它是否把你当成猎物？或者视你为在它进攻时有能力伤害它的对手？如果你能让它放弃心中的疑虑，你很可能得以安然脱身。

爱德华

她像一场五英尺三英寸高的风暴。卡拉涨红的脸上满是泪水，一头乱发。这场风暴直朝我而来。

“住手！”卡拉说，“他是骗子！”

之前，医生已经先行离开，准备等我们得到律师的许可之后再回来。可琳一直在焦急地踱步，器官捐赠的机会窗口很狭窄，而且这个机会正在流失。我只不过是依循卡拉的意愿做决定而已。她想要让这件事赶快结束，但是她与我父亲太亲近，我了解这种感觉。孩子在接受预防注射时就是这样，闭紧眼睛伸出手，因为在打完针之前，他什么也不想看到。

但卡拉显然改变了心意。在她挖出我的眼珠之前，一名护士先抱住了她的腰。可琳往前走了几步：“你的意思是你不同意捐赠器官？”

“你光杀他还不够吗？”卡拉对着我吼，“你还得分尸？”

说不定，我应该还是要问问我妹妹，看她是否也想在场。但基于她昨天的表现，我猜，她的情绪不可能稳定。这次的爆发更确认了我的想法。

“爸爸不想捐赠，他告诉过我。”

到了这个时候，医院律师、翠娜和我母亲已经来到了加护病房。

“可是爸爸不是这样告诉我的。”我说。

“他什么时候说的？”卡拉用嘲弄的语气说，“你有六年没和我们住在一起了！”

“好了，两位，”律师说，“我只能说，今天我们什么也不做。我会申请一名临时监护人来监视你们父亲的状况。”

卡拉明显地放松了下来。她往后靠向我们的母亲，而母亲瞪着我，仿佛她从来没见过我。

我接下来会有这个举动，是因为我胸前的口袋里放着一份有效文件。

要不然，就是因为我比卡拉知道如何面对自己的选择。

或者，是因为在过去有那么一段时间，我曾经想当我父亲的儿子。

我弯下腰抱住膝盖，仿佛我很失望。接着，我往前冲，推开站在我父亲维生设备前方的护士，后者根本没预料到我会有这个举动。

“对不起。”我大声说了出来。这句话是对我父亲、我妹妹和我自己说的。接着，我一把扯掉呼吸器的插头。

第二卷

卡拉

一开始，当警铃响起时，我还没意识到发生了什么事。

接着我从妈妈的肩膀上望过，发现爱德华跪在地上，手上拉着连着呼吸器的电线。他握住插头，仿佛不相信自己真能把那东西抓在手上。

我放声尖叫，所有的铃声跟着响起。

爱德华身边的护士挣扎着想站起来，另一名护士呼叫了保安人员，一名体格高大的护理人员冲进了病房，推开我妈妈——她刚好挡住了路，将爱德华扑倒在地。他抓起爱德华的手掌往地上拍，电线掉下来，护士立刻插上插头，按下重设键。

这一切过程大概只有二十秒，而且是我这辈子最长的二十秒。

我屏住呼吸，一直到我看到爸爸的胸膛再次上下起伏，我才准自己哭了出来。

“爱德华，”我妈妈倒抽了一口气，“你究竟在想什么？”

他还没回答，保安人员便到了。两名勉强挤进制服内的警卫抓住爱德华的手臂，拖他站起来。桑卡尔医生也上气不接下气地跑进病房。他弯腰检查我爸爸，在护士的协助下评估爱德华所造成的伤害。

我妈妈站在我身后，我可以感觉得到她全身僵硬。她问：“你们要把他带到哪里去？”两名警卫拉着爱德华就走，艾比·罗伦佐跟在后面。

“等等！拜托，他一直在医院里，几乎没睡觉，”我妈妈恳求，“他的脑袋不清楚了。”

“我简直不相信，你竟然还替他辩护！”我说。

我从她眼里看得出来，她内心的风暴几乎将她撕成两半。我往后退一步，拉开我们之间的距离。毕竟，是她先开始的。

我妈妈带着歉意看着我。“他毕竟还是我儿子。”她喃喃地说完话，离开了病房。

这时翠娜立刻向我靠过来。“卡拉，我们先找个安静的地方，让你妈妈去处理，好吗？”

我没理她。“我爸爸还好吗？”我问桑卡尔医生。

爸爸的神经外科医生看着我。我知道他在想：你爸爸本来就不太好。“要看他缺氧时间的长短，”桑卡尔医生说，“如果超过一分钟，就会有显著的临床表现。”

“卡拉，”翠娜又说了，“拜托。”

她拉拉我没受伤的手臂，我让她带我走。但在这段时间里，我思绪奔腾。有哪种人会真的动手扯下他爸爸的呼吸器？爱德华的心里究竟蕴藏了多深的恨意，让他刻意背着我去欺骗医护人员，说我同意终止爸爸的维生治疗，而且在事情没按照他的计划进行时还亲自下手？

翠娜带着我穿过走廊，来到一个休息室。加护病房楼层有几间这样的休息室，让长时间照顾病患的家属使用。这间休息室里面没人，舒适的橘色沙发，咖啡桌上放了几本2003年的旧杂志。我缩着身体，坐在沙发的一角。我觉得自己不可思议地渺小，完全遭到忽视。

“我知道你很难过。”她说道。

“难过？我哥为了杀害我爸而欺骗了大家。是啊，我是有点难过。”我抬手擦眼睛，“爸爸的呼吸停止对他的恢复过程会有什么影响？”

她犹豫了。“如果造成任何伤害，桑卡尔医生会立刻让我们知道。据我所知，脑部缺氧十分钟之后才会造成脑死，希望我这样讲可以让你安心一点。”

“如果我哥哥再次尝试呢？”

“首先，他不可能再有机会，”翠娜说，“医院会提出攻击罪的控诉，艾比现在正要带他到警察局。其次呢，就算爱德华有权为你爸爸的医疗做出决定，如果我们不相信你已经同意，也不可能安排器官捐赠。我很抱歉，卡拉。器官捐赠协调员告诉我，说爱德华已经取得了你的同意，但我们当中应该要有人直接向你确认才对。我保证，这种事不可能有第二次。”

她这些话，我一个字也不相信。如果爱德华有办法骗过他们一次，他很可能还有其他的花招。

“我想去看我爸爸。”我坚持。

“我知道，”翠娜说，“但是让我们先给医生一点时间，来确定他一切安好。”

我爸爸曾经说过，狼读得出我们的情绪和疾病，就和人类读报纸头条一样容易。它们比女人更早知道她怀孕，会更温柔地对待她。它们有能耐分辨出游客中有谁饱受忧郁之苦，然后试着去转移他的注意力。医学界已经知道犬科动物的确能嗅出看不见的疾病，比方说心脏病或癌症。换句话说，你骗不过狼。

但是你绝对骗得过人类。

我低头看自己的腿，睁大眼睛逼出泪水，然后才看向翠娜，说：“我想找我妈妈。”我刻意用脆弱又受伤的语气告诉她。

“她可能在楼下和医院的律师讨论，”翠娜说，“我去找她。要不然，你就先待在这里，好吗？”

我的确乖乖待了一会儿。我默数到三百，在确认翠娜已经离开加护病房的走廊之后，我探头看向休息室门外，然后静静地走到楼梯边。上次爸爸手臂受伤需要缝合时，我曾经陪他一起来，因此我知道急诊室的门在医院的另一头，我就是要往那里去。我不会在急诊室的出入口碰到我妈妈、我哥哥，或任何可能阻止我的人。

我没去思考下一步要怎么做：我身上只有一般衣物，没穿厚外套，而且我没有手机，也没有交通工具。

我也没有考虑到，严格来说，我还没有正式出院。

我只是想，情急之下，我什么都做得出来。一定要有人来制止我哥哥，不能让他再犯。

说真的，我该当个职业骗子。我显然很有天赋，我已经成功骗过了警察、我妈妈、社工，以及一个在医院对面星巴克咖啡馆里的女人。我说我和男朋友吵架，结果他丢下我，开了车就跑，而我没穿外套，手机又放在皮包里，所以想向她借电话，要我妈妈过来接我。再加上我一只手缠着绷带，断翅小鸟般的外貌更加深了她的怜悯。这位女士不但把手机借给我，还买了一杯热巧克力和罂粟籽马芬蛋糕请我吃。

我没联络我妈妈，而是打电话给玛丽亚。依我看，她对我的亏欠可大了。如果不是她看上某个混混，我不可能去参加那场在伯利恒举办的舞会，更不会喝酒。这样一来，我爸爸也不会来找我。不会有，嗯，你也知道的，后面这些事。

玛丽亚接到我电话时正在上法文课。我听到她低声说：“别挂。”接着拉高音量，盖过葛伦诺女士覆诵法文动词变化的声音，说：“我可以去一下洗手间吗？”

“用法文重述一下。”

“Puis-je aller aux toilettes（我可以去洗手间吗）？”

我先听到模糊的信号，接着又听到玛丽亚的声音。“卡拉？”她说，“没事吧？”

“有事。”我告诉她，“一切都搞砸了。我需要你过来医院转角的星巴克接我。”

“你在那里做什么？”

“说来话长。我现在就需要你过来。”

“可是我正在上法文课。我第五节是空堂——”

我犹豫了一下，然后使出杀手。“换成我，我一定会为了你这么做。”玛丽亚当初就是这句话说服了我，要我和她去伯利恒参加舞会。

她停了好一会儿才回答：“我十分钟就到。”

“玛丽亚，”我说，“车子先加满油。”

地区检察官办公室和我在电视里看到得不同。这里的家具破破烂烂，秘书敲打的计算机老旧，说不定软件系统用的还是BASIC语言。墙上有一张秘鲁马丘比丘的加框风景海报，另外，还有两张相片：一张是奥巴马总统；另一张则是丹尼尔·鲍伊和林奇州长握手的照片。办公室的角落放了一盆逐渐枯萎的植物。

玛丽亚的车子停在停车场，她在车上等我。对于跑这趟路来到北哈弗丘，她并不兴奋，但是她仍然开车带我过来，甚至还提供策略，让我得以进到检察官办公室。“丹尼·鲍伊，”她说，“光听这名字，我会觉得他应该出现在某个早餐麦片的盒子上打广告。”

这让我想出一个主意，姓鲍伊的人在爱尔兰应该还有亲戚，而且既然他把自己的政治立场建立在拯救未出世的孩子身上，他一定是个虔诚的天主教徒。我不能百分之百确定，但是这个猜测应该不至于太离谱。我学校里的每个天主教徒同学似乎都有很多亲戚。

于是，我走到秘书办公桌前，等她结束一通电话。“谢谢你，玛歌，”她说，“对，是他在福克斯新闻频道上最新的那段谈话，如果能拿到DVD影像，那就真是太好了。”

她挂断电话，我露出最可怜兮兮的微笑，毕竟，我手臂上还缠着吊带。秘书问了：“有什么我能效劳的地方吗？”

“丹尼叔叔在吗？”我说，“我有点急事找他。”

“亲爱的，他知道你要过来吗？因为他正在忙——”

我拉高音调，装出濒临崩溃的声音。“我叔叔没告诉你我出了场严重的车祸吗？我刚刚和我妈大吵一架，因为她说我满四十岁之前不能再开车，而且还要我垫缴保险费，所以我最好找别人付我的大学学费，哦，天哪，难道和丹尼叔叔说句话也不行了吗？”我哭了出来。

说真的，我应该去角逐奥斯卡金像奖。

秘书听到我这段连珠炮似的话，惊讶地眨了眨眼，接着，她站起身来安慰我，轻拍我没受伤的肩膀。“你直接进他办公室去，甜心，”她说，“我会用内线电话通知他，让他知道他的侄女到了。”

他办公室门上的压克力烫金版上写着：丹尼·鲍伊，地区检察官。我敲敲门，听到他说：“请进。”他坐在一张大办公桌后面，桌上堆了许多档案。他的黑发闪闪发亮，像乌鸦的翅膀，看着我的双眼明白显示出他最近睡眠不足。他站起身，看着我走进门内。

“你不像电视上看起来那么高。”我脱口说出来。

“而你不像我任何一个侄女，”他回答，“听着，孩子，不管你的公民科加分报告是什么主题，我都没时间帮忙。你出去的时候，葆拉会给你一份资料，里面有本地政府的介绍——”

“我哥刚杀了我爸爸，我需要你帮忙。”我说。

丹尼·鲍伊皱起眉头，说：“什么？”

“我爸爸和我出了场车祸，”我解释道，“他昏迷不醒。我哥哥六年前和爸爸吵了一架之后离家出走，一直住在泰国，到车祸之后才回来。车祸发生到现在才七天，我爸爸需要时间康复，但是我哥哥不这样想。他想关掉爸爸的呼吸器，把器官捐赠出去，然后回泰国继续过自己的生活。他想办法说服了医院，我发现后当然疯狂阻止。最后爱德华推开护士，自己拔掉了插头。”

“结果呢？”

“护士重新接上了呼吸器。但是医生还不知道缺氧会不会让我爸爸的状况恶化。”我喘了一口气，“我在电视新闻上看过你。你是个杰出的检察官，能不能请你起诉爱德华？”

他坐在办公桌边。“听着，甜心——”

“我叫卡拉，”我说，“卡拉·华伦。”

“卡拉，我真的为你爸爸的状况，以及你哥哥的做法感到很遗憾。但这是你们的家务事，我处理的是刑事案件。”

“这叫企图谋杀！”我说，“我可能只是个高中生，但是我知道如果你推开挡路的护士，拔掉一个昏迷病患的维生系统插头，就是打算杀害这个人！如果这不算谋杀，什么才算？”

“光有杀人的意图还不够，”鲍伊说，“你还得证明他有犯案的恶意。”

“我哥哥恨我爸。就是这样，他才会离家六年。”

“很有可能，”鲍伊说，“但是扯掉插头和拿刀枪攻击是不一样的状况。我会为你父亲祈祷，但我恐怕帮不上你的忙。”

我挺直脊背。“如果你不帮忙，我哥哥一定会再次尝试。他会走进法庭，表示我的意见不算数，因为我比他年轻。他会重新安排整个程序。但如果你对他提出刑事控诉，那么他就不能担任我爸爸的法定监护人。”鲍伊惊讶地看着我，我对他耸耸肩，向他解释：“我上网查来的。”在来这里的路上，我用玛丽亚的手机查过资料。

鲍伊叹了一口气，说：“好吧，我先考虑考虑。”他拿起办公桌上的纸笔递给我：“留下你的名字和电话号码。”

我留下资料，将纸笔还给他。“我爸爸现在的状况可能不是太好，”我告诉他，“但这不表示我哥哥有权利扮演上帝的角色。”我用鲍伊自己的话说：“生命就是生命。”

我穿过走廊走回接待室，我知道丹尼·鲍伊的目光像支箭似的，紧跟着我的背影移动。

路克

经常有人问我，为什么一群野狼会接纳人类进入它们的组织当中？它们为什么要费心和一个行动迟缓、在黑暗中踉跄前进、无法以它们的语言流利沟通，很可能还会冒犯头狼的人类相处？这群狼并非不知道我是异类，它们晓得我没办法带回可供食用的猎物，也不能咬噬扑抓来保护幼狼。人类活动的空间越来越接近野狼的世界了。它们没有否认这个事实，反而想尽可能来认识人类。有时候，野狼也会为了相同的原因而收留野狗。接纳我只会让它们得到更进一步的信息。

我的目标是，当狼群逐渐适应了我的陪伴之后，我要在它们的同意之下，和狼群一起消失在林间。我知道这不是很理想的计划，我很可能迷路，而且，当它们外出猎食时，我可能跟不上它们的脚步。但是，都已经到了这个地步，我不能让自己在这个节骨眼上放弃，于是当狼群起身离开时，我跟了上去。

一开始我的确跟不上。当时是伸手不见五指的黑夜，在进入密林之后，我跟丢了狼群，我的视力无法和它们匹敌。于是，我只好退回空地，沿途却撞到低矮的树枝，撞得我昏了过去。

当我醒来时，太阳已经高高挂在天上，一头年轻的母狼正在舔舐我的伤口。我要说，在那些年当中，我没有任何一处伤口受到过感染。如果我能将野狼唾液装瓶，当医疗用品贩卖，我现在早成了富翁。我小心翼翼地坐了起来，太阳穴仍然抽痛，我看到这头狼叼来一截鹿尸，这是鹿尸的后半段，蹄子都还在。它将鹿尸丢在地上滚了一下，用脚爪扑打，然后扔到我脚边来。

我马上学到一件事：阿尔发母狼知道你把哪些食物吃进肚子里。选择让你强壮、适合狼群生活的食物，那么你可以通过考验。如果你选择了相当于人类世界中的巧克力蛋糕，那么你就得对着溪水撒尿来掩饰自己的气味，否则就得面对后果。每天吃下营养的食物可以让你强壮、健康。联谊性的进食可以稳固你在狼群组织的角色，当六头狼一起食用同一具动物尸体时，阿尔发母狼会吃内脏，副手吃的是肌肉扎实的臀腿肉，奥米加狼则分配到肠子和非运动性肌肉，比方颈子、脊背和胸腔。如果它负责的是刺探，那么它的食物中会有百分之七十五的非运动性肌肉和百分之二十五的纤维组织；如果它是助攻者，非运动性肌肉和肠胃会是均等的比例；若它负责警戒，那么它的食物中会有百分之七十五的肠胃和百分之二十五的非运动性肌肉。如果你取用的比例超过应得的分量，就算是没计算好也一样，你会被扑倒在地。安抚情绪的食物——例如母奶或动物胃里的残留食物，可以让野狼回到初生时最宁静、由母狼喂食的时期。用这类型食物来喂食年纪较大的狼，可以安定它们的情绪。一开始，我不知道这头年轻的母狼是在考验我，它想看我是否会抢走它的食物。但它既然叼了起来又再次放下，我便拿起鹿腿吃了起来。

生肉吃起来是什么滋味?

和上好的里脊肉一样。

我上次吃到比兔子或松鼠实在的食物，已经是好几个月之前的事了。而现在呢，一头野狼为我带来食物，它可能不打算要我去打猎，但仍然想要我和狼群中的其他成员一样，填饱肚子。

我用牙齿撕开鹿肉，母狼静静地看着我。

在那次经验之后，狼群每次去打猎都会为我带回食物，有时候，食物上会裹着粪便或尿液。狩猎过后，它们会留下来与我同处，或是让我跟着它们走，接着它们又会突然丢下我。有时候我会呼嗥，如果它们在听得到我呼声的范围之内，它们也会响应。在外出狩猎的回程上，它们同样会呼唤我，这个呼叫声总能让我准确无误地找到狼群。如果你心爱的人开车穿越薄冰，这个呼叫声就像他们打回来向你报平安的电话：我回来了，我很好，我又可以再次陪在你身边。

通过这个叫声，我明白了一件事：我有个新的家庭。

乔琪

早在我儿子发现自己是同性恋之前，我已经先知道。他个性温和，因此可以看见世间的每一个片段，而不是概括论定，这让他和幼儿园里的其他男孩不同。其他男孩捡起树枝不是当枪就是当鞭子耍，但爱德华手上的树枝是用来搅拌泥巴、烘饼干的汤匙，是魔杖。在游戏聚会中，爱德华和小朋友的打扮有明显的区别，他从来没扮过武士，总是演公主。如果我想知道穿哪件衣服会让自己显胖，我从来不问卡拉，而是请爱德华建议。

你可能会觉得像路克这样阳刚性十足的人——的确，他可以置身于狼群当中，用牙齿扯下动物尸体上的肉来吃——对自己有个同性恋儿子会有意见，但是我从来不这么想。他信念坚定，不相信有任何因素可以撼动他的家庭。就像狼群里的每头狼都可以保有个别独立性格，不必每天向彼此证明自己一样；对路克而言，如果你是一家人，你的差异会得到尊重，你不必为自己担任的角色担心。他甚至告诉过我，在交配季节会有狼骑到同性的成员身上，但这多半是为了表现从属关系，而与交配无关。所以，我才会惊讶地发现当爱德华对路克坦白出柜时，路克说……

老实说，我完全不知道路克说了些什么。

我只知道爱德华到瑞德蒙游乐场去找父亲谈这件事，当他回家之后，他不肯和我、卡拉或任何人说话。我问路克究竟发生了什么事，他却只红着脸说："这样做是个错误。"

两天之后，爱德华离家出走。

在接下来的六年当中，不管我怎么问，他都不肯说出他父亲说了什么伤他心的话。在这种情况下，想象力发挥了效益，我所不知的部分压倒了我知道的事实。我躺在床上想象路克说出粗鄙、羞辱的言语，以极端保守的态度来响应儿子的出柜。爱德华用银盘捧着自己的心献给父亲，但是他得到什么响应？路克是不是说，如果爱德华真心想改变，他绝对做得到？他会不会表示自己长久以来就已经知道儿子有问题？因为我得不到真相，而这父子两人都不愿意把事情的经过告诉我，所以我当然是朝最坏的方面想。

在你十八岁的儿子离家出走之后，你才知道什么是失败。我一直这么想。爱德华是个聪明的孩子，不可能跳上巴士到波士顿或加州。他从路克办公室的档案柜里拿出自己的护照，用夏天当家教打工赚的钱（这笔钱本来要当作他的大学学费）买了张飞机票，飞到我们没办法轻松找到他的地方。爱德华一向冲动。他还在读幼儿园的时候，曾经拿起整罐颜料泼向取笑他艺术作品的小朋友；长大之后，他甚至曾经对着一名不公平的教师大吼大叫，完全没有顾虑到后果。但是我没办法理解他为什么要离家出走。爱德华最远的一次单独旅行经验，是到华盛顿特区去参加模拟法庭的研讨会。他怎么可能知道如何在陌生的国家里找地方住？要怎么在这个世上走出自己的道路？我想请警方寻人，但是他满十八岁，在法律上已经是成人。我试着打他的手机，但是他的号码停用。我如果在半夜突然醒来，会突然忘了儿子不在家，享受美好的两秒钟。但事实会紧接着钻进我的被窝里，像个嫉妒的爱人般紧紧攀住我，让我开始哭。

某天晚上，我把沉睡中的卡拉一个人留在空荡荡的家中——我不是个好母亲的另一个好证明——自己开车到瑞德蒙游乐园。路克不在拖车里，但他的研究助理在。这个名叫兰恩的女孩还是个大专生，右肩胛骨上有一个偌大的野狼刺青，她和华特轮班，以确定路克没和狼群待在一起时，有人能在这里守夜并看顾这些动物。然而，这段日子以来，路克经常待在围场里。在我到拖车去敲门时，半睡半醒的兰恩身上裹了一条毯子。看到我，她似乎很害怕。这不奇怪，因为我狂乱又暴怒。她指了指狼围场。当时已经是深夜，路克清醒得很，他陪在他的狼家族身边，当我像个幽灵站在围篱旁边时，他正在和一头大公狼搏斗。看到我，他做了前所未有的反应：他中断自己在狼群中的角色，恢复人类身份。“乔琪？”他谨慎地问，“出了什么事？”

听到这句话，我差点大笑了出来。有哪里不对？路克处理儿子离家的方式是让家人凝聚在一起，但这个家庭不是卡拉和我，而是他的野狼手足。他在家里的时间太短，没看到我在餐桌摆上爱德华的餐具时泪如雨下，他没坐在儿子的床上，紧拥着残留爱德华味道的枕头。“我必须知道你对他说了什么话，路克，”我回答，“我一定得知道他为什么会离开。”

路克来到围场的两道门边，和围场外的我面对面地站着。

“我什么也没说。”

我只觉得不可思议，只能瞪着他看。“你难道真的因为你儿子是同性恋，因为他不在乎野兽或不喜欢长期待在户外，因为他长大后和你不一样，你就看不起他？”

路克的脸上看得出怒意，但是他很快地忍下来。“你真以为我是那种人？”

“我以为路克·华伦的心里只有路克·华伦。我不晓得，说不定你觉得爱德华不符合你在电视上的形象。”到了这时候，我已经开始对他吼叫。

“你怎么可以这样说？我爱我的儿子，我爱他。”

“那他为什么会离开？”

路克犹豫了。我不记得他在短暂的停顿之后说了什么话，但是那段没比打嗝更长的刹那、那个极其微小的迟疑，都已经无关紧要。因为这段动摇的瞬间就像一整面画布，而我用最深的恐惧来填满画面。

爱德华离家的三个星期之后，他从泰国寄来一张明信片给我，上面留下新的手机号码。他表示自己找到英文老师的工作，也找到公寓安身，还有，他爱我和卡拉。他完全没提到他的父亲。

我告诉路克，虽然明信片上没有地址，虽然泰国那么大，但我还是要去找爱德华。要找出一名十八岁的白人英文老师会有多难？我打电话给旅行社订飞机票，那笔钱是我们存下来用作不时之需的。

接着，路克的一头狼突然生病，需要动手术。就这样，这笔钱也跟着消失。

又过了一个星期，我到法院诉请离婚。

我脑子里有几个互相拉锯的念头：我的儿子离家出走，我的丈夫应该要负责。为了这件事，我没办法原谅他，永远无法原谅。

但是我仍然暗藏着一个小秘密。那天是我让爱德华到瑞德蒙游乐场去的，是我逼他向他父亲摊牌，就像他对我坦白那样。如果我不是我，或是，如果我陪着爱德华去找他的父亲，那么路克的反应还会是这样吗？爱德华还会离开吗？

如果从这个角度来看，我在六年前失去儿子，其实是我自己的错。

也就是这样，现在我才不愿意再次犯错。

不必别人讲，我自己会告诉你：我不是个完美的人。我只有在去看牙医之前才会用牙线清理牙缝，有时候还会捡起自己掉在地上的食物吃。我甚至打过双胞胎当中的伊丽莎白，因为她跑到马路中央。

而且我知道，我不陪着身心都受伤的女儿，却反而跟在拔起父亲呼吸器插头的儿子身后，会让旁人有什么感觉。我知道，当我跟在警卫和医院律师身后呼喊爱德华，让他知道自己不是孤单一人的时候，别人会在我背后怎么说。

我看起来就像个不称职的母亲。

但如果我不跟着爱德华走，如果我不试着告诉院方和警方，说他不是蓄意这么做，那么，我是不是会成为更糟糕的母亲？

我不擅长处理压力。我一向如此，所以我从来不上路克的电视节目。当他到魁北克的荒林里生活时，我开始服用抗忧郁药。上个星期，尽管在医院过夜好比在荒城漫步，尽管走进路克的病房，看到他被剃光的头颅和头皮上的伤口缝线让我想转身就跑，但我为了卡拉，仍然尽全力稳定住自己的情绪。当警察来问些我不想知道答案的问题时，我成功地保持冷静。但现在，我甘愿把自己逼到崩溃的边缘。

“我相信爱德华一定可以解释！”我告诉医院律师。

“他会有解释的机会，”她说，“在警察局里解释。”

仿佛呼应这句话似的，这时医院的电动门开了，两名警察走了进来。其中一个警察说：“我们也需要护士提供证词。”在同一时间，另一个警察为我儿子戴上手铐时。“爱德华·华伦，你被指控一般伤害，你有权保持缄默——”

“伤害？”我倒抽了一口气，“他根本没伤害到任何人！”

医院律师看着我。“他推开护士。而且你我都看到了，他做的不只是这样而已。”

“妈，”爱德华说，“没事的。”

我常想，我这辈子一直在拉扯。我想要事业，也想要家庭。我爱路克那种发自内心、钟情于大自然的方式，但是这不见得足以让他成为理想的丈夫或是最好的父亲。我想当卡拉的好母亲，可是我还有另外两个幼儿需要我全天候的照顾。

我爱我女儿，但我也爱我儿子。

我杵在原地无法动弹，看着警卫和医院律师离开，看着警察把爱德华拉进亮晃晃的阳光之下，我不得不眯起眼睛，但即使如此，他仍然离开了我的视线范围，而且速度太快。

自动门关闭时，呼出一串宛如流言的嘘声。我翻出皮包里的手机，打电话给我丈夫。“裘伊，”听他接起电话，我说，“我需要你帮忙。”

路克

阿尔发母狼能够凭猎物留下来的气味，决定在数百只集结成群的动物中，选择哪只目标。前肢受伤的麋鹿每跨出一步，都会留下脓水的味道。阿尔发母狼将这个味道判读为“脆弱”。它仿佛可以把麋鹿的脚印当作清晰可见的面包屑来追踪。它嗅嗅麋鹿刚啃过的草，就可以知道这头动物几岁。在它与这头麋鹿正面接触的许久之前，对猎物便已经有相当程度的了解。

最后，它不再把注意力放在地面，反而开始深嗅空气，尽管置身在几英里之外，它仍然可以确定这是不是同一只猎物。接着它会开始奔跑，它手下的猎手紧紧跟在它身边，在深入目标的麋鹿群之后，它会稍微退居在后，因为它太有价值，不能冒险。随后，它发送信号，让其他成员展开攻击。野狼脊椎接近尾巴的位置有一处腺体，为了让猎手正确行动，阿尔发母狼会向左翘起尾巴，散发出指示性的气味来指挥猎手。如果它想要猎手加速，它会用尾巴画圈圈；如果它要猎手放慢速度，它会垂下尾巴。它通过尾巴的各种姿势及腺体的气味，来和自己所领导的团队沟通，下达指令。就算这时有另一头麋鹿靠近，猎手除非接到首领的信号，否则不会行动，就算得到进一步的指示，猎手也只会攻击阿尔发母狼指定的猎物。

阿尔发母狼会将两名成员部署在麋鹿一左一右的前方，接着再聆听猎物的心跳。麋鹿可能会跺脚、鼓鼻或甩动身体，以彰显自己是个强悍的对手，但是这些动作不会诱发它肾上腺素的分泌。当阿尔发母狼指示第三名猎手来到麋鹿身后时，麋鹿才可能受到惊吓。于是它会指示猎手团队去吓唬猎物。这个过程可能延续好几个小时，甚至长达几个星期。

这并不表示野狼是残忍的动物，而是因为阿尔发狼同时也掌握了许多信息，比方说，在东边有一群比它们声势更浩大、攻击性更强的狼群。如果麋鹿吓坏了，它会开始分泌肾上腺素——死亡的情绪代价。如果阿尔发狼和它的成员吃下这头麋鹿，当它们以尿液来画出疆界时，东边的劲敌会在尿液里闻到肾上腺素的味道。这么一来，它的狼群不会显得那么脆弱。而且，当它们散发出高涨的情绪、力量和优势时，东边的狼群绝对不敢过来盗取食物，或是杀害它们的小狼。

换句话说，从另一个角度看，这个看起来残忍无情的猎捕行动，可能只是保护家族成员的一种方式。

爱德华

这样说好了：我从来不是学校里最受欢迎的孩子。我很安静，聪明又用功，成绩永远是A，但只有在你想知道作业第四题的答案时，你才会来找我讲话。下课时间，我会在树荫下读书，你不太可能在篮球场上看到我。当然，那是在我发现健身房的重量训练会带来好处之前，当时我的肌肉和通心粉没差多少。很明显地，我看的不是穿超迷你短裙又露出内裤裤头的女孩，但是，我偶尔会在没人注意时，凝视那些目光粘在女生身上的男孩。

我有朋友，但是他们都和我一样，宁可一整天混入背景当中，也不愿成为焦点，因为令人瞩目通常会让你成为校园风云人物取笑的重点对象。正因为如此，我才会在十三岁生日那天做出我觉得正确的举动，无视于这么做是否会让我遭到禁足一个星期，甚或一个月的处分。

我们排好队，准备到自助餐厅吃午餐，但是我们得先等别的班级离开。我把每天的这段时间当成一门艺术：我从来不排队首（那是风云人物的地盘）或队尾（捣蛋鬼的版图），因为站在那两个位置很容易成为箭靶。所以我会靠中间站，插在一个为了矫正脊椎侧弯而穿着全身支架的女孩，以及另一个几乎不会说英文，刚从危地马拉转学过来的女生中间。换句话说，我忙着让自己隐形。这时候，恐怖的事情发生了。我的老师——一位上了年纪，和蔼可亲但几乎听不见的女人——决定找件事来吸引大家的注意，好度过等待的时间，她告诉大家，那天是我的生日。

“你们知不知道今天是爱德华的十三岁生日？”史坦贝瑞太太说，“我们边等边为他唱首歌好吗？祝你生日快乐……”

我整张脸涨得通红。毕竟，我们不是五岁小孩，而是八年级学生了。早在我们不再相信牙仙的时候，让同学唱歌祝福你生日快乐也同时成了落伍的事。

“拜托不要。”我低声说。

“你是不是安排了什么特殊活动来庆祝呢？”我的老师继续说。

“好！”有个孩子大声说，我听得到他的声音，可惜老师听不见，“他要享受欢乐时光，对吧，爱德华？”

大家都笑了，唯一的例外是那个危地马拉女孩，她可能没听懂这句话。

史坦贝瑞太太探头看着走廊，想知道是否轮到了我们班。不幸的是，时间还没到。“你今年几岁，”她开始唱，“你今年几岁了，爱德——华……”

我握紧拳头，大喊：“住嘴！”

这次，史坦贝瑞太太听到了。

不久之后，校长也听到了，接着是我的父母。我因为对老师无礼而遭到处罚，这位老师不过是想在我生日这天对我特别好，让我感受到自己的特别。

我父亲处罚我禁足一个月——他以狼的观点来解释，下属绝对不可以冲撞领头的成员。处罚结束之后，他问我是否学到了教训。我没有回答，因为下次我还是会做出同样的决定。

我借由这种方式指出：不顾一切往外跳的人并不傻。我们清楚得很，我们可能坠入深渊。但是我们也知道，在某些时候，这是唯一的逃脱之路。

侦讯室里冷透了。若不是警员对我很客气，从办公室端来咖啡和一小片海绵蛋糕给我，我会假设降低温度是警察用来逼犯人说话的小把戏。这里有不少警员是我父亲电视节目的死忠观众，我也乐得用他的名声来换取食物。老实说，我不记得自己上次吃东西是什么时候，这些点心犹如老天爷的赐予。

“好，爱德华，”坐在我面前的警探说，“把今天的事情经过告诉我。”

我张开嘴巴想回答，立刻又闭了起来。这些年来，泰国电视台不停地回放《法网游龙》，我毕竟从中学会了某些事。我宣布：“我要见我的律师。”

警探点个头，转身走出侦讯室。

先别管我是不是真的有律师。

但是不久之后，侦讯室的门又打了开来，一个男人走进来。他短小精悍，黑色的头发不断往前落向双眼。他身穿全套西装，打着领带，手里还拿着公文包。我花了好一会儿才认出他来，因为我只见过他一面。两天之前，他带我母亲的双胞胎到医院来看她。

“裘伊。”我轻声喊。我不曾如此快乐地见到某个人。我忘了我母亲的第二任丈夫是律师。我从前不是没做过傻事，但这是我第一次因此而戴上手铐。

“你妈妈打电话给我，”他说，“究竟发生了什么事？”

“不管他们怎么说都好，但是我没推开护士，是她自己跌倒的，就在……”我没把话说完。

“就在什么时候？”

“在我拉掉我爸爸呼吸器插头的时候。”我说完了。

裘伊重重地靠向椅背。“我是不是连原因都不必问了？”

我摇摇头。“我本来想捐赠我爸爸的器官，这是他的愿望，我看过他的驾照，他是器官捐赠人。我只是想执行他的遗愿，你懂吗？卡拉闯进来大吼大叫时，医生根本还没开始。她表现得好像那纯粹是她的事，而与我爸爸无关。”

“据乔琪的说法，卡拉并不赞成终止维生系统。这你一定知道。”

“她昨天告诉我，说她不想再处理这些事了，而她没办法和医生讨论我爸爸的状况，更没办法决定该怎么做。我不想伤害任何人，我只是想帮忙——”

他抬起一只手，要我安静。“究竟发生了什么事？”

“我弯腰拉起呼吸器的电线，我没推护士，她只是刚好站在我和机器之间。我只是拉下墙上插座的插头。因为事情本来就该这么发展。”

裘伊没有要我为自己辩解，他要的是事实，接受的是表面意义。“这算是轻罪，可以保释，”他说，“在新罕布什尔州，如果你过去没有犯案记录，在本地又有亲人，那么你可以为自己担保。没错，你的确离开了一段时间，但我认为我们应该可以解决。”

“所以接下来会怎么发展？”

“我会去请保释官过来，我们一步一步进行。”

我点点头。“裘伊？”我说，“我，嗯，没什么钱付保释金。”

“你可以充当双胞胎两个月的保姆来还债，让我和我美丽的妻子重新相处。”他回答，“说真的，爱德华，从现在开始，我只要你坐好、安静，让我处理所有事情。你不要冲动，不必把自己当英雄。懂吗？”

我又点头，但其实我不喜欢欠任何人恩情。我靠自己一路走了过来，接受别人的恩惠会让我自觉脆弱，仿佛走在拥挤的街上，却突然发现自己一丝不挂。

就在他起身去找警察时，我领悟到自己欣赏裘伊的哪一点。“你是第一个没对我爸爸遭遇表示遗憾的人。”我脱口说出这句话。

他在门口停住脚步。“世上所有的人都知道你爸爸是个杰出的保育人士和野生动物学家。嗯，我认识的这个人，则让乔琪生活在痛苦当中，为了几头太过美化的‘大狗’而抛弃婚姻。”裘伊直截了当地说，“我愿意担任你的律师，但我这么做，绝对不是因为我对路克·华伦有什么感情。”

自从进警局到现在这段宛如好几天之久的等待期间，我首度有了笑意。“我接受你的说法。”我说道。

警察局里的拘留室又窄又暗，对面的墙上挂着几张泛黄的海报和一个2005年的园艺材料卖场过期月历。我被关在这里等待保释官。

我父亲曾经说，被人捕捉的动物，只有在它觉得自己的家是个活动领域而不是牢笼的时候，才会感觉到自由。让它难过的是无法接触大自然，而不是空间受限。毕竟动物也有家庭组织，所以，对于这些被人捕捉来豢养的野狼，你改变的只是它自我防卫的能力。一旦将它们关进围篱，它们就会变得脆弱。

但如果你的狼围场够丰富，狼群仍然可以快乐地度过被人捕捉的生涯。如果你播放敌对狼群的嗥声，你可以迫使狼群当中的公狼集结在一起，抵抗假想的威胁。如果你偶尔改变它们的环境，或是一次播放不同狼群的嗥声，那么母狼开始动脑筋，做出最新的决定来维护狼群的安全，比方说，它们是否该分散？是否该改变呼声？该不该到那块大圆石后面去探勘？如果你提供狩猎的可能性，而不是把猎物直接塞进围篱里，让猎物立即送命，你还可以教这些狼如何在野地当个猎食者。若一只狼在野地出猎十次只能成功一次，那么在它们的围场生涯中，你也得让它去思考当天是否有食物可吃。基本上来说，如果你有办法让狼信服它需要家庭组织才能存活，那么笼子便不再是笼子。

我听到脚步声，于是站起来握住栏杆，以为保释官终于到了。结果我还没看到人，便先闻到一股酒气，一名警员带了个醉汉进来。他摇摇晃晃，不但满脸通红还满身大汗，而且，我确信他的法兰绒格子衬衫上沾到的是他自己的呕吐物。警察说："这是你的室友。"他打开金属门，让那个脚步不稳的男人走进来。

尽管现在已经是二月，这家伙还是说："新年快乐！"接着，他面朝下，扑倒在地。

我蹑手蹑脚地跨过他的身体。

我曾经独自一个人坐在瑞德蒙游乐园狼围场附近的无人看台底下，当时我大约十岁。每天下午一点钟，我父亲会在这里为夏日游客解说狼的习性，但在其他时间，这地方很适合让我带本书躲藏，好避开过度拥挤的游园人潮。我其实没特别注意我父亲，他正在相邻的围场里挖掘池塘，这个围场里的狼群稍早已经先移到别的围场去了。突然间，有个叫拉尔克的家伙吃过午餐，步伐蹒跚地走回来。在我父亲雇用华特之前，拉尔克和我父亲一起照顾狼群。拉尔克从围篱边走过，几只狼突然发了狂，朝铁丝网冲撞，又是嗥叫又是低鸣，仿佛闻到食物的味道般来来回回地跑。

我父亲丢下工具跑向栅门，一碰到拉尔克便挥拳将他打倒在地。他用前臂压制住拉尔克的喉咙，对着他咆哮："你是不是喝酒了？"

对于照顾动物的员工，我父亲有个严格的要求：不能用含香料的洗发精和肥皂，不能用止汗剂，绝对不能喝酒。如果你喝了酒，就算过了好几天，狼仍然闻得到你体内的气味。

“几个朋友带我去庆祝一下。”拉尔克气急败坏地说。他才刚迎接家中第一个孩子。

几头狼渐渐安静下来。我从来没看过它们在人的身边表现出如此疯狂的行为，尤其是，拉尔克还是园区管理员。如果碰到特别让人心烦的游客，比方说吵吵闹闹、朝围篱内挥手尖叫的儿童，它们会躲到树林间，不见踪影。

我父亲松手放开拉尔克，他边咳边往旁边滚。“你被开除了。”他说。

拉尔克还想争辩，但是我父亲完全不理他，自顾自地走回围场里继续挖池塘。我一直等到拉尔克说完一连串的诅咒，爬起来走到小坡上的拖车收拾自己的东西之后，才走进安全门里，坐在围场外的草地上看我父亲工作。

“我不是在乎他有没有喝酒。”他激动地说。仿佛我们正聊到一半，而他必须为自己辩护。“但是他应该知道工作时不该喝酒。”他把铲子往地面戳，挖起一大块泥土。“你想想看，醉醺醺地在园区里晃来晃去，你觉得这像什么？”

“嗯……晃来晃去的醉汉？”我说道。

“呃，对狼来说，他看起来更像一头受了伤的小牛。这会激起它们捕猎的兴趣。不管它们是否认识拉尔克、是否每天和他相处都一样。他走动的方式足以让他失去自己在狼群里的身份。如果能够，它们会猎杀他。”

他把铲子插在地上，铲子看起来像个站得直挺挺的士兵。“这是一堂很好的生活教育课程，爱德华，不管你是否要和狼群互动都一样。”我父亲说，“不管你为哪个人做什么事，不管你是把他当孩子，拿奶瓶喂他喝奶，或是在夜里睡在他身边为他取暖，甚至在他不饿的时候拿食物给他都好，你只要在错误的时刻走错一步，那么你会成为一个让别人无法辨识的人。”

当然了，这个说法在几年之后一语成谶。我父亲在错误的时刻走错了一步。我惊讶地发现，在今天早上过后，他有可能拿同样这句话来指控我。

我脚边的酒鬼开始打呼。没多久，一名警察走了进来，说：“该你上场了。”我抬头看时钟，发现自己已经在里面待了三个小时，我对父亲的记忆像盘流沙，淹没了这些时间。

我只想告诉你，你可以让自己远离另一个人，相距九千英里。你可以发誓，说你再也不说他的名字。你可以像动外科手术一样，将另一个人从你的生命中切除。

但是，他仍然会在你的脑海里出没。

我们又回到了我稍早来过的侦讯室，只不过这时候除了警探和裘伊之外，侦讯室里还有个用单侧头发遮住秃顶的男人，我若不是知道他的工作让他必须经常与警局联络，看到他红肿的双眼，我会以为他已经酩酊大醉。“好，”保释官说，“我和医生有约，要去检查我的结膜炎，所以我们得速战速决。你手上有什么，里欧？”

警探递给他一张纸。“这案子相当严重，劳夫。这不只是二级攻击罪而已，被告同时也妨碍了医护人员的工作，危及病患的安危。”

这代表什么？我心想：我父亲的情况更趋恶化了吗？

“我们希望将保释金额设定在五千美元，并且要有保人。”警探结束该说的话。

保释官阅读警官递给他的纸。“拔掉插头？”他问道，看着裘伊说，“吴先生？你觉得呢？”

“我们谈的是我的继子，”裘伊开口，“这是他长大的地方，在这里，他有家人有朋友。他在这个社区有牵绊，而且没钱逃亡。我可以亲口保证，我不会让他走出我的视线范围之外。”

保释官揉揉眼睛。“保释的目的，是为了确保被告会出庭。我们贝瑞斯佛不执行预防性的拘留，华伦先生，所以我把保释金定在五千美元交保。在你自行签保，确认明天早上会准时出庭，并且遵守法律、表现良好之后，你便可以离开。在结案之前，你不能离开新罕布什尔州。另外，我还会在保释条件当中注明你必须做精神状态评估，我也会发出禁制令，让你不能接近医院。”

“等等，”我打破沉默，不顾稍早答应裘伊保持安静的承诺，“这不行。我父亲在医院里，而且快死了——”

“但你似乎觉得速度不够快。”警探说。

“我不容许任何人骚扰我的委托人。”裘伊说道。

保释官抬起双手。“闭嘴，你们两个。我已经眼红了，我不需要再加个偏头痛。明天地方法院会开传讯庭。”

“我父亲呢？”我继续追问。

这时候，裘伊用力踩了我一脚。

“你刚刚说什么，华伦先生？”保释官问道。

我看着他。“没有，”我喃喃地说，“什么都没说。”

路克

猎杀现场绝对会让你胆寒，野狼龇牙咧嘴，强有力的下颚离你只有六英寸之遥。对狼群来说，这是盛宴与饥荒之别，而且，狼群在猎杀期间经常会有几天没有进食，所以这是一场货真价实的生存战役。如果你离得太远，或是转错方向，它们会又嗥又咬地让你知道，它们会压抑昂扬的斗志、疯狂的兴奋和高涨的怒气，没有任何猎物可以想象你承受着多么巨大的压力。

大多数时候，狼群都知道我跟不上它们的脚步，在狩猎过程中带来的麻烦远多于贡献。就追逐而言，我追赶的速度不够快，我没有足够的武器打倒猎物，身上薄薄的皮肤更不能自我防卫。但是在开始下雪之后，狼群将猎捕方式改为袭击。在积雪高达两英尺深的那几个月当中，它们不但邀我加入猎捕行动，甚至还希望我在场。

袭击猎物的过程中，狼群需要大型男性的重量。有时候它们会在后驱赶，逼猎物跑进树丛，让事先部署的其他成员跳出来包围住猎物，再让猎手执行猎杀的工作。我们在积雪中挖出一个凹穴，我和狼群里的小狼以及阿尔发母狼躲在里面，等待大公狼和其他成年母狼将猎物向我们赶过来。

我们等了好几天，我们没有转移阵地，因为我们不想在雪地上留下线索，让猎物先有警戒。尽管我的身边有好几头狼，但是我仍然觉得冷，于是我开始胡思乱想。野狼是伪装高手，它们懂得判别风向，知道如何掩饰自己的体味。但是鹿呢？它们是否也凭本能行事？在长年累月的经验之后，鹿是否也学到了呢？若是狼群以这样的组织和速度追赶它，这不会是一场追逐战，它势必会踏入陷阱。它是否能从风中察觉出某种剧烈的改变，发现自己正奔向险境？

阿尔发母狼吃起雪来，这时我才突然回过神。小公狼立刻有样学样，将口鼻埋入积雪中开始咀嚼。小母狼咬下一根像圣诞树般垂着冰棍的树枝，张口将冰棍咬了下来，用吮棒棒糖的方式吸食。

我纳闷地想：它们为什么有这种举动？我和它们在这处小灌木林里共处了三天，这是第一次看到它们这么做。说不定是因为它们在同一个位置待太久，只想活动活动？还是说，它们真的口渴？

但是狼群一向不会这么轻率，而且，既然我不渴，它们应该也不渴。

我正在猜想它们是否因为积雪过深而有脱水现象时，阿尔发母狼静静地用潮湿的鼻尖顶了我一下，接着又把自己的口鼻再次埋进雪中。我知道它在示意，于是我掬起一把雪，像即将面临世界末日般地吃了起来。

接着我突然顿悟：当猎物朝我们的躲藏地跑过来时，它会看到我们热乎乎的鼻息。若我们含着雪或冰呼吸，连鼻息都会跟着隐形。

没多久，一头鹿冲进我们藏身的小林子来。

阿尔发母狼知道伏击的时刻即将来临。但是话说回来，如果没有阿尔发母狼将家人团聚在一起，狼群的成员该如何面对最艰困的时刻？

卡拉

我早料到回家得面对第三次世界大战，而我果然没失望。我妈冲向玛丽亚的车，一时忘了我肩膀受伤，直接将我从副驾驶座拉出来。她扯着我的手臂，我痛得往后缩，正好看到玛丽亚无声地对我说“祝你好运”，接着便呼啸地开车离去。“从现在起你得禁足，一直到……到你九十岁为止！拜托，卡拉，你跑到哪里去了？”

我当然不能说，于是我只好低下头。“对不起，”我说，“在爱德华做了……你知道的……我一定得出去透透气，离开那个地方。我再也受不了，所以才会跑掉。是玛丽亚来接我的。”

我的话触动了妈妈心底的某个开关，她突然抱住我，紧到我差点无法呼吸。“哦，宝贝。我好担心……我回到楼上时你已经不见了。警卫帮忙到处找人，我不知道究竟该留在医院还是回这里来……”

前门打开了，双胞胎把头探到室外的冷空气中，这提醒我两件事：一、我妈妈为什么会在这里出现，而没有留在医院里；二、我为什么永远不该相信自己可能成为她名单上的第一优先。

“伊丽莎白、杰克森，你们在染上肺炎之前赶快给我回屋里去。”她下达指令。接着，她转过头来面对着我，“你到底懂不懂，我差点急疯了？我甚至请警方协助——”

“那当然。这么一来，把焦点放在爱德华身上的警察才会少一点。”

我妈妈赏了一巴掌，速度奇快无比，我事先根本没警觉。这是她第一次打我巴掌，我猜，她恐怕和我一样惊讶。我挣脱她的手，抬起手捂着自己的脸。“到你房间里去，卡拉。”她用颤抖的声音说。

我含着泪跑进屋里去。伊丽莎白和杰克森坐在阶梯上。“你被处罚了。”杰克森说。

我瞪着他，说：“记得我告诉你的话吗？我说怪物没住在你的衣橱里，其实我是骗你的。”我从两个小孩中间挤过去，走进楼上自己的房间，再“砰”一声甩上门，面朝下趴向床铺。

我的眼泪终于掉下来，我知道这并不是因为我脸颊刺痛，而是这种羞辱比妈妈的巴掌更伤人。我哭是因为我觉得自己是世上唯一幸存的人。我不是这个小家庭的成员，我的亲生母亲决定和爱德华站在同一条阵在线，而我的爸爸正漂浮在某个我触不到的地方。一点也不夸张，我真的是孤零零一人，这也就是说，我不能枯坐着等人来修正一切。

我觉得医院不可能关掉爸爸的维生系统，就算爱德华开口，院方也不会这样做。我要说的是，如果我不想个办法让爱德华出错，他接下来一定会让自己成为我爸爸的监护人。而我只有十七岁，不能担任监护人的角色。

但这并不表示我不能尝试。

我打起精神，用吊腕带上的纱布擦干眼泪，盘起了双腿。我拿来笔记本电脑，一个星期以来首次开机。我略过玛丽亚寄过来那一千六百万封关心我是否安好的电子邮件——这些信一定是她知道我住院之前发出来的。

我在搜索引擎中输入一串字，一张列表跃上屏幕，我点选了第一个人名。

凯特·亚当森于一九九五年因二次脑干中风造成全身瘫痪，无法眨眼。医疗团队取下凯特的灌食管有八天之久，后因其丈夫反对而重新插入。如今亚当森几乎完全恢复，仅身体左侧有轻微麻痹现象，她可以掌控自己的心智能力，常发表激励演说。

我点选下一条链接。

一名车祸受伤患者朗姆·胡本进入植物人状态长达二十三年，他虽然意识清楚，但无法表达沟通。医生以头部外伤昏迷指数来评估胡本的睁眼、语言和活动反应，判断胡本应该无法康复。但在2006年，通过新的扫描技术，医疗人员发现患者的脑部运作完全正常。如今，胡本以计算机与外界沟通。胡本的复健科医生表示："医疗发展终于赶上他的脚步。"罗瑞医生认为许多病患都遭误判为植物人。

另一条链接写的是：

纽约一名八十六岁妇人凯莉·库恩斯进入植物人状态超过一年。法官判准库恩斯的家人为她拔除喂食管的要求，然而库恩斯却在毫无预期的情况下突然恢复意识，可以进食，并且能以语言沟通。库恩斯的案例，引起外界对于无法复原昏迷状态之诊断的注目，就法律层面而言，对是否该关闭维生系统有了质疑。

我将这些文章加入书签选单当中。我要做个简报，然后回到丹尼·鲍伊的办公室，向他证明爱德华的做法为什么等同拿枪指着我爸爸的头。

当我手机响起的时候——它正在充电——我伸手去接，以为是玛丽亚打电话来关心我妈有没有活剥了我的皮。但是我不认得来电显示的号码。"请稍候，我帮你转给地区检察官。"这是葆拉的声音。不久，丹尼·鲍伊接起电话。

"你真的想这么做？"他问道。

我想到可怜的凯特·亚当森、罗姆·胡本和凯莉·库恩斯。“没错。”我告诉他。

“明天在普利矛兹有一场大陪审团会议，我希望你能到法院来一趟，好让我安排你以证人身份出席。”

我不知道自己要怎么去普利矛兹。我不能再要求玛丽亚逃课，我没车，行动不便，而且，对，我还被妈妈禁足。

“你到普利矛兹之前有没有可能先经过贝瑞斯佛？”我尽可能礼貌地问。

“天哪，”丹尼·鲍伊说，“你爸妈难道不能开车带你过来？”

“我妈正在想办法不让我哥哥坐牢，我真希望我爸爸能开车载我，但是他很忙，他在贝瑞斯佛纪念医院里奋斗求生存。”

在一阵沉默之后，他说：“地址是哪里？”

那天晚上，裘伊没有回家。原来，要让爱德华走出拘留室的唯一方法是确认有人监督他，算裘伊明智，他觉得把我哥带回来这里和我近距离相处不怎么妥当。怪的是裘伊没和我妈妈互相交换，让她和爱德华一起待在她过去的家，就算是一个晚上也好。但是话说回来，裘伊认为太阳是为了我妈妈才升起，他宁可不惜代价，也不愿意让她再踏进那幢房子一步，重拾和我爸爸同处的回忆。

这也就是说，当丹尼·鲍伊隔天早上来接我的时候，我妈妈会带着双胞胎到另一个路口等校车，完全不会注意到一辆华丽又俗气的银色宝马轿车从她身边经过，准备转个弯，停到她家的车道上。

我坐进丹尼·鲍伊的车里，他看着我。“你身上穿的是什么东西？”

我立刻发现自己犯了个错误。我想体面地走进法庭。上法庭难道不都该如此吗？但我最漂亮的洋装是一件参加学校春季舞会时穿的无肩带洋装，另外只剩下这件粉红色、大垫肩洋装。这件洋装是我参加裘伊八十年代主题婚礼中穿的，当时我妈妈坚持将洋装的长度缝短及膝，这样一来，我以后才能再穿——虽然说，唯一我能想象的场合是另一场八十年代的主题舞会。

“你看起来好像刚从帕特·班妮塔粉丝俱乐部逃出来似的。”丹尼说。

“猜得好。”我敬佩地回答，系上安全带。车子从巴士站前经过，看到我妈时，我抬起手遮住脸。

“我猜，你妈妈完全不知道你今天打算做什么事。”丹尼说。

我猜，不管我哥哥今天会在哪里，妈妈都会忙着为他而战，完全不会注意到我溜出了房间。

他继续说：“希望我们提起谋杀诉讼的人是你，有些事情你必须先有了解。谋杀案有三个要素：恶意、预谋，以及蓄意杀人的意图。我们不必向大陪审团证明这三个要素，但是我们必须指出疑点，引导他们串联出这三个条件。如果你不提出这三点，谋杀案便无法成立。你听得懂我的话吗？”

我看着他。重点不在于他说了什么，而在他没说出口的话。“只要我爸爸能活下来，你要我怎么做，我都会配合。”

他看着我，满意地点点头。

“我能问你一件事吗？”我说，“你为什么改变主意？”

“我妹妹昨天打电话给我。她的工作出了状况，让她很沮丧。”他伸展握着驾驶盘的手。“原来是有个男人在他父亲的病房里发了狂——那刚好是她负责的病房，里面还有架呼吸器。”他瞥了我一眼，“她是被你哥哥推开的那名护士。”

我满心以为我会看到装潢精美的法庭，还有一名头戴白色假发的法官高高地坐在法官席上。结果却出乎我的意料之外，所谓的大陪审团不过是一小群穿着牛仔裤和毛衣的平凡百姓，他们全在一个没有窗户的会议室里，围坐在桌边。

突然间，我想拉起毛衣盖住我太过花俏的粉红色洋装。

我看到桌上有个录音机，这让我更紧张。但我依照丹尼·鲍伊先前的指示，把注意力集中在他的脸上。“这位是卡拉·华伦，”他对这一小群人说，“你们有没有人认识这位证人？”

桌边的人全都摇了摇头。这当中有个金发女郎，她及肩的头发往内弯，让我想起我的一名老师。她拿着一本《圣经》站了起来。“麻烦你举起右手……”她开口之后才发现我右手臂挂着吊带。桌边扬起稀落的尴尬笑声。“麻烦你举起左手，跟着我念……”

这个部分和电视上演的一样：我发誓所言句句属实，绝无虚假，请上帝助我。

“卡拉，”丹尼说，“请说出你的全名和地址。”

“我是卡拉·华伦，住在新罕布什尔州贝瑞斯佛史塔勒丘四十六号。”

“你和谁住在一起？”

“到一个星期之前，都和我爸爸住在一起。”

地方检察官指着我，说：“我们看到你手臂上挂了吊带，发生了什么事？”

“一个星期前，我爸爸和我出了场严重的车祸意外，”我解释，“我撞断了肩胛骨，但我爸爸在车祸后一直没清醒过来。”

“陷入昏迷，是吗？”

“照医生的说法，他进入植物人状态。”

“你有其他家人吗？”

“我妈妈再婚了，我哥哥这六年以来都不在家，他住在泰国。但是我爸爸受伤之后，他接到我妈妈的电话，所以才回家来。”

“你和你哥哥之间的关系怎么样？”丹尼问道。

“什么关系？”我冷冷地说，“他离家出走，而且不愿意和我们任何人谈起这件事。”

“你父亲在医院里住多久了？” “八天。”

“医生对你父亲的未来状况有什么判断？”

“现在下定论还太早。”我说，难道不是吗？

“你和你哥哥有没有讨论过父亲的状况？”

突然间，我觉得自己的胃好空虚。“有。”我说，我虽然想忍，但我仍然可以感觉到泪水涌入眼眶。“我哥哥只想让整件事赶快结束。他觉得接下来的情况不会改变。可是我，我想让爸爸活下来，证明我哥哥的看法错误。”

“你父亲在你哥哥住在泰国的这六年之间，有没有和他联络过？”

“没有。”我说。

“他有没有提过你哥哥？”

“没有。他们起了一场争执，我哥哥因此才离开。”

“卡拉，你有没有和哥哥联络过？”丹尼问。

“没有。”我看到大陪审团有位女性成员摇了摇头。我不知道她这个反应是针对爱德华离家出走，还是我没有保持联络。

“好，”地方检察官说，“昨天你告诉我，说发生了一件让人难过的事。”

“是的。”

“你可以把事情的经过告诉大陪审团的女士和先生吗？”

丹尼和我在车上演练过这段对话。确切来说，我们总共练习了十六次。“我哥哥决定终止我爸爸的维生系统，他没有征求我的意见。我意外发现这件事，随后跑到我爸爸在楼下的病房。”我到现在还听得见哥哥拉下插头之后的警铃声，仿佛整件事才刚刚发生。“病房里有医生、护士、院方律师，以及几个我不认识的人，大家全围在我爸爸床边。我哥哥也在场。我大喊要他们住手，不要杀死我爸爸，每个人都退了开来。每个人，除了我哥哥之外。他弯腰假装调整呼吸，接着就一把扯下插在墙壁上的呼吸器插头。”

我犹豫地环顾桌边的人。这些陪审员的脸简直像气球，平滑又没有表情，完全看不出情绪。我突然想起丹尼在车上提起的谋杀三要件：预谋、行凶企图，以及恶意。很明显，我哥哥计划了整件事，否则那些医护人员不会到场。他想杀害我父亲的意图同样清楚。眼前的症结在于恶意。

我动起脑筋来。我发誓说实话，句句实话，绝无虚假。但是话说回来，我又没举起右手。合理的说法是我没办法举起右手。所以，我发这个誓，和任何人对妈妈撒个无伤大雅的谎言——比方你刷过牙、遛过狗，或是没把牛奶空罐摆回冰箱里——时，把一手缩在背后交扭起食指和中指的意思一样。

为了结果而耍点手段其实不算说谎，对吧？如果我爸爸能因为这样而有了起色呢？在大家发现我变造过真相之前，我可能可以为爸爸多争取几个小时，或是几天的时间。

“他拉起墙上的插头，”我重复刚刚的话，接着补充一句，“然后大喊：‘去死吧，你这个浑蛋’。”

这句话终于让一名陪审员伸手捂住自己的嘴，仿佛话是从她口中说出来似的。

“有人进来扑倒他，”我继续说，“护士将插头插了回去。到目前为止，医生还在评估我爸爸在缺氧期间受了多少伤害。”

“我能不能说，你哥哥和你父亲的关系紧绷？”

“完全没错。”我说。

“你知道是为了什么原因吗，卡拉？”

我摇头。“我知道他们在我十一岁的时候起了一场争执。严重到让爱德华收拾行李离家出走，而且再也不愿意和我爸爸说话。”

“当你哥哥咒骂你父亲混账的时候，他很生气，是吧？”

我点头：“没错。”

“你确定他有意图杀害你父亲，而且完全没有怀疑，是吗？”丹尼问。

我直视他的双眼。“没有疑问。我确定如果他有机会，他会一再尝试。”

路克

被人类捕捉圈养的野狼可能存活十一或十二年，但我也听说过有些狼活得更久。然而，野狼在荒野能活到六岁就已经很侥幸。狼的经验和知识无法取代，正因为如此，在大部分时间，阿尔发母狼会陪着小狼留在狼穴里，派遣其他成员去巡逻、狩猎，或负责警戒。这也是为什么阿尔发母狼倒下，狼群会跟着解散的原因。这和中枢神经系统失去大脑是一样的情况。

那么，当阿尔发母狼被杀之后，情况会怎么发展？

你可能会猜想：狼群内部应该会有成员晋升领导地位，可能是副手，可能是狼群里的第三号人物。但是在狼的世界里，程序不是这样。它们会在荒野中重新征召新成员，用嗥声呼唤没有伙伴的孤狼，让它们知道狼群中有空缺。候选的孤狼必须经过挑战，以确定它是所有孤狼中最聪明、最可靠，而且最有能力保护家族成员的最佳候选者。

当然了，在圈养的情况下，征召成员的步骤不可能发生。相反，一头天性多疑胆怯、处于中低阶级的狼可能会发现自己必须主事。这会造成灾难。

有时候，你会在纪录片里看到低阶狼成了狼群的首领，奥米加狼摇身一变，顿时成了阿尔发狼。老实说，我不相信这种事。我认为那些纪录片制作者一开始就误判了狼的地位。比方说，对逞凶好勇的人来说，领导者通常大胆、能够掌控全局，而且强猛有力。然而在狼群世界中，符合这个描述其实是副手。同样的，最底层的奥米加狼是羞怯、紧张的动物，一般人很容易误把它们当成留守在后、警觉性高、懂得自我保护，还会设想大局的领袖。

换句话说，荒野没有神话，灰姑娘并不存在。看着像是从低阶狼一跃成为首领的狼，其实原本就是阿尔发狼。

爱德华

我走进厨房时，裘伊正站在桌台旁边端着一碗早餐谷片吃，一边翻阅报纸上高中球类竞赛的版面。他抬起眼睛看了我一眼，说："你打算穿这样去？"语气明白听得出他有完全不同的看法。

我从来没特别注意过衣着，就这方面而言，我不是大家刻板印象中的同性恋。套上高中时期穿到现在的牛仔裤，加件手肘磨出洞的旧运动衫，我就已经很满意了。当然了，教书时我会穿上整烫过的衬衫，还系上领带，但那些衣物如今装在箱子里，不知流落在清迈和美国之间的哪个地方。我因为临时接到通知，拎着登机包便飞回了新罕布什尔州，可供选择的衣服还真的不多。"对不起，"我说，"我打包的时候没料到自己会需要一套上法庭用的体面衣服。"

"你至少有带领衬衫吧？"

我点头："有，可是，是牛仔衬衫。"

裘伊叹了口气："跟我来。"

他放下碗，从厨房走出来，上楼朝我父亲的房间走过去。我迟了一步才发现他的意图。"别麻烦了。"我看到裘伊开始翻我父亲的衣柜，"我小时候没看他打过领带。"

但是裘伊从衣柜深处拉出一件正式场合穿的白衬衫，不但整烫过，而且还挂在干洗店的塑料套里。"穿上，"他命令我，"我拿条领带借你。我车子的后车厢里有备用领带。”

“这件衣服我穿一定太大，我爸爸的体格和绿巨人浩克差不多。”

虽然难以察觉，但我还是注意到裘伊缩了一下。“是啊，我注意到了。”

他把我留在房间里，下去拿领带。我坐在床上，不想让自己赋予这一刻过多的象征意义。小时候，我从来不觉得自己比得上父亲，不管就体形或象征意义来说，他都有非凡的威严。穿上他的衣服就像小孩子办家家酒，想套上比自己的脚大太多的鞋子。

我撕开塑料袋，解开衬衫的扣子。父亲从什么时候开始穿这种衣服？在我这辈子的记忆当中，他每天都穿着法兰绒衬衫、发热衣、工作服和破旧的靴子。如果你一天二十四小时，每周七天都留在狼围场里，你不必做成功人士的打扮，你会穿上能保护自己不被咬伤、不怕抓伤，还能挡泥防雨的衣物。我离开之后他是不是变了呢？难道他变得有能力与人融洽相处，和他与狼的互动一样？他会不会去酒吧，去参加诗歌朗诵比赛，或是进剧院？

我的脑海里重复播放我的家庭录像带。我想象中的父亲如今是不是变了一个人？

如果他真的变了，他是不是仍然坚信他在一小杯威士忌下肚之后，在我十五岁那年告诉我的话？我能确定他仍然坚持原来的想法吗？

可以的，我告诉自己。一定是这样，因为我无法让自己面对其他可能。

我脱下厚运动衫，套上父亲的衬衫。我的皮肤接触到冰冷的棉布，背上仿佛长出一双翅膀。我扣好衬衫，把手探进胸前的口袋，拉开上浆过后粘在一起的布料。

我很小的时候，父亲常穿一件红黑相间的格纹毛外套去工作。外套的胸前有两个口袋，每次他回家时，总会要我挑一个口袋找奖品。如果我猜对，便可以拿到口袋里的糖果。几年之后我才发现，无论我挑哪个口袋都不会出错，因为两个口袋里都有奖品，我只能是赢家。

我忍不住转身，想在父亲的衣柜里找出那件外套。一开始我以为外套已经不在，但最后还是在一件破旧的工作服后面找到那件衣服。

我在衣柜门内的穿衣镜里看到自己的倒影，出乎意料之外地发现父亲的衬衫并不大，我撑得起肩宽，而且，如果我要为自己买件白衬衫，我也会挑相同的袖长。我惊讶地发现，如今我竟然可以轻松假冒成父亲，我们有同样的五官，同样的身高。

我伸手拿起格子外套，同样穿到身上。

“穿着也是一种表达，”裘伊想说服我，自从他看到我穿着父亲的外套走下楼之后，便一直这么坚持，“在法庭上，你最好不要做任何可能惹毛法官的事。”

“这是外套，不是立场声明，”我说，“外头只有零下九点五摄氏度，这里是新罕布什尔州，你不可能要求每个被告都穿上阿玛尼套装。”

法警走进法庭，我们没机会继续争辩。“请起立！”他面对旁听席说，“所有出席本地区法院相关人士请上前陈述诉求。本庭由奈蒂·麦格鲁法官阁下主持。”

法官是个像小鸟般娇小的女人，顶着一头吓人的黄发，鼻子又尖又利。她的法官袍领口有过于厚重的花边，让我联想到一只患了狂犬病、口吐白沫的狗。“律师，”她说，“我开庭聆听排入本传讯庭的所有正式事项。”

我身边的裘伊站了起来。“法官大人，爱德华·华伦一案准备就绪了。”

“华伦先生请上前，”法官说。裘伊拉着我站了起来：“书记员，请准备传讯被告。”

我们走到法院最前方，我说出名字和地址——呃，我给的是我父亲的地址。“华伦先生，”法官说，“我看到你的委任律师是……可以请律师报上姓名以便留下记录吗？”

“裘伊·吴，法官大人。”

“华伦先生，你遭到指控对贝瑞斯佛纪念医院的护士莫琳·库伦犯下二级攻击罪。你对这项指控有什么话要说？”

我屈起指头，抓住我父亲外套的袖口：“我无罪，法官大人。”

“我看到你的保释金是五千美元。被告既然已经自动到庭，准许以相同的金额交保。华伦先生，我要和保释官设定相同的条件，你不得与你父亲接触，不得踏入贝瑞斯佛纪念医院。”她用闪亮亮的黑眼睛看着我，“你懂吗？如果你走进医院去看你父亲，或是没有在接下来的十天内去做精神分析评估，那么你会被带回郡立监狱等待审讯，不得交保。你了解你的保释条件与规定吗？”

她要我举起右手，发誓我会在十天后回来，出席讨论是否有合理根据的听证会——天知道那是什么东西。

“下一案。”法官说。事情就这么结束了。

整个程序最多只有两分钟。

“就这样？”我问裘伊。

“你难道希望拖更久？”他拉着我走出法院。

我跟在他身后穿过停车场，走到他的车边。

“接下来呢？”我问道。我的声音在寒冷的空气中仿佛变了调。他打开车门的时候，我跺了跺脚。

“接下来，你要按照法官的指示去做。你去做个精神评估，不要乱跑，在这期间，我来研究怎么解决这个案子。”他发动引擎，倒车离开停车格。“我会开车带你回你爸爸家——”

“皇后合唱团”的《波西米亚人狂想曲》猛地打断了他的话。我吓了一跳，摸索收音机按钮想关掉音乐，但是收音机根本没开。“裘伊·吴。”他大声说，但是我没看到他说话的对象。

接着我听到免持听筒系统传出另一个声音：“裘伊吗？我是丹尼·鲍伊，地方检察官。”

“丹尼，”裘伊谨慎地说话，“有什么我可以效劳的地方吗？”

“应该是反过来才对。今天有人指证你的继子企图谋杀他父亲——”

“搞什么鬼？”我忍不住吼了出来。

裘伊一把掐住我的手臂。“对不起，让我先关掉收音机。”说完话，他恶狠狠地瞪了我一眼，用指头压住嘴巴，要我噤声。“你那项指控应该不正确吧，”裘伊继续说，“他被传讯的罪名是二级攻击罪。”

“嗯，裘伊，”丹尼的声音很油滑，“起诉书就在我手上。老实说，我打这个电话是出于职业礼仪，你若不想让警方去逮捕他，最好是直接送他到警察局去。”

“好，”裘伊回答，“我会带他过去，谢谢你打电话给我。”他按下方向盘上的按键，挂掉电话，然后看着我说：“你这下麻烦大了。”

“我不是要杀我爸爸。”我坚持自己的说法。裘伊一口喝光咖啡，举起空杯请餐厅女侍续杯。“嗯，我是说，我是，但不是因为我想要他死，而是因为那是他想要的方式。”

“你怎么知道？”

我伸手摸外套的口袋，想找出我为父亲签过字的字条，随后才想到那张纸放在家里那件厚T恤衫的口袋里。“我有一张签字文件，证明在他无法为自己做医疗决定时，我有权代理。”我说,“他告诉过我，如果有朝一日他陷入这种情况，他不愿意靠外力活下去。”

听到我的话，裘伊扬起了眉毛:“他什么时候签下这张字条？”

“在我十五岁的时候。”我承认。裘伊把头埋进双手掌心中。

“我会想出办法解决这件事，”他承诺,“但是你得把昨天的经过老老实实地告诉我。”

“我已经——”

“再说一次。”

我深吸了一口气。我告诉他，在卡拉床边召开的那场会议中，脑神经外科医生和加护病房医生都表示我父亲无法复原，我们必须要选择他的医疗方式。我说，卡拉发起了脾气，护士只得把大家都赶出病房。“卡拉说她没办法做这件事，”我解释,“她说她没办法听医生再继续说父亲不会有希望。于是我说我会接手处理,而我也这么做了。”

“这么说，她从来没亲口说，要你关掉你父亲的维生系统……”

“当然没有。我们都不想这样做，这表示你的家人会因此而死，有谁会愿意？但是同样地，卡拉也没办法面对我父亲没办法活下去的事实。”我摇头，“就算我们多等一个星期、一个月或一年，奇迹也不可能发生。事情已经成了定案。这个结局烂透了，但是，这表示我们的选择不是让他永远住在护理之家，就是关掉他的维生系统，这两个选择都不是卡拉所要的。在她的成长过程中，我可能没有陪在她身边，但是我仍然是她的哥哥，而且我应该是那个保护她的人，保护她免于受到欺负、赶走讨人厌的追求者，或是，让她不必面对现在这样的噩梦。所以我才会打那通电话。这么一来，她便不必一辈子都背负着罪过。”

“但是你永远会有罪恶感。”裘伊说。

我抬起眼睛看着他：“对。”

“结果你怎么做？”

“我先和我爸爸的医生讨论，听他的看法，想确认我爸爸是否真的救不回来，他是不是永远醒不来。我向他表示我想和负责器官捐赠的协调员见面。”

“为什么？”

“我爸爸的驾照上有记号，标注愿意捐赠器官。”我说，“所以我和协调员见面，签下所有文件，让他们安排在第二天执行。”

“你为什么不回去找卡拉讨论这件事？”

“她打了镇定剂。医生告诉她救不回父亲之后，她太沮丧。”我耸耸肩，“如果你不信，可以去问我妈妈。”

“接下来呢？”

“早上九点整，我和几名护士、医院律师，和我爸爸的脑神经外科医生、加护病房医生在我爸爸的病房里集合。加护病房医生问起卡拉为什么不在。接着我只知道她冲进病房里尖叫，说我想杀害我爸爸。”我拿起叉子把玩，“医院律师要所有人离开，整件事没办法依计划进行。当时我只想到：我不能让这件事继续拖下去。不管我们等多久，不论卡拉愿不愿意面对，情况都不可能变得更轻松。于是我弯腰拔起呼吸器插在墙上的插头。”我看着裘伊，“伸手拉插头时我撞到了护士，但是我没推她。”

“你现在最大的问题不在护士，”裘伊说，“你拉起插头时有没有说什么话？”

我摇摇头：“应该没有。”

“你会不会说了什么话，让别人认为你在生你爸爸的气？”

我犹豫了：“昨天没有。”

他往后靠向椅背。“现在的情况是这样：检方排除了合理怀疑，认为你意图杀害你爸爸，经过事先预谋，而且怀有恶意。你显然想加速你父亲死亡的速度。就算你在行动前一秒才开始计划这件事，也算是预谋。所以症结在于缺乏恶意，我们也只能指望这一点了。”

“你知道什么才算恶意吗？靠机器让人活下来就是恶意，”我争辩，“为什么我们可以借外力来延长生命，却不能让人摆脱这些机器求死？”

“这我不懂，爱德华。但是我现在没时间讨论安乐死的问题。”裘伊说，“你拉掉插头之后发生了什么事？”

“有个护理员将我扑倒，接着警卫出现，把我带到大厅。警察在大厅里逮捕我。”

我看到裘伊从口袋里掏出一支笔，草草在纸巾上写下一些字。“所以，我们的解释是：这不是谋杀，是怜惜。”

“没错。”

“我需要你爸爸签过名的那张字条。”他说。

“我放在家里。”

“我晚一点过去拿。”

“为什么不现在过去？”我问道。

“因为我得去找当天在病房里的每一个人谈话。”裘伊掏出一张二十块钱的钞票放在桌上。“你呢，”他说，“要到警察局去。”

今天的保释官还是和昨天同一个人。“知道吗，华伦先生，”他说，“回来警局这段路赚不到航空公司的里程优惠。”

这个局面真是似曾相识，保释官手上有另一件刑事控诉，另一名警探交抱着双臂，而裘伊就站在我身边。保释官读着控状，但这次我看得出来，他显然很惊讶。

“企图谋杀是重罪，”他说，“而且是你这几天来第二次被捕。这让我很不舒服，华伦先生。我要将保释金定在五万美元。”

“什么？”裘伊从椅子上跳了起来，“那是天文数字！”

“你们星期一去找法官商量。”保释官说。

裘伊转头对侦讯室里的警探说：“我可以和我的委托人私下谈个话吗？”

保释官和警探收拾手边东西离开，侦讯室里只剩下我们两个人。裘伊摇摇头。我相信他一定是希望自己没娶一个带着拖油瓶的女人，何况这里头有个像我这种似乎永远摆脱不了麻烦的儿子。

“别担心，”他说，“高等法院的传讯庭时，法官绝对不会沿用这种保释条件。”

“但在这期间要怎么办？”

“我们需要先筹出五万美元交保。”裘伊解释。他低下头，说：“可是爱德华，我没那么多钱。”

“我不懂。”

“这表示，”他说，“你得在监狱度过这个周末。”

如果你在一个星期前告诉我，说我会踏进新罕布什尔州的郡立矫正机构，我一定会回答：你真的疯了。事实上，我本来以为父亲到现在应该已经康复，而我正搭飞机准备回到泰国的学生身边。

然而，生活自有重挫你的方式。

负责处理我数据的警官用单指敲着键盘。你一定会想，这既然是他的工作，他应该要更顺手才是，要不然他至少也得去上个键盘输入法的课程。他的动作之慢，让我觉得自己可能不必被关进囚房，因为等他们来带我上传讯庭的时候，我说不定还坐在这里。

“掏出口袋里的东西。”他告诉我。

我拿出皮夹——里头只剩下三十三美元和零散的泰铢、我父亲家的钥匙，以及租赁车的钥匙。

“这些东西会还给我吗？”我问道。

“如果你假释才会，”警官说，“否则，这些钱会在你等待开庭的这段时间，先存放在你的户头里。”

我想都不敢想。这不过是一场误会罢了，到了星期一，裘伊一定会让法官看清这个事实。

但是我仍然忍不住胡思乱想，这就像巷子里忽隐忽现的影子。如果这件事不严重，保释金为什么会设得这么高？如果不严重，地方检察官为什么要亲自打电话告诉裘伊，说他拿到了起诉状？若是这只是件小事，那么我为什么会被押进警车后座，送进郡立监狱？

没错，我不是法律专家。但是我有足够的基本常识，我知道医院可能对我提起攻击的控诉，而检方起诉的则是谋杀案，是刑事案件。

地方检察官怎么会这么快就听说这件事？

一定是有人告诉他。

这个人不会是其中一名医生，因为，让我们面对现实吧，医生对我父亲近乎绝望的后续状况清楚得很。医院律师也不会做这件事，如果当初一切跟着我的计划进行，她对结果应该是乐见其成，因为病院里多了张空床，他们可以帮助需要帮助的人。器官捐赠协调员不会去找地方检察官，因为这对她隶属的单位只会造成损失。

其他有可能做这件事的人应该是其中一名护士。我在父亲的病房里看过各种各样的护士，当中有些人风趣，有些人和气，有的会带点心给我，甚至有人会带祈福卡片过来。我猜，应该是有人持保守态度，相信护士应当要维持生命的神圣性，虽然这是她的工作内容，但关掉维生系统仍然会伤害到她的道德感。再加上卡拉当场崩溃，还有——

突然间，我张口结舌地愣住了——卡拉。

我知道她出卖了我。毕竟，某个遭指控企图谋杀的嫌犯不可能当被害者的法定监护人，对吧?

虽然这地方的温度热到足以与第八层地狱比拟，我仍然意识到自己在发抖。我交抱住双臂，希望能遮住打战的身子。

“你的听力有问题吗？”警官站在我面前大声说话。我完全没注意到他说了些什么。

“没有，对不起。”

“请跟我来。”

他带我走进闷不通风的小房间。“把衣服脱掉。”他命令我。

我不必说，你一定也听说过男同性恋和监狱的刻板传闻。但是，当他说出这句话之后，我再没办法假装这一整件事纯属幻想，而不是实际发生。我这个人，连向图书馆借书都没有迟还过，现在却留下了犯罪记录。警官马上要来搜身，我会与某个本来就该待在牢里的人关在一起。“你是说，在你面前脱吗？”

“哦！”警官睁大了眼睛，装出惊恐的表情，“真是对不起啊！你订的一定是海景独立小木屋。太不幸了，这套产品暂时缺货。”他交抱双臂，“但是我可以提供你一个选择：你可以自己把衣服脱掉，或是我帮你脱。”

我的双手立刻放在裤子上，摸索地拉开拉链，转身背对着警官。我拉开父亲外套的拉链，解开父亲衬衫的扣子，接着我脱下袜子，最后是四角短裤。他捡起每一件衣服检查。“转过来面对我，双手举高。”我照他的指示做，然后闭上眼睛。我可以感觉到他的目光在我身上巡游，像艘扫雷舰。他套上一双乳胶手套，捧起我的睾丸，接着他指示：“转身，弯腰。”我转身弯下腰之后，感觉到他拉开我的双腿往里面刺探。

我曾经在曼谷的酒店里遇过一个当过狱警的人。他老是爱讲一些受刑人的笑话，也总是会逗得我们连声大笑。有的受刑人会不断地揉自己的脸，狱警说，这是在没太阳可晒的情况下，手动制造日晒肤色。曾经有睡在上铺的受刑人往马桶里跳，仿佛把马桶当成游泳池。另外，他们在犯人肛门里找到的东西还真是无奇不有，有工具把手、汽水罐、螺丝起子、笔、钥匙、装袋的海洛因，甚至还找到过活生生的麻雀。“但是那些女犯人啊，”他说，“她们连烤面包机都装得进去。”当时我只觉得可笑。

现在则不同了。

警官脱下手套，丢进垃圾箱里。接着他递了一只衣物袋给我。里面有蓝色囚服，几件T恤衫、内衣、洗澡穿的鞋子，和一条毛巾。“这些是值班经理送的小礼物，”他说，“如果有任何问题，请与柜台联络。”他放声大笑，仿佛他的笑话真的很有趣。

我被带到医护室去见护士，量了血压，检查过眼睛和耳朵之后，她在我的嘴里塞了支温度计。当她靠过来用听诊器听我的肺部呼吸声时，我在她耳边喃喃地说：“一定是搞错了。”

“什么？”

我回头看，确认医护室的门是关上的，里头只有我们两个人。

“我不属于这个地方。”

她拍拍我的手臂。“你和我都不是，甜心。”她说道。

她将我交给另一个警官，后者大步带我走进监狱的内部。我每走几步就会碰到一扇双层栅门，栅门两侧的控制塔上都有人监控，有人会帮我们开门再关上。当我们走进一扇入口之后，警官从箱子里拿出另一个洗衣袋给我。“里头有床单、毯子和枕头。”他说，“每两个星期换洗一次。”

“我只会在这里过完周末。”我解释。

他连看都没看我一眼：“随你高兴，怎么样都好。”

我们来到狭小的走道，我每跨出一步，脚上的金属戒具便当啷作响。所有的牢房都在同一侧，里面都有一张卧铺、一个水槽，和一个装在透明塑料箱里的电视。在我们经过的牢房里，多数的受刑人都已经睡了，还醒着的人看到我经过，又是吹口哨又大喊。

我听到有人喊：嫩肉。

哇，我们挖到宝了。

在这个时候，我发现自己想到了父亲。在我第一次接近狼围场的时候，他教我该怎么做。它们分辨得出你心跳有没有加速，所以别让它们知道你害怕。我双眼直视前方。我的手表暂时遭狱方没收，但现在一定已经是下午时间了，我再过几个小时就可以离开这个地方。

我又听到了我父亲的声音。我很难形容我第一次把自己关在狼围场的感觉。一开始，我只觉得惊慌失措。

警官来到已经关了一名受刑人的牢房前站住，说：“凡恩，你的室友。这是爱德华。”他打开门锁，等着我平静地走进去。

我怀疑是否曾经有人拒绝走进里面，比方说往后退，抓着栏杆不放，或是扯住窄廊的扶手。

我走了进去，门在我身后锁上。我看着坐在下铺的男人。他有一头红色乱发，胡子上沾到了食物。他有个眼珠朝左偏，好像和脑袋间的联系不良，而他身上每一英寸我看得到的皮肤——包括他的脸——都有刺青。他拳头看起来像是圣诞节吃的特大号火腿。“干，”他说，“他们分了个同性恋给我。”

我拿着床单和毛巾，当场愣在原地，正好向他确认了这件事。

“你如果敢在半夜来吸我的鸟，老子绝对拿把刀把你的睪丸给割下来。”他说道。

“不会有那种事的。”我尽可能远离他，在一个六英尺宽八英尺长的空间里，这么做实在不容易。接着我爬到上铺。我没费心铺床，直接躺下来盯着天花板看。

“你为什么被关进来？”一分钟之后，凡恩开口问了。

我考虑是否要说明我正在等候谋杀案的传讯。也许这会让我看起来凶猛一点，不是可以随便招惹的人。然而我却只说：“为了免费食物。”

凡恩哼了一声：“我明白了，你不想让别人知道你干了什么事。”

“我不是想搞神秘。”

“对，你他妈的甭想拿管子插进我的屁眼——”

我想了好一会儿，才发现问题出在哪里。“我不是说灌肠，”我说，“而且我也不是要隐瞒。我只是不该来这里。”

“妈的，爱德华，”凡恩大笑着说，“我们全都一样。”

我侧躺身子，拿起枕头盖住头，免得再听到他的声音。就几夜而已，我再次告诉自己：任何人都撑得过短短几个晚上。

但如果不是这样呢？如果裘伊没办法撤销诉讼，如果我得在这里关六个月或一年等待审判呢？如果，老天爷帮帮忙，如果我真的被判企图谋杀怎么办？我没办法在笼子里过日子。

几个钟头之后，牢房的灯熄了，但是我不敢闭上眼睛。当我终于合上眼睛时，我梦到我父亲。我梦到他待在牢房里，而我是唯一有钥匙的人。

我伸手想拿口袋里的钥匙，但是裤子的口袋内衬破了一个洞，不管我怎么找，就是找不到钥匙。

路克

我曾经见证狼群犯下谋杀案。

这头孤狼经常侵入其他狼群的领域，或是到附近农场里盗猎牲口。无论我所属的狼群怎么呼嗥警告它，它就是不肯离开。然而，决定要行动的不是我，而是阿尔发母狼。每当这头孤狼靠近我们的领域，紧张的情绪便会随之高涨。我的狼家族里的成员随时愿意并肩作战。到了晚上，狼群会开始呼嗥，警告它别靠近。

某天，我们的大公狼副手在巡逻时和另一头母狼一起消失。若单纯是这样，并不是什么特别的事，这不过是它在狼群里的工作罢了。但问题是它这次一去不回。四天过去了，接着是第五天、第六天。我开始担心，因为我本来以为它只是外出猎捕食物。但接着母狼独自回来，这确认了我的恐惧。那天晚上，我的狼家族大声呼嗥，但是这不是寻找成员的呼声，而是痛苦、紧绷的单音节呼声。当我们想呼唤某个成员回家时，便会发出这样的声音。

我站在群狼的尾端呼嗥。在森林里，你会失去方向。所以，当持续的呼声像灯塔的光束般从不知哪个方位传过来时，你必须循着方向找过去，来分辨你的家族在哪里等待你。但是副手没有出现。我们一连呼嗥了三个晚上，它完全没有响应。

我以为它一定被杀了。

接着，某天晚上再呼嗥时，我们听到了回应。然而回应的不是我们的大公狼，而是给我们制造许多麻烦的孤狼。

阿尔发母狼继续呼唤它。我没有质疑它的动机，但我觉得这会带来一场灾难。阿尔发母狼宣布自己的狼群里有空缺，邀请孤狼加入，但除了更多的麻烦之外，孤狼不可能有其他贡献。

终于，孤狼的呼声越来越近了，它正在接近狼群。我们全都进入了警戒状态，毕竟它是一头完全陌生的狼，而初次见面就像一支笨拙的舞蹈，宛如一场媒妁嫁娶的序幕。我们在空地上等待，但这头孤狼一出现在我们的眼前，我们的副手大公狼立刻从森林里冲出来袭击它，其他的母狼和小公狼也全都跳上前去助攻。

不到几秒钟，孤狼便一命呜呼。它僵直地倒在地上，看起来像头介于野狗与野兽之间的动物，这说明了它的行径为何会如此恶劣。我的家族成员团团围住副手，舔它的口鼻，在它身边磨蹭，表达支持与欢迎。

当我称那天的经过是一件组织性的攻击时，我并不是以人类情绪来看待这件事。狼群蓄意设下骗局，先让副手离开，静静等待孤狼受到引诱而逐渐靠近。而副手等到孤狼出现后才从藏匿地点一跃而出，并在其他等候在原地的成员协助下一举扑倒孤狼。这次的行动显然是经过预谋，含有恶意，但是在狼群家族安危最需要保卫的一刻，却是必要的举动。

你称之为谋杀。

就狼而言，这叫作机会。

卡拉

我对那些被判终生监禁的受刑人充满了疑问。如果有哪个人心脏病发作，在宣布死亡之后又被医生救回来呢？那么他算不算服满了刑期？会不会就是因为这样，所以有的人会被判两个或三个终生刑期？

我会问这个问题，是因为到目前为止，我被罚禁足，要到我一百九十八岁才能再踏出家门。

我妈妈从巴士站走回家之后，当然会发现我又失踪了。而我也当然不能让她晓得我到普利矛兹去出席大陪审团会议，所以我留下一张动人的纸条，表示我想到爸爸一个人待在医院里就难过到受不了，所以要玛丽亚开车带我去探病。但是我保证不会让自己体力透支，而她也不必急着赶到医院陪我，因为她已经有一个星期没和双胞胎相处，这全得怪我肩膀得动手术等等……诸如此类的废话。我猜，怜悯应该会战胜怒火。我果然没错：你怎么能对一个跷家去医院探望爸爸的孩子发脾气？

就算丹尼·鲍伊觉得奇怪，为什么我要他放我在街口下车走回家，免得我妈看到一辆诡异的宝马轿车送我回家，他也没多说。事实上，当我回家的时候，我妈小心翼翼地拥抱我，为昨晚的大吼大叫道歉，并且还问："怎么样，他还好吗？"

有那么一瞬间，我以为她指的是地区检察官。

接着我才想起之前假造的不在场证明。“没变化。”我回答。

她跟着我走进厨房，我拉开好几个柜门，开开关关地，只想找个杯子。“卡拉，”我妈说，“我要你知道，如果你想留下来，这里永远是你的家。”

我知道她是一番好意，但是我的家远在市镇的另一端，里头有张破旧的老沙发，上面印着我和爸爸常坐位置的凹痕。我家用的是天然洗发精和刮胡膏，所以我爸爸去工作时，身上才不会出现可能会引发狼群攻击的香水味。我的家只有一间浴室，里头放了两把牙刷，我用的是粉红色的，爸爸用的是蓝色牙刷。我在这里要打开六个抽屉才找得到我要的东西。但是“家”，是你知道所有银器摆在哪里，杯子藏在什么地方，干净的盘子要收哪里的地方。

我扭开水龙头，帮自己倒杯水喝。“嗯，”我尴尬地说，“谢谢。”

我想象自己住在某个地方，床下可能躲着一个小怪物跑出来吓人，要遵守宵禁时间，还有一张待办家事清单，而不是分工合作处理家务。我想象没有爸爸的日子。他可能不是最称职的正统父亲，但是他仍然是最适合当我爸爸的人。你记得那次迈克尔·杰克逊抱着小孩在阳台栏杆外头荡，结果引起舆论一片哗然吗？我敢说，不会有任何人去问那孩子有什么感受。说不定他乐得很，因为他觉得世上最安全的地方是老爸的双臂。

我听到摔门的声音，没多久，裘伊走进厨房。他看起来有些凌乱，心情也显得烦躁，但看我妈妈的表现，你会以为他是柯林·法洛。“你提早到家了！”她说，“我希望这表示你已经成功撤销起诉爱德华的荒唐案子——”

“乔琪，”他打断她的话，“我觉得你最好坐下来。”

我妈妈的表情完全僵住。我转身面对水槽，重新装满杯里的水，祈祷自己别被牵扯进他们的对话当中。

“我接到地方检察官的电话，”裘伊解释，“他们把对爱德华的指控由攻击改为企图谋杀。”

“什么？”妈妈完全愣住了。

“我不确定是谁在施加压力。可能是政策性的问题，因为他架构了一个拥护生命权的平台，而且，今年是竞选年，这样做可以让他牢牢掌握州里每张保守人士的选票。但他也可能只是在哗众取宠，爱德华刚好成了替死鬼。”裘伊抬起眼睛看着我妈妈，“事情发生时你人在病房里，爱德华有没有说什么话或做什么事，让外界解读为恨意？”

有，我心想：他想杀我爸爸。

“我……我不记得了。事情发生得太快。一分钟之前，院方律师才说程序要取消，下一分钟警铃就响了，有个护理员抓住爱德华……”她面对着我，“卡拉，他有没有说什么？”

他什么也没说，而且大家全忽略了这一点。他没事先问我可不可以杀掉我爸爸，他根本不在乎我是不是完全反对。“我觉得我得上去躺一下。”我回答，再次把杯里的水倒进水槽里。

我妈妈在餐桌边坐了下来：“爱德华现在在哪里？”

裘伊迟疑了：“他必须在监狱里度过周末。传讯庭的时间定在星期一早晨。”

我猜，我没想到有行动便会有后果，没想到我的作为会让我哥哥被关进大牢。他可能会被关上好几年。我本来只想要他滚到一边去，别妨碍到我，让医生光听我一个人的意见就好，但我没想到他究竟会滚到哪里去。

当我说自己得躺一下时，我只是在找借口，以便在裘伊发现是我让哥哥陷入困境之前先离开厨房。可是现在呢，我真的觉得我的确应该躺一下了。

因为拆散家庭的人是我，我应该负责。

因为我惹妈妈哭泣。

因为除了自己之外，我从不听任何人的说法。

这也就是说，我也犯下了自己过去指控哥哥的每一条罪名。

路克

你的狼家族有可能会将你驱逐出境。

我正反两面的情况都见识过。有些狼因为自身丰富的知识和经验而备受其他成员尊崇，在它们生病或瘸腿时，整群狼会用心照顾它们，让它们恢复健康。狼群会带来食物，为它们取暖，会配合它们调整步伐，直到它们康复为止。

我也看过阿尔发狼冷眼看待不再派得上用场的狼。原因可能是病痛，也可能是衰老。在下一次巡境或猎食时，这些狼可能刻意溜走。躺在灌木丛下，放弃一切。

裘伊

我的法律事务所有一段三十秒的电视广告，我交抱着双臂，坚定专注地坐在办公桌前，然后旁白响起："裘伊·吴"。我的姓氏带着鼻音，通过喇叭传出来。"吴（NG）代表'无罪'（Not Guilty）。"我说完话，背景会出现法槌落下的声音。

挺酷的吧。吴这个姓氏当然不是"无罪"的缩写，但是，如果书记官和我击掌问好时这么喊我，我一点也不会介意。我是吴家第一个进大学的孩子，更别说我念的还是法律学院。我父亲是柬埔寨渔民，母亲是裁缝，在我出生之前，他们选择了麻州的洛威尔当作移民落脚地。我呢，我是金童，是包着抛弃型纸尿布的美国梦。

我这辈子堪称幸运。我出生在九月九日早上九点九分，大家都知道，在柬埔寨，九是个幸运数字。我母亲老挂在嘴边，说她看到我学步的年龄就在后院里抓到蛇，先别提那是条无毒的小蛇，但光看我能用胖嘟嘟的小手捏死一条蛇，她便明白我有多特殊。我父亲认为我踏进法律界不是因为成绩优异，而是他虔诚地向代表幸运的象神祈祷，祈求他消除我在发光发亮之前所有可能碰到的障碍。

我和所有美国人一样，都记得路克·华伦不知因为什么原因，摇摇晃晃地走出森林，吓到了一群天主教学校女学生，当时她们搭乘的巴士停在圣劳伦斯河沿岸的高速公路休息站，学生正准备吃午餐。我看过凯蒂·库瑞克、安德森·库柏和欧普拉的专访，说不定也曾经在《时人》杂志上读到过有关他的报道。那篇专访里附了一张照片，乔琪也入了镜，她和路克坐在他甚少停留的家门口阶梯上，两个孩子一左一右，像书挡般夹住两人。

然而，当乔琪来到我在贝瑞斯佛的事务所要求我接下她的离婚诉讼时，我没认出她的名字，也没认出她的脸孔。我只想到，尽管我付了某个姓史瓦格的家伙五万来看我办公室的风水，但是直到乔琪走进事务所大门的那一刻，一切才像真正尘埃落定。

离婚官司只是摆摆样子罢了，路克要的是两个孩子的共同监护权和某个停在瑞德蒙游乐场上的破烂拖车。我还用了些手段，让乔琪分得部分他在《动物星球》频道做野狼行为特别节目的收入。一直到法院判准离婚之前，我一直称呼她华伦太太，态度百分之百专业。事后我才拨打她的手机，问她是否想和我出来透透气。

我完全没办法相信一个曾经爱上路克·华伦的女人会愿意多看像我这样的人一眼。不是说我长得多丑，但我绝对不是爱情小说封面那种裸着胸膛的男主角人选。我努力忽略头顶上一小片微秃，而我五英尺六英寸的身高比乔琪还矮半英寸。但是，她似乎不在乎。

我必须承认，每天上床前，我都会给路克·华伦送上一个小小的祷告。因为如果不是他真的太浑蛋，乔琪不可能在相较之后还看得到我的好。

有件事，让我一直犯嘀咕。

尽管乔琪在晚餐时打起了精神，但我知道她在想爱德华。她借口推托头痛，没念床边故事给双胞胎听，尽管房门关着，我仍然听见她在哭泣。

我送双胞胎上床睡觉之后，来到卡拉房门口敲门。房里的灯关了，但我听到音乐声。我走进房里，看到她坐在床上看笔记本电脑。她一看到我，便立刻合上计算机，语带挑衅地问：“什么事？”

我摇摇头。我游走在道德界线的边缘，因为我如今是爱德华的律师，而他刚好是我继女的手足。就理论上来说，我不该到她房间，更不该向卡拉问起导致爱德华被捕的细节。

“我只是想看看你好不好，”我说，“肩膀不痛吧？”

她耸耸肩：“我没那么容易被打倒。”

这我知道。乔琪和我刚在一起时，我花了不少时间才打破她的心防，当年她认定我是为了乔琪离婚官司赢得的钱，才会和她在一起。一直到我签下了婚前协议之后，卡拉和我才亲近起来。我签下婚前协议不是为了保护我妻子不受到我伤害，而是为了向乔琪的女儿表达我对她母亲的真心。

“你知道的，我不能和你讨论在医院发生的事，卡拉。但如果你主动提供信息，状况又不同了。”我犹豫了一下，“说不定，你有办法救你哥哥。”

她的眼神变了，眼眸的颜色变深，我看不出她在打什么主意。“我不知道丹尼·鲍伊为什么突然决定拿莫须有的罪名来对付爱德华。”卡拉说。

我手握着门把，又迟疑了。“说不定我可以跳过他，直接找他老板林奇。”我说出心里的想法。

“谁？”

我看着她，摇了摇头：“谁都不是。”

但是当我离开她门口时，我觉得十来岁的青少年不认识新罕布什尔州州长约翰·林奇，简直是正常得让人觉得不可思议。

这让我觉得更奇怪了，我完全没提，她却说得出地方检察官的名字，而且是连名带姓。

那天晚上，我打了电话给丹尼・鲍伊，安排明天一大早与他会面。

时间是七点三十分，既然这天是星期六，鲍伊的秘书自然不会在办公室里。他和我见面时头发仍然有点湿，皮肤还有淡淡氯气味道。“无论你有什么话说，裘伊，”他往后靠向椅背，对我说，“都可以当着法官的面说。”

他指着椅子要我坐，但我依然站着。我拿起他桌上的一个相框。照片上的女孩和卡拉约莫同龄，她露出微笑看着我，日晒过后的双颊显得很红润。“你有孩子吗？”我问道。

“没有，”他边说边翻白眼，“我只是随便挑张年轻女孩的照片放在桌上唬人。够了，裘伊，我现在没时间陪你闲扯淡，你也应该一样。”

“我有一对双胞胎，还有一对继子继女。”我当他刚刚没说话，继续说，“重点是，这场噩梦正在蚕食我的家庭。我的妻子几乎要被扯成两半，我不知道该对她怎么说。我不晓得要如何在不伤害任何人的情况下解决这件事。”我看着他说，“我不是以律师的身份，而是以父亲、丈夫的身份来请求你。我必须在传讯之前先掌握一些信息。”

“昨天召开了大陪审团会议，”鲍伊说，“我拿到会议记录会立刻给你一份。”

“你现在就可以把会议的录音记录给我。”我回答。

这位地方检察官久久地看着我，接着伸手从抽屉里拿出一张光盘。“家庭等于一切，”他说，“所以我才会把这东西给你。”我拿起光盘，走出他的办公室。“对了，裘伊，”他在我背后喊着，“这也是指控之所以成立的原因。”

我急忙回到我车上，把光盘插入音响里。我听到大陪审团讨论的声音，接着是丹尼询问证人第一个问题。

接下来，我听到卡拉的回答，清澈得一如银铃。

不消说，当警卫看到我这个四十六岁的律师一手拿着手提箱，一手拿着一组玩具伴唱机走进监狱入口的金属监测门时，他当然会更加仔细地检查我。我没办法把汽车音响带进牢里，而我手提电脑的光驱正好故障，但是我必须让爱德华听这份录音记录。当我正在想附近有哪个大卖场可以让我买个烂音响应急的时候，突然看到我们买给伊丽莎白的圣诞礼物就放在后座上。是个可以放光盘的玩具伴唱机，只要抓起相连的麦克风就可以跟着唱起儿童节目的音乐。

我觉得自己像个蠢蛋，但至少这东西能用。我把艳丽笨重的塑料玩具放到输送带上，掏出口袋里的零钱和电子用品。警卫挥挥手，窃笑地要我通过。

“卢瑟，”我故作亲切地说，“看来我不是唯一还没出柜的蒙塔娜迷。”

爱德华已经在会面室等着。我走进去时，迅速地评估了一下。我知道乔琪一定会问起爱德华昨晚过得是否还好。

他的双眼充满血丝，这不奇怪，我本来就不觉得他在牢里睡得着觉，但他显然十分紧张，濒临崩溃。“裘伊，”在会客室只剩下我们两个人之后，他立刻说，“你一定得把我弄出去，我不能留在这里。我的室友是标准的亚利安优越主义分子。”

“我会尽全力的，”我向他保证，“但有个东西你得先听一下。”

我把伴唱机放在我们两个人之间的桌子上，然后按下播放键。爱德华歪着头靠向扩音机：“这是什么？”

“大陪审团会议的录音，”我迟疑地说，“卡拉是证人。”

爱德华按下暂停键：“我妹妹出卖了我？”

“我不知道她怎么找上地方检察官，也不懂他为什么决定采信她的话。但是，对，听起来她是关键人物。”

“我离开这地方之后一定要杀了她。”爱德华喃喃地说。

我立刻抓住他的手臂。“如果你再说一次这种话，我可以保证你会和那个小希特勒继续同住一段时间。这不是开玩笑的，爱德华。警察在逮捕你时说过：你所说的一切将当作呈堂证供。而你在医院里说过的话，就算无心，也已经足够让地方检察官认为他可以定你的罪。”

我再次按下暂停键，开始播放光盘。爱德华的嘴角扭曲，他很愤怒，但是他成功地控制住自己。在他踏进法庭之前，这是一次很好的教训。

卡拉在光盘里的声音听起来比本人更年轻。她说：我大喊要他们住手，不要杀死我爸爸，每个人都退了开来。每个人，除了我哥哥之外。他弯腰假装调整呼吸，接着就一把扯下插在墙壁上的呼吸器插头。她犹豫了一下，接着说：接着他大喊，“去死吧，你这个浑蛋。”

爱德华从椅子上跳了起来。“说谎！我从来没说过这种话！我之前已经把经过告诉了你，那不是事实。你可以去问病房里所有的人！”

我的确打算这么做。卡拉发过誓，但关键在于鲍伊是否知道她在说谎。

低迷已经不足以形容这个周末家里的氛围。乔琪想到自己的儿子在狱中逐渐腐烂便近乎崩溃，尽管我再三向她保证爱德华安好无恙，她仍然听不进去。卡拉把自己锁在房间里，不愿看到她狂怒的母亲。双胞胎受了紧张的气氛感染，开始焦躁又不舒服。而我呢，我则决定不告诉乔琪——或卡拉，不告诉她们我已经得知卡拉做出不利她兄长的证词。至于原因呢，有一部分是出自我对委托人——也就是爱德华的职业道德，一部分则来自高涨的自卫本能，我不想在爱德华的传讯庭还没结束前，就让事情一发不可收拾。

基于以上原因，我这辈子从来没以如此快乐的心情迎接星期一。在高等法院还没开门办事之前，我已经将车子开入停车场。我一看到法庭里挤满了人，立刻知道这场传讯庭不会单纯。通常会出席传讯庭的只有被告和辩方律师，偶尔会有地方小报的特约记者来采访法庭新闻，以便将被控殴妻的男子或偷电视偷汽车的窃贼刊登在报纸上。然而今天不同，旁听席的后方有摄影机，我有种不祥的预感，他们全是为了爱德华而来。这一定是丹尼·鲍伊泄露的消息，他需要媒体，一如植物仰赖太阳。

在今天传讯的案件当中，我们排在第三件。“新罕布什尔州爱德华·华伦案。”书记员宣读。爱德华从法院迷魂阵般的地下道中被带了出来。他看起来似乎有一个星期没有睡觉。他在我身边坐下，紧张地抖着脚。丹尼·鲍伊坐在我们旁边的检方席位上，他换上西装和笔挺的衬衫，上过浆的领口和袖口说不定可以切穿牛肉。他摆出侧坐的姿势，好让摄影机能拍下他的侧面轮廓，而不单是他的后脑。

他微笑地看着我说：“我每次见到你都很高兴，裘伊。”虽说，在我们上星期六早上的会面之前，我只曾在律师公会的晚宴中与他见过面。

“彼此彼此，”我回答，“我要说，你这条领带选得真好。听说红领带最上镜头。”

我对刑事案件并没有太丰富的经验。让我们面对现实吧，新罕布什尔州不是什么罪恶的温床，我处理的多半是民事诉讼或监护权之争，不是企图谋杀。所以我得承认，尽管我不像爱德华一样表现在外，但我仍然和他一样紧张。

法官是个小个头男人，身材像个长跑运动员，蓄着翘八字胡。“华伦先生请起立，”他说，“我手上这份是大陪审团的第558号起诉书，指控你企图谋杀路克·华伦。你对这项指控有什么说法？”

爱德华清清喉咙，说：“无罪。”

“我看到你已经有一位代表你出庭的律师了。我想听听双方的说法。鲍伊先生，你对保释条件有什么意见？”

地方检察官站了起来，严肃地皱起眉头。“庭上，这起案件情节严重，”他说，“我们掌握了强而有力证据，证实案件的预谋、意图及恶意。策划者对路克·华伦有强烈的敌意，而华伦先生目前正在医院里为自己的性命奋斗，无法自卫。检方担心华伦先生这位疏远的儿子会再次尝试，此外，检方也认为他有可能对整个的社区造成危险。他离开了六年，与家人完全没有联络，庭上，他在这个地方没有牵绊，有可能在审判前潜逃出境。”

法官搔搔脸颊，说：“吴先生，你的意见呢？”

“法官大人，”我开口了，“我的委托人得知他父亲出了严重的车祸之后立刻回国。如果他真的对父亲心怀恶意，他怎么会跳上飞机？过去一个星期以来，又怎么会陪在父亲身边？”

我确信自己听到了丹尼·鲍伊压低声音说：“因为他在等待机会……”

“爱德华·华伦回到家乡，因为他爱他的父亲，也关心父亲的健康状况，并非心怀恶意，他只是想执行父亲的心愿，完成路克·华伦对他的托付。这其中并没有动机的问题，如果路克·华伦过世，爱德华并不会从中获利。若是鲍伊先生担心爱德华可能会潜逃出境，辩方很乐意交出护照，同意在保释期间每星期报到，并且愿意配合法庭可能设定的所有条件。”

“法官大人，”鲍伊说，“我请您慎重考虑，我们必须保护那些可能在爱德华·华伦怒气下的受害者，尤其是路克·华伦以及他的女儿卡拉。”

法官看看我，接着又看着鲍伊，说：“本庭同意让被告以五万美元交保，假释条件包括被告必须交出护照，评估精神状况，并且不得与他的父亲及妹妹接触。他必须在每星期二向保释单位报到。下一件？”

书记宣读，请下一组律师站到法官面前。我站了起来。“抱歉了，丹尼，事情没能如你的预期进行，”我说，“辛苦了，亏你还带了观众进场。”

他啪的一声合上手提箱，耸耸肩回答：“法庭上见，裘伊。”

十五分钟之后，我在所有的文件上签完字，让爱德华获释。他躲在他父亲的格子外套里，上上下下地拉动拉链，仿佛这么做可以让他放松。“所以，我们现在要到哪里去？”

绕过转角时，我告诉他：“不是我们。是我。”

丹尼·鲍伊站在法院大厅里，面对着六七个电视记者发表谈话。“我们无权决定什么样的日子才值得过下去，”他简直在哗众取宠，“海伦·凯勒的父母难道会认为她的存在不值得他们付出？那么，史蒂芬·霍金的家人呢？生命是珍贵的，就是这么简单。各位可以一路往回找，回溯到《圣经》，那么你们会知道在一个人时候未到时夺取他的性命不但不公平，更是令人不齿。‘不可杀人，’”鲍伊引述

《圣经》，“这句话再清楚不过了。”

爱德华瞪着看了好一会儿。“那么，医生帮助不该活的活下去就没事，”他大喊，“但却不能帮助该死的人死去？”

记者全转了过来，笨重的摄影机也纷纷转向爱德华，想捕捉他的身影。我抓着他的手臂，说：“闭嘴。”

但是他比我高大，比我强壮，他甩开我的手。“你们有多少人因为不愿意看到家里又老又病的宠物受苦，而带它们到动物医院去接受安乐死？你们认为那也是谋杀吗？”

“爱德华，别再讲了。”我扯开嗓门制止他。我用尽全身力气扯着他往另一个方向走，离开咧开嘴大笑的丹尼·鲍伊。

能怪他吗？毕竟，爱德华刚刚把自己的父亲比喻成狗。

我虽然很想把爱德华锁进衣柜，免得他为自己挖出更大的洞，但最后我还是采用了替代方案，在开车载他回他父亲家的途中，对他严词训诫。我告诉他，如果下次我们在公开场合出现时我得拿胶布贴住他的嘴，我一定不会迟疑。随后我才开车到医院，路上打了个电话给乔琪，让她知道爱德华已经保释出狱，她暂时不必担心他的安全问题。

桑卡尔医生正在动手术，接待人员要我在他的办公室里等候。于是我买了杯咖啡，来到加护病房的护理站前面。“嗨。”我和一名体形壮硕到几乎可比拟万里长城的女人打招呼。“你看起来像是个管事的人。”

她的目光离开计算机屏幕，往上看着我。“你看起来像个药商的业务代表。你可以把样品放在柜子里。”

“事实上我是律师。”我说。

“我为你哀悼。”

“我想找一位星期四……那件事发生时在现场的护士。她可能可以得到和解赔偿——”

“赔偿金。莫琳太幸运了。她被撞倒还声称脖子扭伤的时候，我困在二十二B病房照顾慢性呕吐病患。”这名护士指着走廊上另一名穿着制服，正在把脏床单放进篮子里的女人，说：“就是她。”

我来到走廊上，在她面前停住。“莫琳吗？”我说，“我是裘伊·吴，是律师。”

“哦，托圣彼得的福气，”她叹了一口气，说，“是我哥哥要你过来的，是吧？”

她哥哥可能听说了这件事，嗅到了铜臭味。让我走这行赚钱的就是这种人。

“是的。”我说谎。

“我真的不该和你讨论这件事。医院一定会挨告的。”莫琳摇着头说，“但是那个可怜人，他才进医院六天，儿子就想关掉他的呼吸器。”

“据我所知，医生认为华伦先生后续的发展不太乐观……”

“奇迹有可能出现，”莫琳说，“我每天都见证到奇迹。”

“病房里究竟发生了什么事？”

“做儿子的签下文件准备捐赠父亲的器官，时间也安排好了。我们都以为他和他妹妹商量过。她还没成年，所以在理论上，她没有法定权利参与决定，但是我们的原则是要取得全家人的同意，才能关掉维生系统。当医院律师发现情况并非如此时，她们立刻去找那个妹妹。”

“这期间你人在哪里？”

“在呼吸器前面，”她抬起下巴说，“我不见得同意某些家庭的决定，但是我的工作是依照指示行事。”

“当时华伦先生的儿子在做什么？”

“等待，”她说，“和我们其他人一起等。他没说话。你可以想象，那一刻对他一定很为难。”

“接下来呢？”

“那女孩不知打哪儿冲了出来。我还没弄清楚究竟是怎么一回事，那个儿子就推开了我，拉起墙上的插头。”

“他说了什么话？”

“什么都没说。”莫琳耸耸肩，“事情发生得太快。”

“你没听他说类似‘去死吧，你这个浑蛋’这样的话？”

她对这句话嗤之以鼻：“如果听到这种话，我应该会记得。”

“你确定不是因为他推开你，所以你才没听到这句话？”

“他撞的是我的臀部，不是我的耳朵，”她说，“听着，我得回去工作了。总之，上星期我就把这些全告诉我哥哥了。”

“你哥哥？”

“是啊。”她翻个白眼说，“丹尼·鲍伊啊，不是他要你过来的吗？”

丹尼·鲍伊的秘书告诉我，鲍伊先生正在听取证人的证词，我没有事先约定，所以他没办法接待我。我坚持要见他：“哦，他会想见我的。”然后直接从秘书身边经过，连开了好几扇门才来到会议室。鲍伊和一名带着委托人的律师隔着会议桌面对面地坐着，当他发现我的时候，整个人仿佛要烧成一团怒火。

“我正在忙。”他的语气带刺。

这时候，他的秘书也追到我身边了。“我告诉过他，但是——”

我露出平静的笑容。“我认为鲍伊检察官最好听听我要说的话。”我宣布，“因为我接下来会去找媒体。”

鲍伊拉开嘴角，皮笑肉不笑地对委托人说：“请容许我暂时离席。”接着带我走进他的办公室。他让秘书离开，关上门。“吴，你要讲的话最好很重要，因为我发誓，我会要求工会惩罚你言行不当，如果你——”

“你有大麻烦了，丹尼，”我打断他的话，“‘去死吧，你这个浑蛋’，真有这句话吗？”

他耸耸肩。“是她告诉我的。她宣过誓才作证。”

“据我了解，你和你妹妹说过话，你清楚得很，爱德华连类似的话都没说过。你明知是伪证，还让卡拉在大陪审团会议中说出这种话。你可能以为像这样众所瞩目的案件可以为你赢得保守人士的选票，好巩固自己的位置，但是贝瑞斯佛大多数居民都希望他们的地方检察官是个公正诚实的人，而不是个扭曲法律，为自己赢得政治前途的滑头。”

“那个女孩自己来找我，”鲍伊说，“不是我去找她。如果她是个彻头彻尾的骗子，也不能怪到我头上来。”

我朝他跨一步，伸手戳向他的胸口——不顾我足足比他矮了一个头。“你有没有听说过什么叫‘尽职查核’，丹尼？你有没有找路克・华伦的任何一名医生讲过话，查证卡拉是否真的了解他父亲未来将要面对的状况？除了你的血亲，你有没有问过任何一个当时在病房的人，爱德华・华伦是否真的表现出恶意？还是说，你只是选择相信一名心烦意乱，只想保住父亲性命的十七岁女孩？”

我从口袋里掏出手机在我们两个人之间。“我的手机上有《工会领袖报》的快速播号键，如果你现在不立刻采取行动，就等着明天上新闻头条。”接着，我在他的椅子上坐下来，“事实上，我会坐在这里等，确认你是不是真的会行动。”

他恶狠狠地瞪着我，绕到办公桌后面，先按下免持听筒键才拨打号码。我惊讶地听到接电话的对方不是新罕布什尔州最大报社的总编辑，而是一个我认识的声音。“卡拉，”她接起手机时，鲍伊说，“我是丹尼·鲍伊。”

“出了什么事吗？”她回答。

“没有……我只是有个很重要的问题要问你。”

她沉默了一会儿之后才说：“嗯，好。”

“你有没有对大陪审团说谎？”

她吐出连珠炮似的回答：“你说我必须让他们相信整件事是有预谋的，还要证实爱德华有意图杀害我父亲，而且怀有恶意。所以我只是做了我必须做的事。我没说谎，我只不过是说出了你要我讲的话。”

“我没叫你讲任何话。你宣了誓——”

“嗯，实际上我没有。我的右手挂着吊带。”

“卡拉，你这是不是承认你哥哥没在你爸爸的病房里说过‘去死吧，你这个浑蛋’这句话？”

她停了一下。“就算他没说，”她终于咕哝地讲，“我也知道他心里这么想。”

我往后靠向鲍伊的椅背，把双脚翘到他的桌子上。

“你一直在为一些你不认识的人奋斗，而我们现在讲的是我爸爸，”卡拉说，“你想想看我有什么感觉？我没有其他选择。”

鲍伊闭了闭眼睛。“这个问题很严重，卡拉。我们的起诉书的证据并不正确。我过去不曾，将来也不会参与任何骗局……更不会支持伪证。”他的演技一流。“你误会我的意思。我知道你现在一定很难过，你可能没办法冷静思考，但是我要在我们任何一方陷入更严重的窘境之前，先撤回起诉书。”

“等等！”卡拉大喊，“那我爸爸怎么办？”

“那是民事问题。”鲍伊说完话，立刻挂断电话。

我把脚放下来。“既然你正忙着听取证词，你可以在今天下班之前把撤销起诉的文件用手机拍下，传过来给我。哦，还有，丹尼？”我绕过他身边，微笑地说，“我委托人的攻击诉讼也得一并消失。”

我第一次看到卡拉时她十二岁，对世界充满了怒意。她的双亲刚分手，哥哥已经离家出走，而她的母亲迷恋上一个不但姓氏拗口，还缺了元音的男人。所以，我和面对相同状况的所有男人一样，怀里抱着礼物出现在她面前。我带来一些我觉得十二岁孩子会喜欢的礼物，像是狼人泰勒·洛特纳的海报，小天后麦莉·赛洛斯的唱片，甚至还有荧光指甲油。“我等不及，真希望下一集《暮光之城》能赶快上演。”我当着乔琪的面把礼物送给卡拉，嘴里还含糊地说：“这张唱片里我最喜欢的歌是《如果我们是电影》。我本来想选加银粉的指甲油，但是销售员说荧光色比较炫，而且万圣节也快到了。”

卡拉看着她母亲说：“我觉得你的男朋友应该是同性恋。”她的语气中没有批判的意味。

此后，每当我去看乔琪，或是去接她外出时，卡拉都尽可能避开我。在乔琪和我决定结婚之后，我知道自己一定得和卡拉建立起某种联结。于是，某个早上，我出其不意地请乔琪去享受芳疗按摩，接着我整理好她的厨房，开始准备我母亲曾经为我烹煮的柬埔寨料理。

这样解释吧，假如你这辈子不曾吃过柬埔寨的发酵鱼酱，你可能不会太想改变现状。发酵鱼酱是柬埔寨的重要食品，是那种除非你从小吃到大否则不可能了解的食物，和英式的酵母菌发酵涂酱或是犹太鱼饼冻一样的道理。从前我母亲的每一道菜都要蘸发酵鱼酱，但是那天早上，我拿发酵鱼酱炒香蕉叶来当作主菜。

不久之后，卡拉果然穿着睡衣摇摇晃晃地走进厨房，她睡眼惺忪，头发纠结成一团。“有什么东西死在厨房吗？”她问道。

“这道菜，”我宣布，“让我告诉你，这是柬埔寨的家常菜。”

她挑起眉毛：“嗯，有屁股的味道。”

“其实你闻到的是发酵鱼酱。闻起来像屁股的应该是榴莲，”我说，“那是柬埔寨人常吃的水果。不知道生鲜卖场能不能买得到……”

卡拉畏缩了一下。“是啊。可能摆在腐烂的鲸鱼肉旁边。”

我告诉她：“有些东西习惯了就好。”

我说的不只是发酵鱼酱而已，这话也是指我自己——她的继父，她母亲的配偶，或许也会是她越来越喜欢的家庭成员。

“试试看。”我催促她。

“我宁可去死。”卡拉告诉我。

“我就是担心你会这样讲，”我回答，“所以我才又做了这道。”我打开炒菜锅，铲起炒面放进她的盘子里。我从来没看过哪个小孩拒绝吃炒面。

她挑拣撒在炒面上的酥脆花生，用指头蘸起面酱。“这个呢，”她勉强承认，“还算可以。”接着她连吃了三大盘炒面，我则是坐在她对面吃着可怕的鱼酱。我们一边吃饭，我一边用引导受创证人发言的方式，温和地问她问题。卡拉告诉我，她班上有些同学为了她爸爸是电视上名人，才想和她交朋友。她说她宁愿独处，也不愿意去猜测某个同学和她在午餐时分享饼干的动机。她提到有个老师在考试时自己写错答案，但是不公平的是这位女老师竟然还要扣学生的分数。还有，她真的很想要一部手机，但是她妈妈觉得她还太小。她私底下认为乔纳斯兄弟合唱团应该是外星人派来测试人类反应的特务。另外，她吃不吃冰淇淋都无所谓，但是如果她这辈子再也吃不到蜡烛软糖，她可能会去自杀。

卡拉离开厨房的时候，以为自己只不过吃了顿早餐。但是当我清洗盘子锅子的时候，我知道其实她已经开始和我交谈。

乔琪和我结婚之后搬进了我们家，我通常会在星期日早上起床下厨，准备鱼或猪肉炒粉条，和一些像是南瓜椰奶冻或糯米卷之类的甜点。乔琪会赖床，但是卡拉一定会起床跑进厨房。我们边聊天，她一边在我身旁帮忙切木瓜、生姜或小黄瓜。接着，我们一起坐在餐桌旁享受自己准备的美食。随着她渐渐长大，我们的话题也有了改变。有时候她会向我抱怨乔琪给她的处罚太重，希望我去说情。有的时候呢，她会把话题转向我，问起身为第一代侨民的感觉，我为什么知道自己想当律师，或是生下双胞胎会不会让我紧张。在乔琪生了双胞胎，甚至在卡拉搬去与她父亲同住之后，如果她依照监护条件在周末过来探望我们，我总是会在星期日早晨摆好她的餐具。

就是因为这样，我才会在回到家把事件的转折告诉乔琪之后，开始准备下厨。我有一段时间没到亚洲杂货店去了，所以我只好拿冰箱里的材料应急。“这么说，他获释了？”乔琪问我，“真的完全自由了？”

“没错。”我回答，一边眯起眼睛看冰箱，“我们不是还有些可以拿来炖的肉吗？”

我的妻子突然将我往后拉，抓着我的手臂让我转身，然后开始吻我。“我爱你，”她靠在我嘴边说，“你是我的超级英雄。”

我紧紧抱住她亲吻，好像再也不会有下一次机会一样。我真想说自己是个乐观的人，但是我老是提心吊胆，担心乔琪对我说她嫁给我其实是个错误。我总认为太过美好的事情不可能持久。

最恰当的例子便是：我现在必须告诉她爱德华一开始为什么会被检方以谋杀罪名起诉。“乔琪，”我坦白地说，“做出对爱德华不利证据的证人是卡拉。”

她轻轻摇头，仿佛想要清除这句话。“太荒唐了。她不是在家里就是在医院，她没出席大陪审团会议。”

“是你送她去医院的吗？”

“不是。可是——”

“那么你怎么知道她确实去了哪里？”

乔琪憋着嘴：“她不可能对自己的哥哥做这种事。”

“如果她觉得这么做可以拯救父亲，她会的。”我提出合理的怀疑。

我知道乔琪不会和我争辩这一点。如果路克・华伦对大部分认识他的人来说有不容挑战的威信，那么他在女儿的心中更可比拟神话。

“我要杀了她，”乔琪镇定地说，“然后问她究竟是怎么想的。”

“你可能要把顺序对调一下。”我建议她。我把油倒进炒锅里然后开火，再丢进牛肉块和蔬菜，锅子吱吱作响，冒出蒸汽。厨房里弥漫着一股洋葱和胡椒的味道。

她坐在厨房的凳子上，抬手按摩太阳穴。“爱德华知道吗？”

“爱德华知不知道什么事？”卡拉突然站在门口，探头问，“爸爸，是不是出了什么事？”

乔琪板起脸瞪着她。“我真不知道现在该对你说些什么才好。你知道失去父亲是什么感觉吗？像是自己被切掉了一部分一样。自从你哥哥离家出走之后，我每天都有这种感受。现在他回来了，而你却想用企图谋杀的罪名来摆脱他？”

卡拉的脸突然涨红。“是他先开始的。”她说。

“你不是七岁小孩！这不是谁摔破灯那样的小事！”乔琪开始怒吼。

“如果我当时没及时阻止他，他会杀掉爸爸，”卡拉说，“我已经十七岁又九个月了，却没有人听我的意见。我说的话不算数。所以你说说看，我还能用什么方法让大家注意到我？”

“表现得像个成人，而不要像个被宠坏的嫉妒小孩，怎么样？”乔琪争论，“如果大家看到你的表现像成人一样，就会用对待成人的方式对待你。”

“你在批评我的举止？”卡拉存疑地大笑，“你知道我看到的是什么吗？我看到爱德华在过去六年间对爸爸的恨意。我看到医生宁可治疗有能力支付医药费的新病患。我看出你希望那个消失的孩子是我，而不是爱德华。”她抬起没受伤的手擦掉眼泪，“但是你知道我看不见什么吗？我看不到任何人关心我，没人关心我的父亲。”

“你难道真觉得我不爱你？不爱路克？”

我正在切莴苣和西红柿，听到这句话忍不住缩了一下。

“你现在有个完美的小家庭了，”卡拉尖涩地说，“你一拉掉插头，就没有我了，对吧？”

乔琪往后退。“这样说太不公平了，”她回答，“我从来不曾在你和双胞胎之间做选择。”

“但是你的确在我和爱德华之间选边站，不是吗？”卡拉冷冷地说，“那天在医院里，你跟着他下楼去，还替他找借口。甚至帮他找了个律师。”

“我爱他，卡拉。我只是做我该做的事来帮助他。”

卡拉抱起双臂：“而我只是做我该做的事来帮助爸爸。”

好一会儿，大家都没说话。接着乔琪上前，帮卡拉把她落在额头上的头发往后拢。“我不是要替你哥哥找借口，我对他的爱并不比对你的爱多。但是爱德华不是要杀害你爸爸。他只是要让他离开。虽然你不想看清这一点，但这是不一样的，卡拉。”

她走出厨房，卡拉重重地坐在厨房的凳子上，把头埋在手掌中。“你知道我不是故意要让她这么激动的。”

我把一盘香煎酸甜牛肉摆到她面前：“这大概是你的天赋。”

“你愿意载我去医院吗？”

“没办法。我得找我的委托人谈话。如果你想去探望你爸爸，你得和你妈妈恢复良好的外交关系。”

“好极了。”她喃喃地说。接着她抬头看我：“爱德华知不知道我做了什么事？”

“那当然。”我把手肘撑在她面前的桌台上，“他听到了你的证词。”

“我敢说他会想杀了我。”

“如果我是你，在说出那些话之前我会先思考一下。”我说，“你可能会害自己坐牢，知道吗？伪证罪。”

“我真的不会让他去坐牢。如果事情发展到那个地步，我一定会说出——”

“可惜的是，法律不会为了一个十七岁女孩的怪念头而有所改变。如果检方决定提出起诉，你根本无计可施。”

她扮个鬼脸。“我真的不是故意撒谎，只是，话就那么说出来了。”

“就像你在意外发生那天晚上喝了酒，然后不小心骗了警察一样？”我问道。

卡拉抬起头看着我。她双眼圆睁，我看得出她眼底窜动着秘密，好比在池塘浅水处巡游的锦鲤。“对。”她坦白承认。

“你说的谎话不只这些，对吧？”我继续追问。

她摇摇头，没有说话。

我希望这次的柬埔寨美食料理时间可以带来对话。我希望的是，我虽然是这个家庭的一分子，但我充其量只是颗卫星，说不定她会愿意把话告诉我。但接下来我却听到砰的关门声，双胞胎叽叽喳喳的童言童语传进了走廊。“爹地！爹地！”伊丽莎白大声喊，“我画了一条美人鱼！”

“杰克森，我帮你解开靴子的鞋带。”乔琪说。她的声音仍然颤抖，我太了解她，知道她感激这个让她分心的机会，小儿子用胖嘟嘟的手指扣住她的肩膀，让她为他脱下靴子，当她把头埋入杰克森的右颈边时，她也感激孩子散发出来的纯真气味。没多久，两个孩子蹦蹦跳跳地来到了厨房，像软体动物般地攀住我的两条腿。伊丽莎白竖起漆着涂料的指头，湿答答的颜料还在往下流。

“这条美人鱼真是不简单。”我说，“卡拉，你说是吧？”

但是她方才坐的凳子上已经没有人。那盘原封不动的牛肉仍然在冒烟，我为她准备的柬埔寨美食她一口也没尝。

我纳闷地想，怎么可能有人在你不注意时，一转眼就失去了踪影。

就这样，我的思绪飘到了路克·华伦身上。

那天稍晚，我收到丹尼·鲍伊传来的简讯。他没有留言，只有一张向法院申请撤销起诉书表格的照片。

我开车回乔琪的老家。爱德华穿着贝瑞斯佛高中的T恤衫和一条破旧的运动裤。“他还留着我的衣服，”爱德华说，“收在箱子里放在阁楼。你觉得这代表什么？”

“我觉得你想得太多。”我告诉他，一边把他的护照递还给他，“恭喜。你收回你的人生了。”

“我不懂。”

“起诉书撤销了，起诉完全撤回。你可以到医院去看你爸爸，如果你想回泰国也可以，你爱做什么事，爱去哪里都随便你。就好像这件事完全没发生过一样。”

爱德华敞开双臂给我一个熊抱：“我不知道该说什么，裘伊。说真的，你为了我做了那么多……”

“我是为了你母亲，”我告诉他，“所以帮我一个忙吧，下次你想做什么极端的事，想想你妈妈。”

爱德华点点头。

“你要到家里来吗？去看看你妈？我知道她会很高兴的。”

“我要先去医院，”爱德华说，“看看情况有没有变化。”

我正准备和他道别离开时，门铃响了。我跟着他走到玄关，他拉开前门，有个穿皮夹克、戴渔夫帽的男人站在门口。“抱歉打扰了，”男人说，“我要找爱德华·华伦。”

“我就是。”爱德华回答。

男人交给他一个蓝色的小档案夹。“法院文件。”他说完话，便带着微笑离开。

爱德华从档案夹里拿出一份对折的文件。我站在爱德华的面前，看到上面写着“主旨：路克·华伦”。爱德华问我：“这是什么？”

我接下他手上的文件迅速看了一眼。“是遗嘱认证法庭提出的诉讼，”我解释，“法庭为你父亲指派了一位临时监护人，下星期四的快速听证会上再为他指派一名永久监护人。”

“可是我是他的儿子，”爱德华说，“卡拉甚至还没有成年。”

“法官可能会以……以最近发生的事件为考虑，指派这名临时监护人为永久监护人。”我抬着头看他，说，“换句话说，你或卡拉都不能做决定。”

爱德华瞪着我，胸口剧烈起伏。“一个完全陌生的人？这简直是疯了。这是在没有人愿意出面负责的时候才可能这么做。帮帮忙，我有我爸爸一份签了名的文件，要求我为他做这个决定。”

“那么，当这位女士来找你谈话的时候，你最好注意你的态度，”我建议他，“因为我百分之九十九确定卡拉现在手上也拿到了一个相同的蓝色小档案夹，她一定会全力以赴，让这位临时监护人相信她是照顾你爸爸的最佳候选人。”

遗嘱认证庭和民事诉讼不同，遗嘱认证庭是有准则的。如果想取得某人的监护权，原告必须排除所有合理的怀疑，证明这个人失能，而且无法挽救。换句话说，想剥夺某人法律上的公民权和自由权，你必须举证他有刑事不良记录。

“爱德华，”我说，“你该把那份文件拿给我看了。”

路克

在我走出森林的几年之后，我和一些乌克兰农庄主人合作，想找出方法让狼群远离他们的农场和牲口。就在那段时间，我发现了一件极其不可思议的事。一些生物学家隔离了狼家族的幼狼。有一头幼狼被送到东边，另一头被送到西边。几年之后，这两头长大的幼狼各自加入了不同的狼群，互相为敌。有一天，我看到这两头狼在领域分界线上见面，双方各自站在自己家族成员的身边，龇牙咧嘴互相对峙。

但是这两头狼一看到对方，便立刻跑到两军之间的中间地带互相问候，兄妹一起在草地上打滚，高兴地庆祝重逢。

一直到其他几只成年狼上前，提醒这对手足它们属于敌对的家族时，它们才停止玩闹。

后来，看到这两头狼互相攻击的方式，你会以为它们这辈子从来没见过面。

乔琪

若你说自己特别偏爱某个孩子，那么这种说法一定会伤到人。我爱我所有的孩子，就这么简单，他们全是我的最爱，只是爱的方式不同。但假如你去问那些陪着孩子走过某种危机——无论是饮食、学业或情绪问题——的家长，我们全会把真话告诉你。当天平相对两侧的重量有所改变时，当其中一个孩子比其他人更需要你时，原来平衡的状况会变成一个黑洞。你也许绝对不会大声承认，但你最爱的，会是那个比其他手足更迫切需要你的孩子。我们真的希望每个孩子都有这一刻，也希望自己能在不同的时刻提供丰厚的帮助。

然而，当你的孩子互相对立，而且双方都希望你选边站的时候，刚才讲的一切全不算数。

在爱德华离家的几年当中，我经常在半夜醒来，想象他可能会在陌生的国度碰到什么可怕的状况。我会想到扫毒行动、遣返回国，以及在暗巷里遭人强暴。我想象他遭到袭击殴打，流着血却求救无门。这就像缺牙，有时候，“不在”远比“在”更容易引起你的注意，而且，我发现我担心爱德华的程度远超过他在我身边的时候。我爱他，主要是我认为这可能会成为带他回家的魔咒。

在那段时间，路克在离婚后搬了出去，卡拉把责任归咎于我，她怪我用一个闪亮的新家庭取代了我们原本破碎的家。我承认，有些时候我会同意她的看法。当我和双胞胎相处的时候，我觉得这是我的第二次机会，也许我可以把这两个小家伙和我绑在一起，让他们与我的关系，比长子长女更紧密。

我站在前院，看着双胞胎在我们两星期前砌好的冰雪碉堡里玩。两星期前，车祸还没发生，爱德华还没回家，我还不必决定自己要支持爱德华或卡拉。和卡拉起了冲突之后，我坐在前廊阶梯上，听着伊丽莎白和杰克森假装他们住在冰宫里，而冰柱是魔法宝物，觉得自己的情绪得到了释放。在这当下，我宁愿放弃一切，忘却现实。

有辆车开上车道，我站起来走到车子和双胞胎之间，仿佛这样就足以保护他们。他们从小冰屋的窗户探出头来看着一名陌生人从窗边经过。“嗨，”他说，“我要找乔琪·吴。”

“我就是。”我回答。我在猜，也许是裘伊又请花店送花给我吧，有时候他就是会做这种事，不需要什么特别原因，和路克因为忘了我生日或结婚纪念日才送花完全不同。

“好极了。”这个男人递给我一个蓝色的档案夹和文件，倒车离开车道。

我不需要裘伊来翻译。这是申请状，法院将要为路克指定永久监护人。我会收到这份文件，是因为相关人卡拉仍然未成年。这正是情况对她不利的原因。

“嘿，小朋友，”我说，“喝热巧克力的时间到喽！”双胞胎还不想进屋里去，但是我得把这件事告诉卡拉。协商的结果是我得同意附加条件，让他们在今天下午多看半个小时电视，我让孩子坐在沙发上，打开儿童频道，然后上楼来到卡拉的房间。

她坐在书桌前面，看着视频网站播放她父亲夹在狼群中俯身就着动物尸体进食的画面。这段影片可能是到瑞德蒙游乐园的游客上传的，如果你在搜索引擎输入路克的名字，你可以看到上百段这样的影片。我猜，观赏一个大人和两头张开大口的野兽抢食的画面，这种新奇感不可能消失。我纳闷地想，若是这些业余摄影家知道了内情之后会有什么反应：路克因为吃了小牛内脏腹泻不止，于是让华特取出内脏炒过，先装进小塑料袋，再塞回牛尸腹内让他食用。动物不懂，它们以为路克吃的是他分配到的部位，但至少路克的消化系统因此恢复了正常运作。

不管他多想把自己当作狼，他的身体仍然泄露了真相。

卡拉看到我，坐在旋转椅上转过来面对我。她看起来很紧张。“对不起，我之前溜了出去，”她开始说，“但是如果我让你知道我想去哪里，你绝对不可能带我去。”

我在她床上坐下。“为自己找借口不算真的道歉。”我指出这一点，“其实我可以原谅你溜出去，因为你是为了你爸爸着想。我比较难谅解的是你在楼下说的话。这不是你和你哥哥，也不是你和双胞胎的竞争。”

卡拉移开视线。“要和一个痛苦的逃家子或一对超级可爱的孩子竞争，不是一件容易的事。”

“卡拉，没有所谓的竞争这回事，”我说，“因为我不会拿你去交换任何东西。而且，没有人比你自己更适合当你。”

她开始啃拇指指甲边的硬皮。“你记得爱德华刚离家的那段时间吗？你会在我睡着之后到我房间里，靠在我身边，和我躺在一起。你以为我睡了所以不知道，可是我知道。”卡拉说，“我曾经向每颗星星和每根掉下来的睫毛许过愿，希望他永远留在外面，好让你每晚继续来和我躺在一起。只有我们两个人。接着，不知从某天开始，你不再到我房里来了。”她咽了咽口水，“先是爱德华离家，接着，你也离开我。所以，在那段最漫长的时刻，只有爸爸和我互相依靠。”

卡拉可能觉得我不像爱她哥哥那么爱她，但是父母不是唯一会偏心的人。卡拉和爱德华一样，都比较爱路克。他们怎么可能不最爱路克呢？是他带他们走入森林，告诉他们哪种苜蓿可以食用，是他把幼狼抱到他们怀里，让幼狼啃咬他们的袖子。而我呢，我则是要他们打扫房间，吃花椰菜的人。

我想向卡拉伸出手，但是她在我们之间筑起一道又厚又坚固的隐形围墙。“当我知道我怀了你之后，我哭了出来，你不知道吧？”

卡拉惊讶得张开嘴巴，仿佛她早在等我坦白承认，却没想到我真的有胆子大声说出来。

“我不觉得自己能够对另一个孩子付出和大儿子一样多的母爱，”我继续说，“但是，在我第一次抱住你的时候，奇怪的事情发生了。突然间，我的心好像整个摊了开来，我的心里好像有个连我自己都不知道的秘密空间，而且足够容得下你们两个人。”我看着她，说，“当这种情感伸展开来之后，就再也缩不回去了。如果没有了你，我永远会觉得空虚。”

卡拉向前俯着身子，头发盖住了她的脸。“但是，接收的一方不见得有相同的感觉。”

“我不会略过你而选择爱德华，”我说，“你们两个我都要。所以，我要把这个东西交给你。”我把文件递给她，“星期四会开庭为你爸爸指派永久监护人。”

卡拉瞪大了双眼：“法庭选谁，医院就得听谁的决定？”

“对。”我说。

“文件写的是你的名字，因为你是我的法定监护人？”

“应该是这样。而且我猜，爱德华应该也拿到了相同的文件。”

她飞快地站起来，椅子跟着前后摇晃。“他们一定得选你，”她说，“你必须找个律师……”

我立刻举起双手。“卡拉，我不愿意再牵扯进你爸爸的生活当中。”我心想：或是他的死亡。

“三个月就够了，我马上满十八岁了，”她恳求我，“你只要重复我说的话就好了，医生一定愿意听的。而且，谁知道呢？说不定爸爸到那时候已经复原了。”

“我知道你有多爱他，宝贝，但是这超越了我的能力范围。你爸爸像云霄飞车，我没能力再次搭乘。”

“你不懂，”卡拉说，“我不能没有他。”

“其实我真的懂，”我轻柔地告诉她，“有一段时间，我也有相同的感觉。世上没有另一个和你爸爸一样的人。但是我必须提醒自己，他不再是我当初爱上的那个人了。他做了错误的选择。”

卡拉抬头看着我，眼眶里没有泪水，而且目光坚定。“这不是他的选择，”她回答，“也许他离开了你，妈，但是他绝对不会丢下我。”

这些话让我太震惊。我怀卡拉的时候，路克会抱着我睡觉。阿尔发母狼有可能假性怀孕，他告诉我。

我可以保证我是真的。我告诉他，稍微动了动，希望能找出个自己庞大身躯舒服一点的姿势。我没办法想象有人会想假装怀孕。

阿尔发母狼假孕可以让其他成员表现出最佳举止。它们会忙着凸显自己是最适任的保姆，或是对领袖证明自己仍然有能力保护狼群，可以缓和家族成员之间的情绪，胜任保护幼狼安全的任何工作。接着，到了假性怀孕终止之前，当阿尔发母狼让每个成员都依照它的希望来表现之后，它会火速终止尿液和气味里的荷尔蒙，说：哈，你们全中计啦。

我说：有一套！

他把双手贴在我的肚子上。你知道的还只是皮毛而已，在生产之前的四五个月左右，阿尔发母狼已经知道它会生下几只小狼，不但连性别都知道，还晓得有几只会留在自己的狼群里，有几只会离开，去组织新的狼群。他说。

我笑了。我只要知道婴儿服该买蓝色还是粉红色就好了。

好神奇，他低声说，在你还没怀孕之前，这些宝宝就已经是家庭的一分子了。

这时，我明白卡拉是对的。路克可能是个自私到难以形容的丈夫，但是他爱他的孩子。他以自己唯一知道的方式来表达：带他们走进他没办法不顾的世界。对爱德华而言，这造成了冲突，而卡拉则是充满了喜悦。

在爱德华需要律师时我站在他身边保护他，但是我对卡拉的付出不可能少。我无法如她的愿，当她父亲的监护人，但是这不表示我不能帮助她。我下定了决心。我站起来，说："到车上去等我。我们得带双胞胎一起去，但是他们在路上可能会睡着……"

"我们要去哪里？"卡拉问。

"去找丹尼·鲍伊，"我告诉她，"他得帮你找律师。"

结果这位地方检察官不在他的办公室里，但是呢，一旦你当过记者，媒体人的精神永远常在——只不过，从前是负责安排与消息来源私下见面，现在却是改为安排小朋友聚会；原来穿着套装窄裙，现在换成沾满纸黏土的家居服。我只不过打了几通电话给过去的同事，便问出丹尼·鲍伊正在贝瑞斯农业协会大厅举行记者会。在新英格兰这个小地方一起企图谋杀起诉——虽然已经撤回——绝对够资格跃上新闻头版，我们的地方检察官不可能错失这个黄金机会。

卡拉和我抵达现场时，记者会已经开场。双胞胎在车上便已经睡着，所以卡拉和我得各抱着一个湿暖的小身躯。在一群记者和摄影师之间，我们显得很突出，因此，尽管我们站在人群外侧，我毫不惊讶地看到鲍伊的视线落在卡拉身上，他略略顿了一下，才继续发言。

“我把自己当成司法正义的斗士，”他说，“因此，我会不惜一切代价来确认正义不至失控。我要说的是，我们不会以基于谬误证据的莫须有指控，来造就一个好兴讼的社会。”

奇怪的是他竟然没提到一开始让指控失控的人就是他自己。

“医院里那个与狼为伍的人呢，他现在怎么样了？”有个记者大声提出问题，我感觉到卡拉缩了一下。

“我们会继续为他和他的家人祈祷，”鲍伊严肃地回答，接着，他举起一只手，说，“对不起，各位女士先生，今天的提问到此为止。”

他推开群众，来到卡拉面前，抓住她的手臂，恶狠狠地低声说：“你来这里做什么？”

“你欠我的。”卡拉抬起下巴回答。

鲍伊左顾右盼，看是否有人在听他们说话，然后把卡拉拉进农业协会的厨房。我抱着在我肩膀上睡觉的杰克森，跟在他们身后走进去。“我亏欠你？”鲍伊难以置信地说，“我应该把你关进大牢里才对。”他看到我，皱着眉头问，“这是谁？”

“我妈妈。”卡拉说。

这个回答让鲍伊稍微收敛了些。毕竟，我有投票权。“假如不是因为我相信你为了你父亲的情况操心过度才会策划出这件事，我一定会亲自向大陪审团起诉你。我对你没有任何亏欠，我是法外施恩，放你一马。”

“嗯，”卡拉毫不畏惧地回答，“我需要一名律师。”

“我已经告诉过你了，我不处理民事诉讼——”

“法院要为我爸爸指派一名临时监护人。我连这是什么意思都不太清楚。但是，我知道星期四法院开庭，会为我爸爸指定永久监护人，我必须让法官知道我是唯一想让父亲活下去的人。”

我看着卡拉，她的举动让我佩服。她就像咬住邮差裤脚的小猎犬。就体形和经历上她也许居于劣势，但是她不会不战而降。

鲍伊来来回回地看着我和卡拉。“你的女儿，”他说，“真是不简单。”

当他这么说的时候，我顿时明白卡拉让我想起什么人。

我自己。当我还是记者时，除非我得到我要的答案，否则我不会罢休。

“的确如此。”我说，“我真是太骄傲了。”

虽然卡拉选择和路克住在一起，而不是裘伊和我；虽然她在此时此刻愿意放弃一切来照顾她的父亲。虽然她对路克忠贞不贰，但是，她仍然是她母亲的女儿。

丹尼·鲍伊在他的名片背面草草写了一些字。“这位女士曾经为我工作，她现在是兼职律师。我会打电话给她，让她知道你会和她联络。”他把名片递给卡拉。“之后呢，”他说，“我再也不想听到你的任何消息了。”

路克

狼群的尊卑地位非常清楚，成员不时会受到对于支配地位与敬意的测试。如果一头高位阶的狼向我靠过来，我应该要将我的武器——也就是牙齿——横向由右往左偏。相对来说，如果我从高位阶的狼面前走过，我接近的速度不能太快，否则它会对我挺起身子往前靠，直到我压低身子之后，才会放松。如果它直视着我，用眼神要我上前，我可以慢慢靠过去，尽管是这样，我仍然靠向它的身侧，撇开头并且避免露出牙齿，证明我不足以构成任何威胁。

一开始我当然不懂这些规矩，我不过是个愚蠢的人类，一天到晚挡住位阶比我高的家族成员。在我首度不请自来，傻傻地接近副手时，我被狠狠地教训了一顿。当时我们全在空地上，天突然下起雨来，又冷又冻，实在不舒服。副手运气好，它正好趴在最浓密的树丛下，我心想，它身边的空间还很大，于是我和另一头年轻公狼决定和它一起分享。

没想到副手斜着眼开始隆隆地低嗥，但是我不懂它的意思。在我距离它约莫还有二十英尺时，它对着我露出牙齿。那头年轻的公狼立刻闪到一边，而副手看我没反应，又再次发出更低沉的声音。

我仍然没看懂它的警告。毕竟它是头一匹接近我的狼，是它邀请我加入。所以你应该想象得到，在下一瞬间，当它冲过来，在距离我双眼几公分之外突然张嘴露齿时，我的心像放烟火般地冲上了天。

我吓得停在原地不敢动，也不敢呼吸。副手咬住我，牙齿和气息钉住了我的脸。它凶暴地咬着我的脸往左下方转，教我如何正确应对。接着它又朝我低吼，龇牙咧嘴，反复做出相同的教育训练。

那天稍晚时，我抱着双膝坐在地上，副手突然朝我扑了过来，一口咬住我的喉咙。我可以感觉到它的牙齿陷入我的皮肤里，于是我立刻凭直觉，倒卧着摆出顺从的姿势。我发现，它是想确认我是否学到下午的教训。它加重了力道，我几乎不能呼吸。它要表达的是：你知道我有能力做什么事，但目前我只要这样对待你，所以你可以信任我。

狼群中位阶最高的，不是那些单靠蛮力的成员，而是那些有能力，却选择克制的成员。

海伦

如果说，我上班服装的色彩不是深灰就是浅灰，那么这个说法实在太贴切。这不光是隐喻而已，而是因为这代表我在早上起床后，不必痛苦挣扎究竟该穿绿色还是蓝色的衬衫，或是衣服会不会让我这个公设监护人太引人侧目。事实很可悲，当我得为自己做决定时，我总是犹豫不决。但是当我为别人安排事务，我却是个天生好手。

新罕布什尔州的公设监护人办公室是个非营利性服务单位，为近千名心智或发展障碍者、阿兹海默症患者，或是脑部受创者提供服务。法官接受临时或永久监护人的申请时，会将案件分派给我们处理。昨天，我老板在我桌上扔来一份档案。这不是我第一次接到指派去担任脑损患者的临时监护人，但是这个案子很不一样。一般来说，在医院无法找到愿意或可以为被监护人做决定的人选时，监护人机构便会派上用场。然而，从我在档案上读到的信息来看，这件案子的问题在于患者的两名子女都抢着要决定权，结果情况才会失控。

显然我是办公室里唯一没听过这名被监护者——路克·华伦——的人。他相当知名，至少是个有名的自然学家。他在有线电视网上曾经主持过节目，在节目上展示他的狼。但是我只听新闻，只收听广播。穷妞（我忍不住要想，她对自己这个绰号是否像我对我的小名一样觉得泄气）今天早上也丢了本书到我桌上来。她说："海伦，你大概会喜欢这本书吧。汉克那个猪头搬出去的时候留下了这本书。”

谁知道呢？路克·华伦不只是个电视公众人物和野生动物保育人士，他还是个作家。我用手指触摸这本自传的浮凸文字。《孤狼，一个男人的野地生活日志》。“读完之后我再还你。”我向穷妞保证。

穷妞耸耸肩。“反正书是汉克的。就算你要烧掉，我也不在乎。”她伸手摸摸书皮。书封是路克·华伦的照片，在他脸上印上亲吻的应该是一头野生动物。“真悲哀，一个人竟然可以从这样——”她的手移到深色的档案夹，“——变成这样。”

我监护的人士多半不曾出版过自传，视频网站上也不曾出现过他们工作全盛时期的录像记录。这本书让我更容易认识意外发生之前的路克·华伦。我拿起书，开始阅读第一段内容。

经常有人问我：你怎么可能办到？怎么可能离开文明和家庭，走进加拿大的森林里和狼群共处？你怎么可能放弃热水澡，咖啡，与人类的接触、对话，以及陪伴小孩共同成长的两年光阴？

当我担任另一个人的监护人时——就算是临时监护人也一样，我会尽量去感同身受，想办法在自己身上找出和被监护人相似的感觉。你或许会觉得一个四十八岁、衣柜里只有单一色调衣服，而且个性安静到连图书馆员都会请她稍微提高音量的单身女郎不可能和路克·华伦这样的男人产生共鸣，然而我却立刻感受到强烈的关联。

路克·华伦会极其快乐地褪去人皮，成为一头真正的野狼。

我和他一样，这辈子只希望自己能当别人。

我母亲出生证明上的名字是克丽丝朵·珊德拉·李尔。她本来在喵咪男士夜总会担任首席明星，一直到某个灌饱龙舌兰酒的月夜，酒保在仓库里伏特加和龙舌兰酒箱上诱惑她得手为止。在我出生之前，他早早就已经离开，我母亲独立抚养我长大，靠的是主持贩卖情趣玩具派对。她和其他母亲不同，她将头发的颜色漂浅，染成月光般的颜色。即使在星期日，她仍然穿高跟鞋，而且每一件衣服上一定有蕾丝花边。

在我小时候一场邀朋友来家里过夜的晚会之后，我就再也不曾邀请朋友回家。那天，我母亲告诉大家我老爱闹肚子痛，唯一能让我镇定下来的方法，是在我婴儿车的座椅上塞一只电动按摩器。从那天之后，我立志要成为和母亲完全相反的人。我拒绝化妆，穿着毫无剪裁的洗旧衣服。我认真读书，毕业时拿到全班最高分。我从来不约会，老师在学校亲子日见到我母亲，都会惊讶地觉得我们母女一点也不像，而这正是我想要的结果。

如今我母亲住在史卡托岱尔，她的丈夫是个退休的妇产科医生，买了一部粉红色敞篷跑车送她当圣诞礼物，还挂着特殊车牌“38DD”。我去年生日时她寄了张别人在秘书节送她的卡片给我。

我相信我母亲在我的出生证明上留下我父亲的姓氏并非有意伤害我。我同样相信她觉得我的名字是个有趣的文字游戏，而完全没想到这名字很适合变装皇后。

我们不妨这么说吧，无论你听到我的自我介绍时做何反应……我全都听过了。

“我来看路克·华伦。”我告诉加护病房护理站的值班护士。

“你贵姓大名？”

“海伦·贝德。”我拘谨地简单回答。

她嬉笑着说：“真不赖。”

“我昨天和你的一位同事说过话，我是公设监护人办公室的人员。”我等着看她在名单上寻找名字。

“他在十二B病房，左翼病房。”护士说，“他儿子应该也在病房里。”

当然了，我正希望能看到他。

我踏入病房，惊讶地发现这对父子竟然如此神似。当然了，你应该要想象的是路克·华伦在车祸之前的模样。但是这个缩在角落里，蜷起的身躯活像个问号的年轻人除了发型较为时髦之外，简直和我袋子里那本书的封面人物一模一样。“你一定是爱德华。”我说。

他用充满血丝的双眼，上上下下打量着我，目光谨慎。“你是医院顾问吗？你不能赶我走。”他立刻采取攻势。

“我不是院方的人，”我告诉他，“我叫作海伦·贝德，是你父亲的临时监护人。”

他脸上的表情仿佛一场完整的歌剧，先是惊讶地拉开序幕，渐趋怀疑，接着是抒情的理解——我就是那个会在星期四向法官提出报告的人。他小心翼翼地站了起来，说：“嗨。”

我说：“对不起，打扰你和你父亲独处的时间。”接着我才首次注视躺在病床上的男人。他和我其他的受监护人没什么差别，像个休息中的躯壳。然而，我的工作并非要观察他目前的状况，而是厘清他从前是个怎么样的人，套用他的方式来思考。“看你什么时候方便，我想找你聊聊。”

爱德华皱起了眉头。“也许我该请我的律师过来。”

“我不会谈过去几天的刑事案件，”我承诺，“那些事与我无关，你不必担心。我在乎的是你父亲之后该怎么办。”

他看向病床。“事情已经发生了。”他静静地说。路克·华伦的后方传来哔的声响，一名护士走进来。她拿起挂在床边一个装满的尿袋。爱德华避开视线。

“知道吗，”我说，“我想来杯咖啡。”

我们坐在医院自助餐厅靠窗的桌边。“我可以想象，这件事对你一定很煎熬。不只是因为你父亲出了这场车祸，还要加上你离开家已经有一段时间了。”

爱德华用双手握住咖啡杯。“嗯，”他承认，“我没想到会在这种情况下回家。”

“你什么时候离开的？”

“在我十八岁那年。”爱德华说。

“也就是说，一旦可以走，你就离开了。”

“不是这样的。我是说，没有人料到我会那么做。我的成绩一向很好，也申请了五六个大学，可能在哪天起床之后，就自然会离开上学去了。”

“这听起来像个很彻底的决定。”我回答。

“我没办法继续住在这里。”他迟疑地说，“我爸爸和我……脾气不合。”

“这么说，你是因为相处不来才离家？”

爱德华哀伤地笑了：“可以这么说。”

“如果让你气到离家出走，你们一定是起了严重的争执。”

“我在离家之前就已经很不快乐，”爱德华承认，“他毁了我的童年。天哪，他离家两年，去和狼群为伍。他过去经常说，如果可以选择，他真希望永远不要和人类互动。”爱德华抬起眼睛看着我，“假如你是个青少年，然后你听到父亲对电视节目工作人员这么说，你绝对不会有温暖陶醉的感觉。”

“你这段时间都在哪里？”

“我在泰国教英文，”爱德华摇摇头说，“应该说那是过去式了。”

“这么说，你打算搬回来定居？”

“老实说，我还不知道自己会在哪里落脚，”他说，“但是我曾经找到了出路，下次我仍然办得到。”

“你一定想重拾自己的生活。”我试探地说。

他眯起眼睛：“不至于到杀害我爸爸的程度，假如这是你的意思。”

“你觉得我有那种意思吗？”

“听着，没错，我本来不打算回来。但是在我妈妈打电话把车祸的情况告诉我之后，我立刻搭乘第一班飞机回来。我听了神经外科医生所有该讲的话，我只是执行我爸爸希望我做的事而已。”

“我无意冒犯，但是你们有六年没联络，你怎么确定自己的判断是否正确呢？”

爱德华抬起眼睛。“我十五岁那年，我爸爸决定离开我们走入荒林，当时他签下一封信，授权我在他无法为自己做医疗决定的时候帮他做决定。”

我没听说过这件事。我抬起眉毛：“这封信在你手上吗？”

“在我律师手上。”爱德华说。

“对一个十五岁的孩子来说，这是个重大的责任。”我指出这一点。我得知的不只是路克·华伦想要结束他的维生医疗，我还从中得知他养育子女的方式。或是说，养育儿女的不正确方式。

“我知道。一开始我真的不想答应，但是我妈妈没办法面对爸爸即将离家两年这件事，她难过得很，而卡拉还是个孩子。当他离开后，我有时候会躺在床上希望他在外面和狼群死在一起，这么一来，我就不必勉强自己做这种决定。”

“但是你现在愿意了？”

“我是他的儿子。”爱德华的回答很简单，“任何人都不会想做这种决定。但是这种事从前不是没发生过。我是说，我爸爸一向这样要求他的家人，尽管我们不想让他走，我们还是要放他自由。”

“你知道你妹妹有不同的看法。”

他把玩手上的糖包。“我希望我也能够相信我爸爸会张开眼睛，醒过来，渐渐康复……但是我的想象力没那么丰富。”他低头瞪着桌子看，“我刚回来的时候，每当有人来病房和我讨论我爸爸的状况时，我都会压低声音，好像我怕吵醒他，因为他只是在睡觉。可是你知道吗？就算我扯开嗓门大吼大叫，他还是连动都不会动。然后现在……过了七天之后……嗯，我不再压低声音了。”他手上的糖包飞了出去，掉在我放在脚边的皮包旁边。爱德华弯腰去捡，刚好看到我皮包里的书。“家庭作业吗？”他问道。

我从皮包里拿出《孤狼》。“我今天早上刚开始读。你父亲是个很有趣的人。”

爱德华恭敬地触摸封面上的烫金字体。“我可以看一下吗？”他拿起书翻阅。“这本书出版的时候我已经离开家，”他说，“有天我走进英文书店，看到这本书。我坐在书店走廊上，花了六个小时读完整本书。”他翻开书，中间有几张路克·华伦和他狼群的黑白照片，有的是幼狼，也有成年狼，在进食、玩耍或休息的场景都有。

“看到了吗？”爱德华指着一张照片：路克在狼围场里，有个孩子坐在小丘顶上看。照片上只看到孩子的背影，T恤衫的帽子往上拉盖住了头。卡拉·华伦正在看她父亲教克拉登和西克瓦拉打猎。“那不是卡拉，”爱德华说，“那是我。是我的T恤衫，是我瘦巴巴的脚踝，放在草地上那本也是我的书。那是麦德琳·兰歌的《时间的皱纹》，你上网可以查得到相同的封面。”他的手指滑过照片的脚注。

“几年前当我第一次看到的时候，我怀疑这是出版社搞错了，要不然就是在我离家之后，我爸爸逐渐将我驱逐出他的记忆。”

他抬起头看着我，眼神突然变得锐利又热切。“换句话说，”他告诉我，“别相信你读到的每一句话。”

屋子内部看起来像一个倒放的玻璃雪球，地板、沙发以及女人的头发上都沾上细白的羽毛。她为我打开门。“哦，”她虚弱地说，“已经两点钟了吗？”

我在医院时打电话过来问乔琪·吴，想知道这时候是否方便过来找卡拉聊聊。但是从穿着袜子在羽毛当中尖叫滑行的双胞胎小怪物来看，我怀疑，若你想登门造访这家人，恐怕永远找不到好时机。

我一走进门，飞散的羽毛就像受到磁力吸引的金属，沾在我的灰裙子上。我开始烦恼，不知道要刷多久才刷得掉这些羽毛。乔琪抓着吸尘器的软管接头，说：“真抱歉……孩子就是孩子，对吧？”

“这我就不知道了，”我告诉她，“我没小孩。”

“明智。”乔琪喃喃地说，一边从双胞胎其中一个孩子的手上抓起破掉的枕头，问道：“你们听不懂什么是‘停’吗？”她又转过头来，带着歉意对我说：“你直接上楼去找卡拉可能会舒服一点。”她建议我。“她在楼上右手边的房间里，她知道你要来。”接着她紧紧握着吸尘器，追着孩子绕过墙角，消失了踪影。“杰克森！不许把妹妹放进烘衣机里！”

我轻手轻脚地穿过蓬松飞散的绒毛，走上楼去。我很难把刚刚看到的乔琪·吴和路克·华伦在书中简短带过的女人联想在一起。这位前任记者在一次采访工作中爱上了为狼痴狂的路克·华伦，当她发现路克·华伦没有多余的热情可以留给她时，却为时已晚。我猜，她现在有个体贴的丈夫和另一个家庭，应该会比较快乐。卡拉不是第一个因父母离异而必须两边跑的孩子，但是这两个家庭的生活方式必定有巨大的差异。

我轻敲房门。卡拉回应："请进。"

我承认，对于和这个用手段让地方检察官不得不听她说话的女孩见面，我心里充满了好奇。但是卡拉显得很年轻、脆弱，还有些紧张。她的右手臂紧紧包扎在身边，宛如鸟儿的断翅，在吊带和波浪般的及肩深色长发之间，是她精巧细致的五官，她让我联想到一只被推出窝巢的小鸟。"嗨，"我说，"我是海伦，你父亲的临时监护人。"我说这些话的时候，她脸上闪过某种神色，但速度太快，让我无法判读出其中的意义。"你母亲觉得如果我们在楼上谈，可能比较不容易……"

"过敏？"她这么提议。

她请我在书桌边坐下，自己则坐在床上。这个房间的墙壁粉刷成耐用的蓝色，床上铺了一条拼布花被，这显然是结婚时的贺礼。房里还有个白色的单人衣柜。这个房间像是客房，不常使用的客房。"这件事一定让你很难过，"我拿出笔记簿，开始说话，"真抱歉，我现在不得不问你这些问题，但是我真的要和你聊聊你爸爸。"

"我知道。"她说。

"在车祸之前，你们父女住在一起，是吗？"

她点点头。"过去四年来都住在一起。我本来和我妈妈住，但是在双胞胎出生之后，很难不觉得自己是个多余的轮胎。我是说，我爱她、爱裘伊，爱我的小弟小妹，但是……"她没把话说完。"我爸爸说，和狼群生活在一起的每一天都以奇迹开始，以奇迹结束。在这里呢，每天的开始与结束都是一杯咖啡、一份报纸，洗澡和床边故事。我不是说我不喜欢待在这里，也不是不懂得感激，只是，这里……很不一样。”

“这么说，你比较偏向追求刺激，和你父亲一样？”

“不完全是，”卡拉承认，“我是说，有时候我爸和我也会租个录像带看，一边吃爆米花当晚餐，那与我和他一起去工作一样好。”她把玩拼布被子的边角。“我爸爸有点像单筒望远镜，焦距对准之后，他除了当下正在做的事情之外什么都看不到。而我妈妈呢，老是通过广角镜看世界。”

“那么，当他把全副注意力都放在狼群身上而忽略你的时候，你一定很辛苦。”

她好一会儿没说话。“你有没有在夏天去河里游泳的经验，”她问，“刚好有一朵云挡住太阳？你知道再过个几秒钟，你在水里马上要冻僵，最好赶快上来擦干身子。但是突然间，太阳又出现了，你又暖和起来，当你告诉大家你游得多快乐时，你想都不会想到那朵云。”卡拉耸耸肩，“和我爸爸在一起就像这样。”

“你会怎么描述你和他之间的关系？”

“他比世界上任何其他人都了解我。”她毫不迟疑地回答。

“你上次在什么时候看到他？”

“昨天早上，”卡拉回答，“我妈妈答应过我，你离开之后，她会立刻带我去医院。”她抬起眼睛看着我。“我没有冒犯你的意思。”

“没事的。”我用笔敲着笔记簿，“我们可以稍微谈一下那天的意外吗？”

她交抱起手臂，用没受伤的手紧紧扣住缠着绷带的手臂。“你想知道什么事？”

“对于你在那天晚上有没有喝酒，似乎有点争议。”

“几乎没喝。我在离开之前喝了一瓶啤酒——”

“离开什么地方？”我问道。

“离开一个愚蠢的舞会。我陪一个朋友去参加，当我看到大家都喝得醉醺醺的时候，我打电话给我爸爸。他大老远开车到伯利恒去接我。”她真挚地看着我，“虽然警察认为是我开车，但是我没有。他绝对不可能让我那么做。”

“他当时有没有生你的气？”

“他很失望，”她静静地说，“比生气更糟。”

“你记得车祸怎么发生的吗？”

她摇摇头。

“医护人员说，你在车子着火之前把你父亲拖出车外，”我说，“你真的很勇敢。”

卡拉把没受伤的手放到大腿下。她的指头在发抖。“我们能不能……能不能不要再提车祸的事？”

我立刻退回安全位置。“你最爱你父亲哪一点？”

“最爱他从不放弃，”她说，“大家批评他疯了才会想去和野狼一起生活时，他说他办得到，而且在他做到之后，他比任何人都要更了解野狼。他是正确的。每次有人把受伤、饿个半死或是某个蠢女孩养在纽约公寓里的狼送过来时，他绝对不会说这只狼没有救。就算它们在治疗当中不幸死了，他仍然试过，试着要拯救它们。”

“你和你父亲有没有谈过，万一他碰到这种状况，他打算怎么办？”

她摇摇头：“他忙着生活，没时间谈死亡。”

“你觉得现在该怎么办？”

“很明显，我想要他的病况好转。我知道这会很辛苦，但是我学校课程几乎已经结束，我可以用通信的方式读大学，不必离开家乡到别的州去就读，我可以帮他复健——”

“卡拉，”我打断她的话，“你哥哥的看法不同。你觉得那是什么原因？”

“他觉得他是在帮忙，让我爸爸脱离苦海。他觉得创伤性脑损者的存活不算真的生活。但问题是这只是爱德华自己的想法。我爸爸绝对不会把生存的机会当作痛苦或不幸，无论机会大小都一样。”她坚定地说，“爱德华离开家六年了。就算他们在街上相遇，我爸爸也认不出他来。所以，我真的没办法相信爱德华知道怎么做对我爸爸来说会最好。”

她对于自己的说法有一种狂热、近乎神圣的热情。我纳闷地想，像这样无条件的爱，接受的一方不知道会有什么感觉。“你和你父亲的医生讨论过病情吗？”我问道。

卡拉耸耸肩：“他们什么都不知道。”

“嗯，他们对医疗应该有不少认识。”我持反对意见，“而且，他们对于像你父亲这样的脑损病人应该有丰富的经验。”

她久久地看着我，接着站起身，朝我走过来。在那尴尬的一瞬间，我以为她打算走过来拥抱我，然而她却伸手按下她笔记本电脑的开关。“你有没有听说过查克·丹拉普这个人？”她问道。

“没有。”

我转动椅子面对计算机屏幕。一名头戴牛仔帽的年轻人出现在《今日》节目的一段录像上。“他在2007年出了一场越野车的车祸，”卡拉向我解释说，“医生宣布他脑死。他的父母决定捐赠他的器官，因为他的驾照上有标志。但是当他们正要关掉他呼吸器的时候，他一名担任护士的表亲突然有个预感，拿小刀的刀刃轻碰他的脚，结果他的脚动了。虽然另一名护士认为那是反射反应，但是这个表亲又用指甲去戳查克，没想到查克挥手拍开表亲。五天之后，查克张开了双眼，车祸的四个月之后，他离开疗养中心。”

我看着病床上的查克和他父母赞颂奇迹，看着查克回家时接受英雄式的欢迎，听查克谈论他失去以及仍然记得的记忆，他记得在医生宣布他死亡时，他没办法站起来告诉他们，其实他没死。

“医生说查克·丹拉普已经脑死。”卡拉重复说了一次，“比我爸爸的情况更糟。但是查克今天能走、能说话，从前能做的事几乎全都办得到。所以，别说我爸爸不会康复，因为这种事偏偏就是会发生。”

计算机上的第一段影片播放完毕，开始播放卡拉最爱清单的下一段影片。我们呆呆地看着路克·华伦用毛巾包起眼睛都还没睁开却尖叫个不停的小小幼狼。他将幼狼塞进衬衫里，用自己的体温为它取暖。

“它是琵卡瑟那胎幼狼的其中一只，”卡拉静静地说，“但是琵卡瑟病死了，所以我爸爸只好照顾它窝里的两只幼狼，他用眼药水滴管喂奶，等到这两只狼长大之后，他还教育它们怎么组成狼群，组织该如何运作。他帮这只幼狼取名叫沙巴，意思是明天，好让它永远都会有明天。他在荒林里一直没办法适应这件事，一窝幼狼可能会就这样死去，而母狼才会从中学到经验。他说，他必须插手，因为你怎么能这样轻易地抛弃生命？”

在计算机小小的长方形屏幕上，路克·华伦的头发往前披散下来，遮住了幼狼皱巴巴的脸孔。加油，小女孩，他喃喃地说：别当着我的面放弃。

路克

谁负责教育后代他们应该知道的事?

如果在一个家庭,这是家长的责任。如果是狼群,责任则落在保姆身上。这是个大家梦寐以求的职位,当阿尔发母狼怀孕之后,狼群里会有不少成员抢着表现自己,就像选美竞赛一样,试图说服未来的母亲,想办法被选中。能得到这个殊荣是因为经验丰富——一般来说,年纪较长,无法执行必要任务来保卫狼群的阿尔发狼或副手都可以照顾幼狼。就这一点来说,野狼的文化和美洲原住民文化有许多类似之处,年龄是受到尊敬的,这和大多数把年迈双亲送进老人院,一年探访两次的美国人不同。

在荒林时,我没参与保姆一职的竞争,我一定会惨败,因为我自身安全难保,学习进度又缓慢。但是我密切观察保姆狼的一举一动,并且记了下来。这也很好,因为我成了不必竞争的保姆。我在几年之后回到瑞德蒙游乐场,正好梅斯塔拒绝抚养自己的幼狼,卡拉和我拯救了这一窝四只小狼的其中三只,在这种情况下,总得有人负责让它们认识狼群的组织架构。也就是说,引导它们区分领导权的高低位阶,一旦我完成任务之后,我的地位只会高于负责刺探的奇纳。

你必须以实例来教这些狼,你必须夺走幼狼渴望的温暖,才能让它们学到纪律。如果幼狼表现良好,我会和它们玩在一起。如果它们不受控制，我会轻咬它们，推它们翻身，对着它们龇牙咧嘴，让它们学到可以信任我。我通过它们的食物部位来区分它们的位阶，因为狼吃什么，就会有什么表现。这是一个循环，一头狼食用的食物部位决定它在狼群的位阶，而位阶高低足以决定它可以吃哪些部位。所以，当卡拉和我不再拿动物奶粉调制的饮用乳喂食幼狼，而改用兔子喂食之后，我分配三种不同的部位给它们食用。位阶最低的奇纳吃的是兔子胃。强悍的副手诺达分配到臀、腿这类运动型肌肉。奇塔分得最营养的内脏器官。当我们进展到以完整的小牛尸喂食时，我会让几只狼分别站在适当的位置，用的是我加拿大狼兄弟教我的方式。

诺达个性凶暴，它偶尔会推开奇塔，抢食好东西，比如心脏、肝脏。遇到这样的情形，我会冲过去找奇诺假装打架，几分钟之后，挟着加速的心跳和高昂的肾上腺素回到原地。其实就这么简单，诺达会退让，照我的要求行事。

我教它们如何使用它们的语言，拉高音调的短呼是鼓励，低呼是安抚，嗥声代表警告，而简短的呼声则是要注意危险。

但是最困难的课程是让它们学习轻重缓急。如果狼群面临危险，它们必须不计一切地保护阿尔发狼。其他任何成员都可以被取代，但若是没有阿尔发狼，整个家族很可能就此溃散。于是，当我挖好一个够深，可以让它们碰到像是熊、人类或其他威胁时足以藏身的狼穴之后，我会开始玩，轻咬它们的前腿或后肢，假装有猎食者在后面追赶，接着我再指引它们躲进藏身洞穴，让它们学到唯一能躲开我的方式，是躲进洞里。但是我会再三确认它们一定要让奇塔先进去。与这头未来的阿尔发狼相比，诺达和奇纳毫不重要。

这每次都会让我心如刀割。因为尽管我想当狼，我却只是个人类。有哪个为人父母的会牺牲一个孩子去拯救另一个孩子？

卡拉

席康妮·诺齐住在新罕布什尔州极北端的一处永续经营农场，几乎就在加拿大边界上。我妈妈开着车带我进到农场，一看到前院放养的山羊和骆马，她立刻兴奋了起来，因为这表示当我和新律师见面时，她可以让双胞胎在这里和动物玩。

席康妮在电话上表示她的法律学位在最近的工作上甚少派上用场，因为她的新职业是灵媒，而且专门与过世的宠物沟通。一直到五年前，她才发现自己有这种天赋。她邻居的拉不拉多猎犬已经过世，灵魂却在某天夜里找上她，还吠个不停。果然，这位邻居的家中失火。如果不是席康妮叫醒他们，那场火很可能酿成悲剧。

我走进屋里，一股熏香味扑鼻而来。我看到一扇由二十五组玻璃小格组成的窗户，每个窗格里都放着果冻罐，里面装着像是用水和食用色素调配出来的物体。这扇窗户带来的效果介于彩虹，以及我在十年级时读了《罗密欧与朱丽叶》之后想象的药剂师店铺之间。席康妮在门口挂了一面水晶珠帘，我站在这里，从这个角度往里头张望，看到席康妮和一名客户坐在铺着紫色蕾丝，点缀着石南的桌边。席康妮有一头白色长发，绕着脖子的豌豆藤刺青最后消失在领口下。她穿着毛绒绒的无袖背心，这件背心的起源很可能是院子里的骆马。她手上拿着一条让宠物咬着玩的绳索。“泥宝想要你知道，它不是故意弄脏那条东方地毯的。”席康妮闭着眼睛说话，身体轻微地前后摆动，“它和你祖母琼恩在一起……”

“琼恩？”客户问道。

“对。有时候，腔调太重的吠声不太容易分辨……”

“能不能请你告诉它我想念它？我每天都在想。”

席康妮撇着嘴。“它不相信你。等等……我听到一个名字。”席康妮张开双眼，“它提到一只叫作韩妮塔的小坏狗。”

“韩妮塔是我们的小吉娃娃，”这名客户倒抽了一口气。“理论上来说，它是只小母狗没错，但是它不可能取代泥宝。没有任何狗可以取代泥宝的地位。”

席康妮抬起一只手按住太阳穴，眯起了眼睛。“泥宝离开了。”说完话，她放下玩具绳。

坐在她面前的女人几乎发狂。“可是你得把我的话转达给它！要告诉它我们爱它！”

“相信我。”席康妮碰碰客户的手。“它知道的。”她看到我站在水晶帘后方的玄关，利落地站起来。“费用是三百美元，”她说，“我接受支票。”

席康妮带着客户走到玄关来拿外套，我看到她在黑裙下穿了件粉红色的内搭裤。“你一定是卡拉，”她说，“请进来。”她和另一名妇人相拥一下作为道别。“如果泥宝任何时候再出现，我有你的号码，会打电话给你。”

我穿过水晶珠帘，一串串珠子跟着发出声响。席康妮说：“路不是很难找吧。”

我坐下来。“是我妈找到的。她在外面陪我同母异父的小弟和小妹。”

“她要进来吗？我来煮点热茶，可以帮她用茶叶渣算命。”

“她在外头就好，没关系的。”我说。

席康妮穿过另一面水晶珠帘走出去，回来时，她手上端着两个冒着蒸汽的杯子，杯里的液体很像洗碗水，底下还沉着烟草。“谢谢你答应和我碰面，诺齐小姐。”

“叫我席康妮，或是小席。”她耸耸肩，“我在法蓝柯尼峡谷国家公园的帐篷里出生，我爸妈本来要叫我‘钻石’，坚硬和美丽的意思，但是他们又怕这名字用西部腔念起来会像是‘夫人’，所以只好退而求其次。”

一只猫突然跳到桌子中央——我本来以为它是摆在壁炉台的雕像，它的爪子钩住了桌巾。“我知道，看到我手上的案子，你可能不懂为什么丹尼·鲍伊会建议你来找我。告诉你吧，我从来没想到自己会当律师。我想和‘人’抗争，但后来我才明白，如果我从内在做起，我可以走得更远。你听懂了吗？”

她讲话的样子像是六十年代那种吸了太多毒品的人。“清楚得很。”我说。我真不知道丹尼·鲍伊究竟在想些什么。

“没想到，我对起诉这回事竟然很有天分。我觉得那是因为我的脉轮排列得很整齐，这么说吧，地方检察官办公室里没有任何人可以达到我的绩效，我的起诉定罪率比丹尼·鲍伊更高。”

“那么你为什么不继续当检察官？”

她摸两下猫咪，才把它放到地板上，猫咪一落地，立刻穿过水晶帘冲出去。“因为有一天我醒过来时，开始对这个职业产生疑问，就定义来说，这个工作代表你永远不可能熟练专精。我是说，我得‘执业’多久，才能把事情做对？”

我笑了，啜口茶，惊讶地发现这茶的滋味还不错。

“会有很多人告诉你，说宠物灵媒是骗钱的玩意儿。其实，在我第一次和另一个世界接触之前，我也会告诉你相同的话。”她耸耸肩，“但我凭什么去质疑这种为许多哀伤家庭结束痛苦的才华呢？老实告诉你，这是一种赐予，也是一种诅咒。”

我承认，当席康妮告诉我她现在以什么职业维生的时候，我对她充满了怀疑。当然了，或许每只过世的狗都会想要为过去曾经在家里的某条珍贵地毯上撒尿，而向主人道歉……但是，反过来想想，她怎么会知道那家人的新宠物叫作韩妮塔？我不是说我是个容易相信的人，但是我承认这会让我停下来思考。

“好，卡拉，”席康妮说，“我是你的辩护人。过去，大家都是这样称呼律师的，你要知道，我会完全遵循这个定义。我想知道你希望得到什么结果，接着我还想知道我要怎么为你辩护，才能达到这个结果。”她往前靠，头发像雪崩似的扑过来。

“我只想让我爸爸好起来。”我告诉她。我昨天也是这么告诉那名监护人的，但是这次，我的喉咙却觉得一阵酸。我想，这可能是因为我一直觉得自己是孤军奋斗，而如今身边突然多了一个和我并肩作战的人。

席康妮点点头，显然很感动。“你知道我们要怎么做吗？我们现在就要帮你爸爸点一根特别的蜡烛，就当他也和我们一起在这里。”

她在柜子里找来找去，终于翻出一根香氛蜡烛。她把蜡烛放在我们两个人之间的桌子上，点燃之后，屋里弥漫着一股松林的味道，这让我瞬间吓了一跳，因为我父亲从外面回家时，身上一定会散发出这种气味。

“既然我们已经有了明确的目标，就要开始斩除障碍，”席康妮说，“最大的问题是：你才十七岁。”

“我妈说她会签任何该签的字。”我告诉她。

“可惜，对新罕布什尔州而言，你仍然未成年，而未成年者不能为任何失能者做任何医疗决定。”

“那纯粹只是数字而已。首先，三个月之后我就满十八岁了，此外，这几年来，一直是由我在照顾我爸爸和我自己。”

“可惜啊，法律不会这么看这件事。所以我们在法庭上能说什么话，让他们推翻法律上的技术细节？”

“我和爸爸一起住了四年，”我说，“我们一起做所有的决定。我会开车，我去上学，我兼差当保姆赚钱。我会去采购家用，和爸爸共同持有银行账户。所有的账单都由我经手，我还会处理他电视台节目的业务问题，替他回复观众的信件。我唯一还不能做的只有投票。”

“老实说，”席康妮说，“过去十二年来也没什么优秀候选人。”她抬起眼睛看着我，“喝酒又是怎么一回事？”

“我不喝酒。只是在车祸当晚喝了一点。”

席康妮的双手指尖相对，竖在她的眼前：“多少？”

“一瓶啤酒。”

“一瓶？”

我扯下一片拇指指甲边的硬皮：“三瓶。”

席康妮扬起眉头。“这么说，就喝酒这件事而言，你对每个人都说了谎。”她用双臂在空中画圈圈，“这是真相的范围。从现在开始，你最好把真正的经过说出来。如果不是真相，我就不想听。”

“好。”我低着头说。

“你哥哥的律师会紧紧抓住刚才那两个论点来对付你。”席康妮说。

“他不适合担任监护人的原因更多，”我说，“首先，他企图谋杀。”

“但是起诉已经撤销，”席康妮回答，“所以这件事等于没发生过。”

我们继续谈了三个小时，谈我爸爸，谈他的生活方式，以及所有我在网络上找到，因为有了第二次机会才康复的人。席康妮先用再生纸纸巾，接着用一张西南航空电子机票收据的背面写下笔记，然后塞进裙子的口袋里。这当中她只停下来一次，帮坐在我妈休旅车里看电视的双胞胎打了两杯香蕉黄豆奶昔。

最后，她终于放下手上的笔。“我要给你一些家庭作业，”她说，“我要你到你爸爸的病房里，把你的头枕在他胸口，然后告诉我你接收到什么样的思维。”

虽然我觉得这对我来说未免太过玄乎，但是我还是保证我会照她的话去做。我们谈到星期四到法庭的一些实际细节，比方我该去哪里，在什么地方和她碰面等等。直到她一路问完她即将在我站上证人席之后提出的问题，我才突然顿悟：这件事是真的，而且马上要发生。我会在法庭上对抗我哥哥，希望赢得我爸爸的监护权。

席康妮小心翼翼地看着我，推测出我的想法：“整件事刚成真。”

“是啊。”我的心怦怦地跳，“我可以问你一个问题吗？”

我害怕大声说出问题，但是我不得不这么做，因为我没别人可问。况且她说过了，她是我的辩护人，我的帮手，老天知道我有多需要协助。于是，我低声说出一直萦绕在我心头，在我最没有防备时压挤我的问题：“你觉得我这样做正确吗？”

“正确的做法。”席康妮重述我的问题，仿佛把这几个字当作含在嘴里的糖果回味。“我曾经和一只过世的大型斗牛犬谈过话。兽医说，它能活那么久，实在不简单，如果照检查的状况来看，它应该早三年就走了。这只狗的主人是个独居的娇小老妇人。当它在另一个世界开口和我说话的时候，它说，它觉得好累。打起精神活下来陪伴老妇人让它精疲力尽。但是它不能放手就走，因为它知道这么一来，老妇人得独自活下去。”

席康妮看着我。“我觉得你问错了问题。问题不在于你爸爸想不想死，而是他在确认有没有人能照顾你之前，愿不愿意离开这个世界。”

一直到我接下她递来的干净纸巾之后，我才知道自己在哭。

我来到爸爸病房时，爱德华已经在里面了。

我们互相看了好一会儿。我虽然知道他已经出狱，当然会回到病房来，但是我同时又觉得不可思议，在他闹出了那件事之后，他竟然还敢回到加护病房来。他双眸的颜色显得更深沉了，在那一瞬间，我以为他会向我冲来，为了我给他找来的麻烦而一把掐住我。但是我妈妈站到了我们两人之间。“爱德华，”她说，“你和我去吃点晚餐好吗？让你妹妹和爸爸私下相处一下。”

爱德华僵硬地点个头，一言不发地从我身边走过。

我真想说，我爸爸在这一刻张开了双眼，沙哑地喊出我的名字，故事有了美好的结局。但这不是真的。他依然躺在床上，姿势和昨天——我上次看到他的时候——相同。如果真要说有差别，那么我只能说他看起来更憔悴更苍白，仿佛已经成为幻觉。

也许我是自欺，也许我是唯一能在爸爸身上看到奇迹的人。但是我不得不如此。否则，他那天晚上对我说的话，岂不是一语成谶？

我想到了席康妮。我爬上床，在他身边躺下。我缩着身子贴在爸爸身边，他依然温暖强壮，仍然是我熟悉的父亲。这个感觉像仙人掌般刺痛我的喉咙。我把耳朵贴向他的胸口。

我还能感觉到他的心跳，这教我如何相信他不会回来？

当爸爸救下遭梅斯塔丢下的小狼之后——三只小公狼的姊妹蜜甘儿在送到兽医院的途中便已经断了气，他必须在小狼生母缺席的状况下，教会它们如何组成家庭。奇纳个性害羞，奇塔聪明，诺达最强悍。诺达虽然勇不可挡，唯独害怕闪电。只要有暴风雨，它一定吓得惊慌失措，唯一能让它镇定的方式，是让我爸爸抱住它，将它揽在胸口。当然了，在它四周大时这么做不难。但到了它完全长大之后，情况就不同了。我每次看到这只粗暴的大狼爬到我爸爸身上听他的心跳时，都会忍俊不禁。

结果我发现，我现在自己也置身于暴风雨当中，这一点也不有趣。

我闭上双眼，想象爸爸当小狼保姆的模样，当年，我常站在篱笆外面看他。你还要教它们怎么玩？我说：难道它们自己不会？

爸爸会翘起屁股，趴下前半身，摆出这种蓄势待发的姿态，一头狼可以往任何方向跳出六英尺的距离。每当这几头狼缠斗得太激烈时，爸爸会趴下来，摆出这个姿势，所有的狼都会停下来模仿。家族成员会嬉闹打斗，爸爸说：但是它们必须知道在什么时候该喊停。

我在教它们如何平衡局面，爸爸曾经这么解释。

教它们如何不互相残杀。

路克

我知道，在我的狼家族眼中我一定是个奇怪的成员。有时候我醒来时，会发现一只上百磅的狼朝我扑过来，它纯粹是为了想看我有什么反应。如果它们愿意带我一起去打猎，它们会刻意在我前方迂回前进，试图让我犯错，它们仿佛想先敌人一步，记录下我所有的缺失。回想起来，我在狼群中的角色有点像遭到外星人绑架的人类：人类世界渐渐侵入了野狼的领域，它们想知道将来要抵御的是什么物种。

在某个夏日傍晚，阿尔发狼带着猎手朝南方出发，把我和小公狼和它负责巡守领地边界的姐妹留了下来。我热得受不了，在溪边来回了好几趟，掬溪水让额头降温之后才回到空地打盹，聆听嗡嗡作响的蚊子，以及牛蛙鼓着大肚皮发出来的笑声。我虽然知道自己要和小公狼一样维持警戒，但是高温和湿气磨钝了我的敏锐度和本能。

我醒来时，看到年轻公狼坐在我身边，而母狼还没有回来。也就是说，情况完全没有变化。于是我迅速站了起来，打算再去溪边凉快一下。然而我一走到溪边，小公狼便一把拦住我，让我差点喘不过气来。它对着我的脸咆哮，眼神狂怒，露出整排牙齿，进入攻击模式。它的表现让我大吃一惊，于是我立刻仰躺在地，寻求它的信任。这是狼群接纳我以来，我首度觉得自己的生命受到威胁。更糟的是，我觉得自己可能葬身在狼兄弟的爪下。

它继续咆哮，双耳平贴在脑后，逼得我从溪边往后退，来到后方一处遭暴风雨打落的大树枝干之间。我趴在地上，脸贴着地，在小树枝和泥巴之间呼吸，满身大汗之外还不停发抖。我每次想动，小公狼便会靠过来，对着我的脸张开强而有力的下颚。

你可以想象得到我当时心里有什么想法。我想：生物学家是正确的，我不可能融入野生的狼群当中。狼是野兽，不可能把我视为同类。这头小公狼只是在等狼群回来，当阿尔发狼示意我对家族不再有任何用处之后，和全员一起杀掉我。我想到自己在这段期间里，对于这些可敬的动物点滴累积下不少知识，将来不可能有人会学到这么多。我怀疑会不会有人发现我的尸体，因为连我自己都不知道目前的所在地离文明世界有多远。在这么长的一段日子以来，我首次想到了乔琪和我的儿女，不知道孩子将来长大之后会不会恨我丢下他们，这么久之后，不知道他们会怎么看待我。

天黑之后，森林的声音跟着改变。蟋蟀交响曲退场，由猫头鹰的小提琴独奏取代，风势转大，我脸颊下方的大地也越来越凉。在小公狼强势把我困入这个临时洞穴的四个小时之后，它突然坐下，挪开身子好让我爬到外面。接着它回头看我，眼神显得十分镇定。

我相信这是个圈套。

在我走出洞穴的十分钟之后，它一定会直接攻击我的喉咙。

看我没出去，它又靠了上来，我本能地往后缩，但是他没咬我，却开始舔我的嘴巴和脸颊，和欢迎家族其他成员回家的方式一样。

我虽然害怕，但终于爬到了空地上，并且压低身子表现服从的态度。它转身，小跑步朝溪边去，还不时停下来回头看我。这代表邀请，于是我保持距离跟了上去。

它来到溪边我方才跪着的草地上，抬起腿来嗅味道。我往下一看，发现地上有一堆粪便，而且看起来不像出自任何我见过的动物。在这堆粪便旁边的湿土上有一个完整的脚印——是山狮。

山狮在加拿大东边这一带并不常见，但是有人曾经在美国新罕布什尔州、缅因州和加拿大的新布朗斯维克看到美洲山狮。这种动物是独来独往的猎食性动物，夏天正好是幼狮离开母狮去拓展自己地盘的季节。它们和野狼互相竞争猎食，一只山狮比单独一匹狼更有力，但是一群狼有能力打败一头山狮。

我对山狮的唯一另一项认知是：它们善于埋伏，从背后扑向猎物，一口咬断猎物的后颈。

我当时没有和狼群在一起，没有群体带来的安全和力量。我单独跪在溪边，正好是附近山狮的最佳猎物，它可以跳上来给我致命的一击。

小公狼并不想杀我，它想救我一命。

野狼间并没有“爱”这种感情，而是无条件的承诺。如果你做好分内的工作，一辈子尽责，那么你就是大家庭的一分子。家族的其他成员是你的互补。小公狼之所以保护我，并不是出于对我的情感，而是因为我是狼群里有价值的成员。我可以在伏击或对抗敌对狼群的时候派上用场；同时，我代表逐渐侵入它们领域的人类，从我这个个体，它们可以学得更多对人类的知识。

然而，我内心深处仍然有人类的情感，我希望它保护我是因为它爱我，正如我爱它一样。

在我差点死于山狮之口的隔天，我知道，离开狼群的日子到了。我拿了些前一天猎到的肉放进工作服的口袋里，开始朝东走。狼群就这么放我走，它们可能以为我要到溪边或是外出巡逻，它们没理由认为我不会回头。

我最后一次看到我的野狼家族时，小公狼和年轻母狼在副手警戒的眼光下边打边玩。我真想知道它们是否会在夜里为我呼嗥。

大家认为我会在那天离开狼群，是因为恶劣的外在环境——天气、低温、小饥荒，以及猎食者无止境的威胁。但是我回家的原因其实很简单。

如果我没有在那一刻离开，我知道自己会永远留下去。

裘伊

法庭里自然会出现不同的联盟战线。当我走进遗嘱认证庭时，医院律师已经坐在左侧的律师席桌边，神经外科医生陪在她身边。

右侧的桌边坐的是卡拉和她的律师。

我立刻带着爱德华朝医院律师的桌边走过去。

临时监护人海伦·贝德最后才进来。她看看双方座位，聪明地把自己安顿在两张桌子之间，也就是隔开爱德华和卡拉的空间上。

乔琪坐在我后面。我探过栏杆，轻啄了她一下。“嘿，宝贝，你还好吗？”

她朝她女儿望了一眼。“在这样的情况下来说，很好。”

我明白她的意思。今天早上，她喂卡拉吃了燕麦片、果汁，把自己打点好之后开车先到医院，再到法院来和她的律师碰面。我则是抓了条麦片棒，开车到路克·华伦家去接我的委托人。严格来说，乔琪和我不能讨论这个案子，因为我们分属敌对的阵营。我觉得自己的婚姻像个关系复杂的维恩图，我们目前唯一的交集只剩下尴尬的寂静。

对这整件事，你别以为我没怀疑过自己的动机。当然了，我代表的是爱德华，如果不是因为乔琪绝望地要求我把他从警察局带出来，我不太可能接下这个案子。就公事而言，我希望能为自己的委托人赢得胜诉。但是，这究竟是因为我真的相信爱德华有权为他父亲做决定……还是因为我知道他会做什么决定？如果路克·华伦死了，他等于就此出局。他绝对不会再次出现在乔琪和我之间。如果情况相反，他被移到长期照护机构，而且卡拉又赢得监护权，那么乔琪会继续扮演一个重要的角色，一直到卡拉满十八岁为止。说不定还会拖得更久。

爱德华又穿上了他父亲的格子外套。我觉得这件衣服已经从外套变成具有魔法的宝物。当卡拉看到他穿着这件衣服时，她的双眼圆睁，差点从椅子上站起来，在她的律师拉她坐好时，卡拉嘴里还愤怒地念念有词。

“你记住我告诉你的每一件事了吗？”我低声问爱德华。

他扬起下巴，然后点个头。他说：“无论发生什么事，都要保持镇定。”

我完全相信他会表现出急躁的个性，像个会仓促下决定的人。否则有谁会在吵了一架之后便离家出走搬到泰国？或是说，在情况不如计划发展的时候，一把拔下呼吸器的插头？就算他的刑事诉讼已经撤销，法庭不得采信，这也没有用。贝瑞斯佛是个小地方，每个人都知道爱德华做了什么事。

所以，情况势必靠我来调整。我必须让他看起来像个充满怜悯的天使，而不是怒气冲冲的浪子。

书记员环视桌边的众人。“大家都准备好了吗？”他问道，“请起立，本庭由亚蒙·拉皮耶法官主持。”

我虽然不曾参与这位法官主审的法庭，但我对他的名声非常清楚。大家都知道他是个有同理心的人。事实上，就因为他太有同理心，所以老是无法做决定。他经常在午休时间离开法院，到附近的天主教圣心堂去为双方祈祷，并且寻求指引。

法官一身黑地走了进来——黑袍、黑鞋，加上黑得发亮的头发。

“在我们开庭之前，我要先说几句话，”他说，“对法庭里的每一个人而言，这都是让人难以承受的案子。我们来到这里是为了要决定路克·华伦永久监护人的人选。我知道，从上个星期五指定临时监护人到现在，他的情况一直没有改变。今天我看到院方的代表以及被监护人的两名子女，他们同时也是双方关系人。”他皱起眉头，“这不是一场寻常的听证会，但是这也不是寻常的状况。本庭希望各位谨记，我们必须依循路克·华伦的希望来做出决定，就好像他在这里为自己发言一样。各位有没有任何需要事先提出来讨论的问题？”

我就等这句话。我站了起来。“法官大人，我想提出一点，今天的双方关系人当中有一方仍然未成年。卡拉·华伦还没有达到法定成人的年纪，也就是于法来说，她没有权利为她父亲的安宁照护做任何决定。”我直视法官，因为我没办法面对卡拉眼中的怒火。“我请求法庭让她今天就离席，并且解除诺齐女士于本案的委任，因为她的委托人没有法定身份来为她父亲做任何决定。”

“你在说什么？”卡拉打断我的话，“我是他的女儿。我当然有权利出席——”

“卡拉。”她的律师警告她，“法官大人，我的委托人是想说——”

“我相信你的委托人想说的话不需要太多其他补充说法。”法官回答。“各位，唉。我们才进行三十秒，大家就吵个没完？我知道大家的情绪都很激动，但是让我们冷静下来检视这起判例。”

席康妮·诺齐站了起来。她从脖子到膝盖之间的装束完全合乎律师的打扮，但她穿了件惊人的莱姆绿红条纹内搭裤，还配了一双金黄色高跟鞋，整体感觉就像她的上半身要飞扑攻击下半身的西方女巫一样。“法官大人，”她说，“我的委托人的确是十七岁，但是她同时也是在场唯一和华伦先生朝夕相处的人。根据修正法第454A项条款，监护人最重要的是能力。无论卡拉的生日是否在三个月之后，这都与法庭是否要授予她权利，让她来为父亲生命做决定毫无关系。没错，如果她像她的哥哥一样，曾经被指控犯下重罪，那么法庭便会以成人的身份来看待她——”

“抗议，”我说，“指控已经撤销了。诺齐女士想借无关的指控造成偏见，侵害我委托人的权益。”

“各位，”法官叹了一口气，“在今天早上的庭内，请大家自我约束，好吗？还有，诺齐女士，可以请你拿掉挂在手上的铃铛吗？太让人分心了。”

席康妮毫无畏惧地拿掉手链，继续说话。“在庭上听到她的证词之后，我相信庭上会判定这位年轻的女士无论是发表意见或能力都足龄，够成熟而且够聪明，完全符合监护人的身份需要。”

法官仿佛胃溃疡发作，他的嘴角扭曲，眼眶潮湿。“我目前还不打算请卡拉离席，”他说，“我还没听到证词，而且我需要听她的说法，就像我也必须听她哥哥爱德华的说法一样。我要请双方做个简短的开辩。女士优先，诺齐女士，请。”

她起身朝法官席走过去。“泰瑞·华里斯，”她说，“詹恩·葛毕斯基、查克·丹拉普、唐诺·贺伯特、莎拉·斯坎特林。大家可能从来没听说过这些人，所以，容我来为大家介绍。泰瑞·华里斯有十九年的时间处于微意识状态，某天，他突然自发性地开始说话，而且开始意识到周遭的环境。詹恩·葛毕斯基是一名波兰铁路工人，在昏迷十九年后于2007年醒过来。查克·丹拉普在一场越野车的车祸意外之后，医生宣布他脑死，就在要关掉维生系统及捐赠器官之前，他突然做出有意识性的动作。又过了五天，他张开了双眼，两天之后，他不必靠呼吸器呼吸，到了今天，他能走，能说话，情况持续改善。”

她走向爱德华。“唐诺·贺伯特，”她继续说，“在1995年抢救火灾现场时脑部严重受损，在进入植物人状态的十年之后，他说出了第一个字。一九八四年，莎拉·斯坎特林在行走时被酒醉驾驶人撞伤，昏迷六个星期之后，她进入微意识状态，接着，在2005年1月，她恢复了语言能力。”席康妮双手一摊，像是在答辩。“这些男女都受到了本来以为无法恢复的创伤，”她说，“这些男女都还有美好的岁月，但是家人一度绝望。然而这些男女到今天仍然好好地活在这个世界上，因为某些爱着他们的人爱得够深，相信他们能够康复，愿意给他们时间和希望。”

她走回桌边，把手放在卡拉没受伤的肩膀上。“泰瑞·华里斯、詹恩·葛毕斯基、查克·丹拉普、唐诺·贺伯特和莎拉·斯坎特林。法官大人，我们有可能再加上路克·华伦。”

席康妮坐下时，法官朝我的方向看过来：“吴先生？”

“不同的民族对生命的开端有不同的看法，”我站起来说，“藏传佛教信徒认为生命从性高潮开始。天主教徒则将生命回溯到精子与卵子相遇的那一刻。研究干细胞的人会说，胚胎要到第十四天，发育出原条——日后会发育为脊索——之后才开始有生命。在罗对韦德一案的判决中，生命从怀孕的第二十四周开始计算。至于北美的纳瓦伙族印第安人呢，他们相信，婴儿要在开始笑之后才有生命。”

我耸耸肩。“我们早已习惯生命从何时开始的各种不同说法。但是对于生命的终止呢？这个定义是否也同样模糊？二十世纪初，邓肯·麦克道格医生相信，把濒死的病患放到磅秤上可以知道他确切的死亡时刻，因为他的体重会在那一刻减少28克，这正好是灵魂的重量。到了今天，《统一死亡判定法案》制定的原则是：无法逆转的循环及呼吸功能停止，或是无法逆转的全脑功能停止。就是这样，才会有脑死等同死亡，和心跳停止等于死亡的说法。”

我看着法官。“我们今天来到法庭，法官大人，是因为路克·华伦没有留下任何指示，让我们了解他对于死亡定义的看法。但是我们知道他对生命有什么看法。对华伦先生来说，活着代表他可以和他的狼群一起奔跑……”

我心想：然后把妻儿留在家里。

“代表他可以成为狼群生活形态的专家……”

尽管他对如何凝聚自己的家庭一无所知。

“代表他可以不着痕迹地融入大自然……”

然后让妻子在家里彻夜等待。

“但绝对不是毫无意识地躺在医院病床上，无法自行呼吸，没有恢复的希望。法官大人刚才说过，我们的决定，必须符合路克·华伦自己的希望。”我顿了一下，迎视爱德华的目光。“路克·华伦，”我说，“会要我们放手让他离开。”

在第一节十五分钟的休息时间，爱德华和我朝洗手间走去。我们站在小便池前方，爱德华问我：“你相信那个律师讲的话吗？”

“你是指那些从脑伤恢复过来的人？”

他点点头。他按钮冲水，然后到洗手台边洗手。“对。”

“我不知道。但是我绝对会问那名脑神经外科医生。”我说。结束之后，我看到爱德华瞪着洗手间的镜子看，仿佛找不到自己的脸。“听着，”我告诉他，“你不必在今天为你父亲做任何决定。你只是要赢得决定权。”

我们决定在走进法庭之前先去喝个汽水。到了自动贩卖区，席康妮和乔琪正好坐在小桌边，卡拉坐在她们的对面。

“各位女士好。”我说，还向卡拉眨眨眼。

她低头看着桌面，自顾自地喝可乐。

“你爸爸还好吗？”我问。我知道卡拉在今天早上出庭之前先去看过路克。

她眯着眼睛说：“难道你在乎？”

“卡拉！”乔琪倒抽了一口气，“向裘伊道歉。”

“他应该先向我道歉才对。”她拿着可乐站了起来，“我到楼上等。”

但是她还来不及离开，爱德华便先挡住了出口。他推给她一包从贩卖机买来的蜡烛软糖。“来，给你。”他说。

“你怎么会觉得我想要？”

“因为你从前很喜欢，”爱德华告诉她，“从前下课回家时，只要我在加油站停车加油，你就会要我买给你。你老是爱先咬掉一截，然后把剩下的部分插在你舍不得喝的牛奶盒里，好像吸管一样。你说，那样很像草莓奶昔。”他看看乔琪，“我们没把这个小秘密告诉妈妈，因为她说你太爱吃糖，还没到青春期，牙齿就会先掉光。”

她拿着汽水，没办法接下软糖，因为她只有一只手能用。“我忘了这件事。”她喃喃地说。

爱德华把软糖塞进她手臂的吊带里。“我记得。”他说。

医院律师艾比·罗伦佐一开始便请桑卡尔医生坐上证人席。他先宣誓，接着报上神经外科医生的资历，过程中，他明摆着自己有更重要任务可做的表情——比方说，拯救生命。“你认识路克·华伦吗？”她问道。

“认识，他是我的病人。”

“你什么时候见到他的？”

“十二天前。”桑卡尔医生说。

“可以请你把华伦先生送进医院时的状况告诉我们吗？”

“他在车祸过后被送进医院，”桑卡尔医生说，“当时他人在车外。根据外在环境来看，现场的急救人员分析他可能有弥漫性创伤脑损的现象，做了昏迷指数评估，华伦先生抵达医院时，他的右侧瞳孔已经放大，身体左侧瘫软，前额有撕裂伤。经过计算机断层扫描检查，我们发现他的脑部严重水肿，双眼眶水肿，于是院方立刻呼叫我进医院。”

“接下来的情况呢？”律师问道。

“我们再次为华伦先生做昏迷指数评估，他的昏迷指数维持在五分——”

“这是什么意思？”

“这个神经学指数测量的是病患在头创后的反应程度，指数由三分到十五分不等，三分代表病患陷入严重昏迷，一个健康正常人的指数为十五分。在二十四小时之后，指数介于五分到七分之间的病患当中，会有百分之五十三过世或是停留在植物人状态。”

罗伦佐点点头：“你如何治疗华伦先生？”

“急诊做的计算机断层扫描显示他颞叶血肿、蛛网膜下腔出血、脑室出血，另外延脑脑干出血，蔓延到脑桥。”

“用一般人能懂的话来说呢？”

“华伦先生入院时，脑部和脑室出血，脑内掌控呼吸及意识的部分也有出血现象。我们用药物来减低他的脑压，也动了颞叶切除术，这个手术可以在颅骨内为脑部留下足够的空间，舒缓脑肿状况。我们开刀取出血块和脑内一部分的颞叶内侧。手术过后，他仍然无法自行呼吸，也没有恢复意识，但是他的右侧瞳孔再次有了反应，这代表脑肿的状况的确有减轻。动了颞叶切除术之后，华伦先生可能会失去部分记忆，但不是全部的记忆。然而他脑干受损造成严重昏迷现象，他很可能再也无法使用到这些记忆。”

“所以，他并不是处于脑死状态，桑卡尔医生？”

“不是的，”这位神经外科医生回答，“脑波图显示他的大脑皮质仍然有活动，但这些信息都没有被接收，因为他没有恢复意识。”

“院方如何维持华伦先生的生命？”

“通过呼吸器来带动他的呼吸，用喂食管进食。”

“你对于华伦先生的康复机会有什么专业的看法？”

桑卡尔医生回答问题时，我一直看着卡拉。她眯着眼睛，咬紧牙关，似乎把他的回答当作一阵风来抵御。“我们每隔两天便做一次计算机断层扫描。虽然我们知道他的脑压已经降低，脑干出血的部分却稍微变大。他仍然没有恢复意识，处于植物人状态。我的看法是，他的脑损情况太严重，我们不认为他会复原。”

这番话让卡拉一阵害怕。

“就算有机会——我得说这个机会微乎其微，华伦先生最好的状况也必须接受长期照护，能够恢复的功能非常有限，而且绝对不会恢复意识。”

“桑卡尔医生，你对你的专业看法有多少把握？”罗伦佐问道。

“我担任神经外科医生已经有二十九年的时间了，我从来没见过任何脑伤如此严重的病人康复。”

“院方对于华伦先生的医疗照护和康复状况持什么立场？”

“他是我们的病患，我们会尽全力提供他最好的医疗服务，确保他的舒适。但因为我们不期待他生活功能的质量会有进展，因此我们必须做个决定。不是让华伦先生搬到另一个可以提供二十四小时照顾的机构，就是关闭他的维生系统，考虑是否捐赠器官。”

“如果华伦先生不是处于脑死状态，他怎么可能成为器官捐赠者？”

桑卡尔医生往后靠向椅背。“你说得没错，他的状况的确不符合脑死的定义。但是，他符合心死，心跳停止后捐赠的条件。严重脑损且无法自行呼吸的病患如果事先表达过捐赠器官的意愿，他仍然可以这么做。院方会让病患家人与新英格兰器官银行的人员会面，在决定撤除维生医疗之后，我们会关掉呼吸器，病患会停止呼吸。从这一刻起开始计时，五分钟后，我们会宣布病患死亡，然后将他送进手术室摘除器官。以华伦先生的状况来看，可用的器官包括肝脏和肾脏，说不定还包括心脏。”医生停了一下，“对许多面对渺茫机会的家庭来说，知道自己的家人可以遗爱人间，通过捐赠器官帮助其他人活下去，会是一种极大的安慰。”

“谢谢你，桑卡尔医生，”艾比·罗伦佐说，“我的问题到此结束。”

我站起来，准备交换询问桑卡尔医生。“医生，”我问道，“请问你清楚查克·丹拉普的案例吗？”

“清楚。”

“你知道丹拉普先生因为越野车车祸受伤，被宣布脑死，接着又自发性地复原，请问这个说法正确吗？”

“这是一般大众的看法。”

“这是什么意思？”

“医学界相信丹拉普先生一开始就不是脑死，而是误诊。”医生回答，“如果他真的脑死就不可能康复。事实上，有个国家级的组织本来要去检视丹拉普先生的案例——我也是其中的一员。我们想重新检视所有记录，正式公开说明真实的状况，但是丹拉普家族不愿意让我们这样做。”他耸耸肩：“他们宁愿把这件事当作奇迹看待。”

“那么，泰瑞·华里斯呢？”

“同样，华里斯先生被诊断为植物人有将近二十年的时间，但他其实不是植物人。他处于微意识状态，这和植物人完全不同。处于微意识状态的病患对于自身和外在环境仍然有某些程度的意识，只是不能表达他们的想法和情绪。他们可能对疼痛、命令还有反应，听到心爱的人的声音，可能也会流泪。微意识状态可能会是长期的状况，但是他们比处于植物人状态的病患有机会复原。”

“华里斯先生会不会是由植物人状态进步到微意识状态呢？”

“有可能。意识分为不同的层次，从昏迷、植物人状态，到微意识状态。有些病患可能会由某个状态发展到另一个层面。”

“所以，华伦先生不是也可能会有相同的状况吗？”

“泰瑞·华里斯的复原相当惊人，并且出乎所有人的预期，但是他受到的创伤和华伦先生明显不同。他的状况是弥漫性轴突损害，没有引起颅内压的问题，也没有伤害到神经，范围仅限于轴突。人的神经元在大脑皮质层，接着是一层灰色的物质，轴突从这个位置延伸到白色物质。弥漫性轴突伤害代表的是灰色物质的细胞没有受到损害，但由于负责联系的轴突受到伤害，所以无法与其他部分联系。这样的脑部创伤固然严重，但是细胞及神经元并没有受到伤害。华里斯先生的康复要归功于轴突的生长。然而华伦先生的创伤并非轴突受创，而是神经元受损。神经元和轴突不同，一旦受损便无法再生。”

对于席康妮在开辩时提到的所有幸运患者，桑卡尔医生一一举出医学根据，说明病患为什么有可能康复。“那么，让我厘清一下，”

我重述重点，“诺齐女士提到的这些病患之所以能够康复，不是因为最早的误诊，就是因为他们脑部受伤的性质和华伦先生的遭遇不同？”

“一点也没错，”桑卡尔医生说，“我们不否认华伦先生的脑波图显示出脑部还有活动的迹象。他大脑额叶可能仍然保有和过去相同的语言及行动能力，但由于无法联系，所以他没办法说话。”桑卡尔医生看着法官。“这有点像去度假时，你坐在飞机上往下看着目的地，突然一阵飓风出现，让你无法降落。你可能还看得到有海滩和五星级服务的度假中心，但是你就是没办法从目前的位置到达你一心想去的地方。”

“将来华伦先生是否只能靠呼吸器呼吸，通过喂食管进食？”我问道。

“依我看是这样，没错。”

“如果继续仰赖这样的治疗，你能不能预测他还能活多久？”

“受到这种创伤的病患，多半会在几个星期或几个月内因为肺炎或其他并发症过世。”医生摇了摇头，“这些机器只是在延缓死亡的过程而已。我们维持患者的生命，但是这个生命实在不完整。”

“谢谢。”我对席康妮说，“证人交给你了。”

席康妮·诺齐走向桑卡尔医生，对着他皱起了眉头：“华伦先生的医疗费用由谁给付？”

“据我所知，他没有任何医疗保险，费用应该是州政府负担。”

“也就是说，医院的负担大约是每日五千美元，医生费用还要外加。”

“我们提供医疗服务时并不会去计算这些——”

“贝瑞斯佛纪念医院在去年亏损了两百万美元，是吗？”

“是的……”

“所以，医院是否也希望华伦先生的状况能尽早得到结论，好把病床让出来给付费的病患使用？”

“我是医生，这不在我的考虑范围之内。”

“医生，你刚才说过华伦先生可以在心跳停止之后捐赠器官？”

“是的。像他这样的体能状况，会是个理想的器官捐赠人。”

“在心跳死亡的器官捐赠案例中，是不是有百分之二十五无法依照预定的计划进行？”

他点头。“有时在呼吸器关闭之后，病患会有不稳定的偶发呼吸。如果这个现象没有在一个钟头内停止，我们会取消器官捐赠计划，让病患过世。”

“为什么要取消计划？”

“因为病患血液内携带的氧气不足以让器官存活，却又高过让心跳停止——也就是死亡条件——的程度。”

“这么说，”席康妮撇着嘴说，“你们基本上是在等心跳停止，在计时五分钟之后再去摘取器官？”

“没错。”

“你听说过罗伯特·威区医生吗？”她问道。

桑卡尔医生清了清喉咙：“听过。”

“威区医生是声誉卓著的医学伦理教授，他对心跳死亡之后的器官捐赠有所质疑，是吗？”

“是的。”

“可以请你为大家解释威区医生的论点吗？”

桑卡尔医生点点头。“威区医生指出停止跳动的心脏有可能重新开始跳动，事实上，心脏移植手术就是这样进行的。威区医生认为，就心跳停止后捐赠器官的病患来说，心脏功能停止和循环功能停止并非不可逆转的事实，也就是说，不符合死亡认定的标准。”

“所以你是说，华伦先生有可能在心跳停止后便被宣布死亡。但是他的心脏会接着捐赠给另一个人，然后又开始跳动。”

“是的。”

“那么，一开始宣布华伦先生死亡的决定是否太仓促？因为理论上来说，他的心脏还在他体内时，电击之后便可以恢复心跳？”

“在发展中国家，医学界对于死亡定义的认定是指循环功能终止，诺齐女士，”医生说，“五分钟的等待时间，是为了确保心脏在没有医疗设备的助力下，不会自发性地再次跳动。”

席康妮点了点头，但是你看得出她不相信这套说法。“华伦先生在目前的状况之下会不会感觉到任何痛苦？”

“不会，”医生说，“他没有意识，什么都感觉不到。我们尽全力让他能够舒适。”

“所以他目前没有痛苦。”

“没有。”

“没有烦恼？”

桑卡尔医生调整自己的坐姿：“不会。”

“这种无痛苦的状况可以持续多久？”

“如果没有其他危急身体系统的疾病，在住入长期照护机构之后，他可能可以继续活好几年。”

席康妮交抱起双臂：“好，你刚才告诉过吴先生，我提出的五个病例都是遭到误诊的严重脑伤，这是为什么他们可以康复的原因，对吗？”

“是的。意识障碍非常难做出精确的诊断。”

“那么你怎么能确定华伦先生不会是下一起众人口中所谓神奇康复的病例？”

“有可能，但可能性不高。”

“你知道什么是完全闭锁症候群吗，医生？”

“当然，”他说，“罹患闭锁症候群的病患有知觉而且清醒，但是无法动作或沟通。”

“脑干受损迹象和正常的脑波图是否都是闭锁症候群的症状？”

“是的。”

“华伦先生的脑损是否也有脑干受损和脑波图正常的表现？”

“是的，但是传统闭锁症候群患者的瞳孔会缩小，而且还有其他认知上的反应。多数的神经科医生在面对看起来像是陷入昏迷状况的病患时，都会考虑到这些诊断特征，并且会要求病患往上或往下看。”

“但是完全闭锁症候群就不同了，对吧？完全闭锁症候群的患者没办法自发性地——这是就定义而言——往上或往下看。”

“没错。”

“所以当眼睛没有自发性动作时，医生是否很难判断出病患究竟是完全闭锁症候群，或是进入植物人状态？”

“是的，是很难，没错。”桑卡尔医生回答。

“你知道，桑卡尔医生，闭锁症候群患者通常可以通过辅助器材和外界沟通，其中有些人甚至很长寿？”

“我听说过。”

“你能不能在法庭上表明华伦先生百分之百不是闭锁症候群的状况？”

“医学上没有百分之百确定的案例。”他提出抗议。

“那么我猜，你也没办法百分之百确定华伦先生不会从植物人状态进展到微意识状态，或是甚至恢复到有意识的状态？”

“我不能。但是我可以告诉你，到目前为止，我们所有的治疗都没办法改变他的意识状态，而且没有任何医学根基让我相信他的情况在未来有可能改变。”

“你一定知道的，医生，某些脊椎受伤的病人被告知自己再也不能行走，但是在特定的案例当中，因为医疗科技的进步，这些病患得到再次行走的机会。”

“这是当然的。”

“还有，那些从伊拉克和阿富汗返乡的士兵如今以令人赞叹的义肢来取代失去的手脚，这些对越战时代的士兵来说，简直和科幻小说没有两样。如果我说，医学的研究发展日新月异，这个说法公平吗？”

“公平。”

“是不是有许多经诊断为病情不乐观，甚或是末期患者的病患，到头来却过着充实丰富的生活？说不定五年之后，会有人研发出新科技来帮助脑干受损的病患康复，对吗？”

桑卡尔医生叹了一口气：“是的。然而我们无从得知，在你提到的这些假设性的疗程出现之前，我们还要等多久。”

席康妮直视着医生的双眼。“我说，绝对比十二天来得久。”她说，“我没有别的问题了。”

桑卡尔医生站起来，在他离开证人席之前，法官问了一个问题：“医生，我还有一个问题。你今天提到很多我听不懂的医学名词，我想直接切入重点。如果这个病患是你的兄弟，你会怎么做？”

桑卡尔医生缓慢地、沉沉地坐回椅子上。他转开头，没看法官而是看着卡拉，目光中充满了感情，几乎称得上温柔。“我会说再见，”桑卡尔医生说，“然后，我会放手让他走。”

路克

为了回到人类文明，我大概走了六七天的时间。路程中我不时哭泣，因为我觉得自己失去了我的狼家族。我知道，没有我，它们仍然会活下去。我只是不确定反过来是否也相同。

要知道，除了偶尔出现在水面的倒影之外，我有两年没看到自己了。我的头发长及后背，在无意中纠缠成发辫。我满脸浓密的胡子，狼群玩闹时在我脸上留下的疤痕还没有完全愈合，而且，我好几个月没洗澡，体重少了将近六十磅，露在工作服袖口外的手腕和细瘦的小树枝没两样。我相信，在任何人眼里我都像恐怖的梦魇。

还没看到高速公路之前，我在大老远之外便先听到了声音，这让我发现自己的感官变得多敏锐。这时是夏天，过了逐渐稀疏的树林，还要走好几英里才会见到隆起的柏油路面，然而我仍然闻得到沥青在高温下散发出来的味道。我走进阳光直射的空地，不得不眯起了眼睛，一辆连接车呼啸而过，隆隆作响的噪音几乎要轰得我踉跄后退，车身带起的热风将我的头发从肮脏的脸上往后吹。

我来到铁丝篱笆前方，我伸手去摸，冷冷的铁丝像格子般压在我的手掌上，我好久没触摸过这样的东西了。我在原地站了好一会儿，只想感受金属的力量和清晰的线条。我开始往上爬，轻松地越过顶端，无声地跳落在路面，这些都是我学了好久的技艺。当我听到声音时，背上的汗毛全都竖了起来，而且第一个反应就是蹲下，我逆风穿过公路，这样一来，他们才不会发现我正在接近。

那是一群女童军——我不知道加拿大女童军是不是有别的称呼。她们正在高速公路休息站野餐，她们的巴士像个巨大的怪物，躺在停车场的阴影下。

我开始毛躁狂乱，觉得身形太过暴露。这地方没有树木可供遮掩，身边也没有任何愿意挺身而出，在我需要时和我并肩作战的伙伴。我听得到马路上尖锐刺耳的车声，每个划过的噪音都像太过接近的子弹，威胁我的安全。这群女孩的笑声太过喧闹，让我不得不举起双手捂住耳朵。

现在回想起来，我能够想象她们的感觉：她们前一秒钟还有说有笑，下一秒钟，野餐桌边便出现一个衣衫褴褛、臭气冲天的粗鄙怪物。几个女孩放声尖叫，有个女孩直接朝巴士跑过去。我试着让她们镇静，但是我的直觉反应是蹲下身子低下头。接着，我才想起自己能发出声音。

这两年当中，除了呼嚎咆哮之外，我一直没使用到自己的声音。

这个声音粗嘎、单薄，犹如吠声，连我自己都不记得。

我试着把声音聚集在舌尖说话，这样做好痛。正在我结结巴巴想说话时，巴士司机跑了过来。“我已经报警了。”他拿着一把偌大的手电筒充当武器，逼得我无法接近。

这时，我才终于恢复了说话的能力。“帮帮我。”我说。

事实上，当警察出现时，我还不知道自己面对的是福或是祸。一开始，我无法说服警方相信我的身份，就算我从破烂工作服胸前的口袋掏出两年前带进森林的驾照也没有用。我相信以外表来看，警方会把我当成无家可归的流浪汉，偷了某个家伙的皮夹带在身上。在警方打电话给乔琪，而她在另一头崩溃哭泣时，他们才终于相信我的话，让我在分局更衣室里洗澡，还给了我一套警方订制的T恤衫和一件运动裤，甚至到麦当劳为我买来汉堡。

我五秒钟不到便囫囵吃掉了汉堡，接着再花一个小时在厕所里呕吐。

警察局长拿了水和咸饼干给我。他想知道究竟原因何在，竟然有人想要去和野狼一起生活，他更想知道我为什么没成为野狼的晚餐。我越和他聊，声音就越来越圆润，原来像鬼魂般盘旋在上颚的字句也轻缓、扎实又真确地落了地。

他为了让我睡在拘留室的薄铺上而致歉。虽然这是两年来我睡的第一张床，但是我一点也不觉得舒服。而且尽管警察没锁上门，但我仍然觉得拘留室的墙壁向我压过来，而且每一样物品闻起来都像是墨水、调色剂或灰尘。

隔天早上，当警员带着开了整夜车子来接我的乔琪走进拘留室时，我正在拘留室的地板上睡觉。但是我和任何野兽一样，在她的脚步声接近门口之前，我已经有了百分之百的警觉。我知道来的是她，因为我还没看到她，洗发精和香水的味道就已经像海啸般朝我席卷而来。

“哦，天哪，”她喃喃地说，“路克？”

她快步朝我走过来。

我想，情况应该是这样，我的本能浮现，理智退了下去。在乔琪朝我跑过来的时候，我的反应和任何面对相同情况的野狼相同。

我蹲低身子，警觉地闪开她。

无论我活多久，我都会记得她眼中光芒在那一瞬间顿时熄灭，宛如烛光，被突如其来的风吹熄。

爱德华

我站在证人席上宣誓时，把一只手插进父亲外套的口袋里，没想到在里面摸到一张小纸条。我不想把纸条掏出来看，以免惹人注意，何况，我正处于最尴尬的局面当中，但是我真想看那是什么东西。是字条，是购物清单，还是洗衣店收据？我的脑中闪过一个画面：洗衣店员工不明白路克·华伦为什么没在上星期一去店里领该领的裤子。这些衣物他们会保留多久？他们会打电话给我父亲要他去领回自己的物品，还是会捐给慈善机构？

最后，我成功地偷偷掏出纸条，在证人席的栏杆下方打开。如果有人注意到，他们会以为我只是低头看自己的腿。那是一张中国餐厅幸运饼里的纸签。

愤怒起于愚行，止于懊悔。

我不懂他为何要留下这张纸签。难道他觉得这句话讲的是他自己，还是他会不时读读纸条，当作自我警惕？

说不定他只是塞进口袋，忘了拿出来。

难道这让他想起我？

“爱德华，”裘伊说，“成长过程中有父亲相伴是什么样的感觉？”

“我觉得我有全世界最棒的父亲，”我承认，“要知道，我小时候是那种安静、用功的学生，大部分的时间都在看书，而且，嗯，不喜欢大自然，标准被欺负的对象。”我知道卡拉用好奇的眼光看着我。这不是她记忆中的大哥。从孩子的角度来看，只要上了高中，开辆破车，还会买甘草糖给她吃，就算怪胎也还是酷。“我爸爸从荒林回来之后立刻成了名人。而我身为他的亲生儿子，也突然开始受到欢迎。”

“你和你父亲的关系怎么样？你们亲近吗？”

“我父亲离家的时间很长。”我的话像是外交辞令，一个句子突然跳上我的脑海：别说爸爸的坏话。“他先去魁北克和狼群生活，但是在他回来，在瑞德蒙游乐园打造狼围场时，他也经常在拖车里过夜，有时候甚至待在围场里。事实上，卡拉比我更喜欢和他在一起，所以她时常留在游乐园，而我多半陪着我母亲。”

“你是否会因为父亲没陪在你身边而讨厌他？”

“会，”我直截了当地说，“我记得自己很嫉妒那些由他一手带大的狼，因为它们比我更了解他。我还记得自己也会吃妹妹的醋，因为她似乎能和他沟通。”

卡拉低下头，落下来的头发遮住了脸。

“你恨不恨你父亲，爱德华？”

“不恨。我只是不了解他，但是我不恨他。”

“你认为他恨你吗？”

“不，”我摇摇头，“我觉得他是困惑。我觉得，他期待自己的子女和他有相同的兴趣，他认为这应该是天生的。但老实说，如果你和他没有相同的兴趣，你们实在很难继续交谈。”

“你十八岁那年发生了什么事？”

“我父亲和我……起了争执，”我说，“我是同性恋。我刚向我母亲承认，在她的建议下，我到父亲在公园的拖车去告诉他。”

“你们谈得不顺利？”

我犹豫了，谨慎地在记忆的地雷区找路走：“可以这么说。”

“结果发生了什么事？”

“我决定离家出走。”

“你去了哪里？”

“泰国，”我说，“我开始教英文，在泰国四处旅行。”

“你在泰国住了多久？”

“六年。”回答时，我的声音在这两个字之间断了开来。

“在离家的那段时间里，你有没有和家人保持联络？”裘伊问道。

“一开始没有。我真的很想——也很需要——清静一下。但是最后我还是联络了我母亲。”我迎视她的目光，想表达我的歉意，因为在那音信全无的几个月当中，我害她受尽了折磨。“我没和我父亲说话。”

“你是在什么样的情况下由泰国回到这里来的？”

“我母亲打电话给我，我知道父亲出了严重的车祸，卡拉也在一起。”

“你听到这件事的时候有什么感觉？”

“相当惊慌。我是说，这与你和对方有多久没见面并没有关系。家人的关系不可能终止。”我抬起头，“我搭乘第一班飞机回到美国来。”

“请你在法庭上，把你在医院里第一次看到父亲的经过告诉我们。”

裘伊的问题带我回到了当天。我站在父亲的床尾，看着纠缠的管子和电线从他医院的罩袍下穿出来。他的头上有绷带，但是让我仿佛挨了一拳的，却是小小的一滴血。在他脖子的喉结上方有一小滴血。这滴血很容易被误认为胡茬儿或是刮痕。他身上受创的所有证据都经过护士仔细清理，但是这个丁点大的提示却让我几乎跪了下来。

“我父亲是个高大健壮的人，”我轻柔地说，“但如果你和他见了面，你会发现他看起来比实际更高大。光是他的精力，就足以为他的身高再加两英寸。他不是那种只会到处走动的人，他会奔跑。他不是吃东西，而是狼吞虎咽。你见过那种精力一直处于巅峰的人吗？他就是那样。”我拉紧他的外套：“但是那个躺在医院病床上的人呢？我这辈子从来没看过他。”

“你有没有和他的神经外科主治医生谈过他的情形？”裘伊问道。

“有的。桑卡尔医生走进来，说明他们做了哪些测试，也动了紧急外科手术来减低他的脑压。同时他还为我说明纵使血肿的状况消失，我父亲的脑干仍然受到严重的创伤，没有任何手术可以修补。”

“你多久会来医院看你父亲一次？”

我迟疑了一下，不知该怎么解释。除了那段受到法律限制不得接近他病房的时间之外，我一直都陪着他：“我尽可能每天都来看他。”

裘伊看着我，问道：“你和你父亲有没有谈论过，如果他不幸失能，他有什么希望，爱德华？”

“有的，”我说，“我们谈过一次。”

“可以为我们说明一下吗？”

“在我十五岁那年，我父亲决定走进魁北克森林去和狼群一起生活。过去从来没有人做过这样的尝试。生物学家在圣劳伦斯河沿岸发现一条野狼迁移的走道，他打算去拦截，然后渗入狼群当中。在他之前的工作经验中，有几个捕获的狼群成功地接受了他，他认为下一步自然该这样发展。但是这也表示他必须独自一个人，在没有任何遮蔽住处及食物的状况下度过加拿大的冬天。”

“你父亲关心的是自己可以从中得到的好处吗？”

“不是的。他只是在做他觉得该做的事。对他而言，这才真的是呼唤。我母亲的看法就不同了。她认为他想离开她，把两个孩子都留给她。她相信他不可能活下来，而且这是个不负责任又疯狂的做法。她以为他会恢复理智留在家里，这里才是他的归属……只不过，他没有留下来。”

我的母亲坐在听众席的前排，整个人像石雕般一动也不动，目光停留在自己的双腿上，双手紧紧绞扭在一起。“在他离家的前一晚，我父亲把我叫进他的办公室。他桌上放了两个玻璃杯和一瓶威士忌，他要我喝，因为我马上要成为家里的男主人。”

酒精的滋味像烈火，我一边咳嗽，泪水一边涌入眼眶，我以为自己会当场死亡，但是他拍拍我的背，要我呼吸。我拉起衬衫的衣角擦脸，发誓再也不喝这种鬼东西，就算再过一百万年也一样。当我的视线恢复正常时，我看到桌上多了一个东西，那是一张纸。

“你认得这份文件吗？”裘伊问道。

这张纸又出现了，不但是皱的，一个边角也撕破了，这是卡在档案柜里被我发现的文件。裘伊登录下这份证据，接着要我大声念出来。我依他的要求念，但是我在脑子里听到的是我父亲的声音。

随后是我自己的回答：如果我做了错误的决定怎么办？

“这张纸最下方是不是你的签名？”裘伊问道。

“是的。”

“另外一个是你父亲的签名吗？”

“是的。”

“在过去九年之间，你父亲是否提过他要撤销这张医疗委任状？”

“抗议！”卡拉的律师站起来说，“这张纸条不是具有法律效益的医疗委任状。”

“抗议驳回。”法官喃喃地说。他又开始扯头发。真不简单，到现在他竟然还没秃头。

换成另一个场面，卡拉和我绝对会大声取笑这件事。

“我们从来没再提起这件事。有一天，他从魁北克回家，事情就这么结束。”

“你在什么时候想到这份文件？”

“车祸的几天之后，我在他家里整理他的文件，因为我想联络瑞德蒙游乐场照顾狼群的管理员，必须找出他的电话。当时这张纸卡在档案柜的后面。”

“在你整理你父亲的文件时，”裘伊说，“你有没有看到任何其他委任状？”

“没有，我没看到。”

“遗嘱呢？或是保单？”

“没有遗嘱，”我回答，“但是我倒是找到了一张保单。”

“你可以告诉大家，假如他不幸过世，这份保单的受益人是谁吗？”

“是我的妹妹，”我说，“卡拉。”

她惊讶地张大了嘴，这时我才发现我父亲从来没告诉过她。

“你是否也是受益人呢？”

“不是。”

我在他放着卡车驾照和他护照的档案夹里发现这份保单，而我从头到尾仔细读了一次。我开始胡思乱想，怀疑他是否在我离家之后才删除我的名字，或是说，他在我离开后才买下这份保单。

“你惊讶吗？”

“还好。”

“你生气吗？”

我抬起下巴：“我自食其力过了六年，我不需要他的钱。”

“所以你为了争取父亲监护权，想为他的医疗方式做决定的这些做法——完全没有金钱利益上的动机？”

“我父亲过世，我一分钱都拿不到。如果你想问的是这个问题。”

“爱德华，”裘伊说，“你认为你父亲现在会希望怎么做？”

“抗议，”席康妮·诺齐争辩，“这是个人意见。”

“的确，律师，”法官表示同意，“但同时也是我想听的意见。”

我深吸了一口气。“我和医生讨论过，问了上百个问题。我知道我父亲回不来了。他曾经告诉我有关病狼的故事，生病的狼会开始让自己挨饿，因为它们知道自己会牵累整个狼群，它们保持在狼群外围的位置，一直到虚弱倒下而死。这不是因为它们不想活，或是不想恢复健康，而是因为这会让它们所爱的家族处于不利地位。用不着别人说，我爸爸会自己承认他的想法和狼一样，而一头狼会把群体的利益放在一切之先。”

当我终于鼓起勇气看向卡拉时，我觉得自己仿佛被一把利刃划过。她因为力图镇定而眼眶含泪，双肩抖个不停。“对不起，卡拉，”我直接对着她说，“我也爱他。我知道你不相信，但这是真的。我希望我能告诉你，说他的情况会好转，但他真的不会。他会告诉你：他的时间到了。为了让家人继续前进，他得离开。”

“这不是真的，”卡拉脱口说：“没有一句话是真的。他不会丢下我，而且你也不爱他。你从来没爱过爸爸。”

“诺齐女士，请约束你的委托人。”法官说。

“卡拉，”她的律师低声说，“等一下会轮到我们。”

裘伊看着我：“你妹妹的看法显然完全不同。为什么会这样？”

“因为她内疚。车祸发生当时她也受了伤，她好了些，爸爸却没有。我不是说车祸是她的错，只是她是当局者，没办法做决定。”

“也有人会说因为你太疏远，所以不能做决定。”裘伊反驳我刚刚的说法。

我点点头。“我知道。但是自从我离家之后，我明白了一件事。你想想看，当你离开的时候，一切都停止了。世界仿佛冰冻起来等待你。但是没有任何东西是不朽的，建筑会被拆毁，人会出意外，小女孩会长大。”我转头看着卡拉，“你小时候很喜欢在夏天到镇上的游泳池以肚皮落水的方式跳水，而且老爱叫我给你打分数，好像在参加奥运比赛。大多数的时间我都忙着看书，所以随口编了分数给你，如果分数太低，你会恳求我让你立刻重跳。问题是，当一个人长大之后，你不会有重赛的机会。你不是成功就是失败，而你得接受自己的成绩。我有六年没看到我父亲，但是我一直觉得，有一天，我们终究会说上话。我一直觉得他会说抱歉，要不然就是我说，但无论如何，场景都会像一部温馨的家庭电影，有个美好的收场。我没办法挽回这六年的时光，我本来可以在任何时间打电话给我父亲，说：嘿，是我。”我把手伸进口袋，摸到那张幸运饼里的纸签。“他曾经信任我，那年我十五岁。我要他知道，无论我是否离开家，他仍然可以信任我。我要他知道，我对于父子之间的僵局感到抱歉，但将来我也许不会有机会当面把这句话告诉他。这是我唯一能表达的方式。”

我突然想起当年我签下文件之后，在他办公室里发生了什么事。我的指头仿佛被笔灼伤似的松开，手上的笔跟着掉落在地。我父亲拿起我放在桌上的酒杯，喝掉杯里的威士忌。你啊，他说：有个成熟的灵魂。你做这种事比我更在行。

我紧抓住这句宝藏般的称赞没有放手，像个护着珍珠的蚌壳，完全忘却让这句话成真的痛苦代价。

“别犯错。”在交叉质询开始之前，裘伊这么告诉我。“光看席康妮·诺齐的外表，你可能以为她只会在香草花园里种种大麻，或是用自己的头发织毛衣，但其实她是一尾食人鱼。她曾经在丹尼·鲍伊的手下做过事，他选择检察官的标准是看他们吸血的速度有多快。”

所以，当卡拉的律师靠上前来对我露出微笑时，我紧紧抓住证人席的椅子，准备迎接一场战争。

“我可以这样说吗，”她说，“你试图让大家相信你在十五岁的时候就已经够成熟，足以让你父亲指派你来为他的健康医疗做决定？然而，你现在又坚持你已经十七岁九个月的妹妹不该做相同的事？”

“那是我父亲的决定，不是我求来的。”我回答。

“你知不知道卡拉负责你父亲所有的账务和支出？”

“我不惊讶，”我说，“我在她这个年纪也做过相同的事。”

“你六年没见到你父亲了，对吧？”

“是的。”

“他有没有可能写下另一份文件——比方说指定卡拉为他健康医疗的监护人，只是你不知道？或者说，你有没有可能找到了一张文件……然后把它丢掉？”

裘伊站了起来。“抗议！没有立论基础……”

“我收回刚刚的问题。”席康妮·诺齐表示。但是她这番话让我不禁开始怀疑，父亲是否指定过卡拉或别人，只是我们还没找到这份文件？如果他真的改变了心意，只是我离得太远所以不知道呢？如果你遵照某人的意愿去关掉他的呼吸器，我不认为这叫谋杀。但如果到最后发现这不是他所想要的方式呢？

“你认为自己冲动吗，爱德华？”

“不认为。”

“真的吗？你吵了一架就离家出走，这不算正常的举动吧。”

裘伊双手一摊。“庭上，这是价值评断，请问真正的问题在哪里？”

“抗议成立。”法官说。

席康妮丝毫没受到影响。“你认为自己是喜欢掌控情况的人吗？”

“只有对我自己的命运是这样。”我回答。

“你父亲的命运呢？”她继续追问，“你现在就想掌控他的命运，是吧？”

“是他要我这么做的，”我说话的声音开始紧绷，“而且，他公开了自己的意愿：他签下器官捐赠者的文件。”

“你怎么知道的？”

“他的驾驶执照上有注记。”

“你知不知道，在新罕布什尔州，如果你想当器官捐赠人，光在驾照上贴标志是不够的？你还必须上网登录？”

“嗯——”

“你知不知道你父亲并没有上网登录？”

“我不知道。”

“你觉不觉得他有可能改变心意？”

“抗议，”裘伊大声说，“臆测性论点。”

法官皱起眉头。“我接受这个问题。华伦先生，麻烦你作答。”

我看着卡拉的律师：“我认为这是因为他不知道这个步骤。”

“你知道他怎么想，因为你们在过去六年之间很亲近，”席康妮说，“怎么着，我猜你们一定经常在夜里聊天谈心。哦，等等，我想起来了，你根本不在他身边。”

“我现在回来了。”我说。

“对。这也就是你在和医生讨论过之后，你决定不惜一切结束你父亲生命的原因，是吗？”

“医生和社工人员都告诉过我，我不该想到自己要什么，而该去想我父亲有什么希望。”

“你为什么没找你妹妹讨论？”

“我试过，但我每次一提起父亲的状况，她就开始歇斯底里。”

“你和卡拉讨论过几次？”

“没几次。”

席康妮·诺齐扬起的眉毛：“没几次是几次？”

“一次。”我承认。

“你知道卡拉出了严重的车祸吗？”她问道。

“当然知道。”

“你知道她受了重伤？”

“知道。”

“你知道她刚动过重大手术？”

我叹了一口气：“知道。”

“你知道在你找她讨论时，她注射过止痛药，而且很虚弱？”

“她说她没办法继续下去了，”我争论着，“她想让这件事赶快过去。”

“单凭这句话，你就假设她指的是你父亲的生命？无视于她稍早才激烈反对关掉呼吸器？”

“我假设她指的是整个情况。对她来说，整件事听起来痛苦，进行起来也痛苦。所以我才会告诉她，让她知道我会负责处理。”

“你所谓的负责处理，就是单方面决定结束你父亲的生命。”

“那是他的愿望。”我仍然坚持。

“老实说吧，爱德华，这其实是你的愿望，不是吗？”席康妮丝毫没有放弃。

“不是。”我的太阳穴开始痛。

“真的吗？因为你没有告诉你妹妹，便私自安排结束你父亲的维生治疗。在事情发生之前，你仍然没告诉她。而且，当医院行政人员发现你的计划，准备放弃程序的时候，”她说，“尽管卡拉在现场求你住手，你扔然推开挡路的人，做你一心想做的事，也就是杀害你父亲。”

“不是这样的。”我开始紧张了。

“你是否遭指控犯下二级谋杀罪，华伦先生？”

“抗议！”裘伊说。

法官点点头：“抗议成立。”

“你在稍早作证时是否表示过你无法从父亲的死亡得到任何金钱利益，因为你不是他保单的受益人？”

“我十天前才知道他有那份保单。”我回答。

“十天就够你策划谋杀案了，因为你对于自己没被列入保单受益人当中太过愤怒——”席康妮做出沉思的表情。

裘伊跳了起来："抗议！"

"抗议成立。"法官喃喃地说。

卡拉的律师丝毫没受到影响，她靠上前来，交抱起双臂。"你父亲没有留下遗嘱，也就是说，如果他今天在未留遗嘱的情况下过世，你有权继承他的产业，有权分得他半数财产。"

这倒是新闻。"真的吗？"

"所以，理论上来说，你父亲过世你的确可以获利。"她指出自己的重点。

"在付清医院账单之后，我怀疑他还能留下多少钱。"

"所以你的意思是说，他越早死，留下的钱就越多？"

"我不是那个意思。在两秒钟之前，我甚至不知道我可以分到他的资产……"

"没错。毕竟对你来说，你父亲早在几年前就过世了，所以你何不干脆让这件事合法化？"

裘伊早就警告过我，席康妮·诺齐会想办法激怒我，让我看起来就像个会犯下谋杀案的人。我深呼吸，想压制涨红脸带来的热意："你完全不了解我和我父亲的关系。"

"正好相反，爱德华。我知道你的作为出自愤怒和憎恨——"

"不对……"

"我知道，你得知自己被排除在保单的受益人之外一定很生气。我知道你气你离家出走后，你父亲从来没找过你。你会生气，是因为你妹妹和你父亲相处融洽，你其实希望你和他能有这样的亲情——"

我脖子上的青筋开始跳动："你错了。"

"承认吧，你这么做并非为了爱，爱德华，而是出于恨。"

我摇头。

“你恨你父亲，因为他在你坦白出柜时拒绝接受，你这么恨他，让你不惜亲手拆毁自己的家庭——”

“拆毁这个家庭的人是他，”这些话脱口而出，“好，我恨我的父亲，没错。但是我根本没机会告诉他我是同性恋。”我看着旁听席，找到一张熟悉、僵硬的面孔。“因为那天晚上我到了拖车，发现他背着我母亲和别的女人鬼混。”

休庭时，裘伊找了间会议室让我们独处，他先去帮我倒水，但我不可能喝，因为我的双手仍然抖个不停。我就是不想看到这种事情发生。

会议室的门打了开来，进来的不是刚才去倒水的裘伊，我惊讶地看着我母亲走进来。她在我对面坐下。“爱德华。”这短短几个字对我来说就像是一大块画布，涂满消失的故事。

她看起来好娇小，而且全身打战。但我想，当你发现你在这几年间告诉自己的故事完全不真确时，你大概也会这样。就冲着这一点，我至少也该解释一下。“我到瑞德蒙游乐园去找他坦白，我敲了拖车门，但是他没有回应。门没锁，所以我直接走进去。车里的灯没关，收音机还播放着音乐。爸爸不在起居室里，于是我走进卧室。”

六年之后，往事仍然鲜明——交缠的肢体，散落在塑料地板上的衣服，我花了几秒钟，才理解自己看见了什么。“他和那个叫作史派若或兰恩，还是其他名字的大学实习生搞在一起，那个女孩才大我该死的两岁。”我抬起头，看着我母亲，“我没办法告诉你。所以在我回家后，你以为我是因为和爸爸起了冲突才会那么难过时，我只好继续让你那么想。”

她紧紧交抱着双臂，仍然没有说话。

“他离开两年是对我们的亏欠，”我说，“他应该要在回家之后当个父亲，当个丈夫。没想到他回来之后的思考方式和作为却和那些和他生活在一起的笨狼一样。他是阿尔发领袖，我们是他的家人，而狼群一向以家族为优先的，不是吗，他告诉过我们多少次？但他其实一直在说谎，他根本不在乎家人。他背着你偷腥，忽略自己的子女。他不是狼，他是个伪君子。”

我母亲的下巴仿佛是玻璃打造的，似乎只要一个转头，就算速度再慢，她的下巴也可能为之碎裂。“那么，你为什么要离开？”

“他求我不要告诉你。他说，那只是个偶发事件，一个错误。”我低下头，看着自己的双腿。“我不想让你或卡拉受到伤害。毕竟，你等他等了两年，就像奥德赛的妻子潘妮罗佩一样。而卡拉呢，她一向拿爸爸当英雄看待，我不想当那个让她面对现实的人。但是我知道自己没办法替他说谎，因为我终究会说溜嘴，而真相会拆散这个家。”我把脸埋进双掌中，“我不想冒这个险，所以我只好离开。”

“我早就知道了。”我母亲喃喃地说。

我倒抽了一口气：“什么？”

“我没办法告诉你那女孩是谁，但是我早就猜到了。”她紧紧按住我的手，“你爸爸从加拿大回来之后，我们的关系越来越差。他搬了出去，不是住拖车就是和他的狼待在一起。后来他开始雇用这些年轻的动物系研究生，她们把他当作主耶稣看待。你爸爸没明讲，但是他也不必说。没多久之后，只要我到游乐场去，这些女孩没一个敢直视我。坐在拖车里等路克时，我会发现多出来的牙刷，或是粉红色T恤衫。”我母亲看着我，“如果我当初知道你为了这件事离开家，就算游泳，我也要到泰国去找你。”她坦白地说，“我应该要保护你，爱德华。而不是反过来。我真的好难过。”

有人轻轻敲门，裘伊走了进来。我母亲一看到他，立刻冲进他的怀里。“没事了，宝贝。”他拍拍她的后背，轻抚她的头发。

“没关系的，”她靠在他肩头说，“那是太久以前的事了。”

她没哭，但我猜那只是迟早的问题。伤疤就像宝藏图，只不过你埋的是痛苦，而且埋得深到记不得。

我母亲和裘伊之间有种情人的默契，这是一种像速记般的精简方式，当你和某个人够亲近时，不必通过语言也可以沟通。我怀疑她和我父亲之间是否曾经如此，或是说，她只是不断地试着去解读这个人。

“他配不上你，一直是如此，”我告诉我母亲，“他从来就配不上我们。”

她转头看着我，仍然握着裘伊的手。“你想要他死，爱德华，”她问道，“还是你希望他早就死了？”

我明白这当中有差别。我可以告诉自己，我回家来是为了驳斥浪子的理论，我可以说我想要执行父亲的愿望，而且绝对竭尽全力。但就算你硬把一匹马当作鸭子，它也不可能长出羽毛和鸭嘴。你可以告诉自己，你的家庭是一幅多么圆满和谐的相片，但那是因为照相机拍不出孤独和不满。

原来，怜悯与复仇只有一线之隔。

而这条线如此之细，让我几乎看不见。

路克

我抛在人类世界的锚——也就是我的家庭——和从前不同了。我的小女儿在我离家时还会怕黑，现在不但戴了牙套，紧紧抱住我的脖子不放，还要带我看她刚养的金鱼、她最喜欢的故事书，以及她参加游泳跳水比赛的照片。看她的样子，你会以为我只离开了两分钟，而不是两年。我的妻子就含蓄多了，她会跟在我身后，仿佛我一离开她的视线便会再度消失。她一直紧抿着嘴，我知道她有太多话想告诉我，却又不敢说出来。经过在加拿大警察局的会面经验之后，她一直不敢靠得太近——我是说身体上的距离。相反地，她用物质享受来淹没我，她准备了适合我现在消瘦身材的柔软运动裤，帮助让我肠胃逐渐适应的简单家庭料理，为我带来温暖的羽绒被。我只要一转头，便会看到乔琪忙着为我张罗。

我的儿子就不同了，表面上，他对我的归来似乎无动于衷。他握手欢迎我，说了几句话，但我不时会发现他站在门口或窗边小心翼翼地看着我。他很小心，很犹豫，不愿意太快信任我。

看来，他长大了，更像我了。

你可能以为物质享受会让我一头栽进人类世界中，但是事情没这么简单。夜里，我睁着眼睛无法入睡，我会在房子外绕来绕去巡逻。任何声音对我都是威胁，第一次听到咖啡机萃取过咖啡之后发出嘘声时，我穿着内裤跑下楼，冲进厨房时还防御性十足地龇牙弓身。我宁愿坐在黑暗当中，也不爱处在人造光线下。床垫躺起来太软，于是我转而躺卧在床边的地板上。有次乔琪发现我边睡边发抖，于是拿毯子想帮我盖上，但被子都还没碰到我，我就像火箭般地坐了起来，还扣住她的手腕将她压制在地上，让自己取得优势。“我——对不起。”她结结巴巴地说，但是我的本能反应胜过一切，我甚至没办法找出恰当的字眼告诉她：不，该说对不起的是我。

狼的世界有一种让人解脱的坦率，没有外交辞令，没有礼节。你可以直接告诉敌人你恨他，可以毫不隐瞒地直接表达你的仰慕之意。但是“直率”对善于推托的人类却行不通。我穿这件衣服显得胖吗？你真的爱我吗？你想念我吗？当一个女人问这种问题时，她不会想听真正的答案。她要你骗她。和狼群生活了两年之后，我已经忘了自己说过多少谎言来维持一段关系。我老是想到魁北克那头强壮的副手，我知道它会献上自己的性命来保护我。我不必说出来，但是我相信它，因为它同样信任我。但是人类之间有太多半真半假的话和无伤大雅的白色谎言，这让我很难记得哪些是真，而什么是假。每次我说真话似乎都会惹乔琪哭，既然我不再知道自己该说什么，于是，我不再开口。

我没办法待在室内，这会让我觉得像是遭到了囚禁。电视会让我眼睛不舒服，餐桌闲聊宛如陌生的外国语言。即使是走进家里浴室，当我闻到洗发精、香皂和止汗剂混杂在一起的味道，我也会觉得头晕，不得不靠在墙边休息。在我过去居住的世界里，基本气味至多只有四五种。我的感官敏锐到连阿尔发母狼在它三十码外的狼穴里翻身，我都会知道，因为它的动作会带起地下狼穴的尘土，而扬起的尘土会从狭窄的洞口往外飘。这个味道就像一面醒目的红旗，和尿液、松木、雪以及狼一样。

同样，我也没办法待在户外，因为我走在街上时，住家的狗会在屋子里狂吠，若狗在院子里，甚至会和我正面冲突。我记得我曾经从一个骑马的女人面前经过，那匹马一看到我便开始害怕，还发出嘶鸣。尽管我已经刮过胡子，也洗掉那两年来留在我皮肤上的泥土，我仍然会散发出某种野性、自然，而且充满猎食动物的气味。（一直到今天我看到马，仍然会在它经过之前提早二十五码先绕开。）你可以在荒野中去除一个人的人性，但是你没办法去除他身上的野性。

于是，自然而然地，唯一能让我感觉像个家的地方只有瑞德蒙游乐园的狼围场。我要乔琪开车送我过去——我觉得自己没法开车。园区的动物管理员把我当成复临的耶稣看待，但是我要看的不是这些人。我在几近崩溃之前，满心解脱地走进围场和娃索丽、西克瓦拉以及克拉登待在一起。

最先朝我走过来的是副手克拉登。当我本能地蹲低身子撇开头时——这是承认它的优势地位，它舔着我的脸欢迎我。我发现这种不必通过语言的沟通对我来说有多么容易，事实上，这比乔琪载我过来时在车上矫揉造作的交谈轻松太多——她问我将来有什么打算，下一步准备做什么事。我同时也发现，对我而言，以狼的语言沟通完全不需费力。当负责刺探的西克瓦拉轻咬我时，我吐出一串发自喉咙的低吼。最后，警觉心十足的阿尔发狼娃索丽终于靠过来，我仰躺下来，露出我的喉咙，表达我的信任。更美好的是，当我在泥巴里打滚时，我开始再次闻到自己的味道，而不是洗发水或香皂。我用来绑头发的带子在玩闹之间掉了，我剪成及肩的头发在背后散开，跟着沾到了泥土。

这几头狼比我魁北克森林里的兄弟姊妹来得温和。它们还是野兽，仍然有野兽的本能，但是被人类捕获之后，它们的生活当然没有在荒林里来得辛苦。这是另一个我必须自我调整的地方，因为我想起自己的角色不只是狼群的一员而已，我还是个教师，我必须提供更丰富的课程给这些狼，让关在围篱内的狼学习它们失去的生活。

既然我在荒林生活过，还有谁比我更适合这个角色？

稍早，我已经请一名管理员从屠宰室里拿来杀好的半头小牛，当作庆祝的餐点。他把牛尸送过来，看到我蹲在克拉登和娃索丽之间，只是匆忙地多瞄了一眼。我想一起进食，是因为这是狼群的进食方式，可以提醒它们我属于这个家族。在管理员把小牛送进来接着离开围场之后，这几匹狼便靠了上来。娃索丽吃的是器官，克拉登吃运动性肌肉，西克瓦拉吃胃和脊椎。我挤在克拉登和西克瓦拉之间，龇牙咧嘴地保护属于我的食物。我低着头，开始撕扯生肉，让血水沾湿我的脸孔和头发，当西克瓦拉太接近的时候，不忘对着它咆哮。

我相信当我抬头呼吸的时候，我的样子一定很惊人：又脏又沾到了血，不但填饱了肚皮，还狂喜地夹杂在一群和我相互了解的野兽之间。我迈出大步离开牛尸，跟着西克瓦拉走向它偶尔会躺在上面打盹的岩石。

到了这时候，我已经把乔琪完全抛在脑后。她远远地站在围篱的另一侧，充满惊吓地瞪着我看。虽然我这天做的事她从前全看过，但是我不觉得她的反应是来自我和狼的互动，或是我和它们一起进食的情景。我觉得她是在当下明白了一件事：她永远失去了我。

乔琪

别去注意窗帘后面的男人。

这是巫师在《绿野仙踪》里说的话，让小狗小马继续演出，让大家把目光全放在表演上，而忽略真相。在所有问及路克的问题中，我最常被问道："和这种人结婚是什么感觉？"我猜，根据他在电视节目里的形象，大家会以为他在床上的表现犹如猛兽，要不然就是以为他爱生吃牛排。然而真相可能会让这些人大失所望。路克和我们在一起的时候，他的表现完全正常。他会看体育台，也会吃零食。他会换灯泡、倒垃圾，平凡的时间比超凡的时间多。

其实，名人在诞生之后就不该在尘世间打滚。他们应该随时盛装打扮，走出大礼车，或者以路克的情况来说，应该要住在荒野当中。这也就是说，当路克从魁北克回来之后，他再也不能扮演我理想中的丈夫。因为这有损他在人们心中的期待。

但即使是瞩目的焦点，他们也有亲近的人——这些人知道他们尿完尿之后不会把马桶盖放下来，知道他们讨厌花生酱，或是他们老爱把手指关节压得劈啪作响。我们这些亲近人士知道在摄影机停止转动之后，传奇人物会消退成真人大小的人物，会长青春痘，有皱纹也有缺点。

当路克开始雇用年轻女孩来照顾狼群的时候，我就猜到他可能会和她们上床。毕竟我们不再亲密。但是我真正的想法是：他需要众星拱月。他需要的是迷恋镜头前、新闻上那个男人的女孩，需要那些自以为眼见为凭的女孩。如此一来，路克才能跟着相信自己。

至于那些想知道和路克这种人结婚是什么感觉的人，我该怎么回答？

就像试图拥抱影子。

就像永远屈居亚军。

看到卡拉在一间会议室的窗口边来回踱步，我一点也不惊讶。

"他说谎。"我一走进会议室，她便开口了，"爸爸没做那种事。"

席康妮和我互望了一眼。在所有将路克·华伦当作英雄崇拜，看不透这层面纱的年轻女人当中，眼神最迷蒙的是他自己的女儿。她爱他，因为他属于她，而这一点——如果我在过去几年当中来没误会路克的意思，正好让她与路克建立起最像狼群成员之间的关系。

"你哥哥有可能编出这些话来激怒你，"席康妮说，"但老实说，我不觉得他有那么聪明。"她看看我，接着说，"我无意冒犯。"

尘埃逐渐落定，仿佛地震过后的城市。有些建筑物依然耸立，有些则无法修复。当然了，伤亡是免不了的。我一直无法理解，为什么路克对爱德华的同性恋倾向会有激烈的反应，因为基于我对路克的了解，他实在没道理排斥这件事。其实，我之所以会有怀疑，是因为这件事根本没有发生。爱德华在那天晚上与他父亲的讨论中，唯一与"性"有关的人物是他父亲。

我坐在桌子的边角上，看着我女儿狂暴地来回走动。吊带将她受伤的手臂固定在身边，她用另一只手紧紧压着受伤的一侧。"卡拉，"我叹了一口气，"每个人都会犯错。"

我简直不相信，我竟然会为路克的行为道歉。但是，就像爱德华说的，我们保护家人的决心没有止境。我们会越过大海，吞下自己的骄傲。

“他爱我们。”卡拉说。她的眼眸露出受伤的神色，她的嘴像是一道伤口。

“他爱你，”我更正她的话，“而且他仍然爱。”在她从我身边经过时，我伸手拦下她。“我知道当我和裘伊建立起新家庭之后，你跑向你爸爸，因为你觉得他是个安全的避风港，和他在一起，你会是他唯一的家人，而不仅仅是一群儿女当中的其中一人。我知道你发现他不是你想象中的英雄之后会有多难过，但是不管他对我做过什么事，卡拉——这都不会影响他对你的感情。”

“男人啊。我没办法和男人一起生活……但是你又不能合法枪杀这些男人，”席康妮说，“我八年前把我丈夫踢出家门，改养一只骆马。这是我这辈子最好的决定。”

我没理她。我继续对卡拉说：“我想说的应该是：你爸爸是否完美并不重要。因为在他眼中，你是完美的。”

我的话非但没有带给卡拉安慰，她反而还哭出来，并且冲进我怀里。我说：“对不起，我真的很对不起。”

我轻轻揉着她的背。路克曾经提起过他的一头狼，这头小狼很怕暴风雨，老是会缩在他的怀里寻求慰藉。但是他从来没费心去了解自己的女儿也有相同的举动。在闪电划破明月的夜里，当路克在围场里照顾受到惊吓的狼，卡拉会爬到我的床上抱住我的身子，宛如乘着风浪前进的软体动物。

“另外有件事你也该知道，”我说，“爱德华离家，是因为他想保护你。他觉得，如果他不在这里，不把他看到的事情告诉你，你绝对不会发现。”

卡拉抱着我脖子的手圈得更紧了。“妈，”她低声说，“我得——”

有人轻轻敲门，副警长告诉我们马上要开庭。“卡拉，”席康妮说，“你还想争取你父亲的法定监护权吗？”

她将自己从我的怀里推开：“要。”

“那么我需要你的投入，”席康妮坦白地说，“我必须让法庭看到你已经长大，无论如何都知道如何去爱你的父亲。无论他是否背着你妈妈在外面找女人，或者他每三个小时得换一次尿布，甚或在未来十年间都要住在养护机构里都一样。”

我碰碰卡拉的手臂。“卡拉，这是你真正想要的吗？他可能需要好几年的时间才能复原，他也可能永远无法康复。我知道你爸爸会希望你去读大学，找个工作，建立自己的家庭，快乐地过日子。你未来的日子还很长。”

她扬起下巴，双眼仍然闪着泪光。“他未来的日子也很长。”她说。

我告诉席康妮和卡拉，在卡拉作证之前，我要先去趟洗手间。但其实我推开门走出法院，左转进入停车场。我开了二十分钟的车来到贝瑞斯佛纪念医院，搭乘电梯来到加护病房。

路克躺着没动，我看不出他的状况有什么改变，唯一的差别是点滴针头注射处从紫色变成了斑驳的深红色。

我拉来椅子，坐下来瞪着他看。

当他从荒林回家后，在记者出现、把他带入声誉与名望的圈内之前，我尽了全力帮助他撑过回到人类生活的过渡期。我让他一连睡三十个小时，为他准备他喜欢的食物，刷去结在他背上的硬泥。我以为，如果我假装生命恢复正常，也许他也会跟着相信。

为了达成目的，我拉他陪我去采购，让他去学校接卡拉，在我要去使用自动柜员机时要他一起去银行。我开车带他去邮局，然后去加油。

我看着女人拥向路克。就算他坐在车里打盹，在我从洗衣店里走出来时，也会发现有人隔着车窗看他。在卡拉的学校附近，陌生女人会拼命按喇叭，一直到他挥手致意之后才停下来。我会拿这些事取笑他。你让人无法抗拒，我告诉他，在你征服后宫之后别忘了我。

当时我还不晓得自己说的话像是预言。我只想到：这些讨好奉承的女人当中，有谁能够像我一样忍受关起门之后的家务事？这个男人只能吃最基本的谷类制品，比方谷粉或燕麦，否则他会胃痛。他会关掉暖气，冻得我们全在半夜打着战醒过来。而且，他还会在后院的周边撒尿。

有一天，我们一起到卖场去。在生鲜食品部门，有个女人拿着两颗甜瓜走过来，问路克哪颗甜瓜比较熟。我看着他露出微笑，低头嗅甜瓜，他的长发像布帘般遮住了脸孔。当他挑选女人右手上的甜瓜时，她差点昏倒。

又隔了一排走道，另一个女人推着坐在手推车上的幼儿，要他为她拿放在高架上的盒子。路克拉长身子和臂膀帮她把东西拿下来，那是一条牙膏，我相信她无心购买。在那段时间，看着我丈夫像磁铁般引来这些陌生人，我几乎觉得有趣。我猜，这和他强健的体格、鬃毛般的头发，或是某种野狼的费洛蒙有关。她们知道我可以保护她们，他一派正经地说，这就是吸引力。

但是到了沐浴用品部，路克却开始崩溃，各种香味穿透商品外包装袭击他的感官，他开始头晕目眩，烦躁不安。没事的，我告诉他。我扶他站好，带他走到安全的、靠近谷类食品区。

我没办法相信，他说，把头埋在我的肩头。我能徒手杀死一头鹿，但是对我来说，泡泡浴商品就像让超人失去超能力的克利普顿石。

这会改变的，我向他保证。

乔琪，路克说：答应我，你不会变。

如今我低头看着皮肤苍白如蜡的路克，他的双眼紧闭，松弛的嘴角连接着为他呼吸的管子。这是个跌回人世的神。

我握着他的手。这只手松软无力，皮肤干得像叶片。我把他的手握在我的掌心，抬起来贴住我的脸颊。“你这个浑蛋东西。”我说。

路克

唯有人类能把我从另一个狼家族身边拉开。这个人类以《工会领袖报》记者身份出现，还带来一名摄影师。来到瑞德蒙游乐园的游客看到我和狼群生活在一起，总是会觉得兴奋，而随着兴奋之情，专程来看我的游客也越来越多。最后不知怎么的，连新罕布什尔州最大的报社也听到了风声。

老天没忘了讽刺我，乔琪就是这么和我认识的。我曾经为了她离开我的狼。如今，我又得为了另一名记者离开狼群。每天都有越来越多的人——有的甚至是电视台摄影记者——吵着要采访我这个曾经在荒林和野狼一起生活的人。克拉登、西克瓦拉和娃索丽既惊吓又暴躁，这其实有很好的原因，它们可以清楚判断出这当中传达的信息：这些人想从我身上得到某些东西，而且他们既贪婪又自私。在荒野中，这些记者会被当作猎物，狼群会扑倒他们来拯救自己的家族成员。

但是，对家族成员的忠诚是双向的，我知道不能因为我，而让这些狼的生活受到干扰。于是我离开围场，让自己淹没在欢呼、问题与相机的闪光灯中。

你真的在荒野生活过？

你吃什么维生？

你怎么度过加拿大的寒冬？

你为什么要回来?

最后一个问题终于让我忍无可忍，因为我不再属于这个地方。虽然我可以随时走进荒林，用嗥声呼唤我的狼群，但这不保证我找得到它们，况且它们也不见得愿意再次接受我。

在我开始到瑞德蒙游乐园的狼围场过夜之前，有个深夜，我在屋子里徘徊，看到我儿子爱德华的房里有灯光。在我拉开门时，他抬头挑衅地看着我，等着我问他为什么凌晨三点还不睡。我没问，因为我自己也没睡。爱德华趴在枕头上看书。看我没说话，他把书本拿了起来。他说："是但丁的《神曲》，我正在读有关地狱的故事。"

"我正活在地狱里。"我说。

"我才读到第一层地狱，"爱德华告诉我，"'灵薄狱'不是天堂也不算地狱，而是介于两者之间。"

我突然发现"灵薄狱"正是我的新地址。

我没办法故作迷人，不聪明伶俐，连怎么说话都差点记不住，更别说想把我从野狼身上学到的每件事用句子完整地表达出来。于是我和遇到危险的狼一样逃走。

我逃到瑞德蒙游乐园。我得在黑暗中走五英里路，但是经过魁北克的那段生活之后，这算不上难事，而且，肾上腺素澎湃分泌的感觉真好。我走进停在小山坡上的拖车，锁起门，走进卧室，再锁住卧室的门。我气喘吁吁，满身大汗，我听到狼的嗥声，它们在呼唤我。

如果你不能教育需要学习的人类，就算你对野狼有深入的认识，也没有意义。

我不知道自己在狭窄阴暗的房间里待了多久，我缩在角落上看着门，一有人进来，我会立刻发现。但到了最后，我还是听到了模糊的声响。有动静了，有人把钥匙插进锁孔转动。

我闻到乔琪的洗发精和香皂的味道。

进到里面之后，她回头锁上门，然后缓缓地来到我面前跪下。她伸出手，放在我的头顶上。“路克。”她低声喊我。

她的指头梳过我的头发，我不由自主地靠向她身上。乔琪用双臂环住我。一直到我在她唇上尝到泪水，我才知道自己在哭。她亲吻我的眉毛、脸颊和脖子。

她的本意是安慰，但是情感一触即发，仿佛擦根火柴却引燃大火。我伸手抱住她，摸索她衬衫领口。接着我扯开她的衬衫，拉起她的裙摆，我可以感觉到她的双腿圈住我，我笨拙地解开自己的牛仔裤。我啃咬她的肩膀，吞下她的惊呼，再抱着她站了起来，将她抵在墙上，充满渴望地进入她体内，她弓着背迎向我，指甲划过我的皮肤。我想在她身上留下记号，想让她成为我的。

事后，我将她抱在怀里，指头沿着她的脊背上下滑动。她身上有不小心造成的瘀青。我怀疑自己在失去当人的能力时，是否也同时失去了温柔待人的能力。我低下头，发现乔琪仰头看着我。“路克，”她说，“让我帮你。”

卡拉

你绝对不会愿意去想象你的父亲有外遇。

首先，这表示你得先想象他和女人上床，这已经够恶心。接下来，这表示你被迫去和母亲站在同一条阵在线，因为她是受委屈的一方。第三，你会开始怀疑为什么自己不足以让他在彻底毁灭家庭之前先仔细三思。

听到这件事之后，我觉得自己的喉咙里好像长了根刺，但原因和你想得不一样。我知道这听起来有多疯狂，但是我松了一口气。现在，我不是唯一一个把事情搞砸的人。

我坐在证人席上，清楚地看见爱德华。我一直在想我妈妈讲的话，她说，爱德华之所以会离开，是为了保护我。如果你想听我的意见，我会说：他应当重新思考这种利他主义的论调。说他是为了拯救家庭才把自己从我的生命中抽离，就像你说他是为了人道主义才想杀害我父亲一样。

每个人都会犯错，我妈妈是这么说的。

从前我有个小学同学，他的家庭看起来很美满，几乎可以拿来为相框做广告。这家人永远记得彼此的生日，我敢说，他们兄弟姐妹绝不打架，父母看起来就像当天早上才刚爱上对方。这太神奇了。这种零瑕疵的感觉让我忍不住要想，如果没有像我这样的观众来欣赏整场演出，事情会有什么变化？

反过来说，我的家庭中有个宁愿陪伴野生动物的父亲，母亲不时声称头痛而提早上床，但我们都知道她其实是躲在房里哭。我家里账单由十五岁的男孩负责处理，而我呢，从小我就知道要在同学都带爸爸出席的学校舞会当晚让自己呕吐，这么一来，我才能称病留在家里，也不会有人替我难过。

我在想，一个家庭之所以能成为家庭，原因不在于成员随时都做对每件事，而是在你爱的人做错事时，给他们第二次机会。

这次和上回一样，他们要我宣誓，但我其实办不到，因为我的右手被固定在身体上。但是我仍然答应，表示自己会说实话。

席康妮朝我走过来。有趣的是，尽管她穿着不可思议的荧光色内搭裤和金黄色高跟鞋，她在法庭上还是一副如鱼得水的模样。“卡拉，”席康妮开始问话，“你几岁？”

“我十七岁，”我说，“零九个月。”

“你的生日在什么时候？”

“三个月之后。”

“你父亲受伤时，”她问，“你住在哪里？”

“和他住在一起。过去四年来，我一直和他住在一起。”

“你会怎么描述你和你父亲之间的关系，卡拉？”

“我们什么事都一起做。”说这些话的时候，我觉得喉头越来越紧，“我们花很多时间在瑞德蒙游乐园里，我会帮他照顾狼。同时，我也接手管理大部分家务，因为他忙着做研究。我们曾经到白山公园露营，他教我怎么玩定向越野赛。有时候，我们也会待在家里不出门，准备些意大利面——他把私房波隆纳酱料的做法配方教给我——然后看光盘。如果我考试拿到好成绩，学校里有哪个同学惹我讨厌，或是有什么我不知道答案的问题，我第一个就想找他。我所知道的每一件事几乎都是他教的。”

虽然我说的都是实话——我可以把这点归咎于自己宣过誓，但我妈妈就在法庭内，说出这些话还是让我感觉愧疚。我觉得在两个家长中，孩子总会和其中一个比较亲近。我们当然两个都爱，但其中一定有一个是优先。我朝妈妈的座位看过去，发现她不在法庭里。我不知道她是不是还在洗手间里，她是不是不舒服，我该不该担心——但这时席康妮的声音将我的思绪拉回法庭内。

“你父亲和爱德华之间的关系怎么样？”

“他和爱德华没建立起任何关系，”我说，“爱德华离开我们了。”我眼睛看着我哥哥，嘴里说出这句话。当一个人做了蠢事，然后满心以为这么做绝对是正确的决定时，你还能生他的气吗？

“那么你和爱德华的关系呢？”席康妮问道。

我这辈子听到的都是我有多像我妈妈，而爱德华简直是我爸爸的翻版。但我现在发现这不完全正确。爱德华和我的眼睛颜色相同，我父母的眼睛都不是这种特殊又神秘的榛果色。“我几乎不记得他了。”我低声说。

“你在车祸时受了什么伤？”

“我的肩膀脱臼而且骨折，医生说我的肱骨粉碎性骨折。同时，我的肋骨挫伤，还有脑震荡现象。”

“你接受了哪些治疗？”

“我动过手术，”我回答，“手臂上钉了钢钉，用弹性绷带和某种像铁丝的东西固定住肩膀。”法官脸色苍白，我瞥了他一眼。“我不是开玩笑的。”

“你有没有使用药物？”

“止痛药，主要是吗啡。”

“你在医院住了多久？”

“六天。手术之后，我出现需要进一步治疗的感染状况。”我说。

席康妮皱起了眉头：“听起来像是很严重的创伤。”

“最糟的是，我惯用右手。嗯，应该说我之前惯用右手。”

“你刚刚听到你哥哥的证词了。根据他的说法，他和你讨论过是否要终止你父亲的维生治疗。那是什么时候的事？”

“在我住院的第五天。我当时还很痛，护士刚让我服下帮助睡眠的药物。”

“但是你哥哥在那个时候和你讨论父亲生死这种重要的话题？”

“我爸爸的医生之前刚到过我病房，为我们解释他的诊断和评估。老实说，我听了很难过。我没办法听他们说我爸爸不会好转，至少在我还不够坚强，无法挑战他们这些说法的时候，我真的听不下去。后来有一名护士要大家都出去，因为我太过激动，她担心我会扯动伤口。”

席康妮看着爱德华：“而你哥哥就挑那个时候来和你谈这件事？”

“对。我告诉他我没办法。我说的是我没办法听医生的解释，他们说话的样子，仿佛当我爸爸已经死了一样。但是爱德华显然以为我说的是我没办法为我爸爸的医疗来做决定。”

“抗议，”裘伊说，“臆测性言论。”

“抗议成立。”法官回答。

“在那次之后，你和你哥哥有没有再次交谈？”

“有，”我说，“就在他准备杀我爸爸的时候。”

“你可以为大家说明当时的状况吗？”

我一点也不想。但就在那一瞬间，我仿佛回到了医院里。我听到医院律师说爱德华表示我同意这么做。我光着脚，匆忙跑进加护病房看我爸爸。病房里有很多人，他们没邀请我参加这个聚会。我说，他是骗子！我的声音发自体内深处，听起来既原始又陌生。

当医院律师要求停止程序的时候，大家都松了一口气，而我开始啜泣。这是个事后才出现的反应，像是那种当你知道自己死里逃生之后的反应。

上次我有这种感觉，是在卡车撞到树，在我还来不及——

之前。

“爱德华好像根本没听到我的声音，”我喃喃地说，“他推开挡在他前面的护士，伸手拔起呼吸器的插头。”

法官看着我，鼓励我继续说下去。

“有人把插头插了回去。一名护理员压制住爱德华，之后警卫上来带他离开。”

“卡拉，你父亲在这个不幸的转折之后，目前情况怎么样？”

我摇摇头。“还好，他的状况没有改变。若是缺氧，他很可能脑死。”

“这么说，你完全不知道你哥哥会单独做出这个决定？”

“不知道。他没问过我的想法。”

“你希望事情这样发展吗？”

“不！”我说，“我知道如果我们给他一些时间，他的状况会有进步。”

“卡拉，你听到桑卡尔医生的说法了，依照你父亲严重脑伤的状况来评估，他复原的可能性微乎其微。”席康妮说。

“但他还说他无法百分之百确定我爸爸无法康复，”我回答，

“再微小的机会我也要坚持，因为没有别人愿意相信。”

席康妮歪着头说：“你知不知道你父亲对自己这种状况会有什么看法？”

我面对着爱德华，因为我想说出在他拔掉插头之前，完全没留余地让我说的话。“我爸爸经常说，和狼在一起时，如果你的家族能撑过在恶劣天候、饥荒和猎食者威胁下的白天，然后又撑过夜晚，那么这已经很值得庆祝了。我曾经看他整晚熬夜，拿奶瓶喂幼狼喝奶粉冲泡的乳汁；看过他把刚出世，还浑身发抖的幼狼放到衬衫下取暖；也曾经和他在风雪中开着车，把呼吸困难的幼狼送进兽医院。尽管说，如果在荒野，这些狼可能会自然被淘汰，但是我爸爸就是没办法那么冷漠。他一再告诉我，生命是一个人最不能抛弃的馈赠。”

“那么他为什么付钱让他女朋友堕胎？”

爱德华的声音让我飞快地转头看。他这会儿站起来了，满脸通红，仿佛他的话让自己窒息。“账单现在归你处理，但当时是我。我就是这样才知道这件事。”

裘伊拉扯爱德华的手臂。“闭嘴。”他咬牙切齿地说。

“你知道吗？虽然他告诉我那只是和某个女人的一夜情，但事实并非如此。事情已经发展了好几个月，而且那个孩子是他的——”

“遵守法庭秩序！”法官敲下法槌，吼了出来。

在爱德华还没再次开口之前，在裘伊还没要求暂时休庭，把他拉出法院之前，我的心便已经死了。“他满口谎言，”爱德华对我一个人说，“你以为你了解他，卡拉，其实你从来没认识过他。”

路克

乔琪坚持要我去看医生。我到了医院，坐在候诊室里看人。在荒野，预估猎食者的行动可以带来生死的差别，但是在这里却像个室内游戏。我在一个女人打开皮包的几秒钟之前，就可以知道她要拿的是卫生纸。我知道独自坐在角落的男人虽然对着女儿笑，但是他随时可能落泪。我晓得那个揉着胃部的女人已经不舒服了很久，我从她血液里闻得出来。我好奇地看着挂号柜台后面的护士。每隔几分钟，就会有一个完全陌生的人来到她面前，尽管她不可能知道对方的外套口袋里是否有把枪，或是对方是否会攻击她，但是她完全没有凭着良好的直觉而退缩。在来人没有表达臣服之前，她已经理所当然地付出信任。我一直等待，仿佛在等待一场即将来临的火车意外，我相信悲剧可能在任何时候发生。

乔琪一直坐在我身边，当我被叫进诊间的时候，她站了起来，似乎打算跟进去。“嗯，”我说，“我自己应该应付得来。”

她尴尬地红了脸。“对，”乔琪说，“那当然。”

我跟着护士走进诊间，她量了我的血压。一连量三次。“不会吧。”她说。我的低血压让她感到很困惑。

我一个人坐在诊间里等医生，眼睛紧盯着门把看。我听到有人在走廊上翻阅我的病例。我闭上眼睛，闻到了刮胡水的味道。“你好。”在他走进来之前，我就先开口打了招呼。

医生扬起眉毛。“早安，我是史蒂芬斯医生，你是……病例上写的是：路克·华伦。看来你在荒林里和狼群住了两年。此外，你显然有透视门的能力。”他说。他转头对护士说：“精神科顾问呢？”

“我没疯。我是研究野狼的生物学者。我跟着一群灰狼沿着圣劳伦斯河行动，成功地让它们接受我加入狼群。我和它们一起打猎，和它们一起进食，也和它们睡在一起。”

如果他没注意到我的血压太低，大概不会相信我说的话。他转头对护士说：“这显然出了错……”

“我量了三次。”她争辩地说。

史蒂芬斯医生皱着眉头，自己来听我的心跳。“好，”他说，“你的心跳比我几年前看过的职业篮球选手还慢。如果我头脑不够清楚，可能会以为你只是勉强活着。但状况显然并非如此。所以，这究竟是怎么一回事？”

“我的……饮食和运动习惯比较独特。”我说。

医生惊讶地张大嘴巴。“你是说真的吗？”他问道。我点点头。

他坐着聆听我解释自己如何成为狼群的一分子。我把我们的饮食、迁移和打猎的方式告诉他。我为他说明我们的睡眠习惯，巡逻时可以推进到多远，如何和猎食者打斗，如何扑杀猎物。我解释完毕，时间已经过了一个小时。他瞪着我看，好像我是个被困住的外星人，而他是第一个得到机会为这个外星人做全身体检的人。“我想帮你抽血做些检验，”他兴奋地说，“来检查你的经历对身体的影响。方便吗？”

他把我留在诊间里，去指定检验内容，我穿回了衬衫。但是我没有坐着等抽血检验师过来，而是走进大厅，我问大厅里的一名护理员："请问最近的洗手间在哪里？"

他指点我方向，要我往前走，洗手间就在左手边。我照着他的指示走，但是我没走进洗手间，反而继续往前走。我穿过后门，下了阶梯，走进明亮的阳光之下。

我看到一个少年坐在路边停车格旁哭泣。他戴着塔台流量管制员用的大型耳罩，前后摇摆着身子，一边摇头，嘴里还不停地说："太多了。"他的声音仿佛是从海底冒出来似的。

我站在他身边，没多久，一个女人跑了出来。我努力克制，才没有本能地往后退缩。"你在这里！"她边喊边拉住男孩的手臂。

"他没事吧？"我问道。

"他之前植入的人工电子耳今天开始使用，"她骄傲地说，"他还在适应。"

我这时才看到少年的短头发盖住他耳边银色的圆形盘片。"太多了。"少年吼了出来。

一直到今天，我仍然觉得世上唯有他，才能了解归乡带给我什么感受。

裘伊

“知道吗？”我关上会议室的门，“我真的希望你能在把话说出口之前先告诉我，就那么一次也好。事实上，我甚至可以退而求其次，拜托你等到有人提问时再发言，不要自发性地陈述。”

“对不起，”爱德华咕哝地说。他用双手捂着脸：“我不是故意的。”

“朝法庭丢出另一个震撼弹？逼哭你妹妹，彻底摧毁你母亲？这都不是故意的？”

我低头看我的手机。乔琪失踪了。我打了电话也发过简讯，但是她没有回应。前一分钟她还在法庭里，而下一分钟呢，在爱德华坦承他父亲曾经出轨之后，乔琪便失去了踪影。我努力说服自己，她绝对不是听到前夫有外遇，才难过得跑去躲起来。我试图相信她现在和我在一起很快乐，她儿子揭露的消息不会刺伤她，她会一笑置之。这当中唯一的正面消息是，刚才爱德华脱口说出最新插曲时，还好，她不在法庭里。

我坐下来，拉松领带。“所以呢？”

爱德华抬起头来看着我。“那天晚上，我在拖车里看到他和他助理在一起，我从来没看过他那个样子，他吓坏了，担心我会告诉我妈妈。他发誓，那是个错误，而且只发生过一次，他一时冲昏了头，绝对不会再犯。我不知道自己何苦相信他。我回家之后，我妈妈马上察觉到我不对劲。她以为那是因为我在父亲面前坦白出柜，我觉得这样想比较不伤人，所以也就任她这么想。到了隔天，我和平常一样处理账单，我看到一封从康柯德某间堕胎诊所寄来的账单。我知道那是什么，因为那年刚好有个未成年少女怀孕，去同一个地方堕胎。账单上贴了一张便条纸，上面写的是：感谢你当场全额付清，本院为当时计算机系统故障在此致歉，附件收据请查核，仅供保险给付申请之用。看到这封信，我惊讶得不得了，以为东西寄错地址，后来我才看到就诊人的名字：兰恩·麦葛罗。她是我爸爸聘来照顾狼群的助手，是那天和我爸爸在一起的女人。”他一字一句地说出来，这些话好像是缠在他齿缝间的铁链。“也就是那个据他说，只和他上过一次床的女人。”爱德华强迫自己笑了笑，“我猜，这很符合一般人对我爸爸的看法，他像个神，所以可以让女孩子圣灵受孕。”

“你就是那时候离开的。”我说。

爱德华点点头。“我这辈子一直觉得自己没办法达成他的希望，做一个他理想中的儿子。没想到他竟然也不是我理想中的父亲。你一旦知道某些事，就不可能抹杀这个记忆。我看到他，就忍不住满肚子火。但是我不能为自己的行为辩解，因为我不想伤害我妈妈和卡拉。所以，我开车到瑞德蒙游乐园，把那张堕胎收据贴在他浴室的镜子上。接着，我就离开了。”

“你没想到你离家出走会伤害到你妈妈？”

“我当年十八岁，”爱德华说，这同时也是一个解释，“我没用大脑思考。”

“你现在为什么要这么做？算是某种回敬你爸爸的反击吗？”

他摇摇头。“其实，我觉得他才是赢得最后胜利的人。如果我没有判断力，我绝对会以为整件事是他策划出来的。分开了六年之后，我们一家人再次聚在一起，被迫一起做决定。你自己想想看吧，”爱德华说，“我爸爸终于教会我们如何像狼群一样运作。”

幸好，当我们回到法庭时，乔琪已经坐在里头，而且她看起来一点也不沮丧，没有丝毫值得怀疑之处。坏消息是：这下轮到我要来交叉质询我的继女。

看卡拉的表情，她显然已经准备妥当，可以面对质询了。我走过去，上前对她说：“卡拉，你有没有听说过，曾经有个男人跌进制造沙发座椅的机器里？”

她皱起了眉头。

“嗯，他后来完全康复了。”

她嘴角扬起一丝笑意，我对她眨眨眼。“卡拉，你父亲的狼围场里是不是有一头狼断了一只腿？”

“对，它踩到陷阱，”她说，“自己啃断腿逃脱，每个人都觉得它没希望，但是我爸爸救回它一条命。”

“而这头狼可以用三条腿跑跳，对吧？”

“应该是。”

“虽然只有三条腿，但是它仍然可以进食？”

“对。”

“可以和狼群一起奔跑？”

“可以。”

“可以和自己的狼家族成员沟通？”

“那当然。”

“但是你父亲的状况就不同了，是不是？他受的伤害让他没办法从事这些为生命带来意义的活动，对吗？”我问道。

“我告诉过你，”卡拉固执地说，“对他而言，所有生命都是珍贵的。”

说这句话的时候，她小心地避开爱德华的视线。

“据你父亲医生的说法，他基本上没有康复的机会，对吗？”

“事情不是像他们说的那样非黑即白，”她仍然很坚持，“我爸爸是个斗士，如果有人可以打破困境，这个人一定是他。他能做到其他人办不到的事，他一向如此。”

我深吸了一口气，因为我现在要进入交叉质询中最残酷的阶段了。我闭上眼睛，希望卡拉——还有乔琪——会原谅我马上要做的事。但我目前的首要责任是爱德华。“卡拉，你平常喝酒吗？”

她脸红了。“不喝。”

“你有没有喝过酒？”

“有。”她承认。

“事实上，意外发生的当晚你喝了酒，对不对？”

“只是一小杯——”

“但是你说谎，而且告诉警方你没喝酒，对吧？”

“那是因为我以为自己会惹上麻烦。”卡拉说。

“你打电话要你父亲到派对场地去接你，因为你不想和喝了酒的朋友一起开车回家，是不是这样？”

她点点头。“我爸爸和我讨论过，如果我碰到这样的情况，只要我打电话给他，他不会因为我一开始做了错事而评断我。而且他知道他可以平安地带我回家。”

“你父亲在车里和你说了什么话？”

她将受伤的手臂抱得更紧了一点。“我不记得了。”卡拉回答。她低头看自己的双腿。“我对这场意外的部分记忆……消失了。我知道我离开派对，接下来只记得紧急医护人员。”

“你现在住在哪里？”我问道。

话题突然转变，她跟着卸下心防。“我，嗯，和你还有我妈妈住在一起。但那是因为我刚动过手术，需要帮忙。”

“在意外发生之前，你和你父亲同住？”

“是的。”

“在过去你父母离婚的六年当中，你在两边都住过，是不是？”

“是的。”她回答。

“我可不可以说，你受够了你母亲，所以离开她家搬去和你父亲同住？”

“不是这样的，”卡拉说，“我不是受够了我妈。我只是觉得——”她在脱口说出一些话之前突然停了下来。

“继续说。”我轻柔地催促她。

“在她嫁给你又生下双胞胎之后，我觉得自己不属于那里。”卡拉低声说。

“所以你才会离开我们家，搬到你父亲家去住？”

“嗯，再怎么说，他都是我爸爸，这没什么大不了的。”

“那么你和你父亲如果吵架呢？你会不会回来和我们住？”

卡拉咬着下唇。“我们只吵过两次架，而且我两次都回家。”

“如果你父亲真的奇迹似的康复，你打算住在哪里，卡拉？”

“和他住在一起。”

“但是你肩膀的伤势需要好几个月才能复原。他没办法提供你这些照护，更别提你是否有能力协助他复健……”我继续问，“你要怎么支付贷款？还有水电瓦斯费用？”

她想了想。“用他的保单支付。”她得意地说。

“如果他没死就拿不到钱。”我指出来，“这让我想到另一件事：你说爱德华想杀害你父亲。”

“因为他真的想。”

“他扯掉呼吸器插头。如果是这样，那么你父亲应该算自然死亡了？”

她摇摇头。“我哥哥想杀我爸爸，我想让我爸爸活下去。”

我看着她，想表达我的歉意。“但是，如果不是因为你和你喝酒这个错误的决定，你父亲一开始就不会陷入现在的状况，不是吗？”

我看到她惊讶地瞪大眼睛，发现她一向信任的人竟然拿刀刺入她的后背。我想到我为她烹调的佳肴，想到我们在过去六年间的对话。我比乔琪更早知道谁是她第一个倾心的对象，当同一个家伙开始和她最要好朋友约会时，她靠着哭泣的是我的肩膀。

法官让卡拉走下证人席。她的上唇不停地发抖。我朝她走过去，想拥抱她，说几句鼓励她的话。随后，我才发现自己不能这么做，因为这里是法庭内，她是相对的一方，是我的对手。

乔琪抱住女儿，越过卡拉的肩膀冷冷地看着我。她一定早就明白的，当她要我为爱德华辩护的时候，她应该就知道情况会怎么发展；知道这尽管不是卡拉的错，但她可能会同时失去两个父亲。

路克

我有几个阿贝纳奇朋友是在圣劳伦斯河沿岸研究野生狼群的生物学家，在我和他们一起做研究的那段时间，我听过一名部落长老教训两个男孩，因为他们拿喷漆在邻居的谷仓墙壁涂鸦。老人气呼呼地问两个孩子为什么要明知故犯。其中一个孩子说了，他说得很简单："爷爷，有时候我们也想乖乖的，但有些时候，我们只想捣蛋。"

长老说，他得好好思考这个观念。整个场面没有暴力也没有惩戒，反而像是一场脑力激荡，长老把这两个十岁大的男孩当大人看待，鼓励他们凑在一起找出恶行的根源。那天晚上用过晚餐之后，他又把两个孩子叫到面前。"我找到答案了，"他告诉他们，"你们每个人的体内都住着两头狼：一头好狼；一头坏狼。两只在争斗。如果坏狼赢，那么你们会开始捣蛋；如果好狼赢了，你们会有很好的表现。"

两个孩子面面相觑。"爷爷，"其中一个说，"我要怎么让好狼获胜？"

老人轮流看着两个孩子："你们喂哪头狼吃得多，它就会赢。"

在我度过和狼群一起生活的日子之后，我经常想起这句话。当狼群凑在动物尸体边进食的时候，每个成员都会得到分配到的部位。阿尔发狼会用耳朵指示你站在哪个位置，它会竖起一耳贴下另一耳，或是像机翼般旋转两个耳朵，要成员分别各就各位。年纪轻的成员还会想保卫自己应得的食物，不是咆哮，就是站在食物上。你若要取得优势地位，重点不在于拿走自己分配到的食物，而是站在它身边，忽略它表现出来的占有欲，然后控制你和它之间的距离。

阿尔发狼当然可以取走任何其他成员的食物。但它何必这么做？它需要这些年轻的成员，如果它让这些成员挨饿，它们便无法保护这个家族。

我无意冒犯这位教训孙子的阿贝纳奇长老，但是我认为他遗漏了讽刺意味十足的小重点。好狼绝对不会让坏狼挨饿。好狼可能会测试坏狼保卫食物的能力，但是为了家族全员着想，好狼会确认坏狼能继续存活下去。

卡拉

法官宣布中午休息两小时，他可以去吃午餐望弥撒，而我则是站起来，飞也似的冲出法庭，因为我有一股想揍人的冲动。再怎么说，你不可能每天都发现你爸爸背着你妈妈偷腥，或是你继父当大家的面羞辱你。我漫无目的地爬上法院的楼梯，我知道可能会有人跟上来，于是我转动每一个门把，直到我终于拉开了一扇门。

走进这间会议室里，我坐在桌边，缩起双腿，把膝盖靠向胸前。

最糟的是，裘伊说的每一句话都是真的。如果不是为了我，我爸爸不会躺在医院病床上。他绝对不会在夜里出门。在另一个美好的世界里，他现在应该还在照顾捕获的狼群，而他快活、服从的女儿就陪在他身边。

有人转动门把，突然间，爱德华站到我面前来。“如果你想躲起来，”他说，“你应该把门锁起来。我是老经验了。”

“我现在最不想看到的就是你。”

“嗯，大家都在找你。妈以为你又跑掉了，裘伊觉得自己很恶劣，但其实他只是做好自己的工作。而你的律师……天哪，我不知道。我猜她大概出去外面制作羊奶酪之类的东西吧。”

尽管我不想笑，但仍然忍不住笑了出来，情绪似乎活了起来。“别这样。”我说。

“别怎样？”

“如果我还可以恨你，事情会简单一点。”我承认。

“你不恨我，”爱德华说，“我们站在同一边，卡拉。我们都希望让爸爸得到他想要的结果。我们只是对他的想法有不同的看法。”

“我们为什么不能多等一两个月？然后，如果状况没有变化，你还是可以做你想做的事。但是反过来就不可能了。如果你现在就关掉他的维生系统，我们永远不可能知道他有没有机会好转。”

他跳上桌边，坐在我身旁。“就算再过一个月，状况也不会有变化。”爱德华说。

我可以想象到许多变化。到时候，我的吊带已经可以拆下，我会回学校去，说不定我还会习惯爱德华回到贝瑞斯佛住。

我发现，现在我们的对话，正是爱德华在拔起插头之前应该要和我谈的话。所以当初没有沟通的事实也改变了。

我抬头看他。“对不起，我害你被捕，被送进监狱。”

他露出个苦笑。“你才不这么想。”

他的脚垂在我旁边，我踢了他一下。“嗯，可能只有一点点难过吧。”

在我很小的时候，郡里的巡回游乐园来到了我们住的镇上。爸妈带我们去玩，虽然我吓得要命，但他们还是买了旋转木马的票。说服我坐到旋转木马上的是爱德华。他把我举到一匹木马上，说那是匹神奇的马，只要我不往下看，说不定在我骑马的时候，木马就会变成真的马。所以，我没有往下看。我看着在我身边旋转的群众，一心想找到他。我虽然开始头晕，虽然可能会吐，但是转了一圈之后我还是可以看到他站在原地。没多久，我忘了马有多神奇或自己有多害怕，我开始把寻找爱德华当作一场游戏。

我觉得家就是这样。你会一次又一次地转回原地。

“爱德华，”我问，“你可以开车载我到一个地方去吗？”

我告诉我妈妈和裘伊，说爱德华要带我去看我爸爸，就算他们觉得惊讶，也没有表现出来。这段路只有十五英里，但感觉似乎更远。这辆毫无特色的租赁车不是爱德华那辆旧车，而我也没背着背包，但是我们毫不费力地滑进我小时候爱德华开车载送我的地点。我调整收音机频道，找出加拿大法文电台。爱德华虽然在学校里学了六年法文，但他从前经常假装自己在翻译，编些天马行空的新闻，比方某个公共饮水机里出现金鱼，或是某只名叫乐富先生的宠物驴在无意间当选市政委员。我等他开始翻译，但他却皱着眉头，转到经典摇滚乐电台。

我们抵达医院之后，爱德华将车子停在正门入口处。“你不进来吗？”我问道。

他摇摇头：“我晚点再过来。”

真好笑。在爱德华离家那段时间当中，我从来不觉得自己孤单。但如今他回到家，当我看着他把车子开走时，却觉得自己很孤独。

加护病房护理站的护士和我打招呼，问我肩膀是否好了些。他们告诉我，我爸爸是个好病人，我不确定这是不是某种玩笑，于是我先装出个微笑，接着才走进他的病房。

他躺卧的姿势和我上次来看他的时候一样，两只手放在薄毯子外面，头斜靠在枕头上。

这里的枕头很不舒服。我知道，因为我也用过。这些枕头太薄，套了塑料罩之后更让人头皮冒汗。

我走到床边，轻轻地重新放好枕头，好让他的脖子不必弯成一个奇怪的角度。“这样好些了，对吧？”我说，然后坐在病床的尾端。

他身后有一整排高科技机器和计算机屏幕，他就像个科幻片明星。那就太棒了，我心想。如果他能通过屏幕上跳动的绿色线条来沟通，用曲线拼出我的名字有多好。

在那一瞬间，我盯着屏幕看，说不定奇迹会发生。

一名实习护士走了进来。她叫作瑞塔，她养的金丝雀叫作小贾斯汀，她把小鸟的照片夹在医院识别证上。“卡拉，”她说，“你今天好吗？”接着她拍拍我爸爸的肩膀。“我的法比欧今天怎么样？”

她这么称呼爸爸，是因为他的长头发——或者我该说是他剩下的头发。我猜，她的法比欧应该是罗曼史小说封面的男主角，但是我从来没看过那些书。我知道这个人是因为他拍了一个低脂奶油广告，另外就是他在迪斯尼乐园搭云霄飞车时，有只鸟不巧撞到了他的脸。

在瑞塔为我爸爸换点滴时，我看着爸爸放在毯子上的手，试着去想象这只手抚摸一个我已经记不得长相的女人。我想象他开车载她去诊所堕胎，她应该会坐在我常坐的位置上。

我往前靠，像是要亲吻他的脸颊，但其实我这么做是为了不想让瑞塔听到我的声音。“爸，”我轻声说，“如果你原谅我，我也原谅你，怎么样？”

就在这一瞬间，他张开了眼睛。

“哦，天哪！”我失声喊了出来。

瑞塔警觉地看着她的病患，伸手拿起床后的对讲机呼叫护理站。“立刻请神经科医生过来。”她说。

“爹地！”我跳下床绕过来，想更靠近他一点。他的眼睛看向左侧，于是我朝左边走过去。“你看到了，对不对？”我问瑞塔，“他的眼睛看着我，对吧？”我把手贴在他的脸上，“你听得到我说话吗？”

他直视着我的双眼。我已经忘了他的眼眸有多蓝多清澈，让人几乎难以直视，仿佛暴风雪过后的晨间天色。“我正在为你争取，”我告诉他，“如果你不放弃，我绝对不会放弃。”

爸爸的头软软地偏向另一侧，眼睛跟着闭起来。“爸！”我大喊，“爸爸！”

我哭喊着摇晃他，但是什么事都没发生，在桑卡尔医生进来为他做进一步医疗测试时，我爸爸仍然没有反应。

但在那十五秒钟之间——在那灿烂的十五秒钟——他真的有反应。

我跑到了医院大厅，看到我妈妈正在踱步，我比约定的时间晚了十分钟。“你开庭要迟到了。”她说。我冲进她的怀里。

“他醒过来，”我说，“他刚刚醒过来，而且还看着我！”

她花了好一下子才听懂我的话。“什么？就在刚才吗？”她抓住我的手，跑向电梯。

我喊住她。“只醒来一下子而已。但是当时有护士在病房里，她也看到了。他盯着我看，当我走到床边时，他的眼光还跟着我移动，我看得出他想告诉我一些事——”我抱着她的脖子，没办法把话讲完。“我就说吧。”

我妈妈拿出皮包里的手机，开始拨号：“告诉席康妮。”

也就是这样，我在二十分钟之后跑进法庭，听到拉皮耶法官正在说：“诺齐女士，你是不是有话要说？”

“是的，庭上。我必须再请我的委托人和一名新证人作证。刚刚出现一些新事证，我认为庭上应该听听看。”

裘伊站起来。“你已经问完了。”裘伊提出他的主张。

“庭上，我们谈的是一个人的生死问题。这些事证才刚发生，否则我会早早提出来。”

“我同意。”

于是，我再次走进小小证人席的木制栏杆内。“卡拉，”席康妮问，“你在刚才的午休时间去了哪里？”

“去医院看我爸爸。”

“你在病房里看到了什么事？”

我直视着爱德华，仿佛我要倾诉的对象是他，而不是法官。“我爸爸本来躺在病床上，和之前一样好像在睡觉，闭着眼睛而且没有任何动作。但这次，在我和他说话的时候，他突然张开眼睛。”

爱德华惊讶地张大了嘴巴。裘伊立刻凑向他耳边，低声说了几句话。

“你可以模仿他当时的表现吗？”

我闭上眼睛，接着好像一个活过来的玩偶般，又张开了双眼。

“接下来发生了什么事？”

“我简直没办法相信，”我说，“我站起来走到床边坐在他身边时，他一直看着我。他一直看，目光没有移开。”

“然后呢？”席康妮问道。

“然后他的眼睛又闭了起来，”我说，“接着，他又睡着了。”

裘伊往后靠向椅背，交抱起双手。我相信他觉得这是我的绝地大反攻，我在关键时刻编出不可思议的故事，想把法官拉到我这边。问题是，这不是故事。我爸爸真的张开了眼睛，这一定有意义。

“吴先生一定认为你能见证到这一幕未免太让人难以相信，”席康妮说，“有没有人可以证实你刚刚告诉我们的话？”

我指着瑞塔。这名护士刚刚溜进了听众席的最后一排位置。她仍然穿着护士制服，戴着医院识别证。“有。”我说，“她可以。”

路克

回到人类世界最困难的一点，是重新学习情绪。狼的一切反应都基于实际又单纯的理由。没有人会刻意冷淡你，不会曲解你的意思，也没有嘲笑和讥讽。野狼只为了两个原因打斗：家族和地盘。自我意识驱动着人类，但是狼没有自我，因为它们真的会咬掉你的自我。对一头狼来说，世界是了解、知识与尊敬，许多人舍弃了这些价值，还一并丢弃了对大自然的赞叹。

美洲原住民知道狼是人类的镜子。它们在我们面前展示的是我们的长处和弱点。如果我们不尊重自己的疆域，狼群会大肆侵入。如果我们不把自己的孩子带在身边照顾，如果我们不尊重长者长年累积的知识，如果我们随地丢弃垃圾，野狼会挣脱束缚，让我们知道我们犯了错。狼这种动物将一切与生态系统结合在一起。荒野里的狼懂得调整猎物，不只掌控猎物数量，它们还能保障猎物对幼小动物的养育方式。如果有狼在附近区域，冻死的动物数量会减少，因为这些动物不是被带进围场里、躲在树丛间，要不就是群聚在幼小的动物身边，为它们保暖，或是保护它们免于受狼群的攻击。

当我和野狼一起生活时，我为自己的反应感到骄傲。

但是当我回来之后，和人互相比较，总是让我相形见绌。

爱德华

我不知在医院病房里、在他床边守候了多少小时，而我父亲偏偏挑我不在场的时候睁开眼睛。

这真是我生命的写照。

裘伊稍早已经要求暂时休庭，他要找桑卡尔医生讨论，但同时他也要我不可相信我所看见的每一件事，卡拉也不该相信她看到的一切。“这是个迹象没错，但是在医生说明之前，这个迹象没有任何意义。”他说。

可是……

如果我父亲醒来时，在病房里的人是我呢？我会对他说什么话？

他会对我说什么？

我怀疑从未对某人说出口的话算不算数，尽管说，你可能已经在心里说过不下千次。

瑞塔·萨尼奇正坐在证人席上陈述自己的医疗证照与资格，以及她在加护病房服务的年资，接着她说：“我正在检查华伦先生的点滴，他女儿在病房里和他说话。”

“你进病房时有没有先检视病患的状况？”

“有，”瑞塔说，“他没有反应，看起来应该还处于植物人状态。”

“接下来发生了什么事？”卡拉的律师问道。

“当华伦先生的女儿和他说话的时候，他张开了眼睛。”

“你是说，他醒过来了吗？”

“不是你所想的醒过来。”护士迟疑了，“大多数处于植物人状态的病人在醒着的时候会张开眼睛，睡觉时也会闭上。但是他们对于自己或环境没有知觉，而且完全没有反应。”

“所以华伦先生睁开眼这件事有哪里特殊？”律师问道。

“华伦先生的女儿迅速地站起来，从床尾走到病床的侧边，而他在再度闭上眼睛之前，眼光似乎跟着她转动。一般植物人状态的病患的眼光不会跟随移动。”

“你怎么处理？”

“我立刻呼叫神经外科部门，他们刺激他的脚趾和指甲缝隙，并且用语言鼓励，想让他再次出现反应，但是没有成功。”

“萨尼奇女士，你刚刚听了卡拉的证词。对于华伦先生的反应，她是否有任何夸大？”

护士摇摇头：“我亲眼看见的。”

“我没有别的问题了。”律师说。

“吴先生？”法官问，“你想再次质询证人吗？”

“不必。”裘伊站起来说，“但是我想请之前的证人上台。桑卡尔医生？”

这位脑神经外科医生对于自己再次被请上法庭似乎不太高兴。他抡指敲打证人席的栏杆，似乎还有别的地方要去。“谢谢你抽空过来一趟，医生，”裘伊开始了，“今天下午很忙碌。”

“显然是这样。”医生说。

“在今天早上你出庭作证之后，你是否有机会再去检查过华伦先生？”

“有的。”

“他的情况是否有变化？”

桑卡尔医生吸口气，说：“情况有点不同，”他说，“显然，华伦先生下午曾经张开眼睛。”

“这代表了什么意义？”

“很不幸的，这个意义不大。植物人病患对于自己和环境没有知觉。除了反射作用之外，他们对外界刺激并没有反应，他们听不懂语言，无法控制膀胱和排便功能。他们会间歇性醒来，但没有意识。我们把这种情况称之为‘无意识睁眼’，华伦先生今天似乎就是出现这种状况，”医生说，“他和许多植物人病患相同，受到声音刺激时会张开眼睛，但是这不代表他有意识。”

“植物人病患的目光是否会跟随目标转动？”

“不会，”桑卡尔医生说，“出现这样的反应，代表他有意识，病患可能处于微意识状态。”

“处于微意识状况的病患会有哪些外在表现？”

“病患对于自身或环境会有反应，听得懂简单的指令，会微笑、哭泣，眼球也会跟随转动。”

“根据萨尼奇女士和卡拉的说法，华伦先生似乎有能力表现出最后这项迹象，是吗？”

桑卡尔医生摇头。“我们的解释是，这个动作其实是闭眼时的肌肉反射活动，可以说是眼球的活动，而不是视线追踪移动。因为这是第一次发生的状况，我们重复测试，想刺激华伦先生再次反应，但是没有任何效果，他对声音、接触或其他刺激都没有反应。华伦先生在车祸时受到的伤害——脑干的损伤——显示出他在这个时候不可能有意识。虽然他张开了眼睛，但是这个活动与任何意识都没有关联。那是个反射性行为，不表示他有进展，进入微意识状态。”

“卡拉不会同意你对这件事的解释，你要怎么对她说明？”裘伊问道。

医生看着我妹妹，这是他踏上证人席之后第一次与她有目光的接触。卡拉脸上的光彩熄灭，宛如落到弧线底端的流星。“处在植物人状态的病患通常会有自发性的行为表现，例如张眼、闭眼、目光的游移，或是脸部出现表情，家属会误以为这是有意识的动作。当一个你深爱的人受到如此严重的创伤时，你会抓住所有微小的迹象，想象他还是原来那个人，你会以为他只是在沉睡。然而事实并非如此。身为华伦先生的女儿，卡拉的责任是要期待最美好的状况。但我是他的神经外科医生，我的工作是帮助她为最坏的情况做好准备。我只能说，像华伦先生这样处于植物人状态中的病患，我们的评估极不乐观，复原的机会微乎其微，而且随时间递减。”

“谢谢你。”裘伊说，“证人交给你了。”

席康妮伸手环着卡拉的肩膀。她没有收回手臂，在对医生提问时甚至没有站起来。“你能说，在排除所有的怀疑之后，华伦先生完全丧失认知功能吗？”

“相反地，我会说他仍然有认知功能，从他的脑波图可以看得出来。但是我同时也会说，他脑干所受到的伤害让他无法使用这些功能。”

“你能不能通过任何客观的科学测试，来判断华伦先生的眼球活动有没有意义？他是否尝试要沟通？”

“没有办法。”

“所以，基本上来说，你现在是以读心的方式来判断。”

桑卡尔医生扬起眉毛。“事实上，诺齐女士，”他说，“这方面我是有资格证书的。”

法官在临时监护人海伦·贝德上台作证之前宣布短暂休庭。我朝卡拉走过去，她的律师正拿着一双医疗弹性保健袜，那是病房护士帮我父亲穿上的。“你只拿到这个？”席康妮问道。

卡拉点点头。“我不知道他们把他车祸当晚穿的衣服放到哪里去了。”

律师把袜子缠在自己的手上，闭上眼睛。“我什么都感受不到。”她说。

“那是好事，对吧？”卡拉问道。

“嗯，总之不是坏事。这表示他可能还没有跨到另外一边。但这也可能表示我对动物比对人类在行。”

“打扰一下，”我打断她们的谈话，“我可以和我妹妹说句话吗？”

席康妮和我母亲同时看着卡拉，让她自己做决定。她点点头，于是她们退到走道上，让我们两个人独自留在桌边。“这不是我编出来的故事。”卡拉说。

“我知道。我相信你。”

“桑卡尔医生说这没有医学意义，但是我不在乎。这对我来说有很大的意义。”

我看着她。“我一直在想。如果这件事发生时我们都在法庭里，那会怎么样？我是说，事情在不久之前才刚发生，而且为时不到一分钟。如果他张开眼睛时你刚好不在病房呢？”

“说不定发生过不止一次。”

“说不定完全没有。”我放轻音调，“我想说的是，我很高兴，还好当时你在病房里。”

卡拉久久地看着我，她眼眸的颜色和我一模一样。我过去为什么从来没注意到？她握着我的前臂。“爱德华，如果我们同意一起做决定呢？如果我们去找法官，告诉他不必在我们之间选择一个人呢？”

我从她身边走开：“但是我们还是有各自想要的结果。”

她看着我，不相信地眨了眨眼。“你是说，在知道爸爸睁开眼睛之后，你还想关掉他的维生系统？”

“你听到医生怎么说了。那是反射动作，不是反应。就像打嗝一样，他无法控制。而且，如果没有机器帮助他呼吸，卡拉，他甚至没办法张开眼睛。”我摇摇头，“我真的也很想相信事情不只如此，但是科学胜过直觉。”

她缩着身子，往后靠向椅背：“你怎么可以对我做这种事？”

“什么事？”

“让我以为你站在我这边，然后又让我失望？”

“因为那是我的责任。”我说。

“你的责任是毁掉我的生活？”

“不是。是惹火你，激怒你，摸透你的想法，用别人不敢的方式来对待你。”我站起来，“我的责任是当你的哥哥。”

路克

阿贝纳奇人说故事有好几种不同的开场白。你可以说：很久很久以前。还可以说：表天地万物。或者你也可以一开始就道歉：我要为过去一年间错待你的一切道歉。

但是，当我回到人类世界之后，上述任何一种说法都不适用。

尽管我逐渐适应噪音和气味，听到车子在路口转弯时不再蹲低身子躲避，晚餐时也不再用手拿牛排吃，但是我的荒野生活和人类生活之间，仍然有无法控制的间隙存在。一旦你习惯在没有安全网的情况下在高空踩钢索，回到扎实的地面走路也成了难事。在我和狼群生活的日子里，我训练出一些如今无法磨灭的本能反应。如果我们全家出门，就算去麦当劳也一样，我会设法让自己坐在我的孩子和快餐厅里其他顾客之间，在他们吃汉堡的时候还会转开头，因为背过身子可以表示我没有恶意。

如果我女儿带朋友回家过夜，我会检查十二岁女孩的过夜包，以便确定她没携带任何足以伤害卡拉的物品。当爱德华开车到学校时，我甚至曾经开着卡车跟在后面，确认他安全到校。若是乔琪打算出门，我会仔细盘问她的目的地，因为我生活在恐惧当中，担心她出事，而我却不能在场拯救她。我像个看到影像重现的退伍军人，知道危险近在眼前。除非一家人全都在家，用钥匙锁住家门，否则我没办法真正感到快乐。

我学到的第一个阿贝纳奇单词是阿贝纳奇人对夏普伦湖的称呼，意思是“中间的水”。我从魁北克回来之后，我觉得我处于“中间的世界”。

我成了大自然与人类世界的桥梁。我可以适应两个世界，但不属于任何一方。我的半颗心留给了野狼，半颗心和家人生活在一起。

假如你算数不好，那么我可以告诉你：没有人可以单靠半颗心活下去。

海伦

法官大人。

我的名字是海伦・贝德。

我是一名律师，同时也在新罕布什尔州公设监护人办公室担任监护人一职。我执业至今已经有十五年的时间，在成为律师之前，我当过十年的护士。担任监护人的十五年间，我接到临时或永久监护人的指派案件累积超过二百五十件。

当我接到这次的指派之后，考虑到听证会即将在短时间内举行，于是我随即和相关人员面谈。贝瑞斯佛纪念医院的医疗团队给我的说法，和桑卡尔医生今天的陈述基本上相同。华伦先生康复的机会很小。卡拉今天看到她父亲张开眼睛后，一定受到相当程度的震撼，然而我的医护背景和桑卡尔医生的证词都让我更加确信这个不幸的事实：这可能是无意识的反射动作，而不是意识恢复的迹象。

为了在今天出庭作证，我也事先和卡拉及爱德华・华伦见过面。虽然两人对华伦先生的医疗照护和日后的评估有不同的意见，但是这两个孩子都深爱父亲。十七岁的卡拉以父亲为生活重心，父亲是她生命当中的太阳。他们的关系极其紧密，这在离婚家庭中很常见，孩子可能会与一方家长特别亲近。有鉴于华伦先生生活方式和工作的特殊性，我不怀疑卡拉会挑起成人的责任。但是我同时也被迫做出结论：卡拉处事以情绪，而非事情的实际面来反应。以她目前的情绪状况——再加上车祸过后的身体状况，她无法接受父亲的实际状况，无论这些话是出自她哥哥、医院医生或社工之口都一样。虽然车祸并非她的错，但是我相信车祸引发的罪恶感影响到她的情绪，让她愿意不计一切，希望父亲能活下去。她真心期望父亲能够恢复，这固然感人，但是我认为这种情感来自于她十七岁尚未成熟的心智，而且，她不愿接受自己不相信的事实。

就另一方面而言，爱德华是华伦先生唯一的已成年亲属。虽然他提出一张签过名的文件，证实他父亲曾经指派他为医疗照护的监护人，但是我更重视的是，在这对兄妹当中，爱德华是唯一一个和他父亲讨论过如何处理这种情况的人。然而，他与父亲分开了六年，方才我们在法庭上也听到了一些细节，对他为何会在十八岁那年仓促抛下家人离开才有了进一步的了解。我相信在目前，爱德华仍然很难明显分割他对父亲的怒意以及他的行为，因此他才会没有和妹妹讨论就仓促做出决定，也才会在维生系统没有依计划关闭时，亲手拉掉机器的插头。就这方面来说，爱德华仍然有很大的成长空间。我不得不怀疑，由于他有冲动行事的倾向，他是否真的认真思考过他父亲的愿望。

这是一件独特的个案。一般来说，遗嘱认证法庭处理的监护权问题是因为没有人愿意出面做决定。在这个案例当中，我们有两名态度截然不同的当事人，而两人都想做决定。但是我们同时也有其他被监护人没有的信息——路克・华伦本人的书面和录像证词。从他的自传以及来自电视和业余人士的无数影片，在他钟爱的环境当中，我们可以清楚看出他是个怎么样的人，若是有朝一日他必须通过他人之口来做决定，他会怎么说。看到路克・华伦先生的两名子女都愿意为他极力争取，这让我极为感动。同时，华伦先生的生活以及成就也让我留下了深刻的印象。他在书中阐述了他的冒险精神，他的摄影同事也忠实地记录下华伦先生毕生追寻的兴奋和永无间断的刺激，件件都让我难以忘怀。

这一切，都表明这个男人无法忍受至多也只能卧病在床的状况。

然而……

世人面前的路克·华伦只是他的一面。如果你深入阅读他的书，读出弦外之音，你可以瞥见另一个故事的阴影。他是个失败者，无法和他又敬又爱的动物生活在一起，而且更重要的是，当他和狼群分离之后，他无法依循狼群的法规去生活。法官大人听过卡拉和爱德华双方的证词，对一头狼而言，最重要的是家庭。但是在华伦先生走进魁北克荒林时，他在实质上抛下了家人，而在象征方面，他则是有了婚外情，这场婚外情甚至出现堕胎插曲。

我没能和华伦先生直接对谈。但是我认为他儿子在面对困难时离家出走的本能反应应该会让他难过，一头狼绝对不会让后代离开它的视线。

反过来看，卡拉的理想主义思维则来自“家庭为重”的基础。华伦先生的情况并不乐观，但是卡拉会如此积极维护父亲，其实道理很简单，因为她不想失去父亲独活。如果华伦先生够幸运，真的能成为挑战科学的医学特例，那么我认为他应该会对于自己得到第二次机会感到很快乐。不只因为活下来，而且是因为他是一个父亲。

基于这个原因，我认为卡拉的信念吻合华伦先生心底的愿望。我主张庭上应当将监护权交予卡拉，让她为她父亲的医疗照护来做出恰当的决定。

路克

在《动物星球》频道的影集播出之后，黄石公园一带有个生物学家打了通电话给我。他们在森林里发现一名登山客，他的尸体被野狼啃得只剩下一半。这件事引起当地居民的恐慌，因为他们在很久之前同意将狼野放到落基山区。

有些研究人员认为这些狼是为了好玩而杀生，但是我不认同这个想法。我从来没看过野狼对同样是猎食者——这是它们眼中的人类——的动物有这种表现。狼群的行为模式中没有任何一个迹象显示食物只是恰好出现在眼前，而不是经过精挑细选而来。

那么，这些我发誓绝对不会杀害人类的野狼为什么要做这种事?

为了一探究竟，我飞到了黄石公园。

这名登山客遇害的附近地区是林木砍伐地。事实上，这一带几乎已经看不到森林。没有了天然树林的遮蔽以及植被，猎物——多半是鹿或是麋鹿——的数量逐渐减少。野狼一定已经开始吃河里的鲑鱼。

我回到家，凭直觉开始在我的一个狼群身上做实验。我喂它们吃鱼，取代原本的肉类。陆生动物尸体的肌肉和内脏里存在可以安抚情绪的化学成分，而现在狼群不分位阶，全吃一样的食物。

这些狼不再依位阶高低进食，不再以阶级来区分不同的食物部位。不到几个月，整个狼群架构完全崩溃，无法辨识出阿尔发狼或副手，也失去了纪律。每头狼只顾自己，随心所欲地行事。它们不再是家族，反而成了帮派。

我认为黄石公园的狼群之所以会攻击登山客，是因为它们在自然界的食物短缺，唯一找得到的食物却不巧摧毁了阶级制度。它们会杀害人类，是因为家族里少了那头可以挺身制止的狼。

有时候狼群就是这样，必须要走到混乱的绝境，新的领袖才会出现。

卡拉

你可能会以为得到临时监护人的肯定，我一定胜券在握，没想到法官做了一个让大家跌破眼镜的决定。

他决定安排一趟实地考察。

也就是如此，我才会和我哥哥一起站在爸爸加护病房的玻璃窗外，看着法官单方面地和我们昏迷不醒的父亲交谈。

裘伊陪我妈妈搭电梯下楼，她得回家去巴士站接双胞胎，而席康妮在休息室里和一只医疗犬谈话。

“你觉得拉皮耶法官在说什么？”爱德华问道。

“在祈祷？”我提出这个可能性。

“说不定他想亲眼看看什么叫作植物人状态的病患。”

“也说不定，”我反驳，“他希望看到爸爸再次醒过来。”

“是张开眼睛。”爱德华纠正我的说法。

“一样的事。”

“卡拉，”他俯视着我，说，“不一样。”

我妈妈曾经提到爱德华在青春期突然拔高。我从前老以为这是指爱德华在一夜之间突然长高，和她放在厨房里的植物一样。我还担心他会长到房子装不下，如果真是这样，我们要把他放到哪里去？

亚蒙·拉皮耶从我爸爸床边的椅子上站了起来。他来到走廊时，裘伊刚好走出电梯，席康妮则是急忙从休息室里冲过来。“早上九点钟。”他宣布时间，接着转身离开。

席康妮把我拉到一边。“你的情况好极了。你在这时候能做的事都做了。除了拉皮耶是个天主教徒，倾向支持生命这一点之外，临时监护人也为你背书，我们赢面很大，卡拉。”

我抱住她。“谢谢，谢谢你为我做的一切。”

“这是我的荣幸。”她带着微笑说，“你要我开车带你回去吗？”

“我会载她。”裘伊说。我发现他和我哥哥离我们很近，听得到席康妮对我说的话。我想赢得监护权。那么，我为什么会觉得这么不愉快？

“我要在这里待一会儿。”爱德华朝爸爸的病房点个头。

“你会打电话给我——”

“会，”他说，“如果发生任何状况，我会打给你。”

“如果他又醒过来——”

但是裘伊已经将我推向电梯，我们走了进去，电梯门关上之前，我只看到爱德华坐在我爸爸的床边。

电梯下楼时，我看着屏幕上的数字递减，像是火箭发射前的倒数。“如果我输了会怎么样？”我问道。

裘伊似乎很惊讶。“你的律师觉得你们赢定了。”

“没有任何事是百分之百的。”我告诉他。他咧开嘴笑了。

“是啊，”他说，“我记得今天的证词中有这么一句话。”

我愤怒地瞪着他。“我也记得今天的你质询我。”

他的脸稍微红了些，算他还有点风度。“我们把这件事忘了，怎么样？”

我伸手和他握手言和，但在握过手之后，他却没有放开。“如果你没赢，”裘伊轻柔地说，“那么爱德华会成为你爸爸的监护人。他会定下时间终止你爸爸的维生治疗，然后捐赠器官。你可以到场，如果你想到场，卡拉，我会陪在你身边。”

我觉得喉咙一紧。“好。”我说。

当电梯门打开时，大厅里的人看到的是一个男人抱住一个正在哭泣的女孩，女孩大约是他女儿的年纪。人们看到的是这栋建筑物里上百个哀伤故事的其中之一。

小时候，我哥哥告诉我，说他有能力把我缩成蚂蚁般大小。他说，其实他以前有另外一个妹妹，但他将她缩小之后不小心踩扁。

他还说过，当你长大之后，你应该参加一个满场全是怪物和恐怖电影主角的派对，其中包括正在喝咖啡的魔偶恰奇，漫画封面上把我吓个半死的木乃伊也会在场，只不过当《十三号星期五》的杰森吹萨克斯的时候，木乃伊会忙着跳扭扭舞。他说，在派对里，你该留多久就得留多久，而且要和这些怪物聊天，就是因为这样，大人才什么都不怕。

以前我相信我哥哥说的每一件事，因为他年纪比我大，对世界的认识应该比我多。但结果呢，长大成人并不代表你无所畏惧。

而是代表你所害怕的事情不同。

路克

我的阿贝纳奇朋友说，如果一个猎人和一头熊溅到对方的血，他们会变成同一个人。在那一瞬间之后，猎人无论如何都无法射杀熊，而熊也绝对不可能杀害这名猎人。

我真想相信这回事。

我想相信濒死经验所带来的附加结果，会对双方的健康都有益处。

爱德华

我是那种会在半夜因为胃痛而醒来的孩子，我相信床下一定藏着怪兽，鬼魂还会坐在我的窗台上。每一阵风，每一次树枝劈啪作响，都可能是小偷从阁楼爬进屋里来杀我。我会哭着醒过来，而我父亲——他通常在这个时候从瑞德蒙游乐园回到家——会是那个安抚我的人。你知道吗？他曾经又气又好笑地告诉我，你的脑袋里有一个杯子，里面装的是你一辈子用的眼泪。如果你把泪水浪费在无谓的事物上，到你真的哭的时候，眼泪就不够用了。他说他遇见过一个八岁大的孩子，他哭干了杯里的水，后来无论如何都哭不出来。

一直到今天，我很少哭泣。

我在我父亲床边坐了三个小时，他完全没睁开眼，没抽搐，没眨眼，一块肌肉都没动过。他的点滴空了，尿袋装得满满的。一名护士走进来检查他的生命征象。“你应该和他说说话，”她告诉我，“要不然就是朗诵文章。他喜欢《人物》杂志。”

老实说，除了《人物》之外，我还想不出我父亲会更讨厌哪本读物。“你怎么知道？”

她带着微笑说：“因为我读上星期出刊的《人物》给他听，他一次都没有抱怨。”

我等到她离开病房之后，才拉着椅子坐到父亲床边。我没和他说话其实一点也不奇怪，我从来就不知道该和他说什么才好。但护士说得有理。如果我想把早就该说的话告诉他，还有比现在更好的时机吗？他除了聆听，别无选择。“我不恨你。”我坦白地说出来，这些字融入了寂静当中。

呼吸器带动他的胸膛起伏，这是他的回应。这太没道理，这是一场不公平的战争。

“那名临时监护人今天说了一些我一直忘不掉的话。她说，我的离家出走伤害了你。我一直觉得你可能会很高兴，因为你终于摆脱掉那个一点也不像你的儿子。但结果呢，我却和你一模一样。我也离开了我的家人。等我发现自己犯了人生最大的错误时，一切都太迟了。我不属于泰国，我也不属于这个地方。我只是……困在中间。”

吸气，吐气。

“我还了解了另一件事。其实你从来没说你希望我能更爱运动，更喜欢到户外，或希望我能够是异性恋。是我自己觉得达不到你的标准。这可能是因为没有人能和你一样。所以，我们怎么可能亲密？”

我低头看着父亲，他动也不动，嘴角松弛。“我想说的是，我一直怪你，但问题其实出在我身上。”

我握住我父亲的手。上次我拉他的手，应该是在我还很小的时候，因为我根本记不得。这真的很奇怪。起点和终点在相同的地方，我又回到孩提时代，拉着父亲，迎接宝贵的生命。“无论明天有什么判决，我都会照顾她。”我告诉他，“我应该要让你知道，我会搬回来长住。”

我父亲没有回答。但是在我心里，我听到他清晰的声音隆隆作响。

时间到了。

终于，我让自己哭出来。

待我回到家，时间已经过了午夜。我没有倒向床铺或瘫坐在沙发上，而是爬到阁楼上。我有段时间没上来了。我拿着手机充当手电筒，翻遍了报税资料、被虫蛀过的衣服、《动物星球》节目的光盘套组和一箱我高中时代的笔记簿之后，才终于找到我要找的东西。这几个相框用层层报纸隔开，堆在阁楼的角落上。

当我发现这些东西没被丢掉时，一涌而出的解脱之情绝对是肾上腺素造成的效果。我拿着相框走下楼。

我父亲家的楼梯走廊上挂满了照片，大多是卡拉的相片，只有两幅是父亲和他的狼，另一幅是两父女的合照。

过去，我母亲每年都要我们照相，然后拿来当作圣诞卡。她通常会在八月想起这件事，而我总得套上又厚重又搔刺皮肤的毛衣。八月天当然没有雪，所以她只好要我们穿上圣诞节的打扮，戴起帽子、围巾和手套，好像我们的亲戚真的傻到连场景是新罕布什尔州的夏季都看不出来。她每年都会将裱好框的相片送给我父亲当圣诞礼物。而每年的一月，他也会把相片挂在楼梯间。

我在这些相片中找出卡拉和我的合照。在其中一张照片中卡拉还很小，由我抱着她。另外一张照片中，她的发辫像两条扎在脑袋上的丝线。有张照片上我戴了牙套，另一张则换成了她。最后一张，是我离家之前的兄妹合照。

看到自己年轻了六岁的感觉很奇特。照片上的我显得精瘦又紧张，我瞪着相机看，而卡拉则直盯着我。

我沿着楼梯在墙上挂好这些照片，取下卡拉在学校的独照，留下两幅我父亲和狼的合照。接着我往后退，凝视我摊在墙面上的历史。

我对最后一张照片的印象很深刻。当时是我们最后一次全家度假，之后，我父亲便离家到魁北克去。我父亲和我站在海恩尼斯海滩的海水中，他肩膀上扛着母亲，而我扛着卡拉。如果你看到我们晒红的脸颊、洁白的牙齿和大大的笑容，你绝对不会知道我父亲会在三年后离开家，到荒林里生活。你不可能知道他有外遇，不知道我会不告而别，不晓得日后会发生一场改变一切的车祸。

这是我爱照片的原因。这些照片是最好的证明：即便只有短暂一瞬间，一切也曾经如此美好。

第二天早上，我睡过头了。我匆匆套上前一天穿过的衬衫和我父亲的格子外套，在书记官要我们起立迎接亚蒙・拉皮耶法官时，正好滑到裘伊身边。

“真高兴看到你来。”裘伊低声抱怨。

足足一分钟的时间，法官低着头坐在法官席上，拉着自己的头发。“我在法官席上坐了这么多年，”他终于说，“在我审理过的案子当中，这是最为难的一件。你不是每天都得决定某个人的生死？我知道，无论我做出什么判决，对任何人都不会是个快乐的决定。”

他深吸了一口气，将眼镜往鼻梁上方推。“卡拉只有十七岁，但在这个案例中，她的年纪对我并不重要。她和她父亲住在一起，关系紧密，再过三个月就可以做决定。由于她的哥哥离家已经有六年的时间，我认为，就担任父亲监护人而言，两人的能力相当。我不能漠视这个事实：我今天做的决定可能会夺走一名年轻女孩的父亲，对她来说，光是知道父亲还是她世界的一部分，就算是植物人也好，她会觉得无比安心。更何况他进入植物人状态才短短的十三天。”

“然而，我也认同桑卡尔医生一番让人无以反驳的证词。根据桑卡尔医生的陈述，在排除所有合理的怀疑之后，华伦先生不可能在创伤之后复原，而且情况还会继续恶化。如果大家检视过往的相似案例——比方说克鲁桑、席佛或柯因兰的案例，最后结果都是死亡。华伦先生终究会死。问题是，时间是明天，一个月之后，还是再过一年？你们要我来做出判决，因此，我必须先确认路克·华伦希望得到什么结果。”

他撇着嘴继续说话。“贝德女士通过电视节目和书本来了解华伦先生，因而得到她的结论。但是，站在公众的角度来观察华伦先生，不见得可以看到名人光环后的真人。我认为，关于华伦先生对自己生活所留下的唯一具体事证，是一段他与儿子的对话，华伦先生提到过，如果自己陷入像今天这样的状况，他会希望终止维生治疗。这段对话有手写而且签过名的文件作为佐证。”他看了我一眼，“此外，在华伦先生的驾驶执照上，他的确表达了捐赠器官的意愿。我们可以将这一点当作确认他个人意愿的进一步证据。”

法官摘下老花眼镜，转头看着卡拉说：“甜心，我知道你不想失去父亲，”他说，“但是，昨天我在他床边坐了一个小时，我觉得你不得不同意我的看法，你父亲已经不在医院里了。他已经离开了。”他清清喉咙。“基于以上所有原因，在经过审慎思考之后，我要将永久监护权判给爱德华。”

听到这种判决，你不会找当事人恭喜道贺。一小群人集结在卡拉身边为她打气，我还来不及和她说话，裘伊就带我去领要交给医院的文件，好让他们拔除我父亲的维生系统，并且安排器官捐赠。

我自己开车到医院，花了一个小时和桑卡尔医生和器官捐赠协调员讨论。我在表格上签名，边听他们说话边点头，仿佛真听得懂似的，重新经历了和六天之前相同的过程。唯一的差别是，这次，当我不必找卡拉讨论的时候，我知道我还真的想找她谈谈。

她缩着身子躺在我父亲床上，泪水濡湿了脸庞。看我走进病房，她没有站起来。“我知道可以在这里找到你。”我说。

“什么时候？”她问道。

我没假装听不懂。“明天。”

卡拉闭上眼睛。

我想象，她会在这里留一整晚。在这种情况下，我母亲和裘伊可能会同意她这么做，而且我不觉得有哪个加护病房护士会把她赶出去。但如果她想向我们的父亲道再会，我也知道这不是她该逗留的地方。

我拿出口袋里的皮夹，掏出我在父亲皮夹里那张我小时候的照片。我把照片塞在父亲的枕头下，然后把手伸向卡拉，这是个邀请。

“卡拉，”我说，“有件事，我觉得你该听听。”

路克

如果你想将某只狼逐出狼群，你要通过自然淘汰和威吓的方式，后者多半以速度和方向的控制来呈现，比方召唤成员到某个定点，指示它安静不动，或是位阶较高的狼突然阻断去路。有时候，威吓只为了测试狼群成员，以确认每一分子都能以相当的速度奔跑，并且达成自己的任务。

野狼脊椎尾端，在尾巴的根部有一处腺体。这处腺体散发出来的气味和人类指纹同样独一无二。狼就是借此彼此辨认。在遭到人类捕获之后，狼群无法离开围场，这时如果有成员遭到驱逐，其他成员有时候会啃咬掉被驱逐者这处腺体，借此移除被驱逐者的特征。失去这处气味腺体的狼等于失去了自己的身份地位，通常会死亡。

谁会遭到驱逐呢？这因个案而有所不同。可能是不再有最佳表现的狼，也可能是在已有阿尔发狼的狼群中，某只年轻又带有阿尔发狼特质的狼。遭到驱逐之后，这头狼会成为孤狼。在森林里，孤狼会以小型动物为食物，自立维生，一边向其他狼群呼嗥，试探是否有适合自己的空缺出现。孤狼通常会兼具阿尔发狼、副手或中阶狼的特性，而其他狼群对它的接纳——这可能是好几年之后的事了——是复杂情势总结之后的快乐结局，因为它除了必须符合条件，足以填补狼群的空缺之外，最重要的是：首先要有狼群出现尚待填补的空缺。

我可以凭经验告诉你，一旦狼群决定将成员逐出家族，局势就无法挽回。对人类来说，情况却没这么简单。

但是话说回来，在某些特定状况下，遭逐出的狼仍然可以重新加入原来的家族。比方说，最初以为多了一头阿尔发狼的狼群，不幸在猎食时失去了原本的阿尔发狼，它们势必得寻找另一头阿尔发狼来填补空缺。

卡拉

我们不能走进狼围场。虽然狼应该会保持距离，但是我手臂的吊带太醒目，它们可能会扯开吊带为我清理伤口。于是我们坐在围篱外的坡地上，拉紧身上的外套，凝视正在观望我们的狼群。

坐在这里有一种残酷的舒适感。这比待在医院好，否则我会躺在我爸爸病床上，听机器像定时炸弹的定时器般哔哔作响，知道电力切断之后他也跟着离开。但是我每次转头都会看到萦绕不去的回忆。爸爸扛着后半截鹿尸跑进围场，教小狼如何打猎，西克瓦拉像条围巾似的缠在爸爸脖子上，爸爸充当幼狼保姆，教它们怎么寻找藏身的凹穴，怎么躲进去。

虽然这些狼过着圈养的生活，但他仍然教导它们如何在野地生存。他的目标是要仿效黄石公园成果卓著的做法，将这些狼野放回新罕布什尔州的森林。虽然这一带仍然有人会发现零星的野狼，但是法律禁止猎捕之后再野放。两百年来，它们在新罕布什尔州境里自由来去，但是爸爸仍然想确认他领养的每一头狼都具备与它们野地同类相同的生存技能。你知道梦想和目标的差别是什么吗？他曾经这样问过我。是计划。

有趣的是，他花了这么多时间教育狼，让它们学习野性，而这些狼却教他什么是人性。

我突然发现，我似乎已经把爸爸当成过去式。

“它们接下来要怎么办？”我问道。

爱德华看着我。“我会请华特留下来。我知道你想问什么，我不会放弃这些狼。”

“但是你对狼一无所知。”

“我会学。”

这真是天大的讽刺。如果我告诉爸爸，说爱德华会承袭他对狼的遗爱，他可能会笑到疝气发作。

我站起来走向围场，弯起指头穿过铁丝网。这是我爸爸在狼围场教我的第一课：千万不要这么做。负责刺探的狼会立刻过来，你还来不及意会，就已经被咬了一口。

但是这几匹狼认识我。克拉登把银色的身躯凑过来，靠着我的手边磨蹭，开始舔我。

“说不定你可以教我。”爱德华提议。

我蹲下来，等着克拉登再次来到我身边。“他不在了之后，这地方就不同了。”

“但是他在，”爱德华说，“每个角落里都有他。他用自己双手盖起这个地方，组织起这几个狼群。这才是爸爸，不是你在医院病床上看到的那个人。这一切都不会消失。我答应你。”

克拉登突然跳到突起的石块上，在黑暗当中，它看起来像一头庞然巨兽。我隐约认出西克瓦拉和娃索丽的身影。它们仰头开始呼嗥。

这是召唤的嗥声，代表有成员行踪不明。我立刻辨认出其中的意义。我又哭了起来，相邻围场里的狼群跟着加入，交织出此起彼落的哀伤乐章。

在这一刻，我好希望自己是一头狼。因为，若是有人离开你的生命，你无法用任何话语来弥补这个空缺，有的只是一段空洞又膨胀的小调音乐。

“我就是为了这个才要你陪我过来，”爱德华说，“华特说，车祸之后，它们每天都这样呼嗥。”

车祸。

爱德华有个秘密，这个秘密拆散了我们的家庭。如果我坦诚说出自己的秘密，我们是不是能再次相聚?

于是，我转头背对着依然哀嗥的狼，把真相告诉我的哥哥。

“给你个建议。”爸爸开车离开伯利恒的那幢房子时，屋里已经醉倒了一个人，另外两个则在外面的车上亲热，他怒气冲冲地说，“如果你想骗我说你要到玛丽亚家一起读书然后过夜，你至少应该记得带个背包。”

我是气到头脑不清，但这也可能是酒精带来的影响。以前我喝过一次啤酒，但谁知道喝起来像综合果汁的饮料会有这么强的后劲?“我简直不相信，你竟然会一路跟踪我到这里来。”

“我花了两年时间追踪猎物，相信我吧，十来岁的女孩会留下更多线索。”

我爸爸方才冲进屋里的样子，好像我才五岁大，而他要来带我离开生日派对。“嗯，谢了，你让我成了大家排挤的目标。”

“你说得对。我应该等你被约会对象强暴或是酒精中毒之后再出现。天哪，卡拉，你脑袋里究竟在想什么?”

我什么也没想。我让玛丽亚替我思考，结果证实那是个错误。但是我宁死也不愿在我爸爸面前坦白认错。

再说，我更不愿意让他知道我有多乐意离开那场舞会，因为里头已经开始失控。

我爸爸咕哝地说："就是这样，有些狼才会任由自己的某些幼狼死在荒野中。"

"我要打电话给儿童保护机构，"我威胁他，"我要搬回去和妈妈住。"

后视镜里，我爸爸的眼睛外有一圈绿框："等你清醒之后记得提醒我罚你禁足。"

"等我清醒后记得提醒我：我恨你。"我恶狠狠地回嘴。

听到我的话，爸爸笑了。"卡拉，"他说，"我真会被你害死。"

就在这时候，一只鹿从卡车前面跑过去，爸爸将方向盘打向右边。我们虽然撞到树，虽然他正在生我的气，但是他的第一个反应是伸手挡在我前方。他在最后关头仍然想到我的安危。

我闻到汽油味才醒过来，车子开始漏油了。我的手臂使不上力，安全带像是选美佳丽的肩带，斜切的勒伤传来一阵剧痛。"爸！"我说。我以为自己喊了出来，但是我嘴里都是沙。我转过头，看到坐在我左手边的爸爸。他的头部出血，双眼紧盯着我。他想说话，但却没能说出口。

我得把我们弄出车外。我知道若是车子漏油，整辆卡车可能会起火燃烧。于是我转身朝他的方向伸出手，打开他的安全带。我的右手不能用，我用左手拉开副驾驶座的门，摇摇晃晃走到车外。

接着车厢里窜出一股烟，有一个轮胎仍然在转动。我跑到爸爸身边，扭开驾驶座的门。我告诉他："你得帮帮我。"我设法用左手架起他的身子靠向我，仿佛在一场梦魇中共舞。

我哭个不停，我的双眼、嘴里都有血，我想把爸爸拉到离车子远一点的位置，但是我没办法用双手拉。我用一只手臂环住他的前胸，但我支撑不住他的重量，不得不放开他。我放开手，他像沙漏里的沙子般直往下倒。我放开手，他倒地的姿势像个慢动作，头颅撞到地面。

之后，他再也没动静。

我说啊，我真会被你害死。

“我放手让他倒下。”我这么告诉爱德华，哭得几乎喘不过气。“每个人都说我是英雄，说我救了他一命，但是我放手让他倒下。”

他说：“那成了你今天没办法放手的原因。”他顿时领悟了整件事。

“他明天会死全是我害的。”

“如果你把他留在车里，他当时就会死。”爱德华说。

“他撞到地面，”我边哭边说，“他的后脑重重撞上去，我亲耳听到的。所以他现在才醒不来。你听到桑卡尔医生说——”

“你根本没办法知道哪部分脑伤是车祸的撞击，哪些又是事后才发生。就算他没跌倒，卡拉，他的状况也可能和现在一样。”

“我告诉他的最后一句话是我恨你。”

爱德华看着我。“这也是我对他说的最后一句话。”他承认。

我用手背擦掉眼泪。“我们这个共同点还蛮糟糕的。”

“总得有个开端。”爱德华说完话，对我微微扬起嘴角，“再说，他知道你不是那个意思。”

“你怎么能确定？”

“因为恨是爱的反面，就像铜板的正反两面一样。如果你不懂得爱人，那么你怎么知道什么是恨？这两者都不可能单独存在。”

我慢慢地伸手靠近爱德华的手，最后滑进了他的手掌下。我在转瞬间回到十一岁，正在过马路要上学。当我和爱德华一起过马路时，我从来不必左右看。我相信他会帮我注意来车。

他捏捏我的手。这次，我紧紧握着没放。

小时候，爸爸经常哄我睡觉，他每次关灯时都会吹一口气，仿佛照亮我房间的是一根巨大的蜡烛。我花了几年时间才发现他其实只是按下电灯开关，而且，他不是一切光线的来源。

我站在这幅似曾相识的怪异画面前方，觉得自己是那个吹熄隐形蜡烛的人。就某个角度来说，这个看不见的光线就算没有架构出人生，也造就了生活。

爱德华在病房里，相同的几名护士、医生、社工、律师和器官捐赠协调员都在场。裘伊也来了，他遵守了他的承诺，而我妈妈则是在我的请求下出席。

“一切就绪了吗？”加护病房的医生说。

爱德华看着我，我点点头。“是的。”他说。

在呼吸器刻度归零，吗啡注入我爸爸手臂的时候，爱德华握住了我的手。爸爸身后的监测器屏幕显示出他的血压。

当机器不再协助爸爸呼吸之后，我全神贯注地看着他的胸口。他的胸腔再次一起一伏。停了一分钟之后，又出现两次起伏。

监测屏幕上血压数字像是股市崩盘，直往下掉。维生系统关闭二十一分钟之后，我爸爸的心脏停止跳动。

接下来的五分钟是我这辈子最长的时刻。我们静静地等，确认他是否会开始自发性呼吸，心脏是否会自行开始跳动。

我妈妈在我身后低声哭泣，爱德华的眼眶濡湿。

傍晚七点五十八分，医生宣告我爸爸死亡。

“爱德华，卡拉，”翠娜说，“你们该道别了。”

由于器官捐赠程序需要立刻摘除器官，所以我们不能拖延。但是话说回来，我已经道别了好几天，这次只是正式说出口。

我走到爸爸床边，轻抚他的脸颊。他依然温热，胡茬儿宛如闪闪发光的金属。我把手贴在他的胸口，我想再次确认。

对我来说，院方必须尽速将他送进手术室未尝不是好事，否则我不确定自己是否能够离开他。我可能会永远坐在病房里凝视他的身躯，因为，一旦你让护士带走他，你不会有机会再陪着他，和他分享同一个空间，看着他的脸庞，而不是光守着记忆。

裘伊把我妈妈带到走廊上，没多久，病房里便只剩下我哥哥和我，我们站在原来放着病床的位置。这处位置是眼睛看得到的提示，提醒我们失去了亲人。

我第一次被自己所爱的人——爱德华——抛下时，我不知道我的家要怎么恢复平衡。我们本来是坚固的茶几，有四支可靠的桌脚。当时，我以为我们会永远无法恢复平衡。一直到有一天我仔细看，才发现我们成了一张三脚凳。

“爱德华，”我说，“我们回家吧。”

瑞德蒙乐园的狼整整呼嗥了三十天，连远在林肯郡和拉科尼亚的人都听得到。狼嚎让睡梦中的婴儿哭泣，让女人想找回高中时代的男友，让大男人做起噩梦。据说，狼嚎时街灯应声而破，地砖碎裂。我家离狼围场只有短短的五英里，狼嚎听起来就像丧礼上的安魂曲，让我后颈汗毛根根竖立。接着，在某天，狼嚎突然停了。人们不再继续在月亮高挂天际时等待狼嚎出现。它们不再陪着红绿灯呼出旋律。

就像我爸爸说过的：狼群知道该在什么时候停止寻找失去的伙伴，转而把重心放在未来。

路克

狼不会哀悼。大自然以绝妙的方式让你面对现实。如果你想要，你可以坐下来哭泣，但在你陷入哀伤时，你极有可能送命，因为你放下了防备。

我看过狼群跨过在狩猎时送命的家族成员，然后头也不回地继续前进。我听过狼群在成员失踪后连续呼嗥四或五天，希望能借此找回伙伴。死亡是不可避免的事件，发生之后，你必须继续前进。

若死的是阿尔发狼，那么整个狼群的知识也会随之消逝。如果没有其他成员取而代之，或是没召集到新的阿尔发狼，狼群会溃散。如果真是这样，接下来便会是一片混乱。家族成员会分散开来，遭到杀害，甚或饥饿致死。

你是否能从严重的伤害中复原，与你自身的重要性有关。如果狼群为了治疗你必须得花太多的时间和精力，你必须下决定拒绝家族成员的协助，放手离开。死亡不是你一个人的选择，而是与家族的需要息息相关。

这就是道理所在：如果你是狼，你会把每一个日子都当作你仅有的一天。

巴尼

十九岁的年轻人不该拥有人生最后愿望的清单，但是我偏偏有。我一直留着这张清单，因为如果你每星期得洗肾三次，你没太多别的事可做。结果呢，我这张最后愿望清单成了待完成愿望的清单。在我接受肾脏移植手术之后，我去了趟开罗，我学会怎么溜雪板，也去射击飞靶。

我爸妈对我这个崭新展露的冒险个性相当不以为然。讽刺得很，尽管我过去几年来肾衰竭的状况更可能致命，但如今他们却担心我会因意外而丧生。我自己的见解是这样的，如果你的人生有了第二次机会，那你何必打安全牌？

尽管如此，我仍然不得不承认，这次我似乎真的玩得太大。我不知道自己身在何处——虽然这是定向越野的重点。我只知道太阳在我背后，木屋在东边的某处，而我完全偏离了路径。我只知道，到现在，我早该抵达萨斯喀彻温了。

这天并非特别冷，但谁晓得北方入夜之后温度会降到多低，而日光已经越来越黯淡了。我没有卫星定位系统，身上只带了一个指南针和一张地形图，这张图看起来和指纹图差不了多少，用处大概也差不多。况且，住在木屋的那些人不会来找我，他们全说加拿大法文，所以吃过早餐之后，我抓起背包就独自走进森林。

我听到潺潺的溪水，于是劈开灌木丛朝溪流前进。按照地形图来看，这一带应该没有溪流或河水，这表示我运气好。我坐在溪边，横拿着地图看，希望能看出个所以然来，这时我突然有种被人监视的感觉。

我转过头，发现一头大公狼正盯着我看。

它十分健壮。它有双蜂蜜色的眼眸，口鼻和狼须都是花灰色。它歪着头，我发誓，它这模样似乎是有问题想问我。

我从来没看过野狼，而这头狼和我的距离绝对不超过六英尺。

但奇怪的是，我一点也不紧张。

更奇怪的是：我明明已经迷了路，但我觉得这场景似曾相识。不只这个地方，连这一刻都是。

大公狼站了一会儿之后，大步离开溪边，走了几步又转头看我，然后坐下来。接着它又站起来走了一段距离，同样又坐下来等。

最后它终于起身，隐入浓密的森林当中。

我看不到它，这种感觉就像肚子挨了一拳。我笨手笨脚地站起来，拿着背包跟上去。我这辈子从来没有这种冲动，我只想追上那头野狼。在我走进森林一百码左右时，我发现大公狼正在等我。

根据太阳的位置来判断，我知道我们正朝西边前进，和我该去的方向相反。我知道我完全迷了路。

然而……

我摆脱不掉回家的感觉。

图书在版编目（CIP）数据

生命将尽 / (美) 朱迪 · 皮考特著；苏莹文译. --
北京：北京联合出版公司, 2016.8
（读客全球顶级畅销小说文库）
ISBN 978-7-5502-7794-6
Ⅰ. ①生… Ⅱ. ①朱… ②苏… Ⅲ. ①长篇小说—美
国—现代 Ⅳ. ①I712.45
中国版本图书馆CIP数据核字(2016)第118615号

生命将尽
作者：[美]朱迪 · 皮考特
译者：苏莹文
责任编辑：徐鹏
选题策划：读客图书　021-33608311
特约编辑：赵思婷　夏文彦
封面设计：刘倩
版式设计：陈宇婕
责任校对：绳刚　曹振民

北京联合出版公司出版
（北京市西城区德外大街83号楼9层　100088）
三河市龙大印装有限公司印刷　新华书店经销
2016年8月第1版　2016年8月第1次印刷
字数 280千字　890毫米 × 1270毫米　1/32　12.25印张
ISBN 978-7-5502-7794-6
定价：42.00元

如有印刷、装订质量问题，
请致电010-85866447（免费更换，邮寄到付）